불타 석가모니

와타나베 쇼코
법 정 옮김

Shin Shakusun Den
by Shoko Watanabe

Original Japanese paperback edition published by Chikumashobo Ltd., Tokyo.

This Korean edition is published by arrangement with Chikumashobo Ltd., Tokyo.
in care of Tuttle-Mori Agency, Inc., Tokyo through Imprima Korea Agency, Seoul.

다시 책을 펴내며

나 자신 부처님 제자로 험난한 세상을 살아가면서 제1계로서 살생금지를 받들며 살아왔다는 것은 큰 행운이 아닐 수 없다. 그런 계율을 몰랐다면 얼마나 많은 허물을 지었겠는가. 뿔뿔이 흩어져 있는 사람들이 부처님의 가르침을 통해 거듭 형성되고 재결속될 수 있다. 출가해서 반세기 넘게 지금까지 부처님의 제자로서 살아온 것이 고마울 뿐이다.

불타 석가모니의 가르침이 지닌 감화력으로 불타 사후 2,500년이 지난 지금도 그의 가르침에 따라 수행하는 사람들이 늘어나고 있다. 삶의 기준이 없다면 아무렇게나 살아갈 것이다. 불타 석가모니는 우리 삶이 나아가야 할 기준이며 지향점이다. 여기 불타 전기로서 가장 뛰어난 작품이라 평가받는 와타나베 쇼코의 〈불타 석가모니〉를 새삼 재출간하는 것도 그런 의미에서다.

2010년 봄

法頂

불타의 생애를 옮기고 나서

그 사람을 모르고 그의 사상이나 가르침을 이해하기는 어려운 일이다. 불타 석가모니의 경우처럼 그의 삶이 곧 그 사상을 나타낸다면 더욱 그렇다. 그가 한평생을 어떻게 살았으며, 그 시대와 사회에 어떤 영향을 끼쳤는가가 곧 그의 가르침을 이해하는 열쇠이다. 그리고 그를 어떻게 보는가 하는 문제는 불교를 이해하는 데 중요한 출발이 될 것이다.

불타 전기 중에서 역자가 선뜻 이 책을 골라 번역한 것은 다음과 같은 이유에서다. 2,500여 년 전에 살았던 한 인간의 생애를 이제와서 펼쳐 보인다는 것은 결코 쉬운 일이 아니다. 이전의 전기를 보면 대부분 전설적이고 신화적인 데 치우쳐 있었다. 우리로서는 역사적 인물인 석가모니에게 감히 접근할 수 없도록 우상화 또는 신격화시켜 놓았다.

다른 한편, 최근 출간된 전기의 어떤 것은 지나치게 실증적이고 상식적인 데로 끌어내리는 바람에 종교적인 상징성을 무시하고 있다. 저자 자신도 이 책 속에서 여러 번 지적하듯이, 어떤 전기 작가들은 요즘의 우리들 사고방식에 따라 너무 합리적으로만 생각하려는 경향 때문에 종교의 본질을 놓치고 만다. 물론 종교 활동도 어떤 시간과 공간 안에서 일어난 역사적인 사실임에는 틀림없다. 그러나 표면에 드러난 역사적인 사실만으로는 종교의 본질을 제대로 이해할 수 없다. 거기에는 종교만이 지닐 수 있는 초현실적인 진실성도 함께 작용하고 있기 때문이다.

이런 입장에서 저자는 확신을 가지고, 다른 불타 전기에서는 일찍이 볼 수 없었던 투철한 안목을 열어 보인다. 따라서 이전에 문제가 많았던 점들을 고대 인도의 다른 종교들과 비교해 가면서, 또는 문화사적인 측면에서 살펴 나가고 있다. 게다가 저자의 해박한 언어 구사력으로 대승, 소승불교의 성전뿐 아니라 여러 계통의 문헌을 참고해 새로운 전기를 이뤄 놓았다.

책장을 넘겨 본 독자들이면 다 알겠지만, 이 책은 불교의 창시자인 석가모니 한 사람의 생애만을 조명하기 위해 쓴 편협하고 연대기적인 전기가 아니다. 석가모니가 살았던 시대와 그때의 사회상, 여러 종교와 사상계의 움직임, 나아가 석가모니에게 감화를 받아 그를 따르게 된 출가승단과 재가신도들의 생활 규범에 이르기까지 자세히 언급하고 있다. 그러므로 석가모니의 종교적 활동을 통해서 형성된 불교사상의 뿌리를 들여다볼 수 있다. 불교의 입문서치고는 아주 이상적인 입문서의 기능을 하리라 여겨진다.

나는 처음 이 책을 구해다 읽으면서 그전에 건성으로 지나쳤던 불교의 몇몇 현상에 대해 새로운 사실들을 알게 되었고, 속으로 깨친 바도 적지 않았다. 그리고 앞으로 내 눈이 더욱 열리고 팔에 힘이 오르면 직접 불타 전기를 써 보고 싶다는 자극도 강하게 받았었다. 이 책을 번역해 세상에 내놓은 것도 그런 이해와 깨침을 함께 나누고 싶은 뜻에서임은 더 말할 것도 없다.

이 책의 저자 와타나베 쇼코渡辺照宏 박사의 약력은 대략 다음과 같다. 1930년 도쿄 대학 문학부 인도철학과를 졸업했으며, 전공은 인도철학 및 불교이다. 1930년에서 1933년까지 독일에 유학한 후 동양대학 교수를 역임하고 동양문고 연구원으로 일했다. 많은 업적을 남기고 1977년에 세상을 떠났다.

대표적인 저서로 이 책 외에 〈불교의 자취〉(인도, 중국 불교사), 〈불교〉, 〈불전 이야기〉, 〈법화경 강화〉, 〈유마경 강화〉, 〈석존을 따르는 여성들〉 등이 있다.

이 책의 원이름은 〈신석존전〉인데, 우리나라 독자들에게는 석가세존의 약칭인 석존이라는 말이 익숙하지 않아서, 원저자한테는 미안한 일이지만 부득이 〈불타 석가모니〉로 바꾸었다. 이 번역은 대법륜각에서 나온 1966년 초판본을 토대로 했다.

이 책은 맨 처음 1975년 샘터문고에서 〈부처님의 일생〉으로 번역되어 나왔었다. 그 후 판형을 바꾸어 〈불타 석가모니〉로 두세 차례 출간되었던 것을 이번에 문학의숲으로 출판사를 바꾸어 교정과 교열을 꼼꼼히 보고 독자와 학인들을 위해 찾아보기를 덧붙여 새롭게 펴내게 되었다.

이 책이 나오기까지 류시화 시인의 세심한 윤문과 배려, 그리고 편집자들의 정성 어린 노고에 감사드린다.

차례

이 책에 대하여

불교 창시자의 전기를 쓰는 일이 가능할까. 불가능하다고는 할 수 없겠지만, 엄밀한 의미에서는 매우 어려운 일이라고 하지 않을 수 없다. 그 이유는 자료가 적기 때문이 아니다. 어떤 점에서는 너무 많다. 다만 역사를 적어 내려가는 데 필요한 자료가 모자랄 뿐이다.

인도에서는 사실을 자세히 기록하면서도 연대는 기록하지 않는 습관이 있어, 불타가 탄생한 해나 세상을 떠난 해를 분명하게 알 수 없다. 이와는 달리 유럽에서는 연호를 기록하고 있으므로, 마케도니아의 알렉산더 대왕이 인도를 침입했다가 물러난 해, 그리고 그가 사망한 해를 분명하게 알 수 있다. 따라서 여기에 이어서 성립된 인도의 마우리아 왕조, 특히 아쇼카왕의 연대를 계산해 이로부터 거꾸로 거슬러 올라가 불타가 세상을 떠난 해를 결정하지 않으면 안 된다. 이 방법에 의해 불타가 세상을 떠난 해는 기원전 480년경이고, 탄생한 해는 그로부터 80년 전인 기원전 560년경으로 보는 것이 오늘날 학계의 정설이다.

학자들 중에는 불타의 입적에서 아쇼카왕까지의 기간을 백 년쯤으로 보는 불교 측의 기록을 근거로 불타가 입적한 해를 기원전

380년경이라고 추정하는 사람도 있다. 그러나 현재 이 설은 거의 무시되고 있다. 역사 자료에 따른 연구 결과, 그 중간의 왕조 사정이 예상 밖으로 복잡하다는 사실이 밝혀져 백 년으로 보기에는 너무 짧다고 판단되기 때문이다. 게다가 "한 종교 조직 속의 기록이 모두 일치한다는 이유만으로는 연대론이 성립되지 않는다."는 종교사학의 상식이 일반적으로 인정되고 있으므로, '백년설'의 근거는 희박하다.

그리고 불타의 경우만은 아니지만, 종교가의 전기는 초자연적으로 기록하게 마련이다. 19세기 말경 합리주의가 한창이던 시대에는 그 이전 것을 모두 떼어 내 버리고, 흔히 있을 수 있는 일만을 뜯어 맞추어 '인간 예수', '인간 석가' 등의 전기를 쓰는 일이 유행했다. 그러나 그 뒤 종교학의 방법론이 발달한 결과, 얼핏 보아 초자연적인 일처럼 여겨지는 기술은 현대의 우리들이 표현하는 것과는 다른 독자적인 방법으로 종교적 진실을 표현하는 것이므로, 겉모습에 상관없이 그 본래의 의미를 이해해야 한다는 것이 밝혀졌다. 최근에는 종교사학이 두드러지게 발전해 불교 쪽에서도 그 연구 방법을 빌려 쓰고 있다.

불타의 전기를 기록한 자료는 한때 팔리어 성전인 〈남전대장경〉 하나뿐이었는데, 요즘에는 거꾸로 유럽학자들이 한역이나 티베트어역 또한 자료로서 중요시하고 있다.

불타를 어떻게 보는가 하는 것은, 불교 전체에 대한 태도를 결정하는 데 매우 중요한 일이다. 전기를 한 권의 책으로 정리하는 이상 어느 정도까지는 저자의 입장이 드러나겠지만, 나는 될 수 있는 한 공평하게 쓰려고 했다.

석존은 석가모니(샤캬무니)와 같은 뜻이다. 석가는 그 출신 종족의 이름이고, 모니는 성자라는 존칭이다. 따라서 불타를 가리켜 '석가'라고 하는 것은 말이 안 된다. 마치 '어느 도 사람'이라는 뜻밖에 안 되기 때문이다. 그러므로 불타를 말할 때는 반드시 석가모니, 또는 석존이라고 해야 한다.

부처님은 '눈뜬 사람', '진리를 깨달은 사람'을 의미하는 존칭이다. 이 존칭은 불교에서만이 아니라, 자이나교에서도 쓰이고 있다. 또 석존 이전의 아득한 옛날에는 다른 부처님이 있었으며, 미래에는 미륵 부처님이 출현할 것이라는 내용 등도 오래된 경전에 적혀 있다. 여러 경전에 의하면, 시방세계(온 세계)에 무수한 부처님이 있다고 한다. 이들과 구별하기 위해서 우리와 특히 인연이 깊은 부처님을 석존이라고 부르는 것이다. 불타, 석가모니, 석존이라고 표현하는 것이 가장 적당하다.

1965년 12월

와타나베 쇼코

1
전생 이야기

각각 다른 자세로 명상에 잠긴 간다라 미술의 불상들

오늘날 우리들이 어떤 사람의 전기를 쓸 때는 흔히 탄생부터 쓰기 시작한다. 부모나 조상부터 쓰는 일도 있지만, 대부분 그 사람이 태어나기 전의 일은 문제 삼지 않는다. 그런데 과거에는 전기를 쓸 때, 특히 위인인 경우에는 그의 전생에 대해 이야기하는 일이 자주 있었다. 세상에서 보기 드문 위인인 경우, 몇십 년이라는 짧은 생애 중에 그토록 훌륭한 일들을 이루어 놓았다는 사실이 도저히 믿어지지 않았기 때문이다. 또 이 세상에 태어나기 오래전부터 이미 수없이 많은 생애를 통해 그만큼 준비를 해 왔으리라고 여긴 것이다.

인도에는 지금도 위인에 대해 이와 같이 생각하며 믿는 경향이 강하게 남아 있다. 물론 현대 과학으로 전생을 밝힐 수 있는 것은 아니지만, 그렇다고 과학적으로 아주 부정해 버릴 증거도 없다. 그러므로 과거 수천 년에 걸쳐 많은 이들이 믿어 온 것을 그대로 받아들여도 될 것이다. 그리고 전생의 일들이 사실인가 아닌가를 따지기 전에, 그러한 이야기 속에 그 인물의 인품을 이해하는 데 도움이 되는 자료가 많이 들어 있다는 사실을 기억해야 한다.

나는 이제부터 석가모니의 생애를 기록하면서, 먼저 그 전생 이야기부터 시작하려고 한다.

석가모니란 지금의 네팔 남쪽 국경 가까이에 있던 '석가족 출신의 성자'라는 뜻으로 훗날 부처가 되신 분이다. 그는 지금부터 2,500년 전에 그곳 왕자로 태어나 스물아홉에 출가하여 수행하고, 서른다섯에 부처로서의 깨달음을 얻은 다음 45년 동안 갠지스 강을 중심으로 가르침을 편 뒤 여든 살에 세상을 떠났다. 그 후 제자와 신도들이 그의 가르침을 지키며 여러 나라에 전파했다. 인도를 비롯한 동남아시아와 중앙아시아에서 중국, 한국, 일본으로, 또한 티베트에서 몽골과 시베리아 등으로 온 아시아에 전해졌다. 현재도 아시아의 대종교일 뿐 아니라 세계 여러 곳에서 믿고 연구되고 있다.

이처럼 인류에게 커다란 영향을 끼친 석가모니의 생애는 80년에 불과했다. 그러나 위대한 인물이란 과거의 숱한 생애를 거쳐 온갖 헌신적인 노력을 기울인 결과로 이루어진 공덕일 것이다.

불교의 가르침을 기록한 경전 중에 〈자타카本生譚(전생설화)〉라는 것이 있다. 이것은 석가모니의 전생 이야기를 기록한 책으로 그 안에는 많은 설화가 들어 있다. 〈자타카〉의 내용은 어려운 이론이 아니라 많은 사람들이 쉽게 이해할 수 있는 이야기여서 그 수도 많고, 또 여러 나라에 널리 전파되었다. 현재 남아 있는 책은 스리랑카 등 동남아시아 여러 나라의 경전이 된 팔리어 대장경 속에 들어 있는 547종의 설화이다. 이 밖에도 산스크리트어나 티베트어로 쓴 책이 있으며, 한문으로 번역한 경전 중에도 많은 전생설화가 있다.

〈자타카〉는 서민을 위한 불교 이야기이기 때문에 일찍이 조각과 회화의 주제가 되었으며, 인도를 비롯해 동남아시아, 중앙아시아, 중국 등에 현재도 많은 걸작이 남아 있다. 그 가운데 가장 오래된 것은 인도의 중부 바르후트에 있는 부조이다. 〈자타카〉 중에서 석가모니의 인품을 전해 주는 중요한 이야기를 몇 가지 소개한다.

부처님께 연꽃을 공양한 청년

불교의 가르침을 보면, 부처는 석가모니 한 사람만이 아니다. 먼 과거의 세상에도 오랜 세월을 두고 차례로 수많은 부처가 출현했었다. 지금 우리들이 알고 있는 이 세상의 부처는 석가모니이지만, 앞으로 세상이 변해 사람들이 석가모니의 가르침을 까맣게 잊어버리는 때가 온다면, 그때는 미륵보살이 이 세상에 출현할 것이다. 그래서 석가모니처럼 태어나 출가수행하고 도를 이뤄 불교를 세상에 펼치기로 되어 있다. 그러므로 미륵보살은 석가모니에게서 그와 같은 사명을 받은 미래의 부처인 셈이다.

마찬가지로 지금의 석가모니는 아득한 옛날 연등불(디팡카라 붓다)이라는 과거의 부처에게서 그러한 사명을 받았다. 미래에 부처가 될 것이라고 예언받는 것을 수기受記라고 하며, 이 수기를 받은 이는 수행에 더욱 힘쓴다. 이와 같이 수행을 계속해 부처가 되기까지를 보살이라 한다. 보살이란 부처의 후보자 또는 후임자를 뜻한다.

여러 책들의 기록을 간추리면, 석가모니의 수기는 다음과 같이 이루어졌다.

옛날 연등불이 이 세상에 계실 때 수메다라는 청년이 산중에서 열심히 수행을 하고 있었다. 그러다가 부처님이 출현하셨다는 소문을 듣고 사슴 가죽으로 만든 옷을 입고 산에서 내려왔다. 그동안에 그는 5백 명의 수행자들을 만나 밤낮없이 도에 관한 이야기를 나누었다. 모두들 그의 가르침을 듣고 무척 기뻐했으며, 헤어질 때는 한 사람이 은전 한 닢씩을 내어 5백 닢을 그에게 주었다. 청년이 그 돈을 받아 들고 그 나라의 수도로 내려와 보니, 사람들은 모두 분주하게 길을 쓸고 고치며 향을 사르고 있었다. 이를 본 청년이 그 까닭을 물었더니, 바로 그날 연등불께서 이 도시에 오신다는 것이었다. 청년은 매우 기뻐하면서 어떤 일이 있더라도 꼭 부처님을 뵙고 자신의 원을 이야기하리라 마음먹었다.

그때 마침 고피라는 왕녀가 지나가고 있었다. 물항아리를 옆에 끼고 있었는데, 그 속에는 일곱 송이의 푸른 연꽃이 꽂혀 있었다. 청년은 왕녀에게 가까이 가서 청했다.

"은전 백 닢을 드릴 테니 그 꽃을 내게 주십시오."

그러나 여인은 그 청을 거절했다.

"부처님이 이곳에 오시기 때문에 왕께서 목욕재계하고 이 꽃을 바치는 것이니 나눠 드릴 수가 없습니다."

그러자 청년은 은전 2백 닢, 3백 닢으로 값을 올리면서 흥정하다, 끝내는 5백 닢을 다 주고 일곱 송이 중 다섯 송이를 얻었다.

마침내 연등불이 수도에 이르자 국왕을 비롯해 백성들까지 모두 나와 꽃을 던지며 맞이했다. 그때 다른 사람들이 던진 꽃은 모두 땅에 떨어졌지만 이상하게도 수메다 청년이 던진 다섯 송이의 푸른 연꽃만은 공중에 뜬 채 연등불의 머리 위를 장식했다. 이를 본 연등불이 그 청년에게 말했다.

"그대는 과거 오랫동안 여러 생애를 두고 수행을 쌓았고, 몸과 목숨을 바쳐 가며 남을 위해 애썼으며, 욕망을 버리고 자비로운 행을 닦아 왔다. 그러므로 지금부터 91겁(아주 긴 시간의 단위)이 지나면 부처가 되어 석가모니로 불릴 것이니라."

이와 같이 연등불에게서 수기를 받은 청년은 그때 연등불이 지나가는 길이 진흙투성이인 것을 보고, 자기가 입고 있던 사슴 가죽 옷을 벗어 길에 펼쳐 놓았다. 그러고도 부족해 자신의 머리카락을 풀어 땅에 깔고 연등불이 밟고 지나가도록 했다.

이상은 〈태자서응본기경〉을 바탕으로 기술한 내용으로, 같은 이야기가 〈증일아함경〉, 〈과거현재인과경〉, 〈수행본기행〉, 〈불본행집경〉, 〈사분율〉 등에도 나온다.

세부 내용은 약간씩 다른 점도 있지만 대체로 이와 비슷하다.

이 이야기는 가끔 그림이나 조각의 소재로도 쓰인다. 이를테면 파키스탄의 라호르 박물관에 소장되어 있는 바위에 새긴 부조를 보면, 아프가니스탄의 쇼트라크에서 출토된 연등불 설화의 한 장면에, 청년이 고피에게서 꽃을 사는 모습과 연꽃을 연등불에게 바치자 다섯 송이가 모두 머리 위 공중에 떠 있는 장면, 또 청년이 자신의 머리카락을 풀어 땅에 깔고 연등불에게 밟고 지나가도록 하는 장면이 묘사되어 있다.

이처럼 설화의 전후 사정을 한 폭의 그림으로 표현하는 기법은 여러 나라에 두루 전해졌다. 그리고 간다라에서 나온 부조나 중국 고창의 폐허가 된 절의 벽화도 같은 소재로 되어 있다.

아홉 빛깔의 사슴

아득한 옛날 아홉 빛깔의 털을 가진 아름다운 사슴이 깊은 산속에 살고 있었다. 눈처럼 새하얀 뿔을 가진 그 사슴은 마을 가까이 내려오지 않고 한 마리 까마귀와 사이좋게 지내고 있었다.

어느 날 한 사나이가 물에 빠져 허우적거리며 흘러 내려오다가, 물 위에 드리워진 나뭇가지가 있어 가까스로 붙잡기는 했으나 강기슭으로 올라올 수가 없었다. 그가 큰 소리로 도움을 청하자 그 사슴이 달려가 뿔을 잡으라고 일러 주어 겨우 목숨을 건질 수가 있었다. 사슴은 지쳐서 꼼짝도 할 수 없는 지경이었는데, 그 사나이가 땅바닥에 엎드려 감사하다는 인사를 하며 말했다.

"풀이든 물이든 무엇이든지 시키는 대로 갖다 드리겠습니다."

그러나 사슴은 사양하며 말했다.

"그럴 필요는 없습니다. 만일 저에게 은혜를 갚으려거든 제가 여기에 산다는 것을 아무에게도 말하지 말아 주십시오. 사람들이 제 거처를 알면 제 가죽과 뿔을 탐내어 분명히 저를 죽일 것입니다."

사나이는 아무에게도 이 일을 발설하지 않겠다고 굳게 약속하고 돌아갔다.

바로 이 무렵, 그 나라의 왕비가 아름다운 아홉 빛깔 사슴의 꿈을 꾸었다. 그러고는 꼭 그 같은 사슴 가죽으로 만든 방석과 뿔로 만든 부채 자루를 갖고 싶어 했다. 왕의 총애를 받던 왕비는 왕에게 만일 그것을 구하지 못하면 차라리 죽어 버리겠다고 말했다.

왕은 상금을 걸어 아홉 빛깔의 사슴을 찾게 했다. 그러자 그 사슴을 보았던 사나이는 욕심에 눈이 어두워 왕에게 가서 자기가 그 사슴이 있는 곳까지 안내하겠다고 자청하고 나섰다. 그 순간 사나이의 얼굴에 갑자기 보기 흉한 종기가 돋아났다. 그럼에도 불구하고 그는 왕의 군사를 안내해 아홉 빛깔의 사슴이 살고 있는 곳에 이르렀다. 친구인 까마귀가 급히 이 일을 알렸을 때, 사슴은 이미 군사들에게 둘러싸여 있었다. 사슴이 왕 앞으로 나오자 왕은 활을 쏘지 못하도록 막았다. 사슴의 이야기를 듣고 난 왕은, 은혜를 저버린 사나이에게 벌을 주고 사슴의 목숨을 살려 주었다.

이 이야기는 팔리어로 쓴 〈자타카〉 외에 〈구색록경〉이나 〈육도집경〉 등에도 나온다. 이 설화에서는 아홉 빛깔의 사슴이 곧 석가모니의 전생으로 되어 있고, 그 내용은 배은망덕한 자를 타이르는 교훈이다.

원숭이와 왕

이 이야기도 팔리어 〈자타카〉를 비롯해 여러 경전에 나온다. 산치와 바르후트의 부조에도 이와 같은 설화가 표현되어 있다.

그 옛날 석가모니의 전생이 원숭이 왕이었던 시절의 이야기다. 원숭이 왕은 갠지스 강 상류인 히말라야 깊숙한 곳에서 많은 원숭이들을 거느리며 살고 있었다. 그 강변에는 한 그루의 망고나무가 있어 해마다 많은 열매를 맺었다. 원숭이 왕은 일족들에게 망고 열매가 하나라도 강물에 떨어지지 않도록 주의를 시켰다. 너무도 맛이 좋은 열매이기 때문에 혹시 사람들이 살고 있는 곳까지 떠내려간다면 반드시 원숭이들에게 불행한 일이 닥칠 것이라고 예측했기 때문이다.

어느 날 나무 위에 있는 커다란 거미집에 가려 있던 망고 열매 하나가 아무도 모르는 사이에 강물에 떨어져 바라나시까지 떠내려갔다.

왕은 이 망고를 먹어 보고 일찍이 이처럼 맛있는 과일은 먹어 본 적이 없었으므로 더 많이 먹고 싶어졌다. 그래서 여러 개의 뗏목을 엮게 해 수많은 신하를 거느리고 갠지스 강을 거슬러 올라갔다.

마침내 상류의 숲에 다다라 그 망고나무를 발견한 왕은 맛 좋은 열매를 실컷 먹을 수 있었다. 그리고 그날 밤은 그곳에서 천막을 치고 쉬었다.

그런데 밤중에 문득 눈을 떠 보니 원숭이 떼가 나무에 올라가 맛있는 망고를 따 먹고 있었다. 왕은 곧 신하들을 깨워 활을 쏘아 원숭이를 모두 잡으라고 명령했다. 원숭이들은 도망치지도 못한 채 그저 오들오들 떨고만 있었다.

이때 원숭이 왕은 원숭이들을 진정시킨 다음, 높은 나뭇가지 중에서 강 쪽으로 뻗어 있는 가지를 타고 건너편 강기슭으로 뛰어내렸다. 거기에서 기다란 덩굴을 주워 한끝을 잡고 다시 이쪽 강변으로 돌아와 망고나무 끝에 잡아매려고 했다. 그러나 덩굴이 짧아 덩굴 끝을 잡고 그대로 매달린 채, 다른 원숭이들에게 자신의 등을 밟고 덩굴을 타서 강을 건너 달아나게 했다.

그런데 원숭이들 가운데 심술꾸러기가 한 마리 있었다. 그 원숭이는 마지막으로 건너면서 일부러 원숭이 왕의 등을 힘껏 밟고 지나갔다. 그래서 원숭이 왕은 덩굴을 놓친 채 오도 가도 못하고 기진맥진 죽기만을 기다리고 있었다.

이러는 동안 인간의 왕은 줄곧 원숭이들이 하는 짓을 지켜보았다. 원숭이 왕의 행동에 감동한 왕은 날이 새자 강물에 뗏목을 띄워 원숭이 왕을 구해 치료해 주었다. 그리고 곁에 앉아 자세히 이야기를 들었다. 원숭이 왕은 왕으로서의 의무를 다하기 위해 자신을 희생해 가면서 원숭이들을 재난에서 구했다고 말해 인간의 왕을 깨우쳐 준 다음 숨을 거두었다.

"자기 나라의 백성이나 말이나 군사나 마을이 두루두루 행복하게 살도록 하는 것이 왕의 참된 의무입니다."

이것과 비슷한 이야기가 중앙아시아의 구자(신장 위구르 지역의 풍부한 문화를 가진 비옥한 땅으로, 현 지명은 쿠치)에 있던 폐사의 벽화에도 그려져 있다.

굶주린 범과 왕자

이 설화도 보살이 자신의 몸을 희생해 짐승을 살린 이야기다. 이것은 팔리어 〈자타카〉에는 없지만 산스크리트어 본 〈자타카 마라〉 외에 한문으로 번역된 많은 경전에 수록되어 있다. 옛날에 인도를 여행한 법현(340?-420?)이나 현장(602?-664)도 그 옛터라는 곳을 보았다고 기록하고 있으므로 인도에서는 널리 알려진 설화일 것이다. 〈보살투신 기아호기탑 인연경〉에는 다음과 같이 적혀 있다.

그 옛날 어떤 큰 나라에 전단마제라는 이름의 태자가 있었다. 그는 어린 시절부터 자비심이 깊어 곤경에 처한 사람을 보면 자기가 가졌던 물건을 모두 내줄 뿐 아니라 마지막에는 자신의 몸까지 팔아 노예가 되기도 했다. 그러자 부왕은 태자의 신분을 다시 찾아주고 그 뒤로는 무엇이든 마음대로 베풀도록 허락했다.

그때, 그 나라 수도 가까이에 있는 어느 산에 용맹이라고 불리는 선인이 5백 명의 제자와 함께 살고 있었는데 태자는 그 산에 올라가 선인들에게 음식을 대접했다. 거기서 선인의 말을 들은 태자는 이 세상의 덧없음을 깨닫고 입고 있던 옷과 장신구를 벗어 마차와 함께 왕궁으로 돌려보낸 뒤 산중에 머물러 수행하기로 결심했다.

어머니인 왕후와 태자비는 이 소식을 듣고 몹시 슬퍼하면서 어떻게 해서든 태자의 생각을 돌이켜 보려고 했다. 그러나 태자의 굳은 뜻을 꺾을 수는 없었다. 할 수 없이 가끔씩 산 위까지 음식을 가져다주면서 태자의 건강한 모습을 보는 것만으로 위안을 삼았다. 이와 같이 하여 몇 해가 지나는 동안 태자도 수행하는 틈틈이 왕궁으로 내려와 부모를 찾기도 했다.

어느 날 그 산 절벽 밑 깊은 골짜기의 어미 범이 일곱 마리의 새끼를 낳았다. 그런데 마침 큰 눈이 내려 어미 범은 며칠째 먹이를 찾아내지 못했고 새끼 범들은 얼어 죽을 지경이 되었다. 그대로 두면 굶주린 어미가 새끼들을 잡아먹을 수밖에 없는 형편이었다. 산 위의 선인들은 이 정경을 보고 저마다 어떻게 해 줘야겠다고 생각하면서도 그저 지켜볼 뿐이었다.

이때 태자가 말했다.

"이제야 내 염원이 이루어질 때가 왔구나."

그러고는 벼랑 위에 서서 어미 범과 새끼 범의 가엾은 모습을 보고 큰 자비심을 일으켰다. 태자는 산 위에 앉은 채 선정에 들어 과거의 무수한 생애를 하나하나 관찰해 보았다. 거기에서 아득한 옛날 자신이 몸을 천 번 희생할 서원을 세워 구백아흔아홉 번까지 실행했다는 것을 알았다. 그러니 이제 이 한 번으로써 그 서원이 다 이루어진다는 데 생각이 미치자 그날의 기회가 몹시 기뻤다.

5백 명의 선인들은 눈물로써 그와 작별했다. 그리고 그때 마침 부란이라고 하는 큰 부자가 5백 명의 남녀와 함께 선인들을 공양하기 위해 산에 올라왔다가 이 광경을 보고 슬피 울면서 태자를 전송했다. 태자는 사슴 가죽으로 된 옷을 벗어 얼굴을 감싼 뒤 합장하고 벼랑 위에서 범 앞으로 뛰어내렸다. 어미 범이 태자의 살을 먹고 기운을 차리자 새끼 범들도 모두 살아났다. 사람들이 멀리서 이 광경을 보고 통곡하니 그 소리는 하늘과 땅에 울려 퍼졌다. 이때 5백 명의 선인들은 더없이 높은 진리를 구할 마음을 내었고 선인들의 스승은 깨달음을 얻었다고 한다.

〈금광명경〉을 보면 선인에 대한 말은 없고, 세 사람의 왕자가 굶주린 어미 범을 보자 그중 셋째 왕자가 자신의 몸을 던져 먹게 했다고 되어 있다. 어쨌든 자신의 몸을 희생한 왕자가 곧 석가모니의 전생이라는 것이다.

〈자타카〉 설화는 수백 종이나 전해지고 또 그 내용도 매우 다채롭지만, 전체적으로 두드러진 특색은 자기희생이라는 점이다. 그러한 공덕에 의해 석가모니와 같은 위대한 인물이 태어났다는 것이다. 〈자타카〉는 불교의 두 파인 대승과 소승을 두루 통하는 것이며, 또한 여기에 불교의 근본적인 진리가 담겨 있다.

2
부처님의 탄생

오른쪽은 부처의 탄생, 왼쪽은 아기 부처의 목욕 장면이다

룸비니

석가모니의 생애는 80년에 불과했지만, 비길 데 없이 뛰어난 그의 인격은 그를 가까이한 모든 사람들에게 깊은 감명을 주었을 뿐 아니라 후세에까지도 큰 영향을 끼쳤다. 인도에서 시작해 아시아의 대종교가 되고, 마침내는 전 세계에 그 가르침을 펼친 일은 일찍이 없었다.

일반적으로 어떤 위인이 출현하면 사람들은 대개 이를 신이 이 세상을 구원하기 위해 인간의 모습을 하고 세상에 나타났다거나 신의 아들 또는 신의 예언자라고 말한다. 그러나 석가모니는 신과는 아무 관계도 없이 오히려 인간과 신들 위에 있으면서 모든 생명체를 가르치고 이끄는 인간계와 천상계의 스승이라 불리고 있다.

그런데 이러한 인격이 수십 년이라는 짧은 기간에 완성된다는 것은 상상하기가 어렵다. 따라서 석가모니가 부처가 되기 전에 무수한 생애를 거쳐 오면서 끝없이 자기희생의 공덕을 쌓았고 그 결과 도솔천에 올라가 거기서 신들을 가르치면서 지상에 내려올 시기를 기다리고 있었다는 것이다.

도솔천은 수많은 천국 가운데 하나로, 선한 행위를 한 결과로 태어나 기쁨을 누리게 되는 곳이다. 그리고 보살은 다음 생애에는 지상에 태어나 부처가 될 것이므로 그것을 준비하기 위해 그곳에 머문다.

도솔천의 궁전 건물이나 아름다운 장식, 눈부시게 핀 꽃들의 향기와 수많은 새들의 미묘한 지저귐은 모두 보살의 설법을 한층 돋보이게 한다. 천상의 은은한 가락 속에서 소리가 들려오며, 보살이 이 세상에 출현하실 때가 가까워 오고 있음을 알린다. 보살은 궁전에서 나와 신들이 모이는 법당에 드시어 정면에 있는 사자좌(부처 또는 덕이 높은 승려가 앉는 자리)에 앉는다. 뒤를 이어 수많은 보살들도 저마다 무리를 거느리고 사자좌에 앉는다.

이때 보살은 세상에 태어날 시기와 대륙, 나라와 집안에 대해 살핀다. 시기를 살피는 것은 인간 사회가 너무 이상적인 상태이면 신앙심이 일어나지 않고, 그렇다고 너무 타락한 세상에서는 종교를 돌아볼 여유가 없으므로 그 중간의 알맞은 시기를 가려야 하기 때문이다. 대륙이란 고대 인도의 세계관에 따른 네 개의 주 가운데 하나를 가리킨다. 그중에서 잠부드비파라는 곳은 인도를 중심으로 한 우리들의 인간 사회를 말하는 것으로, 부처님이 출현하는 데는 거기가 가장 적당하다고 여겨진다. 또한 인도 내에서도 변두리가 아닌 중심부가 선택된다.

인도 사회의 계급은 세습 종교가인 바라문과 무사 귀족인 크샤트리아가 상층부에 있는데, 지금과 같은 세상에서는 크샤트리아 쪽이 좋을 것 같다고 여겨서 보살도 그런 집안에 태어나기로 한다.

여러 신들은 어느 나라 왕을 고를까를 의논하며 열여섯 개의 큰 나라를 하나씩 들어 보지만, 보살이 태어나기에 적당한 곳은 하나도 없다. 신들이 다시 보살에게 그 조건을 묻자 보살은 국토에 대해서는 예순네 가지, 어머니가 되실 분에 대해서는 서른두 가지 조건을 내놓는다. 국토의 이상과 여성의 이상을 말한 것이다. 어느 것이나 그 인품이 뛰어나야 함을 강조하고 있다.

이런 조건을 들은 여러 보살과 신들은 석가족의 슛도다나왕(정반왕)과 마야비야말로 그런 분이라는 데 의견을 같이한다.

여기서 석가족에 대해 설명하면 다음과 같다.

오늘날 고고학 연구에 의해 밝혀진 바로는, 지금의 네팔 남부 타라이 지방에 카필라바스투라는 도시국가가 있었다. 이곳이 석가족이 살던 곳으로, 기원전 6세기 중엽의 이야기이다. 당시 카필라바스투 서쪽에는 코살라라는 강대국이 세력을 떨치고 있었는데, 얼마 안 가서 카필라를 공격해 멸망시켰다. 그리고 코살라도 갠지스 강 남쪽에 있던 마가다국에게 정복당했으며, 마가다국은 기원전 322년경에 시작되는 마우리아 왕조 때 북인도 전역에 군림하게 되었다.

그러나 이것은 훨씬 훗날의 일이고, 석가모니가 탄생할 무렵 갠지스 강 유역에는 코살라와 마가다 두 나라 외에도 크고 작은 왕국과 공화국이 공존하고 있었으며, 그중에는 도시국가와 농촌의 집단도 있었다.

석가족이 인도의 다른 민족들처럼 아리아 계통의 백색 인종이었는가 아니었는가는 분명하지 않다. 아시아계 민족일지 모른다는 설도 있다. 어쨌든 농경을 주로 하고 부지런하며 평화를 사랑하는 사람들이었던 것은 분명하다. 자신들의 고유한 습관을 지켰으며, 더러는 오만하게 보이기도 했던 듯하다.

부처님의 아버지 슛도다나는 왕(라자)이라고 불리기는 했지만 전제왕국의 군주라기보다는 귀족회의 정치의 대표 책임자로서 민주적인 색채가 강했다.

보살이 어머니의 태 안에 들어가는 일에 대해서는 다음과 같은 이야기가 있다.

보살은 도솔천에서 신들에게 법을 설한다. 신과 천녀들은 머지않아 보살과 작별할 것을 슬퍼한다. 보살은 자신의 후임자로 미륵보살을 정한다. 미륵보살은 도솔천에서 신들에게 진리를 설하며, 언젠가는 석가모니처럼 지상에 내려가 부처가 될 날을 기다린다. 도솔천에 모인 신들은 보살과의 이별을 아쉬워하면서 지상에서 보살을 지키고 보호할 책임을 정한다. 그중에서 브라흐만, 인드라, 사천왕 등은 보살이 어머니의 태 안에 들어가는 일부터 탄생, 소년 시절, 청년 시절, 출가, 고행, 보리좌, 항마(악마를 항복시키는 일), 깨달음, 전법륜(부처가 바른길을 열어 설법하는 일)을 거쳐 입적에 이르기까지 그 신변을 보호하기로 한다.

또 수많은 천녀들은 보살의 어머님 되실 분은 어떤 여성일까 궁금해하며 카필라에 내려가 마야 왕비를 보고는 감탄한다.

다음에는 보살이 도솔천에서 내려가 어머니의 태 안에 들어갈 때 어떤 형식을 취할 것인가가 천상의 화제가 된다. 이것도 예전 관례에 따라 여섯 개의 상아를 가진 흰 코끼리로 하도록 결정한다.

겨울도 지나고 봄빛이 무르녹을 때쯤을, 인도의 달력으로는 베샤카 달의 보름날이라고 한다. 서양 달력으로 치면 4월 그믐께쯤 된다. 이날 프사星에 달이 든 것을 본 보살은 도솔천에서 자취를 감추고, 흰 코끼리가 되어 어머니의 오른쪽 옆구리를 거쳐 태에 들어간다. 이때 마야비는 조용히 잠든 채 이 일을 꿈에서 본다. 이 말을 들은 숫도다나왕은 점치는 사람을 부르고, 그에게서 앞으로 태어날 왕자가 세계를 통치할 전륜성왕이 되거나 그렇지 않으면 출가해서 부처가 되어 세상 사람들을 널리 구제할 것이라는 놀라운 예언을 듣는다.

보살은 어머니의 태 안에 있는 신들이 마련한 보전寶殿(부처를 모시는 건물) 속에 가부좌(좌선할 때의 자세)를 틀고 앉는다.

대범천왕이 우주의 음식 가운데 그 정수만을 보석 그릇에 담아 태 안의 보전에 있는 보살에게 올린다. 이 보전은 탄생 후 대범천왕이 범천으로 가지고 가서 신성한 물건으로 소중하게 보존한다.

마야비는 이와 같이 태 안에서 일어나는 일들을 거울에 비치듯 똑똑히 보고 있다. 왕비에게는 불쾌하거나 답답한 느낌이 없을 뿐 아니라, 항상 기분이 상쾌하며 언짢은 생각은 조금도 없다. 이러한 왕비를 보기만 해도 병든 사람은 곧 건강해진다. 나라 안팎은 평화로 가득 차고 기후도 순조로워 사람들은 서로 정답게 지낸다.

보살이 마야비의 태 안에 들어간 지 열 달이 되자 카필라 안팎에는 복되고 좋은 일이 일어날 조짐이 몇 차례씩 나타난다. 왕비는 보살이 탄생할 때가 온 것을 알고 왕에게 아뢰어 룸비니 동산으로 간다.

많은 시녀와 호위를 거느린 왕비가 동산에 아름답게 꽃 핀 나무들 사이를 거닐다가 한 그루의 프라크샤나무(무우수無憂樹) 곁에 이르자, 산들바람에 실려 오는 꽃향기는 말할 수 없이 그윽하며, 꽃은 천상의 보석을 흩어 놓은 것처럼 아름다운 빛깔로 눈이 부시다. 신들이 그 둘레에 모여들고, 천상의 음악이 은은히 들려오는 듯하다. 프라크샤나무 가지는 왕비에게 무릎이라도 꿇듯 실바람에 흐느적거리며 늘어진다. 왕비는 그 나무의 동쪽 가지를 잡고 가만히 멈추어 선다. 이때 수많은 신과 천녀들이 왕비 곁에 다가서서 거들어 줄 채비를 한다. 바로 이 순간 열 달 동안 태 안에 있던 보살이 어머니의 오른쪽 옆구리에서 태어난다.

인드라와 브라흐만은 공손히 몸을 굽히고 앞으로 나와 바라나시에서 만든 고급 천으로 된 산의産衣(갓난아기에게 처음으로 입히는 옷)를 들고 보살을 감싸 안는다. 그 일이 끝나자 그들은 보살이 태 안에 있으면서 거처로 삼았던 보전을 가지고 브라흐만의 궁전으로 돌아간다.

보살은 태자로 탄생하자마자 먼저 그 천안으로 사방을 돌아보고 모든 국토와 온갖 생물을 천천히 살펴본다. 그리고 지계와 선정과 지혜와 선근에서 자기만 한 경지에 도달한 이가 한 사람도 없다는 사실을 분명하게 인식한다. '천상천하 유아독존'이란 말은 이러한 뜻을 가리킨다. 그리고 동, 서, 남, 북, 상, 하의 여섯 방위를 향해 각각 일곱 걸음씩 내딛자 그 걸음마다 연꽃이 나타난다.

태자의 탄생과 함께 하늘과 땅에는 여러 가지 상서로운 일이 일어나고, 미래의 태자비와 시녀가 타고 다닐 말도 동시에 태어난다.

한편, 숫도다나왕은 카필라 성에서 일족을 모아 회의를 열고 태자의 이름을 '싯다르타'라고 짓는다. 이는 '모든 것이 다 이루어진다.'는 뜻이다.

태자는 이레 낮과 밤을 룸비니 동산에 머물렀는데, 그동안 인간과 신들은 아름다운 음악을 연주하며 잔치를 베푼다.

탄생의 자취

태자가 탄생한 지 이레가 되자 마야비는 이 세상의 생을 마치고 삼십삼천에 태어난다. 그다음 날 일행은 태자를 모시고 카필라로 돌아온다.

이 룸비니 동산은 마야비의 친정인 석가 일족의 데바다하 성 근처에 있었는데, 왕비의 친정어머니 이름을 따서 룸비니라고 부르게 되었다고 한다. 전후 사정으로 미루어 보아, 왕비가 해산달이 되자 친정 가까이 있는 경관이 좋은 동산으로 아기를 낳기 위해 온 것으로 여겨진다. 그곳은 온갖 아름다운 꽃과 나무, 과실수 등이 울창하고, 연못과 늪과 시내도 있으며, 맑은 샘물이 솟아나는 훌륭한 동산이었던 듯하다.

405년 이곳을 찾은 중국 승려 법현은 두 용왕이 태자에게 첫 목욕물을 끼얹어 주었다는 이곳의 유적이 그때도 우물과 연못으로 쓰이고 있었으며, 그 근처에 살고 있던 불교 승려들의 식수로도 사용되었다고 기록했다. 또 633년에 이 지방을 찾아간 현장은 연못과 샘 말고도 그 고장 사람들이 유하라고 부르는 아름다운 시냇물이 동남쪽으로 흐르고 있다고 적었다. 해산한 뒤 마야비가 목욕한 강이라고 한다.

현장 삼장이 보고한 것 가운데 무우왕이 세운 큰 돌기둥이 있고 그 꼭대기에 말의 모양이 새겨져 있었는데, 훗날 벼락을 맞아 돌기둥이 중간에서 꺾였다는 기록은 특히 주목할 만하다. 무우왕이란 유명한 아쇼카왕을 가리킨다. 그는 부처님이 입적하신 후 2백 년경에 마가다의 국왕이 되었다. 동쪽으로는 벵골 만까지, 서쪽으로는 아라비아 해에 이르는 북인도 전역에 군림했으며, 또한 자신이 불교 신자가 되어 불교를 전파하기 위해 노력한 최초의 국왕이었다.

이 룸비니 동산의 유적은 그 뒤 오랫동안 정글에 묻혀 잊힌 채, 그 고장 사람이 조그만 집을 짓고 살면서 겨우 지켜 왔다. 그러다가 1806년, 그 당시 인도 정부의 노력으로 휼러라는 사람이 네팔에 들어가 남부 타라이 지방의 '룸민디'라는 마을이 룸비니의 옛터라는 사실을 확인했다. 룸비니라는 이름이 근대어로 룸민디가 되었으며 그 근처를 흐르고 있는 티랄 강이 유하에 해당한다는 점, 그리고 둘레의 경치를 보더라도 그곳이 룸비니 동산임은 의심할 여지가 없었다. 특히 아쇼카왕이 세운 돌기둥이 발견됨으로써 그러한 사실이 결정적으로 입증되었다. 현장이 기록한 바와 같이 그 돌기둥의 위쪽은 꺾인 채 없어지고 말았지만, 아랫부분은 그대로 있어 거기에 적힌 비문 네 줄 반은 온전히 남아 있다. 그 글에는 다음과 같이 씌어 있다.

천애애견왕(아쇼카왕의 칭호)은 즉위 20년 뒤 몸소 와서 예배하고, 이곳이 불타 석가모니께서 탄생하신 곳이므로 돌을 깎아 말의 모양을 만들고 돌기둥을 세우도록 했다. 이곳은 세존이 탄생하신 곳이므로 토지세를 감면, 8분의 1세만을 부과한다.

아쇼카왕 이전의 불교에 대해서는 확실한 사료가 드물기 때문에 자세히 알 수 없다. 하지만 여기 적힌 바와 같이 '불타 석가모니'나 '세존'이라는 칭호가 아주 오래된 것임을 알 수 있다.

이런 사실로 인해 현재의 룸민디가 석가모니의 탄생지이고, 옛날 룸비니 동산의 옛터라는 사실이 확실해졌다. 지금도 목욕한 연못과 탑 터가 남아 있고, 부처님을 모셔 놓은 집에는 중세 이후의 솜씨로 보이는 마야비의 돌조각이 남아 있다. 아쇼카왕이 세운 돌기둥은 북인도 전체에서 열한 개가 발견되었고, 그 밖에 마애(돌벽에 글자, 그림, 불상 등을 새기는 것)의 비문도 여남은 개 알려졌다. 그런데 불교 기록과 꼭 일치하는 것은 이 룸민디의 돌기둥 외에 부처가 처음 설법한 장소인 녹야원(사르나트)의 돌기둥뿐이다.

한국, 중국, 일본에서는 태자가 탄생한 날을 4월 초파일로 환산해 축하하고 있다. 꽃향기 그윽한 룸비니 동산에서 태어나셨다는 점으로 보면 그럴듯하지만, 인도의 달력으로는 여러 가지 주장이 있다. 앞에서 어머니의 태 안에 들어간 시기를 베샤카 달의 보름날이라고 했는데, 이로부터 열 달 뒤면 서양 달력으로 3월 초순께가 된다.

그러나 현장이 인도 지방에서 들은 말에 의하면, 상좌부(현재 동남아시아에서 행해지고 있는 테라바다. 일명 소승불교)에서는 어머니의 태 안에 들어간 시기가 웃타라 아샤다 달의 그믐날로 되어 있다. 이날은 중국력으로 5월 보름에 해당하고, 탄생은 베샤카 달 후반의 보름으로 중국의 3월 보름에 해당하는 것이다. 그러나 현장은 이 밖의 여러 학설에서 어머니의 태 안에 들어간 시기를 아샤다 달 스무사흘, 즉 중국력으로 5월 여드레이고 탄생은 베샤카 달 후반의 여드레, 즉 중국력의 3월 여드렛날에 해당한다고 기록했다.

달력은 현재의 인도 국내에도 여러 가지가 있어, 시기와 지방에 따라 일치하지 않는 경우도 있으므로 많은 설이 생길 수밖에 없다.

스리랑카를 비롯해 동남아시아의 여러 나라에서는 탄생이나 성도나 입적을 모두 베샤카 달의 보름날로 결정하고, 베샤카의 그쪽 말인 '베사크 축제'라고 해서 축하하는 습관이 있다. 종교 행사는 오랫동안 민중의 생활 속에서 자라 온 것이므로 이론만으로는 그 타당성을 입증할 수 없을 것이다.

태자가 탄생한 연대에 대해서는 여러 설이 많지만, 최근 세계의 유력한 학자들의 의견은 기원전 560년경이라는 데 모아졌다. 인도의 역사 사정으로 미루어 볼 때 몇 년의 차이는 불가피하다고 할 수 있다. 그러므로 '몇 년경'이라고 하는 것이 학문적으로도 타당할 것이다.

3
태자의 입성

룸비니에서 태어난 아기 태자가 카필라 성으로 돌아오다

전륜성왕이냐, 부처냐

룸비니 동산에서 태자를 낳은 지 이레 만에 어머니 마야비가 죽자, 일행은 태자를 모시고 카필라 성으로 돌아간다. 이때 많은 석가족 사람들은 저마다 궁전을 마련해 놓고 태자를 자기네 궁전에 와서 머물게 해 달라고 숫도다나왕에게 간청한다. 왕은 여러 궁전에서 베푸는 초대를 받아 태자를 안고 차례로 방문하느라고 넉 달이 지난 다음에야 마침내 자기 궁전으로 돌아온다. 이러한 일은 인도에서도 그 예가 없던 일인 듯싶은데, 외가에서 태어난 아들이 아버지 집에 돌아오기 전에 친척 집을 들르는 것이 그 당시 석가족의 풍습이었는지도 모른다.

숫도다나왕은 친척들을 불러 어머니를 잃은 태자를 누구에게 맡겨 기를 것인가에 대해 의논한다. 나이가 너무 어린 여성은 마음이 놓이지 않았으므로 마하프라자파티가 태자의 양육을 맡는다. 이 여인은 죽은 왕비의 친동생이다. 그러니 그 시절 풍습에 따라 자매가 다 같이 이미 숫도다나왕의 부인이었다가, 언니가 죽자 동생이 제1부인으로 승격했는지도 모른다.

이 양어머니는 몇 사람의 시종들을 데리고 태자를 친자식처럼 잘 키웠다. 먼 훗날의 일이지만, 부처님에게 간청해 최초의 여승이 된 사람도 바로 이분이다. 또 마하프라자파티가 낳은 난다, 곧 태자의 배다른 동생도 출가해 교단의 승려가 된다.

모두 훗날의 이야기지만, 태자는 이 양어머니 밑에서 아무런 탈 없이 잘 자란다. 태자가 태어나자 부왕은 그 당시의 풍습대로 점성가를 불러 그의 운명을 점치게 한다. 점성가들은 태자의 모습을 샅샅이 살펴보고 전례에 비추어 연구한 뒤 이와 같이 아뢴다.

"태자는 범상한 인물이 아닙니다. 큰 위인(이른바 대장부)의 상이 있어, 서른두 가지 특징을 갖추었습니다. 이런 특징을 갖춘 분은 왕위에 오르면 무력을 쓰지 않고도 전 세계를 지배하는 전륜성왕이 될 수 있습니다. 그리고 만일 왕위를 버리고 출가수행한다면 반드시 부처가 되어 세상 사람들을 구제해 줄 것입니다. 32상을 갖춘 분에게는 이 두 길밖에 다른 길이 없습니다."

32상이란 손, 발, 살결 등 온몸에서 볼 수 있는 특징으로 원만한 상을 말하고, 전륜성왕이란 이상적인 군주를 가리킨다. 인도는 국토가 넓어 예전부터 통일국가를 이룬 적이 별로 없었다. 그러나 전륜성왕이 나타나 천하를 다스렸다는 전설이 전해진다. 전륜성왕의 특색은 일곱 가지 보물, 즉 바퀴와 코끼리, 말, 구슬, 여자, 대신, 장군을 지니고 있는 것이다. 그중에서도 황금으로 된 바퀴가 가장 두드러진 특징이다.

왕이 보름밤에 목욕재계하고 보전에 올라 시녀들을 거느리고 있으면 갑자기 금륜이 눈앞에 나타난다. 그것은 순금으로 이루어졌고, 직경이 열넉 자나 되며, 바퀴에는 천 개의 바퀴살이 달려 있다. 왕이 군비를 갖춘 뒤 이 금륜을 보고 동쪽을 향해 바르게 굴러가라고 말하면 바퀴가 저절로 회전하므로 왕은 군사를 이끌고 그 뒤를 따라간다. 동쪽 작은 나라의 왕들은 대왕 앞에 나와 금그릇에는 은싸라기를, 은그릇에는 금싸라기를 가득 채워 바치면서 환영한다. 대왕은 다만 '바른 법으로써 나라를 잘 다스리라.'고 일깨워 준 다음 남과 서와 북으로 사방을 돌아보니, 천하가 대왕의 뜻대로 바르게 통치된다. 금륜은 항상 대왕의 궁전 문 위 공중에 머물러 있다.

인도에서 역사적인 현실로 전륜성왕이 나타났다는 기록은 없지만 대서사시와 같은 전설문학, 특히 불교나 자이나교 성전에는 그 이름이며 장소까지 자세히 나타나 있다.

전륜의 의미에 대해서는 학자들 사이에 여러 설이 있지만, 방금 말한 바와 같은 바퀴의 회전이라고 생각하면 된다. 수레바퀴처럼 생긴 무기를 적에게 던진다는 이야기는 여러 설화에 나온다. 바퀴를 굴린다는 것은 곧 싸움을 뜻하는 말이다. 무기에 피를 묻히지 않고 정복하는 이가 전륜성왕이다. 전륜성왕은 세계의 지배자이므로 왕 중의 왕인 황제와 같은 의미를 갖는다.

옛날 사람들은 지배자는 온갖 신령스런 힘을 갖추고 있다고 믿었다. 미개인들이 추장을 생각하는 것도 이와 같다. 왕은 지상의 권력뿐 아니라 인간이나 자연의 내면까지 지배하는 영적인 힘도 함께 지니고 있다고 생각했다. 그래서 왕 중의 왕인 전륜성왕이야말로 태어날 때부터 비범한 능력을 갖춘 분이라고 믿었다. 신성하다는 점에서는 위대한 종교가와 같다. 다만 다른 점은 세속적인 권력을 가지고 있다는 것, 특히 보배로운 재물과 후궁들을 가졌다는 것뿐이다. 많은 처첩을 거느리는 것을 흔히 권력의 상징처럼 생각하기 쉬운데, 전륜성왕도 이 점에서는 마찬가지다.

이런 점을 빼놓으면 전륜성왕이나 부처님이나 다름이 없다. 세속적인 권력과 보배로운 재물과 쾌락을 버리는 것이 부처님이다. 역사적으로 보아 불교를 석가모니에서 시작하는 것처럼 설명하는 학자도 있지만, 사실 그 같은 신앙은 예전부터 있어 온 것이다. 역사적으로 부처님이 된 분의 실체를 확인할 수는 없지만 신앙으로는 오래전부터 믿어 왔다. 그렇지 않으면 태자에 대한 점성가들의 예언은 무의미해진다. 그리고 훗날 태자가 부처님이 되었을 때, 그 소식을 들은 사람들이 '부처님'의 의미를 바로 알아들은 걸 보아도 그 당시 사람들은 이 말의 뜻을 잘 알고 있었던 것 같다.

전륜성왕이나 부처님이 가문의 혈통에 의해 결정되는 것은 아니다. 그 개인이 과거 수많은 생애를 통해 쌓아 올린 선업에 의해 그와 같이 태어나는 것이다. 태 안에 들어갈 때 집안이나 부모를 가리기는 하지만, 특정한 집안에 한정하지 않고 태어날 당사자의 자질에 따른다.

인도에 옛날부터 있던 바라문교에서는 가문에 따라 바라문, 크샤트리아(무사 귀족), 바이샤(상공 서민), 수드라(노예)라는 계층 구별이 있고, 이것을 더욱 세분해 사람은 태어나면서부터 이미 그 신분이 정해져 있다고 가르친다. 인도의 서북쪽에서는 부처님 시대에도 그러한 바라문 중심의 사상이 성했지만, 갠지스 강 유역과 그 북쪽에서는 이미 바라문 지상주의가 두루 적용될 수 없었다. 윤회전생의 입장에서 본다면, 같은 사람이 그 업에 따라 바라문으로도 노예로도, 또는 짐승으로도 바뀌어 태어나기 때문에 가문만을 내세울 수는 없다.

전륜성왕과 부처님은 32상이 같을 뿐 아니라, 태 안에 들어갈 때의 현몽을 비롯해 여러 가지 공통점이 많으나, 전륜이라고 한 것이 특히 중요하다. 앞에서 말한 바와 같이 전륜성왕의 상징은 무기로서의 바퀴인데, 부처의 상징은 형체가 없는 법륜이다. 부처님이 '법륜을 굴린다'고 함은 법(진리)을 설해 사람들을 가르치고 이끄는 것을 뜻한다. 그중에서도 부처님이 된 후 맨 처음으로 한 설법을 '초전법륜'이라고 한다. 그리고 거기에서 굴린 법은 아무도 거꾸로 돌릴 수 없다고 했다. 즉 전륜성왕 앞에서 굴러가는 금륜을 거역할 수 없는 것처럼, 부처님의 법륜을 반론할 자도 없다는 것이다.

전륜성왕과 부처님은 더없이 밀접한 관계를 지닌 채 그 당시 사람들의 신앙의 대상이었다. 그리고 세속적인 명예나 육체적인 쾌락을 단념하고 부처님이 된다는 사실을 한결 가치 있게 믿었다.

아시타의 예언

왕의 명령을 받고 모여든 점성가들의 말은 아시타라는 선인에 의해 거듭 확고해졌다. 아시타는 남쪽의 빈드야 산맥 또는 히말라야 산맥이라고도 하는 깊은 산중에서 세상사를 잊어버리고 수도에 만 전념했다. 그런데 어느 날 여러 가지 기적을 보았고, 또 신들이 "부처님이 세상에 출현하셨다."고 기뻐하면서 외치는 소리를 들었다. 천안으로 사방을 두루 살펴보니, 카필라 성의 태자가 바로 그 사람이라는 사실을 알 수 있었다. 아시타는 그 길로 제자를 데리고 궁전의 문 앞까지 가서 안내를 청했다. 왕은 기뻐하면서 선인을 맞이했다. 찾아온 사연을 듣고 나서, 지금은 태자가 잠들어 있으니 잠시 기다려 달라고 말한다. 하지만 아시타 선인은 이렇게 말한다.

"태자 같은 분이 그렇게 오래 잠드실 까닭이 없습니다."

그래서 가 보니, 태자는 벌써 깨어 있었다. 왕은 몸소 태자를 안고 와서 선인의 품에 넘겨준다. 선인이 갓난아기를 안고 그 모습을 자세히 살펴보니, 신들보다 훨씬 거룩하고 태양보다 더 빛났다.

"마침내 대장부가 세상에 출현하셨구나!"

이렇게 감탄하더니, 갑자기 큰 소리로 슬피 울며 눈물 흘린다.

이 광경을 보고 왕을 비롯해 양어머니와 일족들이 모두 함께 운다. 이윽고 왕은 아시타 선인을 보고 청한다.

"이 아이가 태어났을 때 점치는 사람들을 불러서 보였더니 다들 기뻐하며 축하해 주었습니다. 그런데 당신 같은 큰 선인이 슬퍼 우는 걸 보니 우리도 걱정이 되지 않을 수 없습니다. 바라건대, 길흉을 일러 주십시오."

그러자 선인은 눈물을 거두고 이와 같이 말한다.

"대왕이시여, 걱정하실 일은 아닙니다. 제가 지금 슬퍼하는 것은 다름이 아니오라 보시다시피 저는 나이가 들어 죽을 날이 머지않았습니다. 그러니 바른 법도 듣지 못하고 부처님이 출현하시는 것도 볼 수 없습니다. 대왕이시여, 한없는 중생이 번뇌의 불길에 타고 있습니다. 부처님은 진리의 비를 내려 이를 소멸해 주실 것입니다. 우담발화(몇천 년 만에 한 번씩 핀다는 전설적인 꽃)가 피는 일이 보기 드물 듯이, 부처님 여래가 세상에 출현하는 일도 지극히 드뭅니다. 대왕이시여, 부처님이 보리좌에 앉아 악마를 항복시키고 법륜을 굴리는 것을 보는 사람은 반드시 훌륭한 과보를 받을 것입니다. 저는 그러한 은혜를 입지 못하는 것이 한스럽습니다."

그리고 아시타 선인은 태자가 전륜성왕이 아니라 반드시 부처님이 될 것이라고 단언한다. 왕은 이 말을 듣고 매우 기뻐하면서 선인과 그 제자에게 여러 가지 음식을 베풀고 값진 의복을 선물한다. 선인은 제자를 데리고 돌아가며, 제자에게 이렇게 말한다.

"머지않아 부처님이 세상에 출현할 것이니, 너는 출가해 그분의 제자가 되어라."

이때의 그 어린 제자가 나라카인데, 훗날 부처님이 성도하셨다는 소식을 듣고 바라나시로 가서 제자가 된다.

태자가 탄생한 뒤 얼마 되지 않았을 때, 석가족의 대표자들은 슛도다나왕 앞에 모여 태자를 데리고 천묘에 참배하러 가야 한다고 아뢴다. 천묘란 민간신앙의 신들을 제사 지내는 곳으로 도읍 안팎 여기저기에 있었던 모양이다. 그래서 왕은 거리를 깨끗이 치우게 하고 북과 경쇠를 흥겹게 울리며 지나갈 문을 장식하게 한다. 귀족, 부자, 시민, 바라문들을 모이게 하고, 많은 시녀들을 줄지어 세운다. 향유와 향수를 뿌리고, 바라문의 어린이들은 길목마다 서서 축하의 노래를 부른다.

천묘를 깨끗이 장식해 놓은 뒤, 왕은 후궁에 들어가 왕비에게 태자의 채비를 하게 한다. 왕이 몸소 태자를 안고 수레에 오르자 수행할 시종들이 뒤따를 준비를 한다. 향 연기가 자욱하고 꽃이 흩날리는 가운데 깃발을 울리고 음악을 연주하면서 천묘로 향한다. 사람들과 함께 천인 천녀들이 공중에서 천상의 꽃을 뿌리고 음악을 연주한다. 천묘에 이르러 왕이 태자를 안고 안으로 들어서니, 거기에 모셔 놓은 신상들이 일제히 자리에서 내려와 태자 앞에 예배하고, 천인들도 소리를 같이해 "거룩하시어라." 하고 외친다. 모습을 나타낸 신들은 자신들을 겨자씨, 소 발자국에 고인 물, 반딧불에 견주고 태자를 수미산, 큰 바다, 해와 달에 비유하면서 태자의 뛰어남을 찬탄한다. 이때 수많은 신과 천인들이 더없는 보리심(스스로 깨달음을 얻고, 그 깨달음으로 널리 중생을 가르치려는 마음)을 일으킨다.

또 다른 경전에 의하면, 태자가 카필라 성으로 돌아오던 중 성 밖에 있는 천묘에 참배했다고 한다. 거기에는 증장이라는 신이 모셔져 있었는데, 석가족의 소년 소녀들이 소원이 있을 때마다 참배해 영험을 보았다는 곳이다. 왕의 명을 받은 유모도 태자를 안고 참배한다. 또 그 근처에 따로 무외라는 여신을 모셨는데, 그 여신상이 신당에서 일부러 내려와 태자를 맞아 합장하고, 머리를 숙여 태자의 발에 예배하며 유모에게 말한다.

"이분은 누구보다도 훌륭한 분이므로 제가 예배를 받아서는 안 됩니다. 제가 예배를 드리는 것이 마땅합니다. 이분의 예배를 받으면 머리가 일곱 조각으로 깨지고 말 것입니다."

이 천묘 참예(신이나 부처에게 나아가 뵈는 것) 설화만 보더라도 설화 그대로가 역사적인 사실이냐 아니냐 하는 문제를 떠나, 그 안에는 불교를 이해하는 데 중요한 암시가 담겨 있다.

첫째, 그 당시 인도에는 여기저기 크고 작은 사당이나 사원이 있었다. 그런 건물이 오늘날까지 남아 있는 경우는 하나도 없으나, 여러 기록과 고고학 자료를 종합해서 살펴보면 여러 층으로 된 꽤 큰 건물도 있었던 것 같다. 법당에 모신 부처 가운데 으뜸인 본존은 〈베다〉에 전해 내려오는 바라문의 옛 신들만이 아니고, 오히려 야차, 야차녀, 비사문, 아수라, 길상천녀, 용, 변재천, 그리고 온갖 천녀 외에도 신의 자격을 지닌 유명 무명의 남녀가 수없이 있었다. 강이나 못, 늪, 숲, 산에도 구석구석 신이 살고 있었으며, 돌이나 나무에도 특별한 것에는 모두 주인이 있었다. 오늘날 남아 있는 민간신앙의 형태와 비슷한 데가 있다. 따로 신령을 모신 신당 없이 돌이나 나무를 그대로 예배 대상으로 삼은 것도 적지 않았다. 신당이 있을 때도 특정 종파의 사람에게만 한정하지 않고 누구든지 참예할 수 있었다.

둘째, 그와 같은 신당은 일반에게 두루 개방되었기 때문에 훗날 부처님을 비롯해 그 제자들도 자주 드나들었고, 때로는 그곳에 얼마 동안 머물기도 했다. 이 점에서는 자이나교도 마찬가지였다. 기독교나 이슬람교에서 생각하는 것처럼 편협한 종파의 차별은 전혀 없었다. 뿐만 아니라 부처님은 이따금 일반 민중들에게 조상 때부터 내려온 풍습을 지켜 여러 사당(차이티아)에 나아가 천지신명에게 제사를 지내라고 가르치기도 했다. 여기서 천지신명이란 바라문 학자가 말하는 〈베다〉의 신들만이 아니고, 일반 민중이 예전부터 믿어 온 민속신앙을 가리킨다.

셋째로 주의할 것은, 비록 신들에 대한 신앙이 소중할지라도 부처님은 그 위에 계시다는 사실이다. 신들에 대한 신앙은 인간의 영성을 깨닫게 하는 데 없어서는 안 되는 것이다. 하지만 신이라도 인간과 같은 윤회전생을 피할 수는 없다. 다시 말하면 그들 또한 부처님의 구제를 기다리는 존재들이다. 이런 의미에서 부처님은 인간과 신의 지도자라고 불린다. 부처님은 항상 '사람과 신들의 행복을 위해' 법을 설한다. 한역이나 팔리어로 쓴 가장 오래된 성전 가운데에는 이런 크고 작은 신들이 부처님께 예배하면서 가르침을 청했다는 이야기가 수없이 많다.

이렇게 생각해 볼 때, 그 무렵 민간신앙의 실태를 무시하고 그저 이론만으로 불교를 이해하려고 한다면 그 참모습을 알 수 없다. 현대인의 과학 상식에 맞지 않는다고 이론에 합당한 점만을 골라 놓는다면, 그것을 불교라고 할 수는 없다. 간단히 무시해 버리고 아는 체하기 전에 불타의 전기나 전설에 스며 있는 참뜻을 알아내지 않으면 안 된다.

이와 같이 생각하면 갓난아기인 태자가 그 고장의 풍습에 따라 천묘에 참배하러 갔을 때 여러 신상이 자리에서 내려와 먼저 태자에게 예배했다는 이야기는 그만큼 중요한 의미를 지니고 있다.

고대 인도에서 신상의 실물은 거의 알려지지 않았지만, 인더스강 유역 모헨조다로 등을 발굴함으로써 아리아 인종이 들어오기 전의 유적이 알려졌다. 거기에서 신상을 발견했고, 후세의 신앙과 관련이 있다는 것도 확증되었다. 또한 각 지방에서 토기 인형풍의 신상이 발견되었다는 점, 거기에 산치와 바르후트 등의 부조를 포함해서 생각한다면, 카필라 성의 천묘에 신상을 모셨다는 사실은 조금도 이상할 것이 없다. 물론 후세의 불교예술과 다른 것은 두말할 필요도 없지만.

4
태자의 환경

아시타 선인이 태자를 안고 관상을 살피며 앞날을 예언하다

정반왕가의 계보

부처님의 할아버지는 시하하누왕이었으며, 그에게는 네 명의 아들과 한 명의 딸이 있었다. 장남인 슛도다나가 왕위를 계승했다. 둘째는 슈크로다나, 셋째는 도토다나, 넷째는 아므리토다나였다. 슛도다나의 장남이 부처님이며, 배다른 차남이 난다이다. 부처님이 성도한 뒤 카필라 성에 돌아왔을 때 난다는 갓 결혼한 참이었는데, 신부를 남겨 둔 채 출가했다. 이 사건은 불교문학의 소재로도 유명하다.

슈크로다나에게는 팃사와 난디카, 도토다나에게는 아니룻다와 바드리카라는 아들이 있었다. 이들도 뒤에 모두 출가해 부처님의 제자가 된다. 그리고 아므리토다나에게는 아난다와 데바닷타라는 아들이 있었는데, 아난다는 부처님의 충실한 제자였으나 데바닷타는 교단의 반역자가 된다. 어떤 경전에 따르면 데바닷타는 부처님의 어머니 쪽 가계라고 되어 있는데, 이 말도 그럴듯하다.

숫도다나를 비롯해 동생들의 이름이 한결같이 다나(밥)인 것은 흥미로운 일이다. 네팔은 오늘날도 쌀의 산지로 알려져 있는데, 부처님 시대에도 그 고장 사람들은 대부분 벼농사에 종사해 논에 물을 대느라 애썼으며, 어떤 때는 논물 싸움으로 말썽을 빚었다는 이야기가 경전에도 기록되어 있다.

부처님의 고향 사람들이 벼농사를 지었다는 사실은 불교의 배경을 아는 데도 중요한 자료다. 왜냐하면 경작민들 나름의 특수한 생활환경과 감정이 정신문화를 형성하는 데도 깊은 관계를 가지고 있었을 것이기 때문이다.

인더스 문명의 발상지

인도의 문화는 과거 3천 년 동안 바라문 문화가 대체로 그 중심을 이루었다. 기원전 1천 년경 인도 서북부에 들어와 처음에는 인더스 강 유역에 펼쳐지다가 수백 년 동안 동쪽으로 나아가면서 갠지스 강 유역에 이르렀고, 거기에서 다시 남인도 쪽으로도 세력을 뻗쳤다. 현대에 이르는 동안 예전부터 그 땅에 살고 있던 민족과 혼혈하고 문화적으로도 복잡한 발전을 이룩했다. 이 민족을 아리아 인종이라고 하는데, 피부가 희고 금발이며 코가 높은 것이 특색이다. 민족학이나 비교언어학적 입장에서 보면 이란인, 그리스인, 로마인, 게르만인들과 역사적으로 관련이 깊다.

인도에 들어온 아리아인은 〈베다〉라는 오래된 성전을 지니고 있었다. 이 〈베다〉에 의지해 세습적인 바라문이 '희생' 등의 종교 의식을 집행함으로써 사람들의 안전과 행복을 지키려 했다. 그렇기 때문에 〈베다〉는 절대 신성하며, 바라문은 나면서부터 최고라고 결정되어 있었다.

아리아인의 생활은 주로 목축이었다. 따라서 우유나 유제품에 의존했으므로 바라문과 함께 소를 신성한 것으로 믿었다. 이와 같이 아리아인은 목축민이라 농경은 그렇게 발전하지 못했다. 보리나 잡곡은 일찍부터 알려졌지만, 쌀은 훨씬 뒤에야 알려진 것으로 보인다.

아리아 인종이 인도에 들어오기 전에 이 땅에는 여러 원주민들이 살고 있었다. 그중에서도 인더스 강 유역의 모헨조다로나 하라파, 그 밖의 유적이 발굴되어 '인더스 문명'이라고 불린다. 이들 유적을 보면 근대 도시에 견주어도 손색없는 도시 설비를 갖추고 있어 도로나 상하수도, 고층 건물 등 모든 면에서 뛰어났다. 미술품도 발견되어 후세 인도의 시바신 비슷한 것, 동물의 그림, 도장처럼 보이는 것과 문자도 있었는데, 이 문자는 아직 해독하지 못하고 있다. 지중해 쪽과 해상무역도 하고 있었던 것으로 추측된다.

인더스 문명은 기원전 2500년에서 1500년경 사이에 번창했던 것으로 보인다. 이 문명이 어째서 쇠망해 버렸는지는 아직도 수수께끼이다. 하지만 틀림없이 새로 침입해 온 아리아 인종보다도 고도의 문명을 가지고 있었던 것이 틀림없으며, 종교 면에서도 적지 않은 영향을 끼쳤으리라 여겨진다. 현재 주로 남인도 지방에 살고 있는 드라비다 인종과 관계가 있을 것이라고도 한다.

인더스 문명은 도시 문명의 본보기이지만, 아리아인이 침입해 왔을 때 각 지방에 농경민족도 있었을 것이다. 중인도(인더스 강 상류와 갠지스 강 상류의 중간 지대)는 〈마하바라타〉라는 대서사시의 무대인데, 이 지대는 일찍부터 토착민과 이주민이 여러모로 접촉을 가졌던 곳이다. 이 〈마하바라타〉가 완성되기까지는 수백 년이 걸렸는데, 아리아인의 오랜 성전인 〈베다〉에는 없던 새로운 요소들이 점점 추가되었다. 이 중에는 〈베다〉에 나타난 아리아인과는 아주 다른 풍속 습관이 보이며, 신앙 면에서도 새로운 것이 있다. 〈베다〉에서는 바라문이 으레 희생과 공물을 바쳐 가며 신에게 제사를 지내고, 그 제사의 힘으로 은총을 입는다는 것이 기본적인 사고방식이다. 그런데 〈마하바라타〉 같은 데는 바라문의 제사 의식 중심주의와는 달리, 개인이 직접 신을 믿고 몸과 마음을 기울인다는 경건한 종교 태도가 설해져 있다. 이러한 경향은 〈베다〉에서 필연적으로 발전한 것이라기보다는 오히려 외부에서 새롭게 자극받은 결과라고 보는 것이 타당할 듯하다.

가장 두드러진 것은 카르마와 윤회사상이다. 아리아인은 예전부터 사람이 죽으면 허공으로 올라가서 어떤 이는 '신의 길'을 따라 천상에 오르고, 어떤 이는 '조상의 영혼의 길'을 따라 비에 섞여 지상으로 내려와 식물에 흡수된 다음 동물에 먹혀서 정자가 되었다가 수태되어 다시 태어난다고 생각했다.

그런데 〈우파니샤드〉에 이르면 새로운 사상이 움튼다. 그것은 카르마와 윤회사상이다. 사람은 이 세상에서 지은 카르마(행위)의 결과에 따라 착한 일을 한 이는 안락한 생활을 누리고 악한 짓을 한 자는 불행한 생활을 한다. 이와 같이 하여 생사윤회를 되풀이한다는 것이다. 업(카르마)이 다하지 않은 이상 언제까지나 윤회하지 않으면 안 된다. 윤회사상은 그 뒤 인도 사상의 모든 면에 중대한 영향을 끼치는데, 이것은 아리아인이 생각해 낸 것이 아니라 전부터 그 땅에 살고 있던 선주민족의 사상을 이어받은 것이라고 한다.

이러한 윤회사상은 바라문 지상주의 쪽에서 보면 매우 못마땅했다. 왜냐하면 바라문은 태어나면서부터 신성한 존재라고 뽐냈는데, 윤회사상에 의하면 사람은 자신의 행위 결과에 따라 신도 되고 지옥에도 떨어지며, 또는 사람으로 태어나더라도 다양한 신분을 갖는다고 하기 때문이다. 지금은 바라문일지라도 이다음 생애에는 노예로 태어날 수도 있고 이와 반대일 수도 있다면, 이미 바라문 지상주의는 성립되지 않는다. 그런데 불교와 자이나교를 비롯해 기원전 6세기 이후의 종교는 대부분 윤회사상을 전제로 하고 있다.

갠지스 유역의 농민 신앙

인도의 동부 갠지스 강에서 북쪽 히말라야 산맥 부근까지는 지금도 밀림이 많아 수목이 울창하다. 부처님의 고향 카필라바스투에서는 벼농사가 홍성했다. 부처님의 아버지와 숙부들의 이름에 한결같이 다나(밥)를 붙인 것도 곧 벼농사와 밀접한 관계를 가졌던 것을 말한다.

농경민족에게는 수렵민족이나 목축민족과는 다른 특색이 있다. 농경은 토지와 나눌 수 없는 관계이므로 다른 경우보다 인간관계도 아주 긴밀하다. 정치적으로 보아도 통치가 조직화되어 있다. 또 농경은 집단 작업이 필요하기 때문에 자연적 사회조직을 만들기가 쉽다. 거기에다 토지의 소유권을 중요시하기 때문에 가족제도나 상속권이 일찍부터 확립되었다. 이 밖에 끊임없이 부지런해야 하고 질서를 매우 중요시하며 보수적인 면도 농경민족에게 공통된 특징이다. 그리고 같은 공동체 안에서는 강하게 단결하지만 타 지역 사람들에게는 차별을 두는 경향도 없지 않다.

그러나 농경민족에게 가장 본질적인 문제는 대지와의 관계다. 수렵민족이나 목축민족과는 달리 대지에서 자라는 것에 기대고 있으므로 대지의 은혜에 유달리 민감하다. 계절의 변화, 경작과 파종과 심기에서 거두어들이기 그리고 탈곡까지……. 일을 해 나가는 동안 항상 자연의 은혜와 두려움을 몸으로 느끼는 것이 농민이다. 철 따라 지내는 고사, 풍작을 빌고 흉작을 두려워하는 간절한 마음은 농민들을 저절로 경건한 종교로 이끌어 간다. 지금의 네팔 농촌을 보더라도 여기저기 나무나 돌로 만든 이름 모를 우상과 돌로 쌓아 올린 무덤 등이 보인다.

이러한 것은 세계 어느 곳에서나 볼 수 있는 현상으로, 돌미륵이나 지장보살, 서양의 그리스도나 마리아상도 결국은 같은 의미를 지닌다고 할 수 있다. 종파적인 종교가 성립되기 전부터 있던 민중의 소박한 감정 표현이 나중에 도교라든지 불교 또는 기독교와 결부된 것이다. 네팔 등지에서도 이름 모를 신들이 농경 의식과 관련되어 먼 옛날부터 존경받고 있었다. 그중에서도 가장 위력이 있는 것은 대지의 어머니 신이다. 대지는 만물을 낳아 기른다는 뜻에서 어머니라고 불린다. 훗날 부처님이 보리수나무 아래서 악마의 비난에 대답해 대지의 여신을 자기 쪽 증인으로 불러내는 일이 있는데 이처럼 살아 있는 대지와의 결합은 부처님에게 중요한 의미를 지닌다.

부처님을 낳은 어머니의 이름은 마하마야(마야 부인)인데, 여기에 대해서는 여러 가지 해석이 있다. 하지만 나는 마하마타(위대한 어머니)의 사투리가 아닌가 싶다. 부처님의 어머니 이름을 '위대한 어머니', '대지의 여신'이라고 부른 것은 충분히 있을 수 있는 일이다.

대지의 여신 외에도 크고 작은 토지의 신들이 신앙되어 소박한 인형의 형태로 예배되었다. 이러한 신들은 천상의 신보다 훨씬 친근하게 느껴졌지만 지하를 거처로 삼기 때문에 음울한 면도 없지 않았다.

이와 같은 농민 신앙은 〈베다〉 이래의 바라문교와는 여러 가지로 다른 점이 있었다. 〈베다〉의 신들은 모두 천상을 거처로 삼고, 아그니(불의 신)같이 지상에 있는 신조차도 천상을 왕래한다. 바라문교의 신들에 대한 제사는 전문가인 바라문만이 집행하며, 예전에는 사원이나 신상을 세우지 않고 집 밖에서 화로에 불을 피워 제물을 바쳤으며, 평상시에는 자기 집 화로에서 불 제사를 지냈다. 후기에 이르러 바라문교의 대사원을 세우고 신상도 만들었지만, 사원의 예배는 본질적인 것이 아니라고 여겼고, 지금도 그런 경향이 남아 있다.

이와는 달리 신자가 직접 신에게 호소하는 일반적인 신앙의 입장에서는 예전부터 형상을 갖추고 있는 유치한 우상을 예배하며, 돌이나 나무를 쌓아 무덤을 만들거나, 또는 예배 장소로 쓰일 건물을 세우기도 했다. 부처님 고향 사람들의 종교는 대부분 이런 형태였을 것이다.

수렵민이나 유목민에 비해서 농민들의 생활은 비교적 평온하다고 할 수 있겠지만 어떤 의미에서는 준엄하기도 하다. 한여름 무더운 뙤약볕 아래서 김을 매고 벌레를 잡는 것은 결코 쉬운 일이 아니다. 게다가 대지를 마주하고 일을 하다 보면 자연계의 생존경쟁과 약육강식의 공포를 낱낱이 목격하게 된다.

태자의 농지 명상

경전에 의하면 부처님이 소년이었을 때 이런 일이 있었다.

어느 해 봄, 숫도다나왕은 예년과 같이 많은 신하들과 함께 농경제를 지냈다. 농경민의 관습에서는 대개 군주가 앞장서서 경작을 하지 않으면 행사가 시작되지 않는다. 이 의식에는 태자도 참석해 농부들이 일하는 모습을 신기한 듯 바라보고 있었다. 흙과 땀에 젖어 헐떡거리며 일하는 농부들의 모습이 태자의 눈에는 애처롭게 비쳤다. 그보다도 태자의 마음에 더 큰 충격을 준 것은 가래로 파헤친 흙 속에서 벌레가 꿈틀 나타나자 어디선지도 모르게 새가 날아와 벌레를 쪼아 먹는 것이었다. 산 것끼리 서로 잡아먹지 않고는 살아갈 수 없는 참혹한 사실을 바로 눈앞에서 본 태자는 더 이상 견딜 수가 없어 가까운 숲에 들어가 나무 아래 앉아 깊은 생각에 잠긴다.

태자의 모습이 보이지 않아 사람들이 찾으러 가니 그 둘레의 나무들은 모두 해를 따라 그늘을 옮겨 가는데, 태자가 앉아 있는 나무만은 그늘이 움직이지 않고 태자의 몸 위에 언제까지고 서늘한 그늘을 드리우고 있었다. 이를 목격한 아버지 숫도다나왕은 그 거룩한 모습에 예배를 드린다.

이 설화를 통해서도 알 수 있듯이 농민의 괴로운 노동, 흙 속에 있는 벌레의 목숨, 약육강식, 이러한 사실들이 소년 태자의 마음에 강한 충격을 주었다. '모든 것은 괴로움'이라고 한 불교의 명제가 단순한 이론이 아니라 실제 생활의 직접적인 체험에 근거를 두고 있다는 점에 주목해야 할 것이다.

바라문교에 대립한다는 점에서 불교와 같은 입장에 있는 자이나교에서는 불교보다 더 엄격하게 살생을 금한다.

자이나교 신자는 현재도 인도에 많지만, 대부분 상공업에 종사하고 농업에는 손도 대지 않는다. 농사를 짓는 이상 살생을 피할 수 없기 때문이다. 자이나교도 불교와 같은 터전에서 발생했기 때문에 농업의 실태를 잘 알았을 것이다. 대체로 인도 사람들은 예전부터 살생을 꺼리는 경향이 짙은데, 자이나교는 그중에서도 가장 극단적이다.

이와 같은 소년 태자의 설화는 나무 아래서의 명상에 대해 적고 있는데, 이것도 오랜 옛날부터 내려온 인도 전통 가운데 하나다. 이를테면 비非바라문 사회에서 널리 행해진 종교 수행의 한 방법인데, 훗날 지극히 일반적으로 보편화되었다. 이론상으로는 어디에 앉아도 상관없을 텐데, '나무 아래서'라는 말을 자주 쓴다. 나무 아래서의 명상은 배후가 안정된다는 뜻도 있겠지만, 나무에 신이 깃들어 있어 수행자의 몸을 지켜 준다는 의미도 있다. 훗날 보살이 보리수 아래 앉기 전에 그 나무에 예배했다는 기록도 이런 뜻이다.

이런 점에서 생각해 보면, 소년 태자가 명상할 때 나무 그늘이 그대로 드리워진 채 옮겨지지 않았다는 것도 그저 이상한 일이 아니며, 나무에 깃든 신이 태자를 수호해 주었다는 의미로 이해할 수 있다.

더 말할 것도 없지만 이 농경제와 태자의 명상을 단지 '역사적 사실'이라는 관점으로만 읽는다면 그 참뜻을 이해할 수 없을 것이다. 따라서 이 중에서 '과학적'으로 증명할 수 있는 일만을 사실로 인정하고 그 밖의 것은 '후세의 첨가'라고 하여 지워 버린다면 그 참뜻을 알 수 없다. '후세의 첨가'라고 생각되는 이런 것이야말로 석가모니의 전기를 쓰는 작가에게는 생생한 진실이었다. 다만 그 묘사 방법이 20세기의 신문 기사와는 다를 뿐이다.

5
태자의 교육

태자가 탄 마차를 끌고 마부가 학교로 향하다

교사를 놀라게 한 태자

훗날 부처님이 된 싯다르타 태자는 어린 시절에 어떤 교육을 받았을까. 이전의 학자 중에는 불교를 〈우파니샤드〉나 상키아 철학 등과 결부시켜, 태자의 고향에 그러한 학문이 유행했다고 생각한 사람들도 있었다.

그러나 그 같은 생각은 어디까지나 상상이었을 뿐, 실제로는 그다지 관계가 없었던 듯하다.

산스크리트어나 한문 또는 티베트어로 된 불타 전기를 보면 가장 눈에 띄는 것이 태자가 문장을 배웠다는 기록이다. 태자는 일곱 살 때 많은 소년 소녀들과 함께 처음으로 학당(서당)에 갔다. 아버지 숫도다나왕도 동행하고, 길에는 아름다운 여성들이 나와 환송한다. 음악을 연주하며 꽃을 뿌리거나 향을 사르고, 또는 향수를 뿌리는 등 마치 잔칫날과 같았다. 태자는 그 사이를 누비며 양이 끄는 수레를 타고 간다.

태자가 수레를 타고 학당에 들어가 선생과 만난다. 그 선생의 이름은 비슈바미트라인데, 아마 바라문이었을 것이다. 한역에서는 박사 비사밀다라고 하지만 산스크리트 기록에는 '소년의 교사'라고 분명히 씌어 있으므로, 그 계통의 전문가일 것이다. 오늘날의 인도에서도 아이들을 모아 놓고 야외에서 가르치는 광경을 볼 수 있는데, 이와 비슷했을 것이다.

비슈바미트라는 태자의 얼굴을 보고는 너무나 거룩한 모습에 놀라 그만 정신을 잃고 쓰러졌다가 신의 도움으로 겨우 일어난다. 태자는 황금 연필과 향나무 서첩(요즘의 노트)을 들고 편지를 써 선생에게 드린다. 편지에는 예순네 가지 서체의 이름과, 그중 어떤 것을 가르쳐 줄 것인가 하는 질문이 씌어 있었다. 선생은, 그중 처음 두 가지밖에 모른다고 답하고 마음속으로 태자를 존경하게 된다.

그런 다음 수업이 시작되어 산스크리트어의 자모를 아, 아아, 이, 이이에서 샤, 하까지 아이들과 같이 소리를 내 가며 배운다. 이를테면 '아' 자는 제행무상(우주 만물은 쉼 없이 변해 한 모양으로 머물러 있지 않음) — 무상은 '아' 음에서 시작되니까 — '아아' 자는 자리이타自利二他 — '아아'에서 시작되니까 — 하는 식으로 외는 것이다. 이는 모두 나중에 부처님이 가르침을 펴는 내용 가운데 일부를 보여 준 것이다.

싯다르타 태자의 취학에 대한 이 이야기는 불타 전설의 한 대목이므로 그렇게 알고 읽어야 할 것이다. 부처님만 그런 것이 아니고 모든 위인의 전설에 공통된 특색이다. 위인은 스승에게 배우기 전에 이미 지식과 기능을 완벽하게 갖추고 있다는 것, 다만 세상의 관습에 따르기 위해 또는 제삼자를 격려하느라고 아이들과 같이 학습한다는 것이다. 태자는 이해력이 비범해서 무엇이든지 처음부터 다 알고 있는 것처럼 보였다고 한다. 이러한 이야기는 역사적인 사실에 근거해서 생겼다고도 할 수 있겠지만, 거기에는 단순한 사실 이상의 것이 들어 있음 직하다.

역사적으로 볼 때 부처님의 어린 시절, 즉 기원전 6세기의 북인도에서는 문자가 어떻게 쓰이고 있었을까.

인도의 문화를 지배해 온 아리아 인종은 원래 문자를 가지고 있지 않았다. 모헨조다로에서 발견한 도장 비슷한 것의 문자는 아직 해독하지 못했는데, 아마도 후세의 문자와는 관계가 없을 것 같다. 유럽의 아리아 인종, 가령 그리스인이나 로마인도 원래는 문자를 가지고 있지 않았으며 셈족에게 빌려서 그리스 문자나 로마 문자를 만들었다. 그리스어의 알파, 베타나 영어의 에이, 비 등은 글자 모양은 물론 그 순서까지도 셈족의 글자를 모방한 것이다. 셈족은 아라비아어나 히브리어 등으로 유명하다.

현재 인도에서는 수십 종의 문자를 사용하는데, 그 대부분은 그리스 문자와 마찬가지로 본래 셈족의 문자를 바탕으로 만들어진 것이다. 한마디로 범자(산스크리트어로 표기한 문자)라고 하지만, 좁은 의미의 범자는 기원전 5세기까지 소급되는 가장 오래된 글자체이다. 처음에는 셈족의 문자처럼 오른쪽에서 왼쪽으로 가로쓰기를 했다. 브라흐미(범자) 다음이 카로슈티 문자인데, 이것은 후세의 산스크리트어와 같이 왼쪽에서 오른쪽으로 가로쓰는 것이었고, 기원전후 북인도 지방에서 널리 사용되었다.

앞에서 말한 설화 중에서 비슈바미트라 교사가 알고 있던 것은 이 브라흐미와 카로슈티 두 가지뿐이었다고 했는데, 이것은 거의 역사적인 사실일 것이다. 그 밖에 태자만이 알고 있었다고 기록된 예순두 가지 문자 중에는 중국의 문자, 훈의 문자, 또는 천天, 용, 야차, 아수라의 글자까지 있으므로 어디까지를 사실로 받아들일지가 문제다. 요컨대, 태자는 세상의 온갖 문자를 모두 알고 있었다는 뜻으로 생각하면 될 것이다.

태자의 시대에 무엇 때문에 문자를 가르쳐 주었을까. 어떤 불타 전기에서는 태어난 지 이레 만에 어머니를 잃고 쓸쓸해하는 태자의 마음을 달래 주기 위해서라고 하지만, 반드시 그런 이유만은 아닐 것 같다. 일곱 살이 되면 스승에게 글자를 배우는 것은 인도에서, 특히 바라문이나 크샤트리아 사회에서는 예나 지금이나 일반적인 관습이다.

그러나 옛날 중국이나 우리나라에서처럼 고전을 배우기 위해 문자를 익히지는 않았을 것이다. 인도에서 고전이라 하면 첫째로 〈베다〉나 〈우파니샤드〉를 말하지만, 이것을 배우는 것은 바라문의 특권이었다. 그러므로 태자 같은 무사 귀족 계층에는 관계가 없는 일이었다. 더욱이 이같이 신성한 고전을 문자로 옮기는 일은 그 당시로서는 신성모독이라고 생각했다. 19세기에 이르러 유럽의 학자가 〈베다〉를 출판했을 때도 보수적인 바라문은 강하게 반발했었다. 불교에서도 그와 같은 경향이 없지 않아, 5세기 〈율장〉의 산스크리트어 본을 구하기 위해 인도를 거쳐 스리랑카까지 여행한 중국인 법현도 사본을 입수하는 데 많은 어려움을 겪었다.

싯다르타 태자도 어린 시절에 여러 가지 옛이야기를 들었을 것이다. 그러나 그것도 입에서 귀로 진해진 것이지 우리들처럼 책을 통해서는 아니었다. 따라서 글자를 읽고 쓰는 일은 대부분 실용적인 면에서였을 것 같다. 서신, 특히 왕의 공문서 또는 세금 관련 서류, 상업상의 통신 등의 실물이 현재는 남아 있지 않지만, 옛이야기 같은 것으로 미루어 보아 그러한 실용적인 문서는 오래전부터 쓰였을 것이다. 자료는 흔히 나무로 만든 것에 철필로 새겨 놓았을 것이며, 돌에 새긴 비문은 지금도 그 유물이 남아 있다.

싯다르타 태자에게 문자에 대한 지식이 실용적으로 쓰였다면 산수 지식도 그와 같았을 것이다. 불타 전기에 의하면, 그 당시 카필라에는 아르주나라는 산수의 대가가 있었다. 석가족의 소년들이 모여 셈에 관한 경쟁을 하는데 누구도 태자를 당해 내지 못했고, 아르주나까지도 태자의 실력에는 미칠 수 없었다고 한다. 태자는 큰 수의 단위를 알고 있을 뿐만 아니라, 아주 작은 티끌이 어느 정도 모이면 얼마만 한 크기가 된다는 계산도 잘 알고 있었다.

이러한 산수 지식이 세금과 관계가 있었던 것은 더 말할 필요도 없다. 카필라와 같이 농경에 의존했던 나라에서 세금 계산은 가장 중요한 정부 업무 가운데 하나였을 것이다. 농부가 관리의 채찍이나 형벌을 두려워해 세금을 내려고 피땀을 흘리는 광경은 불타 전기에도 나온다.

제왕학 공부

태자에게 무예와 병법을 가르칠 교사로 크샨티테바가 선정되었다. 이 사람은 선각왕(수프라붓다)의 아들로, 태자에게는 외삼촌뻘되는 셈이다. 태자의 아버지 숫도다나왕은 태자를 위해 소년용 놀이터를 만들고 거기에서 교육을 받도록 했다. 교육 내용은 먼저 칼이나 활 같은 무기를 다루는 법, 코끼리나 말을 다루는 법, 마차를 부리고 군사를 움직이는 법 등의 전투 기술 외에 국왕으로서 알아두어야 할 천문, 제사, 점술, 문법, 고전, 주술 등에 이르기까지 매우 광범위하다. 스승인 크샨티테바도 태자의 진보가 빠른 데 놀란다. 이 제왕학에 관한 공부는 여덟 살에서 열두 살 때까지 4년 동안 이루어진다. 이것도 사실에 가까운 말일 것이다.

어느 나라나 마찬가지지만, 고대 인도의 국왕도 항상 신변의 안전을 염려했다. 왕궁에 일곱 겹의 성벽을 쌓고 상군(코끼리 군대), 마군(말 군대), 차군(전차 군대), 보병군을 각각 일곱 겹으로 배치하며, 성벽 바깥에도 일곱 겹의 도랑을 파 놓고, 완전 무장한 군사들이 지키고 있어도 밤에 편히 쉴 수 없는 것이 국왕의 일상이었다. 비록 전쟁은 없더라도 자신을 지킬 무술쯤은 평소부터 익혀 둘 필요가 있었다. 또 이런 농업국에서는 국왕이 연중행사인 제사도 주관해야 하므로 천문이나 점술 또는 종교 의식까지도 알아야 했다.

태자는 이와 같이 장래의 국왕으로서 교육을 받았는데, 여기에서 같은 또래의 소년들과 기예를 겨루었다는 이야기가 불경에 아주 자세하게 기록되어 있다. 이것도 이른바 영웅 전설의 일부로, 이야기 그대로가 사실이라고 받아들일 필요는 없겠지만, 전기 작가에게는 그대로 지나칠 수 없는 중요한 구절이다.

태자의 기예에 대해 많은 불전에서는 결혼과 관련지어 설명한다. 즉, 태자가 선택한 아가씨의 아버지가 태자의 실력을 직접 확인하기 전에는 딸을 내줄 수 없다고 하기 때문에 경기대회를 열었다는 것이다. 어떤 불전을 보면, 장차 태자의 장인이 될 사람이 경기대회를 열고, 태자건 누구건 간에 우승한 청년에게 딸을 주겠다고 선언한다. 이것은 고대 인도 설화에 자주 나오는 '사위 고르기(스바얀바라)'와 비슷한 것인데, 전후 사정으로 미루어 보아 싯다르타의 경우에 그런 일이 있었다고 생각하는 것은 무리이다. 다른 불전을 보면, 태자의 경기와 결혼을 따로따로 말하고 있다. 여기에서도 일단 떼어서 생각하기로 한다.

태자의 경쟁 상대는 5백 명의 석가족 소년들인데, 그 가운데서도 사촌 형제인 데바닷타와 배다른 아우인 난다가 대표적인 상대이다. 데바닷타는 두고두고 부처님의 적수가 되어 출가 후에도 교단의 분열을 꾀하고, 부처님을 살해하려는 음모를 꾸민 악독한 사람으로 되어 있다. 이 증오의 씨는 소년 시절의 경쟁 때문에 싹튼 것이라고 말하기도 한다. 나는 이 점에 대해 의문을 품고 있다. 데바닷타에 대한 전설은 얼마쯤 감안해서 생각할 필요가 있는데, 이 점은 뒤에 다시 문제 삼기로 하고, 여기에서는 귀족 소년들의 경기대회가 있었다는 것에만 초점을 맞추기로 한다.

기예 겨루기

태자의 솜씨를 겨루는 설화는 맨 처음 힘겨루기에서 시작된다.

경기하는 날 아침 데바닷타가 성에서 나가려고 하는데, 길 한복판에 아름답게 장식된 우람한 코끼리가 서 있다. 누구의 것이냐고 물으니 싯다르타 태자가 타고 갈 코끼리라고 했다. 데바닷타는 왼손으로 코끼리의 코를 잡고 오른손으로 이마를 후려갈긴다. 코끼리는 서너 번 뒹굴더니 그만 죽어 버린다. 커다란 코끼리가 성문을 가로막았으므로 사람들은 지나다닐 수가 없었다.

얼마 뒤 그곳을 지나가던 난다가 코끼리의 꼬리를 잡아당겨 일곱 걸음쯤 한옆으로 옮겨 놓는다. 그다음에 싯다르타 태자가 와서 이대로 내버려 두면 썩는 냄새 때문에 사람들이 피해를 입을 것 같다고 하며, 왼손으로 코끼리를 번쩍 들어 오른손으로 받아서 공중에 훌쩍 던진다. 그러자 코끼리는 일곱 겹으로 된 성벽과 일곱 겹 도랑을 넘어 멀리 날아가 땅에 떨어지는데, 그 떨어진 자리에 커다란 구덩이가 파인다. 그래서 사람들은 지금도 그곳을 코끼리가 떨어진 구덩이라고 부른다고 한다(일설에 의하면 태자가 죽은 코끼리를 어루만지자 되살아났다고도 한다).

이 흰 코끼리 이야기는 전형적인 전설로 많은 불전에 나온다. 이와 같은 일이 실제로 있었는지 없었는지를 따지기보다는 세 소년의 성격을 말해 주는 설화로 받아들여야 할 것이다. 또 흰 코끼리가 떨어진 곳이 지금도 지명으로 남아 있다는 이야기도 전설의 한 형식이다. 반드시 작자 자신이 그 장소를 확인한 것도 아니다. 이런 수법은 불타의 전설을 기록하는 데 가끔 쓰이고 있다.

경기 종목은 글자 쓰기와 산수, 그리고 그 밖의 학과도 있었지만 태자가 거뜬히 우승한다. 운동 경기는 달리기, 뜀뛰기, 씨름의 뒤를 이어 활쏘기가 있는데, 이 활쏘기가 경기의 절정을 이룬다. 쇠북을 과녁으로 놓고 소년들이 차례로 솜씨를 겨룬다.

태자 차례가 되자 과녁을 훨씬 더 멀찍이 놓게 하고, 그 뒤에 쇠로 만든 멧돼지 일곱 마리와 쇠로 만든 타라나무 일곱 그루를 줄지어 세운다. 태자가 활을 당기려고 하자 활대와 시위가 한꺼번에 부러진다. 태자가 이보다 더 좋은 활은 없냐고 묻자 아버지 숫도다나왕은 아주 흐뭇해하면서 "너의 할아버지께서 쓰시던 활이 있지만 아무도 그 활을 당길 수조차 없어 지금은 천묘에 간직해 두고 꽃과 향으로 공양하고 있다."고 말한다. 당장 그 활을 가져오게 했는데, 소년들은 누구도 활시위를 당길 수조차 없다. 힘센 마하나만 대신이 시험해 보지만, 활시위는 끄떡도 하지 않는다. 마지막으로 싯다르타 태자에게 넘겨준다. 태자는 앉은 채 몸도 움직이지 않고 왼손에 활을 들고 오른손 손가락 끝으로 활시위를 가볍게 잡아당긴다. 그 시위 소리가 멀리까지 들려 관중들을 깜짝 놀라게 한다. 활을 쏘니 줄지어 놓은 쇠북을 꿰뚫은 뒤 하늘 높이 솟아오른다. 인드라가 공중에서 이 화살을 받아 들고 삼십삼천에 가져간다. 천상에서는 이날을 기념해 경축일로 삼았다고 한다.

태자가 다시 다음 화살을 쏘자, 쇠로 만든 일곱 그루의 타라나무와 일곱 마리의 멧돼지를 꿰뚫고 땅속에 깊이 박히더니 그곳에서 샘물이 솟는다. 지금도 사람들은 이를 '화살 우물'이라 부른다.

그 밖에 검술, 말타기, 코끼리 부리기 등 갖가지 경기를 하는데, 태자는 어떤 종목에서나 홀로 뛰어난 성적을 보인다.

불전에 의하면, 기예를 겨룬다는 이야기를 듣고 부왕은 처음에 난처하게 생각했다고 한다. 그러다 막상 경기장에 나와서 태자의 힘센 모습을 보고 비로소 기뻐했다는 것이다. 이와 같은 경우는 분명 이야기에 흥미를 돋우려는 작가의 기교에 지나지 않을 것이다. 작은 나라일망정 태자는 카필라의 후계자였으므로 어릴 때부터 그런 기예를 익혔을 것이다.

이러한 경기대회가 이따금 열렸다는 것은 그때의 일반 사정으로 미루어 보아도 짐작할 만한 일이다. 달리기, 뜀뛰기, 씨름, 활쏘기 같은 경기 종목은 예나 지금이나 즐겨 하므로 설화나 실제에도 그 예가 많다. 다만 남들은 당길 수조차 없는 활을 쏘았다는 것, 그 화살이 보이지 않고 하늘로 올라갔다는 것, 또는 화살이 박힌 곳에서 샘물이 솟아 우물이 되었다는 것 같은 이야기는 세계에 널리 분포되어 있는 영웅 전설의 테마다. 그리고 이러한 경기가 실제로 행해졌다 할지라도 그것은 단 한 번만의 행사가 아니라, 태자의 소년 시절에는 몇 번이고 이루어졌을 것이다.

또 태자의 경쟁 상대로 데바닷타와 난다의 이름이 항상 나오는데, 이것도 이 이름과 연관된 어느 특정 인물을 가리키는 것이 아니라 착한 사람과 악한 사람의 대비라고 생각하면 좋을 것이다. 데바닷타에게도 문제가 있지만, 싯다르타 태자의 배다른 아우인 난다는 태자가 도를 이룬 뒤에 결혼식을 올리므로 태자와는 열 살 이상의 나이 차가 있다. 그런데도 그 무렵 태자와 기예를 겨루었다는 것은 가능하지 않은 이야기다.

이런 점에서도 전설의 특색이 잘 나타난다. 전설은 때와 장소가 다른 것도 한곳에 모아 같은 장면으로 보이게 한다. 연극에도 그러한 수법이 없지 않지만, 전설에서 특히 잘 쓰이는 수법이다. 따라서 소년 싯다르타가 앉은 채 거뜬히 활을 쏘는 모습은 훗날 부처님이 악마를 항복시키고 위없는 깨달음을 얻는 모습과 동일한 생각에서 이루어진 것이다. 바꾸어 말하면 부처님은 처음부터 부처님이다. 구원성불久遠成佛, 오래전부터 이미 부처님이었다는 말도 같은 발상에서 생겨난 것이다.

불타의 전설은 처음부터 그러한 관점에서 말해졌다. 그러니까 이성으로 파악할 수 있는 단순한 전설과는 그 틀이 다르다. 불타의 전설을 배우는 것은 곧 불교 자체를 배우는 일이다. 이 뜻은 차차 설명하려고 한다.

6
태자의 결혼

악사와 무희들에 둘러싸인 호화로운 생활

몇 사람의 태자비

싯다르타 태자가 열일곱 살 때 결혼했다는 이야기는 많은 불타 전기에 나온다. 그리고 아내를 얻을 때 5백 명의 후보자들과 경기를 해서 태자가 이겼다는 기록도 여러 불타 전기에 나오는데, 경기와 결혼은 별개의 문제였을 거라는 이야기는 앞에서 했다. 그 가운데서도 최대의 적수로 알려진 데바닷타는 야쇼다라비의 친동생이므로 신랑 후보가 될 턱이 없다.

싯다르타에게는 세 사람의 태자비가 있었다. 이렇게 말하면 설마 하고 이맛살을 찌푸릴 사람도 있겠지만, 고대 사회의 왕국에서 왕비가 여러 명인 경우는 흔하다.

당나라 현종 황제와 양귀비의 예에서도 볼 수 있듯이, 제왕이 단 한 사람의 왕비에게만 열중하면 나라를 위태롭게 할 수도 있으므로 왕비를 여럿 두는 것은 국왕의 위엄을 보일 뿐만 아니라 국가의 안녕을 위해서도 필요하다고 당시 사람들은 생각했던 것 같다.

〈불본행집경〉 권14에 의하면, 태자의 첫째 왕비는 야쇼다라이고, 둘째 왕비는 마노다라, 셋째 왕비가 고타미이다. 그런데 〈수행본기경〉에서는 고피카가 먼저 비가 되고, 이어서 야쇼다라와 마노다라를 맞아들인다고 했다. 각각 2만 명의 시녀와 함께 서로 다른 궁전에 살고 있었으므로 태자는 세 궁전에 번갈아 가면서 머문다. 이 점도 시녀들의 숫자만 신경 쓰지 않는다면 역사적인 사실로 보아도 좋을 것이다. 국왕이나 태자가 침소를 몇 군데씩 갖는 것은 갑자기 생기는 사고에 대비한다는 의미도 있기 때문이다.

이 가운데 고타미란 말은 고타마 종족의 여인이란 뜻이므로, 한 사람의 이름에 한정된 것이 아니라 태자의 양어머니인 마하프라자파티나 태자비 야쇼다라도 '고타미'라고 불릴 수 있다. 여기에서 고타미라고 한 것은 아마도 고파 — 고피카 또는 고피라고도 함 — 를 말한 것 같다.

불전에서는 고파나 야쇼다라 중 어느 한 사람의 이름만을 내세워 태자비로 설명하는 일이 많다. 산스크리트어 본에서도 〈라리타비스타라〉에서는 고피, 〈마하바스투〉에서는 야쇼다라로 통일하고 있으며, 한역을 보더라도 〈보요경〉과 〈태자서응본기경〉에서는 고파, 〈방광대장엄경〉과 〈과거현재인과경〉에서는 야쇼다라를 각각 태자비로 삼고 있다. 그런데 〈불본행집경〉을 비롯해 〈수행본기경〉

과 〈중허마하제경〉 같은 데서는 세 사람의 태자비가 있었다면서 그 이름을 들고 있다. 또한 〈방광대장엄경〉에서도 “야쇼다라를 첫째 비로 삼다.”라고 적고 있으므로 둘째, 셋째 비도 있었을 것이다.

〈보요경〉이나 〈방광대장엄경〉은 대체로 산스크리트어 본 〈라리타 비스타라〉와 매우 일치하는데, 태자비의 이름에 한해서 〈방광대장엄경〉만이 야쇼다라설을 취하고 있는 것은 주목할 만한 사실이다. 짐작컨대, 불타의 전기를 수지受持(경전을 받아 잊지 않고 지니는 일) 전승하는 부파에 따라 태자비를 어느 한 사람으로 통일한 것 같다. 부처님이 출가 전에 세 사람의 아내를 두었다는 사실은 출가교단의 입장에서 보면 얼마쯤 곤란했을지도 모른다. 그렇기 때문에 태자비의 동인이명설이 생겨나지 않았을까 싶다. 나는 역사적인 사실로 보아 역시 태자비가 세 사람이었다는 설을 믿을 만하다고 생각한다.

그러므로 불전을 읽으면 세 명의 왕비 중 적어도 처음 두 사람에 대한 기록은 서로 얽혀 있지만, 사정을 종합해 보면 최초로 결혼한 상대는 고파인데, 첫째 비의 지위를 차지한 것은 야쇼다라인 것 같다. 그리고 셋째 비 마노다라에 대한 기록은 자세하지 않다.

미모를 갖춘 고파

고파는 카필라에 사는 석가족의 한 가문으로 단다파니라는 부호의 딸이었다. 미인으로 명성이 드높았는데, 싯다르타의 눈에 들어 태자비가 되었다. 이때 태자의 아우 난다와 사촌 동생인 데바닷타가 경쟁자로 나타났다는 이야기도 있지만, 앞에서 말한 이유로 사실이 아닐 것이다. 그보다도 여기 설화로서 흥미 있는 에피소드가 하나 있다.

처음에 숫도다나왕이 태자비를 빨리 정하고 싶어 태자에게 그 의향을 물은 일이 있다. 태자는 금세공에게 부탁해 이상적인 아름다움을 지닌 황금의 여인상을 만든 다음, 그 위에다 글자로 자격을 낱낱이 새겨 넣었다. 그 뒤 태자의 명을 받은 바라문이 카필라의 거리를 걷다가 단다파니의 딸이 이상적인 여성이라는 것을 발견하고, 결혼을 신청한다. 태자가 많은 아가씨들 중에서 특히 고파를 선택해 보석으로 장식한 목걸이를 자신의 목에서 벗어 주자, 고파는 이렇게 이야기를 했다고 한다.

"저는 태자의 목걸이를 받고 싶지 않습니다. 차라리 저의 덕으로 태자를 장식해 주고 싶습니다."

또 다른 책에서는 태자가 많이 모여든 아가씨들을 향해 목걸이를 던지자 그것이 고파의 몸에 찰싹 달라붙었다고도 한다. 황금 여인상은 사실이 아닐지도 모르지만, 어쨌든 옛날이야기의 주제 가운데 하나이다.

고파라는 여인은 태자와 전생의 인연이 있었다. 옛날 연등불이 이 세상에 계실 무렵, 보살은 산에서 도를 닦다가 부처님을 뵙기 위해 왕궁으로 찾아왔다. 그리고 고파라는 왕녀에게서 푸른 연꽃을 사서 부처님께 바쳤다. 그때 고파는 연꽃을 나눠 주는 조건으로 다음 세상에는 아내로 삼아 달라고 간청했다. 이와 같은 전생의 인연에 의해 싯다르타의 아내가 되었다는 것이다.

그 뒤 야쇼다라가 첫째 비가 된 다음에도 고파는 태자를 정성껏 섬겼을 뿐 아니라, 태자가 출가한 뒤에는 야쇼다라를 수호했다. 여장부다운 성격이었던 것 같다. 평생 아이를 갖지 못했으며, 생전의 공덕으로 사후에는 삼십삼천에 올라갔다고 한다. 부처님이 성도한 뒤 카필라에 돌아올 무렵에는 이미 죽은 뒤였다.

자존심 강한 야쇼다라

태자의 첫째 비인 야쇼다라는 라훌라의 어머니로 알려져 있는데, 석가족의 한 가문인 선각왕의 딸이다. 따라서 데바닷타와 아난다의 누이이다.

원래 선각왕은 석가 일족이 사는 데바다하 성의 왕으로, 태자의 친어머니 마야 부인과 양어머니 마하프라자파티의 친정아버지이다. 아마 그 왕의 아들 가운데 한 사람이 수프라붓다왕의 이름을 자기 이름으로 삼았을 것이고, 야쇼다라는 그의 딸이었을 것이다. 그렇다면 야쇼다라는 태자 쪽에서 보면 외가로 사촌 누이동생뻘되는 셈이다. 가문으로 보아도 첫째 왕빗감으로 합당했을 것이다.

야쇼다라와의 결혼에 대해서도 여러 가지 설화가 전해진다. 어떤 설화에 의하면, 슛도다나왕이 태자의 의향을 떠보려고 많은 꽃다운 아가씨들을 성안에 초대한다. 그래서 태자로 하여금 손수 한 사람 한 사람에게 보석이 든 꽃바구니를 주게 하고, 한 신하에게 그런 태자의 모습을 살피라고 한다. 많은 아가씨들이 떠나간 뒤 야쇼다라는 홀로 늦게 들어온다.

일설에 의하면, 야쇼다라의 아버지가 태자한테 가서 보석 바구니를 받아 오라고 이르자, 공주는 보석이라면 집에도 넉넉히 있으니 남에게까지 가서 받아 올 필요는 없다고 말한다. 그래서 아버지가 오늘 모임의 참뜻을 가르쳐 주자 야쇼다라는 비로소 태자한테 갈 생각을 한다. 그러나 공주가 왔을 때 태자의 손에는 이미 보석 바구니가 하나도 남아 있지 않았다.

야쇼다라는 이렇게 따진다.

"저에게 창피를 주려고 하십니까?"

태자는 몸에 달았던 보석 장식을 하나하나 벗어 모두 야쇼다라에게 주려고 한다. 그러자 야쇼다라는 이를 사양하면서 다음과 같이 말한다.

"저는 태자가 달고 있는 것을 벗길 생각은 없습니다. 다만 이 몸으로써 태자의 몸을 장식해 드리고 싶을 따름입니다."

이 일이 있은 뒤 태자의 아버지가 공주의 아버지에게 정식으로 청혼한다. 여기서 주목할 것은 이 이야기와 관련 있는 〈자타카〉가 여러 책에 나온다는 사실이다. 야쇼다라가 태자의 선물에 불만을 보인 것은 금생뿐 아니라 전생에서도 비슷한 일이 있었다고 한다.

그 옛날 바라나시의 국왕 중에 포악한 왕이 있었다. 왕자는 착한 사람이었지만, 사소한 허물을 구실로 나라 밖으로 쫓겨났다. 왕자의 아내도 뒤를 따라 함께 산과 들에서 지내게 되었다. 가지고 간 양식이 다 떨어지자 들짐승을 잡아 굶주림을 달랬다.

어느 날, 도마뱀 한 마리를 잡아 껍질을 벗기고 그릇에 담아 물을 붓고 삶았다. 다 익기도 전에 물이 모자라자 왕자의 아내는 물을 길러 갔다. 혼자 남은 왕자는 맛있게 끓고 있는 냄새를 맡자 배가 더욱 고파 견딜 수가 없었다. 한 점을 입에 넣고 또 한 점을 입에 넣고 하다가 모두 다 먹어 버렸다. 아내가 물을 길어 가지고 돌아오니 도마뱀이 눈에 띄지 않았다.

"어디에 있어요?"

아내가 묻자 왕자는 이렇게 대답했다.

"도마뱀은 되살아나 달아났소."

아내는 왕자의 말을 믿지 않고 언제까지나 음식에 대한 원망을 잊어버리지 않았다. 몇 해가 지난 뒤 마침내 포악한 왕이 죽고 왕자가 왕위에 올랐다. 이때 새 왕은 왕비에게 값진 보물과 의복 등 여러 가지 선물을 주었으나 왕비는 무엇을 받아도 결코 흡족한 얼굴을 보이지 않았다.

이상이 〈자타카〉에 나오는 설화다. 이 이야기는 중국에서 일본으로 전해져 〈금석今昔 이야기〉라는 책에도 수록되었다. 다만 인도나 남쪽 여러 나라에서는 맛있는 음식인 도마뱀을 동아시아에서는 달갑지 않게 여겨 대신 거북으로 바뀌었다. 이런 것도 흥미 있는 설화의 하나다. 이와 같은 과거의 인연이 있었기 때문에 금생에 싯다르타 태자에게서 선물을 받아도 야쇼다라는 결코 탐탁하게 여기지 않는다는 것이다.

불타 전설에는 반드시 숨겨진 뜻이 있다. 일반적으로 전설문학이란 시간의 경과를 무시하는 경향이 있으므로, 여기에서 구혼할 때 야쇼다라가 보인 불만의 참뜻은 시간적으로는 훨씬 뒷일과 관계를 갖는다. 즉, 싯다르타 태자가 출가한 뒤 마부와 말만 돌아왔을 때, 부왕과 양어머니, 둘째 비인 고파, 그 밖의 궁중에 있는 모든 사람들이 슬퍼하지만, 그 가운데서도 야쇼다라는 마부와 말에게 심한 말을 퍼부으며 꾸짖은 다음 눈앞에 없는 태자를 향해 이렇게 원망했다.

"무정한 양반, 내가 아내로서 할 일을 다하고 있는데 왜 나를 버려 두고 떠나셨습니까. 옛날 사람들이 숲 속에 들어가 도를 닦는다는 이야기는 많이 들었지만, 그럴 때 처자를 데리고 가도 수도 생활에는 아무런 방해가 되지 않았다고 합니다. 부부가 똑같이 머리를 깎고 서로 도우며 출가고행했다고 합니다. 또 무차대회無遮大會(재물을 베풀고 설법을 하는 데 어떤 사람이나 오는 것을 막지 않는 큰 법회)를 부부끼리 행하면 둘 다 미래세에 좋은 과보를 얻을 수 있습니다. 그런데 당신은 이 세상의 기쁨에 만족하지 않고 자기 한 몸만 수도해 그 공덕으로 삼십삼천에라도 올라가 천녀들과 쾌락에 잠길 셈인가요. 어째서 나 혼자 내버려 두고 떠나셨습니까……."

야쇼다라는 이와 같은 격렬한 푸념을 토하면서 한탄한다. 그러니까 싯다르타가 혼자 출가해 버린 것을 마음속 깊이 원망하는 것이다. 이 같은 태자비의 비통한 체험을 청혼 장면으로 바꿔 놓은 것이, 전생 이야기에서 그녀의 불만 형식으로 나타난 것이라 할 수 있다.

야쇼다라가 자존심이 강한 여성이었다는 사실은 태자비로서 처음 궁전에 들어갈 때부터 드러났다. 관례를 깨뜨리고 베일을 벗은 채 얼굴을 드러내고 의젓하게 걸어갔다는 점에서도 분명하다. 후궁의 여인들은 다들 그 대담성을 보고 놀랐지만, 야쇼다라는 태연히 말했다.

"흠도 없는 얼굴을 일부러 감쌀 필요가 무엇이랴."

세 채의 궁전

셋째 태자비에 대해서는 그다지 자세한 기록이 없다. 그 이름은 책에 따라 마노라타 또는 마노다라로 다르게 나와 있고, 〈중허마하제경〉 같은 데는 므리가자라는 이름으로 기록되어 있다. 그 아버지는 카라크셰마라는 석가족의 한 사람으로 훗날 부처님께 귀의해 절을 세웠다.

싯다르타 태자가 마차를 타고 거리를 지나갈 때 므리가자는 집 안에서 태자를 찬탄하는 노래를 불렀고, 태자가 던진 진주 목걸이를 창가에서 받아들인 인연으로 셋째 비가 되었다. 그러나 이 여인에 대해서는 그 뒤 아무런 기록도 없으므로, 일찍 세상을 떠났거나 아니면 다른 이유로 태자가 출가할 무렵에는 이미 그 모습을 볼 수 없게 된 것 같다.

싯다르타에게 세 사람의 태자비가 있어 저마다 다른 궁전에서 살았다는 이야기는 다른 면으로도 생각할 수 있다. 어떤 불타 전기에 의하면, 태자비와는 상관없이 태자를 위해 겨울과 여름과 봄가을에 맞게 세 채의 궁전을 지었다고 한다. 이런 경전은 대부분 태자비가 한 사람이었다는 입장에서 말하고 있지만, 내 생각에는 본래 세 사람의 태자비를 위해 세 채의 궁전이 있었다고 전해지던 것이 세 계절의 궁전으로 바뀐 것이 아닌가 싶다.

또 어떤 책에 의하면 숫도다나왕은 세 궁전 말고도 굉장한 궁전을 지어, 거기에서는 태자를 위해 음악과 춤 등의 놀이를 그치지 않도록 했다고도 한다. 아시타 선인의 예언과 같이 태자가 출가하면 큰일이므로 그 일을 막기 위해 태자에게 여러 가지 오락을 즐기게 했던 것이다.

왕은 그래도 마음이 놓이지 않아 태자의 궁전 둘레에 세 겹의 문을 해 달고, 문단속을 엄하게 해 몇백 명이 달라붙지 않고는 여닫을 수 없도록 했으며, 여닫는 소리가 사방으로 멀리까지 울리도록 해 놓았다. 게다가 무장한 군사들을 배치해 태자가 함부로 나가지 못하도록 지켰다.

그러나 이미 작정한 시간은 차츰 다가온다. 미래의 부처님을 인간의 힘으로 얽어 놓을 수는 없었다.

7
태자의 명상

생로병사를 목격하고 돌아오는 싯다르타

질병과 늙음과 죽음

장래 부처님이 될 싯다르타의 청년 시절은 지극히 안이하고 쾌락에 차 있었다. 석가족의 왕이며 카필라의 성주인 아버지 숫도다나왕은 하나뿐인 왕자가 갖가지 놀이를 하며 마음껏 즐기도록 해 주었다.

나라의 크기로 말하면, 갠지스 강 남쪽의 마가다국이나 카필라 서쪽의 코살라국을 비롯해 당시 융성하던 10여 개국과는 비교도 안 될 만큼 작았고, 병력이나 재력도 미미해서 보잘것없었다. 그러나 식량과 천연자원이 풍부하고 주민들이 부지런했기 때문에 석가족의 생활수준은 꽤 높았다.

이웃 나라의 일반 식사는 곡식과 채소류가 보통이었는데, 카필라에서는 쌀밥에 맛있는 부식이 따랐다. 특히 태자를 위해서는 쌀도 특별히 상품을 썼고, 새나 짐승의 맛있는 고기 요리가 듬뿍 마련되었다.

또한 계절 따라 궁전이 바뀌고, 뜰에 연못을 파 여러 빛깔의 연꽃이 피어나게 했으며, 연못가에도 갖가지 꽃나무를 심었다. 세 명의 시녀가 태자의 목욕을 거들고 몸에는 향을 발랐으며, 항상 값진 옷감으로 새 옷을 지어 입혔다. 밤낮으로 양산을 받쳐 주어 밤에는 이슬에 젖지 않도록 하고 낮에는 햇볕에 타지 않도록 세심한 주의를 기울였다.

여름 동안은 높은 곳에 있는 궁전에 올라 시녀들의 시중을 받으며 흥겹게 지내기도 했다. 궁전 안의 놀이에 싫증이 나면 시종들을 거느리고 교외에 있는 동산으로 나갔다. 서른 명의 기마가 앞뒤를 호위하는 마차를 타고 행차했다.

이와 같이 싯다르타는 아버지 숫도다나왕과 양어머니 마하프라자파티의 세심한 배려와, 작은 나라이지만 부유한 자원의 혜택으로 즐거운 청년 시절을 보냈다. 야쇼다라를 비롯해 많은 시녀들도 태자에게 정성을 다해 그 이상 행복한 청춘 생활은 상상할 수 없을 정도였다.

궁전 안의 생활은 이렇듯 호화롭고 즐거웠지만, 성 밖으로 한 걸음만 나서면 거기에는 생존을 위한 참혹한 현실이 펼쳐져 있었다. 석가족은 주로 농사를 지었으므로, 농민들의 생활은 심한 노동과 자연을 상대로 모진 싸움을 해야 하는 고된 나날이었다.

태자는 카필라의 후계자로서 농경제 같은 행사에 참여하지 않으면 안 되었으므로, 그의 눈에는 농민들의 고통스런 노력과 경작에 따르는 자연계의 모진 생존경쟁이 너무도 역력히 비쳤다. 궁중 안의 안이한 생활과 외부의 비참한 생활이 더욱 강하게 대조되었을 것이다.

농경제에 참가했을 때 태자가 사람들을 피해 명상에 잠겨 있었다. 이야기는 앞에서도 했는데, 〈중아함〉 권29의 〈유연경〉에 의하면 이때의 명상은 질병과 늙음과 죽음에 대한 명상이었다고 한다.

명상은 먼저 일정한 대상에게 사유를 집중하는 데서부터 시작해 최후에는 모든 사유의 대상을 초월하는 것인데, 이때 태자의 명상은 농부들의 노고를 인연으로 해 인간의 모든 고뇌를 명상의 대상으로 한 것이다.

태자는 이렇게 생각했다.

"어리석은 사람은 자기도 병에 걸리고 병을 피할 수 없는데도, 남이 병에 걸린 것을 보면 싫어하면서 자신의 일을 돌이켜 보려 하지 않는다. 그러나 나는 나 자신도 언젠가는 병에 걸릴 것이고 병을 피할 수 없다는 사실을 잘 알고 있으므로 남이 앓는 것을 보고 싫어하지 않는다. 나 자신도 마찬가지이기 때문이다. 지금 병에 걸리지 않았다고 뽐내는 사람은 반드시 자멸하고 만다.

또 어리석은 사람들은 자기도 노인이 되고 늙음을 피할 수 없는데도, 남이 늙는 것을 보면 싫어하면서 자신을 돌이켜 보려고 하지 않는다. 그러나 나는 나 자신도 언젠가는 노인이 될 것이고 늙음을 피할 수 없다는 사실을 잘 알고 있으므로 남이 늙는 것을 보더라도 싫어하지 않는다. 나 자신도 마찬가지이기 때문이다. 지금 젊고 앞길이 창창하다고 뽐내는 사람은 반드시 자멸하고 만다.
어리석은 사람들은 '지금 병에 걸리지 않았으니까, 기운이 있으니까, 젊고 앞길이 창창하니까.'라고 하면서 뽐내고 제멋대로 생활하며 욕망에 이끌려 어리석은 짓을 다 하면서 종교 생활을 실천하려고 하지 않는다."

태자는 이와 같이 사색하고, 인간에게는 질병과 늙음과 죽음이 필연적으로 따르는 것임을 깨닫는다. 그러면서도 이 세상 사람들이 이렇듯 엄연한 사실을 돌이켜 보려고 하지 않는다는 것을 통감한다.

태자의 이러한 명상은 단 한 번만이 아니라, 눈으로 보고 귀로 들을 때마다 더욱 심화되었을 것이다.

설화에 나타난 태자

불교문학에서는 태자의 그 같은 체험을 다음과 같은 설화로 이야기한다. 태자는 어느 날, 교외에 있는 동산으로 놀러 가려고 시종에게 마차를 준비하라고 했다. 부왕은 이 말을 듣고 얼른 신하들에게 분부해 동산을 말끔히 청소하게 했음은 물론, 태자가 지나갈 길목마다 향수와 꽃을 뿌리게 했다. 그리고 금은보석으로 만든 방울을 곳곳에 매달아 천상의 낙원처럼 꾸미게 했다. 특히 길가에는 노인이나 병자나 죽은 사람은 물론 벙어리와 장님, 귀머거리 같은 불구자의 모습이 보이지 않도록 하라고 엄중한 명령을 내렸다.

태자가 시종들을 거느리고 성의 동문에서 마차를 타고 나가자 정거천에서 내려온 천인이 노인의 모습을 한 채 터벅터벅 걸어오고 있었다. 바라보니 머리카락은 하얗고 몸은 여윌 대로 여위어 살갗은 거무죽죽하며, 지팡이를 짚고 허리를 구부린 채 숨을 헐떡거렸다. 근육은 바싹 달라붙어 가죽과 뼈만 앙상하고, 이빨은 모두 빠진 데다 지적지적 눈물과 콧물까지 흘리고 있었다. 이 모습을 본 태자가 마부에게 묻는다.

"이것은 무엇인가? 어째서 이런 꼴을 하고 있는가?"

마부는 정거천인의 신통력에 압도되어 사실대로 대답할 수밖에 없었다.

"이것은 늙은이란 것입니다."

"늙은이란 어떤 것인가?"

"늙은이란 그전에는 젊었던 사람이 차차 노쇠해져서 기운이 빠지고 사람들에게 바보 취급을 당하며 몸을 움직이기가 괴로워지고, 남은 목숨이 얼마 되지 않습니다. 이것이 늙은이입니다."

"이 사람만이 늙은이가 되었는가? 그렇지 않으면 누구나 다 그렇게 되는가?"

"누구든지 다 이처럼 됩니다."

"나도 그렇게 된단 말인가?"

"태어난 자는 귀천의 구별 없이 누구나 다 이 괴로움에서 벗어날 수 없습니다."

이 말을 들은 태자는 갑자기 울적하고 슬퍼서 놀러 갈 생각이 사라져 버렸다.

'이 괴로움을 면할 길은 없는가?'

이 사실을 전해 들은 부왕은 크게 걱정했다.

'태어났을 때 아시타 선인이 예언한 것처럼 그럼 태자는 출가하

고 말 것인가?'

그러고는 궁리 끝에 궁전 안에서 더욱 많은 쾌락을 누릴 수 있도록 했다.

또 어느 날 태자는 지난번과 같이 놀러 갈 채비를 하고 성의 남문에서 마차를 타고 나갔다.

이번에는 정거천에서 내려온 천인이 병자의 모습을 하고 자기가 토해 놓은 더러운 오물 위를 뒹굴면서 괴로워 신음하고 있었다. 이것을 본 태자는 또 마부에게 물었다. 그리고 누구든지 병에 걸리지 않을 수 없다는 사실을 알아차리고는 슬픔에 잠겨 궁전으로 되돌아왔다.

다음에 놀러 나갈 때는 성의 서쪽 문으로 나섰는데, 정거천인이 장례 행렬을 보인다.

태자는 놀라 마부에게 묻는다.

"이것은 무엇인가?"

"이것은 죽은 사람입니다."

"죽음이란 어떤 것인가?"

"죽음이란 혼이 육체에서 떠나 생명의 움직임이 사라지는 것입니다. 부모, 형제, 처자, 그 밖의 사람들과도 영원히 만날 수가 없습니다. 죽는 것은 이와 같이 아주 슬픈 일입니다."

"이 사람만 죽는 것인가, 아니면 사람은 누구나 죽는 것인가?"

"태어난 이는 누구나 모두 죽지 않을 수 없습니다."

이 말을 들은 태자는 생각에 잠겼다.

'세상에 이와 같은 죽음이 존재하는 이상 어물어물 지낼 수가 없다.'

태자는 놀러 가던 길을 그만두고 궁전으로 되돌아왔다.

네 번째는 성의 북문으로 나갔다. 이번에는 정거천인이 출가사문의 모습을 하고 나타났다. 머리와 수염을 깨끗이 깎고 감색 가사를 몸에 걸친 채 지팡이를 짚고 있었다. 눈으로는 높지도 낮지도 않은 곳을 똑바로 보면서 당당하게 걸어간다. 이 모습을 본 태자는 그가 곧 출가사문임을 알아차리고 설렌다. 깊은 존경의 뜻을 품고 마차에서 내려 그 앞에 공손히 인사를 드리고 물었다.

"출가에는 어떤 이로움이 있습니까?"

"나는 일찍이 집에 있을 때 생로병사에 관한 것을 직접 겪어 보고 모든 것이 덧없음을 알았습니다. 그래서 친족을 떠나 쓸쓸하고 고요한 곳에서 수행을 쌓아 이 고뇌에서 초월할 수 있도록 힘써 왔습니다. 내가 수행하는 것은 맑고 성스러운 길입니다. 나는 바른 법을 실천하고 관능을 이기고 큰 자비를 일으켜 사람들에게 안심을 줍니다. 생각과 행동이 조화를 이루어 중생을 보호하고, 세간의 더러움에 물들지 않으며 영원히 해탈할 수 있었습니다. 이것이 출가의 법입니다."

출가사문은 이와 같이 대답했다.

이 말을 들은 태자는 생각했다.

'이 길이야말로 내가 찾던 길이다. 자, 이 길로 가기로 하자!'

태자는 마음속으로 기뻐하면서 궁전으로 돌아왔다.

이것은 '사문유관四門遊觀'이라고 하여 불타 전설 가운데서도 유명한 대목이므로 누구나 알고 있을 것이다. 그러나 이것도 역사적인 사실을 기록한 것이 아니라 어디까지나 설화라는 점에 유의해야 한다. 불전에 따라서 처음 세 차례의 외출만 말하고 출가사문과 만난 일은 따로 서술하고 있는 데도 있고, 또는 한 차례의 외출에서 늙은이와 병자와 죽은 사람과 사문을 모두 만났다고 전하는 곳도 있다.

또 〈대본경〉에는 과거세의 비바시불에 대한 일이기는 하지만 똑같이 태자 시절에 사문유관했다는 이야기가 있다. 사문을 만나자 성에 돌아가지도 않고 마부를 돌려보낸 뒤 자신은 그대로 출가해 버렸다는 것이다.

이와 같은 이야기들은 모두 설화로 알고 읽을 때 비로소 그 뜻을 이해할 수 있다. 그렇지 않으면 태자가 스무 살이 넘도록 늙음과 질병과 죽음을 몰랐다는 웃음거리가 되고 만다. 아무리 깊숙한 궁중에서 자랐다고 할지라도 그런 일은 있을 수 없다.

앞에서도 말한 바와 같이, 설화는 상식적이거나 과학적인 시간을 초월해 있는 것이 보통이다. 이 경우도 태자가 철이 들면서부터 십여 년 동안에 경험하고 감명 받은 일들을 사문유관이라는 극적인 장면으로 정리한 것이 틀림없다. 또 그 장면 설정에서도 교외의 동산에 놀러 간다는 즐거운 오락과 인간적 고뇌의 실상이라는 양극단을 대조시키고 있는 점에 연출 솜씨가 나타나 있다. 그 당시 비교적 단조로운 궁중 생활에서 보면 야외로 나가 마음껏 놀 수 있는 기회는 오늘날 우리들의 소풍보다도 훨씬 즐거운 일이었을 것이다.

부왕이 태자에게 인간이 겪는 고뇌의 실상을 보이지 않으려고 세심한 주의를 기울인 예는 이 네 차례에 걸친 외출에 한해서만은 아니었을 것 같다.

정거천에서 천인이 내려와 노인과 병자와 죽은 사람과 사문의 모습으로 변신해, 마부의 입을 통해 인간 고뇌의 실상을 알리는 기법도 설화이기 때문에 그럴 수 있다.

라훌라의 출생과 태자의 출가

태자는 앞에서도 말한 바와 같이, 태어나면서부터 부처님이었다. 그러나 한편으로는 보통 사람들과 마찬가지로 갓난아기에서 유년, 소년, 청년으로 성장하고 결혼해 자식을 낳는 과정을 거친다. 그리고 끊임없이 수행한 결과 비로소 부처님이 되고 여든 살까지 그 가르침을 전하는 일을 계속하다가 세상을 떠난다.

부처님이 되기까지 청년 시절의 기록을 보면, 한편으로는 정신적으로나 육체적으로 청년답게 성장해 가지만, 그와 동시에 중대한 시기에는 반드시 천상에서 신들이 내려와 도와주고 격려해 준다. 오늘날의 전기 작가라면 자신의 내면적인 소리라거나 제2의 자아라고 하겠지만, 불타의 전설에서는 신들의 모습을 구체적으로 생생하게 묘사한다. 또 때에 따라서는 이러한 신들의 모습은 태자나 또는 특정한 사람들만 볼 수 있었다고 기록해 놓기도 했다. 이런 일로 미루어 보더라도 이와 같은 체험은 흔히 있는 감각적인 체험이 아니라 오히려 영적인 체험이었다고 생각해야 할 것이다.

어떤 학자들은 불타 전기를 기록한 것 중에서 초자연적인 요소를 제거한 나머지만을 '역사적인 사실'이라고 한다. 그러나 얼핏 보기에 역사적인 사실이라고 생각되는 사문유관이야말로 종교적인 설화라는 것을 알아야 한다. 태자가 철들어 십몇 년 또는 이십몇 년이라는 오랜 시간 동안 경험한 늙음과 질병, 죽음에 관한 사실을 설화적으로 표현한 것이 사문유관이다.

이렇게 보면 최초에 인용한 〈중아함〉의 기록에 있듯이 태자는 전원에서 홀로 명상에 잠겨 있을 때 농부들의 노고와 자연계의 생존경쟁을 관찰하고 늙음과 질병, 죽음이라는 생존의 고뇌를 경험했다고 보는 편이 어쩌면 본래의 형태였을지도 모른다.

한편 〈자타카〉의 팔리어 주석 서문에 따르면 사문유관의 설화가 다음과 같이 기록되어 있다.

처음 세 차례의 외출에서 노인과 병자와 죽은 사람을 만나 도중에 되돌아섰던 태자는 네 번째 외출 때 사문을 만난 뒤 자기 생애의 목표를 분명히 깨달았으므로 마음 가볍게 그대로 동산에 가서 해 질 무렵까지 즐겁게 놀았다. 동산의 못에서 미역을 감고 향을 뿌린 다음 새 옷을 입고 산뜻한 기분으로 돌아갈 채비를 차린다. 바로 이때 성안에서는 태자비가 사내아이를 낳았으므로 숫도다나 왕은 기뻐하면서 급히 시종을 보내 태자에게 알린다. 이 소식을 들은 태자는 이렇게 외친다.

"라훌라가 생겼구나!"

라훌라란 '장애'라는 뜻이다. 사랑과 애착의 굴레가 늘면 출가수행하는 데 장애가 된다고 생각했기 때문이다. 이 말로 인해서 그 아이는 라훌라라고 불리게 되었다.

이날 태자가 돌아오는 길은 시민들의 환영으로 떠들썩했다. 그 중에서도 크샤트리아의 딸 키사고타미는 높은 누각에서 다음과 같이 노래 부른다.

기뻐라 어머님이여

기뻐라 아버지여
기뻐라 태자비여
이 서방님을 섬기다니.

그런데 이 '기뻐라'라는 말이 '열반적정涅槃寂靜(모든 모순을 초월한 고요하고 청정한 경지)'이라는 뜻으로도 풀이되기 때문에, 태자는 '드디어 출가할 시기가 왔음을 깨우쳐 주었다.'고 생각하고 아주 기뻐하며, 그 답례로 몸에 지니고 있던 값비싼 진주 목걸이를 벗어 던져 준다. 키사고타미는 기뻐서 어쩔 줄 모르며 생각한다.

'태자는 날 사랑하고 있구나!'

궁전에 돌아온 태자는 출가를 결심하고, 그날 밤 마부 찬다카에게 애마 칸타카를 채비시키라고 명령한다. 그리고 갓 태어난 아들과 이별을 하려 하지만, 태자비의 팔에 안겨 있는 갓난아기를 만지면 태자비가 눈을 떠 출가할 기회를 잃어버릴까 봐 그대로 말없이 떠난다.

이상은 〈자타카〉 주석 서문에 적힌 그대로다. 하루 동안에 이처럼 많은 일이 잇따라 일어났다는 점은 그다지 중요하지 않다. 다만 사문유관, 특히 출가사문과의 만남, 동산의 즐거움, 아들의 출생, 태자의 출가 등 이런 일들이 모두 관련되어 있다는 점에 주목해야 한다.

라훌라의 출생에 대해서는 여러 가지 설이 있다. 태자가 출가할 때 이미 일곱 살이었다는 설, 출가하기 직전에 태어났다는 설, 출가 후 6년이 지나 성도한 날에 태어났다(6년 동안 태 안에 있었던 것이 된다)는 설 등이다.

인도의 일반적인 통념으로 보면, 바라문교와 그 밖의 종교에서도 자손을 남기지 않고 출가수행하는 것은 악덕이라고 생각했다. 그러므로 싯다르타 태자가 아들의 출생을 계기로 출가했다는 것은 있음 직한 일이다.

8
태자의 출가

출가를 결심하고 궁을 떠나는 싯다르타

태자의 출가와 태자비의 잉태

싯다르타 태자가 스물아홉 살 때 출가했다는 기록은 여러 경전에 나와 있다. 예를 들면 〈유행경〉에는 입적 전에 부처님이 마지막 제자가 된 수바드라에게 다음과 같이 말씀하셨다고 적혀 있다.

"나는 스물아홉 살 때 출가해 선한 길을 찾았다."

〈중아함경〉 권54, 〈유부 비나야 출가사〉 권2에도 스물아홉 살이라고 적혀 있으므로 이 점은 의심할 여지가 없을 것 같다.

출가 당시 아버지 슛도다나왕과 양어머니 마하프라자파티는 건재했으며, 태자에게는 정비 야쇼다라 외에 고피카와 므리가자(이 이름에 대해서는 다른 설이 있다)를 비롯해 많은 시녀들이 시중을 들고 있었다. 태자의 아들은 야쇼다라비가 낳은 라훌라 하나밖에 없었다는 것도 여러 경전이 똑같이 전하고 있으므로 이것도 틀림없는 사실일 것이다. 다만 문제가 되는 것은 라훌라의 출생 시기이다.

팔리어 〈니다나카타〉(《자타카》 주석 서문)에는 사문유관과 라훌라의 출생과 태자의 출가를 모두 한날에 생긴 일로 적고 있다. 이 책의 성격으로 보아, 또 문학작품으로서 창작 효과의 극대화를 추구했다고 생각해도 이러한 사건이 모두 스물네 시간 안에 이루어졌다고는 믿기 어렵다. 그러므로 차라리 이 주석자가 속해 있던 부파(남방상좌부)에서 전해진 설로 보는 편이 타당할 것이다. 현재 이 책에서는 '가장 오래된 주석서에 의하면 라훌라는 그때 태어난 지 이레째였다고 하지만, 그 설은 택하지 않는다.'라고 부정한다. 따라서 그 당시 다른 주장이 있었던 것을 인정한 셈이다.

그러나 어떤 경전에서는 태자가 출가할 때 라훌라가 이미 태어났다는 말을 하지 않았다. 또한 라훌라란 이름은 태자가 출가해 6년 고행 끝에 보리수 아래서 성도하고, 그 뒤 몇 해가 지난 다음 부처님으로서 처음 카필라에 돌아왔을 때 부자가 만나는 자리에서 나오는 것이 최초라고 한 경전도 있다.

주의할 점은, 싯다르타 태자가 출가하기 전에 야쇼다라비가 임신의 기미를 보였다는 기록(《불본행집경》 권16)과 이를 뒷받침하듯 "뒷날에 싯다르타 태자가 남자로서의 능력이 없었다고 생각하면 곤란하므로 야쇼다라비가 임신을 했다."고 기록해 놓은 것이다(《중허마하제경》 권5). 또한 "같은 날 밤에 라훌라가 도솔천에서 내려와 어머니의 태 안에 들어간 것은 한밤중의 일이었다."(산스크리트어 본

〈마하바스투〉)는 기록도 이와 일치한다. 단지 라훌라가 태 안에 들어간 것이 싯다르타 태자가 출가하기 전이라고 한 경전 중에는 그의 탄생이 그로부터 6년 뒤, 즉 태자가 보리수 아래서 정진해 부처님이 된 날 밤의 일이라고 기록한 것도 있다. 그러니까 라훌라는 어머니의 태 안에서 6년이나 머물렀다는 것이다.

물론 이것을 역사적인 사실이라고 믿을 수는 없다. 동서고금을 통해 다른 데서도 '전설'로는 얼마든지 비슷한 예가 있지만 말이다. 라훌라의 경우에는, 싯다르타 태자의 출가 때문에 카필라 전체가 말하자면 근신 상태에 있었고, 그중에도 태자를 가까이하던 사람들은 태자가 고행한 6년 동안 그들도 고행에 가까운 생활을 해 왔으므로 그의 출생이 공식적으로 알려지지 않았던 것 같다.

고대나 현재에도 여러 민족에게서 흔히 볼 수 있듯이 가족 중에서 중요한 인물이 먼 곳으로 여행을 하거나 위험한 일, 특히 전쟁에 나가거나 하면 집에 남은 가족들은 근신하면서 특별히 생활 규범을 지키는 습관이 있다. 싯다르타가 6년 동안 고행할 때 그의 가족들도 그러했을 것이다.

카필라와 갠지스 중류 지방은 멀리 떨어져 있어도 예로부터 상업 통로로서 연락이 잦았다. 태자가 고행하는 광경이며 성도해 명성을 떨치게 된 일도 그때그때 가족들에게 전해졌을 것이다. 태자가 성도했다는 소식을 들은 카필라는 기쁨에 들끓었다. 이때야 비로소 라훌라의 출생이 공식적으로 공표되었을 것이다.

이것은 훗날의 일이고, 태자가 카필라 성을 나올 때 야쇼다라비는 이미 잉태하고 있었지만 라훌라는 아직 태어나지 않았던 듯하다. 여러 불전을 보면 출가하기 바로 전 아들이 태어났다는 소식을 들은 태자가 이렇게 외쳤다고 한다.

"라훌라가 생겼구나!"

그렇기 때문에 '라훌라'라는 이름이 생겼다고 한다.

이 경우 라훌라란 '장애'라는 뜻인데, 사랑해야 할 사람이 하나 더 늘면 그만큼 출가 결심이 늦어진다고 설명하고 있다. 그래서 태자는 서둘러 출가하기로 했다는 것이다.

어쨌든 이편이 드라마로는 더 효과적이다. 앞에서 말한 바와 같이 그날 갓 태어난 자기 아들과의 작별을 아쉬워하면서 성을 떠나가는 싯다르타의 모습은 인상적이다. 그러나 여러 자료를 종합해 보면, 라훌라의 출생은 역시 태자가 출가한 후라는 주장이 맞을 것 같다.

라훌라라는 이름은 '월식'이라는 뜻이기도 하다. 출생하는 날에 월식이 있었기 때문에 이처럼 이름을 붙였을 거라는 말이 옳을 것 같다. 그는 훗날 출가한 뒤에도 같은 이름으로 불렸으며, 또 야쇼다라비를 가리켜 흔히 '라훌라의 어머니'라고 했다.

출가의 의미

싯다르타 태자가 황태자의 지위를 버리고 출가해 집을 갖지 않은 수행자가 된 것에 대해, 인도의 사정이 우리와 다르다는 점을 기억해야 한다.

우리나라에서도 불교 수행자는 출가하는 것이 일반적인 경우이다. 출가하는 데는 여러 가지 동기가 있다. 이를테면 재능을 가졌으면서도 어떤 사정 때문에, 사회적으로 불만이 있거나 가정 불화

등으로 세상살이가 재미없어서 등 그 예는 얼마든지 있다. 어떤 사람들은 '세상의 무상을 느낀 나머지'라고 말하지만, 사실은 이 세상의 패배자로서 출가라는 길로 도피한 예도 흔히 있다.

그러나 인도에서는 사정이 다르다. 물론 많은 수행자 중에는 따로 재능이 없으니까 어쩔 수 없이 출가한 사람도 있겠지만, 적어도 역사적으로 중요한 인물의 출가는 소극적인 행동도 도피도 아니다. 오히려 적극적으로 높은 이상을 추구하려는 동기에서 이루어진다.

예전부터 인도인들은 카마(애욕), 아르타(재산), 다르마(종교), 이 세 가지를 인생의 목적으로 삼았다. 젊어서 몸과 마음이 모두 건강할 때는 관능의 즐거움, 특히 성적인 쾌락에 잠기는 일도 좋겠지만 재산을 모아 뜻한 바대로 생활을 즐기는 것도 인생의 꿈이다. 그러나 육체적인 쾌락과 물질적인 생활에 만족하는 데 한계가 있다는 사실을 곧 깨닫는다. 그래서 더 정신적이고 영적인 만족을 추구하는데, 그것이 종교 생활이다. 인간의 생활은 이 일생만이 아니라 출생 전에도, 또 사후에도 많은 생애가 끝없이 계속된다는 것을 알기 때문에 종교는 많은 사람들에게 절실한 것이다.

그래서 인도에서는 예전부터 인생을 네 시기로 나눈다. 첫째는 학생기學生期로 스승의 집에 살면서 〈베다〉와 그 밖의 성전을 배운다. 이 시기가 끝나면 두 번째는 가주기家住期인데, 집에 돌아와 결혼하고 가정생활과 사회생활을 해 나간다. 이렇게 살다가 사내아이가 태어나 성장하면, 아버지는 가산을 아들에게 넘겨주고 숲 속에 들어가 검소한 종교 생활을 한다. 이때 아내는 아들에게 맡겨도 되고, 또는 함께 숲에 데리고 갈 수도 있다. 이것이 세 번째 임주기

林住期다. 그리고 네 번째 유행기遊行期가 되면 모든 집착을 떨쳐 버리고 홀가분하게 집이나 소유물 없이, 머리와 손톱과 수염을 깎고 바리때와 지팡이와 물병만을 가지고 걸식으로 생활을 한다. 인도에서는 옛날부터 이처럼 종교적인 의미를 가진 걸식 습관이 있었기 때문에 그런 생활은 당연한 것으로 알았다. 그리고 걸식을 하는 수행자는 세상 사람들에게서 존경을 받는다.

이 네 시기의 구분은 바라문을 위주로 마련한 것이지만, 그 밖의 계급, 특히 크샤트리아도 여기에 준해서 살았다. 또 모든 바라문이 이 네 시기를 규칙대로 지켰다는 것은 아니다. 육체적인 욕망이나 재산에 대한 소유욕에 비해 종교적 이상을 추구하는 의욕이 강했다는 사실을 알아야 인도인의 생활 태도를 제대로 이해할 수 있다.

마가다의 수도 왕사성

카필라의 왕위 계승자로서 아무런 불편 없이 자란 싯다르타는 애정과 욕망, 재산에 대해서는 전혀 불만이 없었다. 그러나 그는 일찍부터 종교에 대한 욕구를 강하게 느꼈다. 그래서 세속적인 구속에서 벗어나 종교적 수행에만 전념하기로 결심했다.

인도에서는 예전부터 바라문 계급만이 종교를 전업으로 하는 풍습이 있었다. 바라문은 세습되었고, 나면서부터 특권을 누렸다. 바라문이 아닌 다른 계급 출신자는 결코 바라문이 될 수 없었다. 그러나 종교를 탐구하는 데는 계급의 구별이 있을 수 없으므로 출가해 수행하는 자유는 누구에게나 있었다.

〈우파니샤드〉를 보아도 바라문 외에 크샤트리아도 이미 종교 토론에 참가하고 있다. 또 사트야카마 자바라라는 청년은 자기 가문조차 모르지만, 바라문의 제자가 되어 〈우파니샤드〉에 중요한 인물로 등장한다.

사문(슈라마나)이란 바라문과는 달리 출신 성분에 관계없이 출가해 수행하는 사람을 말한다. 기원전 6세기경의 북인도, 특히 갠지스 강 중류 지역에는 사문들이 많았다. 갠지스 강 북쪽에 위치한 바이살리라는 도시국가가 그 한 중심지였다. 불교와 거의 같은 시기에 융성해 현재는 서부 인도에 널리 퍼져 있는 자이나교의 개조 마하비라는 이 바이살리 출신이다. 훗날 부처님도 신자가 많은 이 거리와 밀접한 관계를 맺는다.

갠지스 강 남쪽에는 마가다국이 있었는데, 그 당시의 수도 라자그리하(왕사성)도 수행자들이 모여드는 중심지였다. 부처님보다도 다섯 살 아래인 빔비사라왕은 수행자를 소중히 여겨 부처님이 수행하고 있을 때부터 숭배해 오다가, 훗날 아주 열렬한 불교 신자가 되었다. 갠지스 강을 약간 서쪽으로 거슬러 올라가면 북쪽에 바라나시가 있다. 이곳은 인도에서 일어난 온갖 종교의 성지로, 먼 옛날부터 오늘에 이르기까지 여러 종교가들이 모여드는 장소다.

인도의 북쪽 구석이라고 할 수 있는, 오늘날 네팔의 타라이 지방인 카필라바스투의 싯다르타 태자가 출가하면서 목표로 정한 지점은 이 갠지스 강 중류의 바이살리, 라자그리하, 바라나시 등이었다. 그리고 부처님이 된 다음 가르침의 근거지로 삼은 곳도 이들 지점이다.

싯다르타 태자가 출가한 것은 스물아홉 살 때이다. 야쇼다라 공주와 결혼한 것이 열일곱 살 때라고 하면, 결혼한 뒤 어째서 그렇게 오랫동안 잉태하지 않았을까 하는 의문도 생긴다. 열아홉 살에 출가했다는 경전도 있지만, 스물아홉 살에 출가하여 6년 동안 수행한 뒤, 서른다섯 살에 도를 이루고 여든 살에 입적했다는 줄거리가 더 확실할 것이다.

이것은 내 개인적인 생각에 지나지 않지만, 태자가 야쇼다라를 정비로 맞이했을 때는 태자비의 나이가 아직 어려, 실제적인 결혼 생활은 그보다 10년쯤 뒤에 하지 않았을까 싶다. 옛날이나 지금이나 조혼은 인도를 비롯해 여러 나라에 있는 풍습이다. 특히 석가족처럼 동족 결혼을 하던 곳에서는 정비를 선택할 범위가 한정되어 조혼 풍습이 있었음 직하다. 그렇다면 태자가 출가한 스물아홉 살 때는 실질적으로 신혼의 단꿈이 가시지도 않았을 시기이다.

사랑의 줄을 끊고

싯다르타 태자가 태어났을 때 먼 산속에서 아시타라는 유명한 선인이 일부러 카필라를 찾아왔었다. 태자의 상을 보고 "이 상은 세계를 지배하는 전륜성왕이 되거나, 아니면 세속을 버리고 출가해 중생을 해탈시키는 부처가 될 상입니다. 그러나 태자는 반드시 부처가 될 것입니다."라고 예언한 일이 있다. 이 예언은 아버지 숫도다나왕에게는 무엇보다도 큰 충격이었다.

석가족의 정치 및 군사적 세력은 그 당시 서쪽에 있던 코살라국이나 남쪽의 마가다국 등에는 비교가 안 될 만큼 빈약했다. 석가족은 아마도 아리아 민족이 아니라 아시아계의 민족이었을 것이며, 민족적인 긍지는 있어도 정치적으로는 늘 불안한 상태에 있었던 것 같다. 사실 북인도에 있던 여러 작은 나라들은 차츰 큰 나라에 합쳐졌다. 마지막에 마가다 제국이 군림하게 된 것도 그로부터 2백 년이 채 안되는 사이에 일어난 일이다.

따라서 슛도다나왕이 왕위 계승자로서 싯다르타 태자에게 건 기대는 매우 컸다. 싯다르타라는 이름 자체가 '자기의 소원을 모두 이루어 주는 사람'이라는 뜻이었으므로 부왕의 소망을 솔직히 표현한 이름이다.

슛도다나왕은 아시타 선인의 예언이 실현될 것을 두려워한 나머지 어떻게 해서든 태자의 출가를 막아 보려고 온갖 수단을 다 동원했다. 그러나 운명의 수레바퀴는 거역할 수 없는 법이다. 이윽고 부왕이 그토록 두려워하던 날이 오고야 말았다.

싯다르타 태자가 마침내 출가할 결심을 굳히고 부왕을 찾아간다. 그리고 자신의 뜻을 분명하게 말한다. 부왕은 태자의 이 말을 듣고 다음과 같이 부탁한다.

"네 소원은 무엇이든 다 들어줄 테니 제발 이 궁전에 머물러 있어만 다오."

그러자 태자는 이렇게 말한다.

"제가 찾는 것은 늙음과 질병과 죽음을 초월하는 길입니다. 이것을 이루지 못한다면 죽은 후에라도 다시 태어나는 운명을 벗어날 수 없습니다. 여기에서 벗어날 수 있도록 해 주십시오."

이 말을 들은 왕은 태자의 소망을 풀어 주기에는 자신이 너무 무력하다는 사실을 인정하지 않을 수 없었다. 도리만으로는 더 이상 태자를 붙들어 둘 수가 없었다.

하지만 부모로서의 애정은 더욱 깊어져 태자의 출가를 막아 보려고 있는 방법을 다 써 본다. 그러나 태자가 가야 할 길은 이미 결정되어 있었다.

태자는 양어머니 마하프라자파티와 태자비 야쇼다라에게는 출가할 뜻을 차마 털어놓지 못했다. 야쇼다라는 무서운 꿈을 꾸고 불길한 예감을 가지며, 마하프라자파티도 위기가 다가왔다는 것을 눈치챘다.

태자가 성을 나오던 날 밤의 일은 많은 불타 전기에 자세히 묘사되어 있다. 후궁에서 환락이 끝난 뒤 미녀들이 잠에 곯아떨어져 온갖 추태를 보이는 모습이 생생하게 그려져 있다. 그러나 이런 일이 사실이냐 아니냐를 따질 필요는 없다. 미녀를 볼 때 그 노쇠한 모습을 떠올리고, 젊은이를 볼 때 백골을 생각하는 것은 불교뿐 아니라 인도에서는 일반적으로 행해지는 요가 행법의 하나다. 그렇기 때문에 후궁에서 미녀들의 추한 모습을 보았다는 사실에 얽매일 필요는 없다.

태자가 출가하기 전후에는 이상한 현상이 많이 일어났다. 그때 부왕의 엄명으로 성문을 굳게 닫고 많은 무장한 군사들이 지키고 있었다. 하지만 태자의 몸에는 천상에서 내려온 신들이 딸려 있어 그토록 단단한 성문도 힘없이 열렸으며, 거리는 모두 깊은 잠에 빠져 있었다. 태자는 당당하게 말을 타고 성문을 나선다. 다만 마부인 찬다카만이 애마 칸타카의 고삐를 잡고 따라간다. 찬다카 역시 여러 가지 말로 태자의 출가를 막아 보려 하지만, 결국 태자의 명령대로 말을 끌 수밖에 없었다.

애마 칸타카와 마부 찬다카에 대한 이야기는 불교문학이나 미술에서 자주 소재로 다루고 있어 유명하다. 그러나 이 경우에도 그저 역사적인 사실로 보는 것만으로는 석연치 않은 점이 있다. 마부에 대해서는 그만두고라도, 태자와 같은 날 태어났다면 말도 스물아홉 살이나 되었을 것이다. 게다가 말과 마부 외에는 신들만이 함께 했다고 하니, 이 경우도 모든 것을 포함해서 하나의 신비적인 일로 보아야 할 것이다. 역사적인 사실을 따지기 전에 태자가 출가한 종교적 의미와 신비적 의미를 고려해야 한다.

이 출가를 계기로 싯다르타의 생애는 크게 둘로 나누어진다. 어떤 의미에서 보면, 출가에 의해 비로소 참된 불타 전기가 시작된다고 할 수 있다.

9
출가 직후의 태자

출가 후 때마침 만난 사냥꾼과 옷을 바꿔 입다

한밤의 출가

싯다르타 태자는 카필라바스투의 성문을 나설 때, '더없이 큰 진리를 깨달아 부처가 되기 전에는 다시는 여기에 돌아오지 않으리라!' 하고 마음에 굳게 맹세했다. 마부 찬다카가 태자의 애마 칸타카의 고삐를 쥐고 따라갔다. 이 한밤중의 외출 때 카필라 성은 깊은 침묵에 잠긴 채 아무도 깨어 있는 사람이 없었다고 한다. 다만 나가(용), 약샤(야차), 간다르바 같은 신들이 태자를 에워싸고 갔다.

태자는 똑바로 동쪽을 향해 나아갔다. 새벽녘에는 마이네야라는 곳에 이르렀다. 신들은 여기까지 따라온 뒤 자취를 감춘다. 이 고장은 옛날 선인이 살았다는 경치 좋은 곳이다. 여기에 이르자 말에서 내린 태자는 몸에 지니고 있던 마니보배를 마부에게 주면서 이와 같이 말한다.

"이 보배를 가지고 가서 부왕께 드리고 이렇게 아뢰 주기 바란다. '나 태자는 세속적인 욕망은 조금도 없으며, 또한 선업을 쌓아 천상에 태어나고 싶지도 않습니다. 다만 일체 중생이 바른길을 몰라 헤매면서 생사윤회에 괴로워하고 있는 것을 보고 이를 구제하기 위해 출가하는 것뿐입니다. 나는 아직 젊지만 생로병사에는 정해진 때가 따로 없으며, 지금 젊다고 안심하고 있을 수가 없습니다. 예전부터 훌륭한 왕들은 나라를 내놓고 길道을 찾아 숲으로 들어갔습니다. 그리고 수행 도중에 세속 생활로 돌아가는 일은 없었습니다. 내 결심도 그와 같아서, 최상의 진리를 얻을 때까지는 결코 돌아가지 않을 생각입니다.' 이같이 부왕께 전하라."

그러고 나서 몸에 지니고 있던 영락瓔珞(구슬을 꿴 장식품)과 패물들을 떼어 양어머니와 야쇼다라에게 전해 주라고 하고 자신의 결심을 모든 친족들에게 알리라고 했다.

어떤 경전에서는, 태자와 마부가 한참 동안 묻고 답하면서 마부가 태자의 결심을 꺾으려고 했지만, 태자는 아시타 선인의 예언을 들면서 자기 사명을 향해 나아갈 뿐이라고 선언했다고 한다.

이곳에서 태자는 차고 있던 칼을 뽑아 자신의 머리카락을 자른다. 이것을 인드라가 받아 가지고 삼십삼천에 올라가 소중히 공양한다.

또한 태자는 보석으로 장식한 귀족 차림새를 하고 있었으므로 출가수행자에게 알맞은 옷을 얻었으면 하고 생각한다.

그때 마침 눈앞에 한 사냥꾼이 나타난다. 손에는 활과 화살을 들고 있으면서 몸에는 가사를 걸치고 있다. 가사란 산스크리트어 카샤야에서 온 말인데, 감색의 옷으로 수행자가 몸에 걸치는 일종의 법의다. 따로 내의를 입지 않고 바로 가사를 걸치는데, 추울 때는 세 벌까지 껴입을 수 있다.

이를 보고 기뻐한 태자는 자기가 입고 있던 화려한 의복을 벗어서 그 가사와 바꾸어 몸에 걸친다.

어떤 경전에서는 살생을 업으로 삼는 사냥꾼이 어째서 출가수행자 차림을 하고 있느냐고 태자가 묻자, 그 사냥꾼은 먼저 짐승을 안심시켜 놓고 사냥을 하기 위해서라고 대답했다고 한다. 또는 사냥꾼이 입고 있던 옷이 사슴 가죽으로 만든 것이었다고도 한다. 이 부분에 대해서도 경전마다 기록이 다르다. 싯다르타를 위해 마련해 두었던 것을 인드라가 사냥꾼의 모습을 하고 가져온 것이라고 쓴 경전도 있다.

첫머리에 공통된 것은 신이 사냥꾼의 모습을 하고 태자가 구하던 출가수행자의 옷을 가져다주었다는 점이다. 그것이 수행자에게 어울리는 가사였는지, 아니면 보통 사냥꾼들이 입는 사슴 가죽 옷이었는지는 단정할 수 없다. 우리들의 상식으로라면 인적이 드문 깊은 숲 속에서 가장 만나기 쉬운 사람이 사냥꾼이고 그들이 입은 옷이라면 사슴 가죽일 것이라고 상상할 수 있다. 숲 속의 수행자가 사슴 가죽 옷을 입었다고 해도 그렇게 이상한 일은 아니다.

이와 같은 일이 일어난 곳은 카필라에서 동쪽으로 밤새껏 말을 몰고 간 장소로 마이네야라고도 하고 마이네야카 또는 아누비네야라고도 불리는 라마촌 근처였다. 이 지점은 아나바마 강이 흐르는 곳으로, 그 근처에 아누프리야라는 마을도 있었다고 한다.

이 라마촌은 훗날까지도 불타의 유적으로 남아 있었다. 405년에 이 땅을 찾아간 법현은 '남막'이라고 기록했는데, 이곳에는 부처님의 사리를 모신 남막탑이 있고, 사미승이 주지로 있었다고 했다. 또 그 동쪽, 태자가 마부와 백마를 돌려보냈다는 곳에도 탑이 세워져 있었다고 한다.

그 뒤 633년에 현장이 그곳을 찾아갔을 때는 옛 고을 남막은 황폐해 사람 그림자가 드물고 탑만 남아 있었다. 몇 안되지만 승려가 살고 있었는데, 그때도 역시 사미승이 주지로 있었다고 했다. 사미사 동쪽으로 울창한 숲을 지나가면 커다란 탑이 솟아 있는데, 이곳이 바로 태자가 마부를 돌려보낸 장소라는 것이다.

이 라마촌은 카필라와 쿠시나가르의 중간 지점으로 콜리야라는 종족이 살던 곳이다. 동쪽 쿠시나가르는 말라족의 고장이며, 부처님이 입적한 땅이기도 하다.

성안의 소동

마부 찬다카는 태자의 엄한 명령에 못 이겨 부탁받은 보석과 패물을 가지고 말과 함께 힘없이 카필라로 돌아간다.

태자의 실종을 알게 된 카필라는 위아래 할 것 없이 큰 소동이 일어난다. 사람들은 비탄의 눈물에 젖어 있고, 이에 호응이라도 하듯 성 안팎의 샘물이며 강물이 마르고 풀과 나무도 시들어 버린다.

찬다카는 갈 때는 단 하룻밤에 달려간 그 길을 돌아올 때는 여드레나 걸려서 겨우 도착한다.

태자가 사랑하던 말 칸타카의 울음소리가 들리자 성안은 갑자기 활기를 띤다. 숫도다나왕을 비롯해 눈물에 젖어 있던 양어머니 마하프라자파티와 태자비 야쇼다라, 그리고 후궁의 여인들도 모두 모여들어 태자가 돌아오기를 기다린다. 마구간의 말들이나 정원의 새들도 태자가 돌아오나 싶어 밝은 울음소리를 낸다.

그러나 이윽고 돌아온 것은 마부와 말뿐이자 다들 슬피 울부짖으며 마부 찬다카를 몹시 꾸짖는다. 그중에도 마하프라자파티의 비탄은 차마 볼 수 없었다. 태자가 궁중에 있을 때는 몸에 갖가지 향을 바르고 맛있는 음식만 골라 먹이며, 옷과 침구도 부드러운 것만 쓰게 했다. 항상 시종들이 곁에 있어 아무런 불편 없이 지냈는데, 저 가냘프고 귀한 손발이 이제 들짐승과 같이 산과 들에서 쉬며 벌레에 시달리고 누더기를 걸친 채 땅바닥과 가시 돋친 풀에 눕다니……. 이처럼 애지중지 키운 태자를 걱정하면서 양어머니는 슬프게 탄식한다.

태자비 야쇼다라는 마부 찬다카를 몹시 꾸짖는다. 찬다카는 일의 경위를 자세히 설명하고 자기 힘으로는 어쩔 도리가 없었으며, 또 말을 책망할 수도 없는 일이었다고 극구 변명한다.

야쇼다라는 다시 눈앞에 있지도 않은 남편을 향해 원망을 쏟아놓는다.

"저는 지금껏 정성을 다해 당신을 섬겨 왔습니다. 그런데 어째서 저를 버리고 혼자 가셨습니까. 예전부터 왕이 도를 닦기 위해 왕위를 버리고 산속에 들어갔다는 얘기는 많이 들었습니다. 그러나 그런 때도 아내와 자식을 데리고 갔다고 했습니다. 부부가 함께 머리를 깎고 출가해 고행을 했다고 합니다. 또 부부가 함께 신들에게 제사 지내고 공덕을 쌓아 사후에는 천상에 태어났다는 말도 들었습니다. 그런데 당신은 저를 버리고 혼자만 천상에 태어나 천녀와 즐거움을 나누겠다는 것입니까? 이처럼 당신에게 버림받은 제 마음이 찢어지지 않는 건 돌이나 쇠붙이로 되어 있기 때문일까요?"

야쇼다라는 미칠 듯이 괴로워하며 몸부림치고 울부짖는다. 그런가 하면 깊은 생각에 잠기기도 했다. 한참 후에 태자비는 다음과 같이 맹세한다.

"오늘부터 태자를 다시 뵐 때까지 저는 침상에 눕지 않겠습니다. 향이 있는 탕에서 목욕하지 않겠습니다. 몸을 치장하거나 만지거나 화장하지 않을 것이며, 색옷을 입지도 않을 것입니다. 보석이나 꽃 장식을 지니지 않고 향수를 뿌리지도 않겠습니다. 맛있는 음식을 입에 대지 않고 술은 모두 끊겠습니다. 머리 손질도 하지 않겠습니다. 이 몸은 비록 집 안에 살고 있을지라도 항상 산속에 있는 셈치고 고행 생활을 하겠습니다."

둘째 태자비 고피는 커다란 나뭇가지가 꺾인 것처럼 넘어진 채 일어서지도 못하고, 태자의 온갖 미덕을 생각하며 탄식한다. 그전에는 행복의 증명서였던 영락이 지금은 보기만 해도 그저 슬플 뿐이다. 그 밖의 궁녀들도 모두 눈물에 젖어 슬퍼할 뿐 찬다카의 위로도 들리지 않는다.

그때 부왕은 싯다르타 태자의 신상을 염려해 재실에 들어가 몸을 삼가며 신들에게 빌고 있었다. 그런데 태자가 기거하던 궁전 쪽에서 대성통곡하는 소리가 들리자 급히 그곳으로 갔다. 마부 찬다카가 태자의 영락과 산개傘蓋(인도에서 햇볕이나 비를 가리기 위해 쓰던 우산 같은 것)와 백마를 왕께 바치자 왕은 너무나 애통한 나머지 그 자리에서 졸도한다.

친족들의 간호로 의식을 회복한 왕은 끝없이 탄식한다.

"아아, 내 아들아!"

그 말 중에는 다음과 같은 구절이 있다.

"아아, 내 아들아, 나는 너를 위해 철철이 알맞은 궁전을 지어 주었다. 너는 어째서 그것을 버리고 떠나 인적도 드문 황야에서 짐승들과 살면서 숲 속을 헤매는가. 예전에 선인들이 너의 앞날을 예언해 주었다. 나는 어찌나 기쁜지 나도 모르게 갓난아기인 너의 발에 예배했었지. 아아, 내 아들아, 너는 이제 왕궁을 떠나 출가해 버렸구나. 이 성을 지켜 주던 수호신들도 이제는 모두 성을 버리고 떠나가 버렸구나……."

그러나 다시 마음을 가다듬은 왕은 그래도 아들의 신상을 염려하며 신들의 보살핌이 있기를 빈다. 사방의 호세신왕, 천상의 제석, 천안천주, 사지의 남편(인드라를 가리킴), 대력 천안 및 여러 천중, 또 세상의 제신, 풍신, 수신, 화신, 지신 등 사방사유(사유란 하늘과 땅의 네 구석. 즉 서북, 서남, 동북, 동남의 네 방위)의 여러 신들이 태자를 지켜 달라고, 그리고 태자가 빨리 최고의 진리를 깨닫도록 왕은 정성을 다해 빌었다. 그러고도 사랑하는 아들과 헤어진 괴로움을 이기지 못해 큰 소리로 울부짖는다.

이때 숫도다나왕의 명령을 받은 몇 사람의 귀족 청년들이 태자의 자취를 쫓아가 출가의 뜻을 되돌려 보려고 했다는 경전도 있다. 또 다른 경전에 의하면, 왕이 귀족 청년 다섯 사람을 골라 태자를 찾아가 신변을 보살피라고 했는데, 이 다섯 사람도 마침내 출가해 숲 속에 머물렀다고 한다. 훗날 바라나시 교외에 있는 녹야원에서 부처님의 맨 처음 설법을 들은 사람이 바로 이 다섯 청년이었으리라고 생각되지만, 이 점은 분명치 않다.

한편, 카필라의 여러 사람들에게서 비난을 들은 백마 칸타카는 괴로움을 이기지 못하고 그 자리에서 죽어 삼십삼천에 태어난다. 훗날 부처님이 도를 이루었다는 소식이 전해지자 어느 바라문 집안에 태어나 부처님의 설법을 듣고 해탈했다고 한다. 팔리어 경전에 의하면, 이 백마는 태자와 헤어질 때 너무 슬퍼한 나머지 그 자리에서 넘어져 그대로 삼십삼천에 올라갔다고도 한다.

이름 높은 선인

싯다르타는 마부 찬다카와 헤어진 뒤 수행자의 옷차림을 갖추었다. 이제부터는 우리들도 불교문학의 예에 따라 태자라 부르지 않고 보살이라고 부르기로 한다.

보살은 마이네야에서 다시 동쪽에 있는 쿠시나가르로 간 다음, 이 근처에서 동남쪽으로 방향을 바꾸어 지금의 간다크 강과 갠지스 강 중류의 샛길을 따라 바이살리로 간다. 아마도 부처님이 마지막 수행길에 나선 경로와 대체로 같았을 것이다. 즉 서북쪽에 있는 코살라의 수도 슈라바스티(사위성. 지금의 사헤트 마헤트)에서 출발해 석가족의 카필라바스투, 콜리야족의 라마촌, 말라족의 쿠시나가르, 밧지족의 바이살리를 지나, 갠지스 강을 건너 파탈리촌(훗날 파탈리푸트라. 지금의 파트나)에서 그 당시 마가다의 수도 라자그리하에 이르는 교통로이다. 수행 중인 보살이 동남쪽을 향해 걸어간 길을 그 뒤 50년이 지난 다음 반대 방향인 쿠시나가르까지 걸어가 거기에서 세상을 떠난다. 이곳은 옛날부터 통상로가 열려 있어, 장사꾼들만이 아니라 수행자들도 이 길을 많이 이용했다는 사실을 기억해 두어야 할 것이다.

보살이 바이살리로 가는 과정에 대한 기록은 경전마다 서로 다르다. 팔리어 〈니다나카타〉 등에서는 도중에 아누프리야라는 숲 속에서 이레 동안 지낸 다음 곧장 라자그리하로 갔다고 썼을 뿐이다. 부파에 따라 기록 내용도 역시 다르다.

산스크리트어 계통의 책에서는 두 사람의 고행녀에게서 차례로 접대를 받았다고도 적혀 있다. 인도에 예전부터 여성 고행자가 있었다는 사실은 여러 자료를 통해 짐작할 수 있다. 대승경전인 〈화엄경〉 가운데는 사료로 이용할 만한 것도 있지만, 그중 입법계품에서 선재동자가 보살도를 구하기 위해 차례로 방문한 선지식 속에 여성의 이름이 많은 것은 주목할 만하다.

또 다른 입장에서 살펴보더라도 19세기 최대의 성자라고 하는 라마크리슈나가 수행 시대에 이름 없는 여성 수행자에게서 아주 커다란 영향을 받았다는 이야기도 이 문제와 관련이 있을 것이다.

이런 의미에서 생각해 보더라도, 수행자가 된 보살이 비류범지와 파두마범지라는 두 사람의 고행녀에게서 최초의 접대를 받았다는 사실은 특필해도 좋을 것이다. 보살은 이어서 라이바타라는 선인, 광명 및 조복이라고 부르는 두 선인에게서 각각 접대를 받고 남쪽으로 내려간다.

바이살리 가까이 왔을 때 발가바 선인한테 들른다. 이 선인을 중심으로 많은 선인들이 숲 속에서 수행하고 있었다. 보살이 거기에 가까이 이르자 숲 속에 있는 온갖 새들이 지저귀는데, 마치 아름다운 음악이라도 연주하는 것 같았다. 벌레나 짐승들도 보살의 얼굴을 보고 환영하는 분위기였다.

바라문들은 다른 사람보다도 뛰어나게 빛나 보이는 보살의 모습을 보고는 모두 존경의 뜻을 품고 인사를 드린다. 바라문 중에 어떤 사람은 소를 키워 젖을 짜서 신에게 제사 지내는 일을 하기도 하지만, 대부분은 열심히 고행을 한다. 어떤 사람은 나뭇가지나 풀을 뜯어 음식으로 삼는가 하면, 어떤 사람은 쇠똥을 먹는다. 또 삼이나 풀로 옷을 만들고 또는 사슴 가죽을 걸치는가 하면, 낡아서 찢어진 가죽을 꿰매서 입는다. 땅바닥에 눕는 사람도 있고, 벌거벗은 채 가시 위에서 자는 이도 있으며, 개미집에 웅크리고 앉아 있는 사람도 있다. 머리에 빗질을 하지 않은 사람, 상투를 틀고 있는 이, 머리카락이나 수염을 뽑고 있는 이 등 가지각색이다.

보살이 그들에게 물었다.

"무엇 때문에 그렇게 고행하고 있습니까?"

그러자 이와 같이 대답한다.

"천상에 태어나기 위해서지요."

이렇게 육체를 괴롭힘으로써 그 갚음으로 다음 생에는 안락한 생활을 한다는 것이다. 또는 단식을 해서, 또는 절벽에서 몸을 던지거나 태우면서 천상에 태어난다고 말하는 사람도 있다. 또 어떤 사람은 〈베다〉 성전에 짐승을 죽여 신들에게 제물로 바치면 좋은 갚음을 받는다고 적혀 있다고도 한다.

이와 관련해서 〈불본행집경〉 권20에는 이들 선인이 살던 곳은 미티라 성에 있는 왕의 지배를 받고 있었다고 한다. 이 왕은 대법회를 열고 신에게 제사 지내기 위해 많은 생물을 죽여 다음 생의 안락을 빌었다는 이야기가 선인들의 입을 통해 전해지고 있다. 미티라 성은 밧지족의 한 도읍으로 바이살리의 도읍에 사는 사람들과는 동족이다.

이로써 미티라에서 바라문의 법식에 따라 '희생의 제사'를 지냈다는 사실을 알 수 있다.

보살은 선인들에게서 이러한 이야기를 듣고, 그들이 하는 그 어떤 방법도 인생의 문제를 궁극적으로 해결할 수 없음은 물론, 도리어 죄악을 거듭하는 일이라고 그들에게 가르쳐 준다.

이들 선인 가운데 한 사람은 보살이 해탈을 구하겠다는 결심이 굳은 것을 보고 바이살리 근처에 아라다 카라마라는 훌륭한 선인이 있으니 그곳으로 가는 것이 좋을 거라고 한다. 보살은 곧 그곳에 가기로 결심한다. 출가한 보살이 아라다 카라마에게 갈 때까지의 기록을 싣지 않은 불타 전기도 많지만, 앞에서 말한 바와 같이 그에 앞서 다른 선인들과 만난 것도 틀림없는 사실이다.

10
보살의 종교 체험

출가한 싯다르타는 각지에서 수행하는 선인들을 만나러 다닌다

마가다국의 성쇠

스물아홉 살 때 태자의 자리를 버리고 카필라바스투를 나와 출가수행의 길에 오른 싯다르타는 줄곧 동남쪽을 향해 길을 갔다. 그 목적지 가운데 하나는 처음부터 바이살리였던 것 같다. 또한 그 당시의 대국인 마가다의 수도 라자그리하도 처음부터 예정에 들어 있었을 것이다.

바이살리의 수도는 부처님의 생애를 통해 커다란 의미를 갖지만 그것은 훗날의 이야기이고, 수행자 고타마로서도 이 고장에 희망을 걸고 있었던 듯하다.

바이살리는 갠지스 강의 북쪽, 오늘날 바하르 주의 무자파르푸르라고 불리는 지방이다. 하지푸르라는 거리에서 북쪽으로 30킬로미터 남짓한 지점에 바사르흐라는 마을이 있다. 그 주변에서 유적이 발견되었는데, 둘레 20킬로미터가 옛 도시의 자취라고 한다. 여기에서 남쪽을 바라보면 직선거리로 43킬로미터 지점에 갠지스 강 남쪽을 따라 파트나가 있다. 이 파트나는 부처님의 노년에 마가다국이 새로운 수도를 건설하기 시작한 곳으로 파탈리푸트라라고 불렸다. 그러나 파탈리푸트라를 건설하기 전의 마가다국 수도는 거기에서 다시 65킬로미터쯤 내려간 라자그리하였다.

바이살리는 릿차비인들의 도읍으로 귀족합의제 정치를 하고 있었다. 릿차비인은 밧지족(브리지족)의 일족인데, 말 타는 솜씨가 뛰어나고 장사를 잘했으며 화려한 옷으로도 유명했다. 현대의 유명한 역사학자의 말에 따르면, 이 릿차비인은 인도 아리아 인종이 아니라 넓은 의미에서 몽골 인종이었다고 한다. 그러므로 현재의 티베트인이나 구르카인과 같은 계통의 황색 인종이다.

갠지스 강을 사이에 두고 그 남쪽은 백색 인종계인 아리아인의 마가다국, 북쪽은 황색 인종인 릿차비인의 나라로, 그들의 도읍이 바이살리인 셈이다. 마가다국에는 북쪽에 있는 이웃이 항상 위협적인 존재였는지, 파탈리푸트라를 건설한 것도 이에 대비하기 위해서였다.

파탈리푸트라를 수도로 삼은 마가다국은 부처님이 입적하신 뒤에도 여러 차례 성쇠를 겪었다.

한편, 릿차비인의 나라에 대해서는 부처님 시대가 지난 수백 년 동안 거의 아무런 기록도 남아 있지 않았다. 하지만 망하지 않고 존속하면서 한때는 파탈리푸트라까지 정복했던 것으로 추정된다.

부처님 시대로부터 8백 년이 지난 320년경 굽타 왕조가 일어나 새로 마가다국을 건설하고, 3백여 년 동안 문화의 꽃을 피운다. 이 왕조의 초대 왕 찬드라굽타 1세는 릿차비인의 왕녀를 왕비로 맞았다. 이 결혼으로 인해 굽타 왕조는 날로 번창해 갔다.

이로 미루어 보더라도 릿차비인의 세력이 1천 년 가까이 쇠퇴하지 않았음을 알 수 있다.

또한 현장 삼장은 633년에 이 땅을 찾아가 이렇게 기록했다.

"바이살리의 도성은 이미 심하게 황폐해 있으나 그 유적은 둘레 60, 70리나 되며, 궁전의 둘레는 4, 5리이고, 주민들은 드문드문하다."

현장 삼장 당시는 인도 전체가 쇠퇴해 가던 때라 충분히 그랬을 법하다.

또 다른 면에서 생각하면, 바이살리는 자이나교의 개조인 마하비라의 출신지이기도 하다. 불교와 자이나교는 적어도 그 배경을 이루는 사상에 공통점과 유사점이 많으므로, 불교가 성립한 경위를 생각할 때 자이나교를 무시할 수는 없다.

마하비라는 바이살리에서 릿차비 귀족의 아들로 태어났다. 출가해 예전부터 전해 내려오던 자이나교의 수행승이 되었다가, 후에 독립해서 새로운 자이나교의 개조가 되었다. 부처님보다 나이가 좀 위이며, 서로 만난 일은 없지만 가르침을 편 지역이 거의 같아서 제자나 신자의 교류는 있었다. 특히 바이살리는 불교로서도 포교의 중요한 근거지였다.

시바신의 성기 숭배

또 한 가지 기억해 둘 것은, 릿차비족과 마찬가지로 부처님 고향의 석가족도 황색 인종이었다는 점이다. 석가족이 백색 인종인 아리아인이 아니라 황색 인종이었을 거라는 학설은 19세기의 학자들도 주장했었다. 그 후 여러모로 연구한 결과 지금으로서는 가장 유력한 학설로 인정하고 있다. 이런 점으로 미루어 석가족 출신인 부처님이 릿차비족의 도읍인 바이살리와 깊은 관계를 맺은 것은 결코 우연한 일이 아닐 것이다.

불교를 연구하는 사람들 중에는 '스승 없이 홀로 깨달았다'는 점만을 강조해 부처님이 독자적인 가르침을 펼쳤다고 주장하는 사람도 많다. 물론 원칙적으로는 그 주장에 찬성한다. 그러나 불교 자체는 영원한 진리를 설하더라도 설법하는 방법에서나 그에 앞서 불교가 성립되는 과정에서는 그 시대나 장소의 배경이 중대한 영향을 미쳤다는 사실을 부정할 수 없다.

과거의 인도 연구가 중에는, 인도에 예전부터 있던 바라문 사상이 〈베다〉에서 발달해 〈우파니샤드〉 등의 철학을 낳고, 그것이 계속해서 육파철학 등과 함께 불교며 자이나교를 성립시켰다고 설명한 사람도 있었다. 그러나 점차 연구가 진전되자 불교나 자이나교가 바라문 사상과 전연 관계가 없다고는 할 수 없지만, 적어도 그 기반을 이루는 요소는 바라문 문화와는 다른 문화에 입각하고 있다는 사실이 밝혀졌다. 아니, 오히려 〈베다〉 이래 바라문 사상에 끊임없이 영향을 미쳤고, 신앙 면에서나 사상 면에서도 이질적인 것을 안에 지녀 온 비아리아계 문화가 그 근원이라는 사실이 점차 밝혀지고 있다. 이를테면, 산에 있는 사나운 신이나 여신의 신앙, 윤회사상만 하더라도 나중에는 인도 사상의 중대한 요소를 이루는데, 이런 것들도 원래는 비아리아계 문화의 독특한 것이었으며, 그것이 아리아계의 바라문 사상에 흡수된 것이다.

여기에서 말하는 비아리아계 문화는 조직적으로 오래된 역사에는 알려져 있지 않다. 그러나 역사의 기록에 나타나기 훨씬 전부터 뚜렷이 존재하고 있던 것만은 틀림없다.

1920년경부터 서북 인도(현재는 파키스탄) 펀자브 지방의 하라파와 신도 지방의 모헨조다로에 거대한 도시 문명의 유적이 있다는 것이 학계에 보고되어, 인더스 문명이라는 이름으로 알려졌다. 학자들의 추정에 의하면, 기원전 2500년경까지 거슬러 올라가는 문명이라고 한다. 다시 최근에는 역시 신도 지방의 코트데지에서 같은 계통으로 한층 더 오래된 유적이 발견되었으므로, 인더스 문명은 기원전 3천 년 이상이나 더 위로 거슬러 올라간다는 사실을 확인했다. 그리고 기원전 1천 년경 서북쪽에서 침입해 온 아리아인에 의해 멸망한다.

이 인더스 문명의 유적에서 나온 물건이 많은데, 아직 그 문자가 해독되지 않았기 때문에 자세한 것은 앞으로의 연구 결과를 기다려야 알 수 있다. 그러나 돌에 새겨진 인장의 도안 등으로 보아 어느 정도까지는 신앙 형태를 짐작할 수 있다. 거기에서 우리는 후세 힌두교의 시바신의 원형을 볼 수도 있다. 시바는 그 별명을 파슈파티(동물들의 주인)라고 한다.

더욱이 그 앉음새를 보면, 좌선하는 앉음새의 특징이 잘 나타나 있다. 또 도안에는 황소가 더러 보이는데, 이것은 보통 소가 아니고 시바신이 타고 다니는 소, 또는 시바신 자체를 상징하는 황소라고 볼 수 있다. 후세 힌두교에서는 시바신이 타고 다니는 소를 백우 난디니라고 하는데, 그 원형이 여기에 있다.

후세의 신앙에서 시바신은 비시누신과 함께 최고의 신으로 불리지만, 바라문교의 가장 오래된 〈베다〉 성전에는 시바신—〈베다〉의 루드라신이 뒤에 시바신과 한 몸이라고 한다—이 나오지 않는다. 그 시바신이 〈베다〉보다 오래된 인더스 문명의 출토품 중에 들어 있다는 것은 주목할 만한 사실이다. 또 이 출토품 중에는 남근 숭배 흔적도 뚜렷이 나타나 있다. 성기 숭배는 세계적으로 널리 분포되어 있고, 농경 의례와 밀접한 관계가 있다. 후세 힌두교에서는 남근의 모양을 링가, 여성 성기의 모양을 요니라 해서 예배의 대상으로 삼는데, 링가는 특히 시바 신앙에 속해 있었다.

시바신은 후세에 와서 요가 행자의 신(요기슈바라)이라고도 불리며, 요가 선정의 수호신이기 때문에 앞에서 말한 좌선상은 이 점에서 보더라도 분명 시바신과 관계가 있다는 것이 더욱 뚜렷하다.

여신상은 이 밖에도 모헨조다로의 출토품 중에 얼마든지 있다. 결실의 어머니인 대지를 여신으로 숭배하는 종교는 세계에 그 예가 많은데, 〈베다〉에는 남신의 아내로서의 여신에 대한 신앙은 거의 없다. 이것도 훗날의 힌두교에서는 샤크티라고 하여 예배한다. 샤크티 중에서도 가장 중요한 것은 시바신의 비 칼리인데, 근대 도시 콜카타(칼리가타)의 이름도 이 여신에 근거를 두고 있다. 불교에서는 샤크티를 명비明妃라고 부르며, 만다라에도 나타나 있다.

윤회사상과 요가

앞에서도 밝힌 바 있듯이 인도에서는 신성한 나무를 숭배하고, 특히 선정을 닦는 사람들이 그 나무를 배경으로 하는 예가 많다. 나중에 이야기하겠지만, 부처님이 깨달음을 얻은 보리수는 가장 유명한 예의 하나다.

이와 같이 인더스 문명의 유품으로 추정되는 종교 형태는 〈베다〉의 종교와는 많이 다르면서도 훗날의 인도 사상과 밀접한 관계를 가지고 있다. 특히 좌선 요가가 그 한 예다. 〈베다〉에도 요가가 없는 것은 아니지만, 불교나 후세의 요가파에서 실천하는 것과 같은 요가는 〈베다〉에는 기록되어 있지 않다. 따라서 이러한 요가에 대한 생각이나 실천은 아리아 인종의 바라문교와는 다른 사회에서 나와 발달한 것으로 보아도 될 것이다.

또 하나, 〈베다〉에는 분명하지 않으나 훗날 —〈우파니샤드〉에는 나온다 — 인도 사상 전체의 특징을 이루게 된 윤회사상이 있다. 이것은 사상이기 때문에 요가처럼 고고학 자료에서 밝혀낼 수는 없지만, 바라문의 세계 밖에서 발생한 것이라는 점에 대해서는 학자들 간의 의견이 일치한다.

사람은 죽은 후에 그 생전의 행위에 대한 보상으로 신들이 사는 천상에 태어나거나 또는 감옥과 같은 지하의 지옥으로 떨어지거나, 또다시 인간으로 태어나도록 되어 있다. 그리고 이 상태가 한없이 되풀이된다. 선한 과보로 천상에 태어났더라도 언젠가는 또 인간계나 그 이하로도 떨어지므로, 이처럼 죽었다 다시 태어나고 태어났다가 다시 죽는 윤회는 결국 괴로움일 수밖에 없다. 한 번 죽어 모든 것이 다 끝난다면 간단한데, 몇 번이고 생사를 되풀이해야 한다면 생각만으로도 지겹고 끔찍한 일이다.

이런 윤회의 세계에서 벗어나려면 어떻게 하면 좋을까. 이것이 기원전 6세기경 인도 사상계의 중심 과제였다. 사상계라고는 하지만 종교나 철학 전문가들만의 문제가 아니라, 신분이나 교양과 관계없이 적어도 자신의 생활을 반성할 줄 아는 사람이면 누구나 한 번 생각해 보지 않을 수 없는 문제였다.

윤회의 세계에서 벗어나는 것을 보통 해탈이라고 한다. 열반이란 말로도 잘 쓴다. 이런 경지에 도달한 사람은 더 이상 생사유전(삶과 죽음을 끝없이 되풀이하는 일)의 세계에 돌아오는 일 없이 아주 자유로워진다.

윤회 상태에 있는 생물, 특히 인간은 흔히 마차에 비유된다. 수레는 육체이고, 말은 마음이라고 한다. 마음이 흔들려 비탈길로 가면 육체도 흔들려 비탈길로 간다. 그렇기 때문에 기수가 쉴 틈이 없다. 마음을 통일해 바른 행동을 하면 기수도 편안해진다. 이 비유는 불교와 다른 종교에서도 여러 형태로 나타난다.

정신의 통일을 가리켜 요가라고 하는데, 이 말에는 말을 수레에 매어 둔다는 뜻도 있다. 똑바로 앉아 호흡을 조절하고 정신을 통일하는 것이 요가다. 그러나 단지 그것만이 아니다. 요가 실습에 의해 점점 높은 정신 단계에 올라가고, 마지막에는 해탈에 이른다. 그와 동시에 요가 수행자는 보통 사람은 미칠 수 없는 기적을 행할 수 있다고 인도인들은 믿고 있다. 또한 요가 실습은 미지의 세계로 들어가는 것과 같은 일이기 때문에 믿을 수 있는 지도자가 필요하다고 한다. 이런 의미에서 요가에 뜻을 둔 사람은 좋은 스승을 모시지 않으면 안 된다.

보살과 아라다 선인

앞에서 누누이 설명한 바와 같이, 요가나 윤회에 대한 생각은 아리아계 바라문 사회와는 다른 사회에서 예전부터 있어 왔다. 그러던 것이 〈우파니샤드〉 시대부터 바라문 사상계에도 점차 받아들여져 인도 전체에 퍼졌다.

부처님이 출현했을 때 이러한 사상을 바탕으로 종교 활동을 하던 사람들은 바라문이 아니고 사문(슈라마나 또는 사마나)이라 불렸다. 바라문은 태어나면서부터 가문에 의해 정해져 있었지만, 사문은 가문에 관계없이 누구나 될 수 있었다. 부처님 시대에는 대부분 크샤트리아 출신이 사문이 되었는데, 부처님이나 자이나교의 마하비라도 여기에 해당한다. 그러나 바라문 중에도 사문에 참가한 사람이 있었으며, 그 밖에 상공 계급과, 드물기는 하지만 노예도 사문이 될 수 있었다.

이와 같은 사문들의 종교 활동의 중심지가 앞에서 말한 바이살리였다. 이로써 출가한 젊은 보살이 어째서 남쪽으로만 길을 가다가 바이살리에 이르렀는지 그 까닭을 알았을 것이다.

당시 바이살리 교외에는 아라다 카라마(팔리어로는 아라라 카라마)라는 선인이 있었다. 그는 열여섯에 출가한 뒤 104년 동안 수행에 힘써 3백 명이나 되는 제자를 거느리고 있었다.

보살은 그전에 다른 선인들에게서 아라다 카라마에 대한 평판을 들어 알고 있었으므로 꼭 그 사람 밑에서 수행을 하고 싶었다. 보살이 아라다의 수도장에 가까이 가자 한 제자가 멀리서 보살의 모습을 알아보고 아라다와 제자들이 있는 곳으로 허둥지둥 달려가서 말했다.

"여러분, 큰일 났습니다. 멀리서 훌륭한 나그네가 찾아오셨습니다. 저분은 지금 평판이 높은 석가족의 왕자가 틀림없습니다. 저 당당한 모습, 그의 거룩한 행동은 마치 태양과 같습니다. 결례를 해서는 안 됩니다. 정중히 맞읍시다. 제사일 같은 건 그만둡시다."

이윽고 보살이 아라다 앞에 이르자 아라다는 자기도 모르게 큰 소리로 보살을 환영한다. 이렇게 두 사람은 인사를 나누고 자리에 앉아 이야기를 나눈다.

이때 두 사람의 문답에 대해 자세히 기록해 놓은 경전도 있다(〈불본행집경〉 권21, 22). 여러 자료를 살펴보면, 아라다 카라마의 가르침은 다음 다섯 가지로 요약할 수 있다.

첫째, 인간은 무지 때문에 생사윤회의 고통을 겪고 있지만, 바른 수행을 해 이 고통에서 해탈할 수 있다. 그 수행에 필요한 것은 신념과 정진 노력과 생각을 한곳에 집중하는 일과 선정인데, 이것에 의해 지혜에 이를 수 있다.

둘째, 수행 중에서도 중심을 이루는 것은 선정이다. 선정은 좌선해 정신을 통일하는 일이다. 그 정신적 체험에는 여러 단계가 있는데, 스승의 지도와 본인의 천성이나 노력에 따라 어느 정도까지 나아갈 수 있으나 저마다 차이가 있다. 아라다 자신은 '무소유처정無所有處定(마음을 무소유라고 관하는 선정)'이라는 데까지 이르렀으나, 그것은 아직 최고의 단계는 아니다.

셋째, 이 교단에서도 종교 내지는 종교적인 체험을 '다르마', 즉

법이라고 한다. 그리고 주로 선정의 수행에 의해 종교적인 이상을 실현할 수 있다고 했다.

넷째, 아라다 카라마는 자신이 결코 독창적인 종교의 가르침이나 실천을 창안한 것이 아니라, 예로부터 여러 선인들이 실천해 온 가르침에 의지한다고 믿었다.

다섯째, 그 당시 많은 교단과 마찬가지로 아라다의 수도장에서도 제사(종교 의례)를 함께 하고 있었다.

바이살리 교외에 본거지를 둔 아라다 카라마의 수도장은 대체로 이와 같은 성격을 띠고 있었을 것이다. 주의해서 자세히 살펴보면, 불교와 다르면서도 전혀 인연이 없지는 않다는 것을 알 수 있다.

더구나 그 지도자인 아라다 카라마는 벌써 백스무 살이면서도 아직 최고의 이상(해탈의 경지)을 실현하지는 못하고 있었다. 게다가 마땅한 후계자를 만나지 못한 형편이었다. 그러던 차에 갑자기 나타나 자신의 교단에 들어온 보살을 보고 그는 얼마나 기뻤을까.

이로부터 몇 년 후 부처님으로서 스스로 깨달음에 이른 여래가, 맨 먼저 설법 대상자로 아라다를 생각해 냈다는 점에서도 그가 불교와 어느 정도까지 공통점을 가지고 있었다는 것을 알 수 있다.

수행 중인 보살로서도 아라다 밑에서 배운 것이 전혀 무의미하지는 않았을 것이다.

11
6년 고행의 모습

철저한 고행으로 배와 등뼈가 달라붙다

아라다의 가르침

수행 중인 보살이 많은 수행자를 찾아다닌 일은 경전에도 나와 있다. 그 가운데서도 특히 지도를 받아 의미가 있는 스승이 두 사람 있었다. 바이살리에 있던 아라다 카라마와 마가다국에 있던 우드라카 라마푸트라였다.

보살은 먼저 아라다를 만나 이렇게 말했다.

"친구 카라마여, 나는 법과 율에서 범행梵行을 닦고자 합니다."

'법과 율'이란 교리와 실천을 의미하는데, 그 당시 표현으로서 현재의 '종교'라는 말에 해당한다. 또 '범행'이란 청정한 수행이라는 뜻으로 바른 종교인의 수행을 말한다.

보살의 이 말에 대해 아라다는 다음과 같이 대답했다.

"여기 머물러 있어도 좋소. 현명한 사람이 이 법에 따라 수행하면 머지않아 스스로 깨달음을 얻을 것이오."

보살은 얼마 안 있어 자신의 진리를 깨달을 수 있었기 때문에, 아라다에게 가서 깨달음을 말했다. 그러자 아라다는 보살에게 '무소유'라는 선정을 가르쳐 주었다. 이것은 외계의 일은 물론 자기 마음의 움직임까지도 완전히 초월해 무념무상의 평온한 상태에 이르는 것을 말한다.

그때 보살은 다음과 같이 생각했다.

'이 아라다가 가지고 있는 것과 같은 신념이라면 내게도 있다. 정진 노력이든 생각을 한군데 집중하는 일이든 선정삼매든 지혜든 간에, 나와 아라다 사이는 조금도 다를 것이 없다. 좋다, 아라다와 같은 진리를 실현해 보이리라.'

이렇게 생각한 보살은 다만 홀로 열심히 수행해, 이윽고 가르쳐준 대로 무소유처의 삼매에 이를 수 있었다.

아라다는 감탄하며 이렇게 말했다.

"그대 같은 사람을 만났으니 얼마나 다행한 일인가. 내가 깨달아 실현한 진리를 그대 역시 깨달았소. 우리 둘 사이에는 아무런 차이도 없소. 이제 우리 둘이 함께 이 교단을 가르칩시다."

아라다는 이렇게 말하고 보살을 자기와 동등하게 대우했다.

그러나 그때 보살은 다시 이렇게 생각했다.

'이 진리에 의해서 틀림없이 무소유처의 선정삼매에 이를 수는 있었다. 그러나 내가 구하는 건 인생 문제에 대한 궁극적인 해결이

다. 최고의 깨달음이요, 열반이다. 이 진리로는 내 목적을 다 이룰 수 없다.'

이같이 생각한 보살은 아라다 카라마의 만류도 뿌리치고 다시 더 높은 이상을 찾아 길을 떠났다. 이 아라다 카라마는 그 후 부처님이 성도할 무렵에 죽었다고 하는데, 그로부터 40여 년이 지나 그의 제자 한 사람이 부처님 앞에 나타난다.

이것은 부처님이 세상을 떠나기 바로 전에 있었던 일이다. 파바에서 최후의 장소인 쿠시나가르로 가는 도중에 일어났다.

이 근처는 말라족의 나라인데, 이곳 출신 풋쿠사가 부처님께 가까이 와서 인사를 드린다. 그는 아라다 카라마의 제자라고 신분을 밝히고, 그 스승의 선정삼매가 얼마나 깊었는가를 부처님께 말한다. 그러나 부처님의 선정삼매가 훨씬 더 깊다는 말을 듣고 놀라 감탄하면서 부처님의 신자가 되겠다고 서약한다.

풋쿠사의 스승인 아라다 카라마는 부처님이 수행 시절에 선정을 배웠던 사람과 같은 인물이었을 것이다. 45년이라는 세월을 사이에 두고 있지만, 풋쿠사가 부처님과 같은 연배라고 치면 부자연스러울 것도 없다.

또 이 일을 기록한 팔리어 〈열반경〉에서는 풋쿠사를 가리켜 '아라다 카라마의 제자'라고도 하고, '사바카'라고 부르기도 한다. 이것은 불교에서 말하는 성문聲聞으로, 출가한 불제자를 가리킨다.

그런데 풋쿠사가 출가수행승이 아닌 것은 본문을 보아도 명백하다. 불교에서는 출가자에게 쓰는 '사바카'라는 말을 자이나교 쪽에서는 재가신자를 가리키는 말로 쓰고 있다.

팔리어 성전의 주석가 붓다고사는 〈열반경〉의 이 부분에 대해 다음과 같이 설명한다.

"아라다란 이름은 '길고 빨간 눈을 가진 사람'이라는 뜻이고, 카라마는 그의 성이다."

그러면서도 부처님 수행 시절의 일에 대해서는 전혀 기록하지 않았다.

빔비사라왕과 보살

아라다 카라마 곁을 떠나온 보살은 그 길로 마가다의 수도인 라자그리하로 향했다. 이 거리는 갠지스 강을 남쪽으로 건너 그곳 파트나에서 다시 동남쪽으로 내려간 곳에 있었다. 현재는 라지기르라고 불리는 고장이다.

그때 마가다의 왕은 시레냐 빔비사라였다. 그는 신앙이 두터운 착실한 왕이었다. 마가다국은 이 왕의 선대 무렵부터 강대해졌고, 왕의 아들인 아자타샤트루왕 때는 수도를 파탈리푸트라로 옮겨 국력을 더욱더 드높였다. 이 아자타샤트루는 부왕을 살해하고 왕위를 빼앗은 패륜의 인물인데, 여기에 대해서는 나중에 이야기하겠다. 또 아자타샤트루의 어머니는 바이데히라고 했는데, 비데하국 출신이므로 밧지족에 속했을 것이다.

라자그리하로 간 보살은 이 거리를 둘러싼 다섯 개 산의 하나인 판다바 산 동쪽에 자리를 잡고 출가사문의 법식대로 거리에 탁발을 하러 내려갔다,

아침 일찍 가사를 걸친 채 바리때를 손에 들고 탁발하는 보살의 모습에 거리의 사람들은 깜짝 놀란다. 이 거리에 드나드는 종교가

나 수행승은 수없이 많지만, 이토록 거룩하고 위엄이 있으면서도 겸손하고 온화한 인물은 일찍이 본 일이 없었기 때문이다. 사람들은 저마다 소곤거린다.

"저분은 신일까. 신이 보낸 사자일까. 아니면 영취산의 신일까?"

그중에서도 빔비사라왕은 높은 누각에서 보살의 모습을 보고 그 거룩한 기품에 놀라 이렇게 분부했다.

"저분은 틀림없이 훌륭한 가문 출신이다. 누가 저분 뒤를 따라가 어디로 가는지 알아 오도록 하라."

왕의 시종이 뒤를 따라가 보니, 탁발을 마친 보살은 교외로 나가 판다바 산으로 돌아갔다. 이 보고를 들은 왕은 곧 마차를 타고 판다바 산으로 들어가 적당한 곳에서 내린 다음 걸어서 보살에게로 가 인사를 드린다.

빔비사라왕은 이와 같이 묻는다.

"당신처럼 귀한 신분으로 더구나 얼굴이 훤칠한 청년이 수행승이 되다니 애석한 일입니다. 내가 가지고 있는 건 무엇이든 드릴 테니 여기 머물러 인생을 즐기시오. 당신은 훌륭한 집안 출신인 것 같은데 어디서 오신 분입니까?"

보살은 자신이 히말라야 산기슭에 있는 카필라바스투의 석가족으로, 아버지 이름은 숫도다나라고 알려 준다. 그리고 왕의 친절한 제의에 대해서는 이렇게 말한다.

"나는 욕망을 버렸기 때문에 출가한 것이며, 인간 최고의 이상을 바라보고 수행하고 있습니다. 나는 어떠한 일이 있더라도 반드시 부처의 깨달음에 이르고야 말 것입니다."

빔비사라왕은 더 이상 보살을 만류할 수 없다는 것을 알고 성공을 빌었다. 그리고 부처님이 되거든 꼭 이 거리에 돌아와 귀한 가르침을 들려 달라고 부탁한다.

두 사람은 이렇게 작별하는데 훗날 깨달음을 얻은 부처님은 약속대로 라자그리하로 돌아와 빔비사라왕을 비롯한 많은 사람들을 가르친다. 이 왕은 부처님보다 다섯 살 아래로, 부처님과는 37년 동안이나 교제를 계속했다고 한다.

라자그리하는 불교 교단 활동의 일대 중심지로, 부처님이 즐겨 머물던 영취산과 부처님이 입적한 뒤 결집(제자들이 부처님의 언행을 모아 경전을 만든 일)한 장소로 유명한 칠엽굴 등이 이 교외에 있다.

그런데 빔비사라왕은 불교 신자로 유명할 뿐 아니라, 자이나교의 보호자로도 잘 알려져 있다. 어떤 학자(야코비)의 설에 따르면, 자이나교의 개조인 마하비라와 인척 관계였다고 한다. 특히 주목되는 것은 자이나교의 근본 성전 가운데 하나인 〈웃타랏자야나경〉 제20장에, 이 왕이 귀족 출신의 한 젊은 수행자를 찾아가 문답하는데, 앞에서 말한 바와 똑같은 문답 기록이 있다. 이 수행자는 카우샴비 출신이라고 하므로 보살과는 분명히 다른 사람이다. 이와 비슷한 일은 보살 한 사람만의 경험이 아니었을지도 모른다.

비상비비상처

보살은 라자그리하에 머무는 동안 한 선인을 찾아갔다. 우드라카 라마푸트라였는데, 그는 7백 명의 제자를 거느렸으며, 사람들에게서 존경을 받고 있었다.

보살은 우드라카에게 물었다.

"당신은 누구를 스승으로 하셨습니까?"

우드라카는 대답했다.

"나는 본래 스승을 모시지 않고 저절로 깨달았소."

보살은 이 사람의 가르침을 듣고, 또 홀로 수행에 힘썼다. 그리고 그가 가르쳐 준 대로 정진한 끝에 얼마 안 가서 효과를 얻었다. 다시 우드라카에게 가서 그 뜻을 이르나, 그는 '비상비비상처非想非非想處'라는 선정삼매를 가르쳐 주었다. 보살은 이윽고 이것에도 성공했다. 그러자 우드라카는 그 이상은 자신도 모르겠다고 말했다. '비상비비상처'란 일상적인 사고를 모두 초월해 오로지 순수한 사상만 남는 상태로, 인도에서는 일반적으로 선정삼매의 최고 단계라고 생각한다.

이렇듯 우드라카도 아라다와 마찬가지로 보살과 함께 교단을 지도하자고 제안해 왔다. 그러나 보살은 이것으로도 아직 자신이 출가한 본래의 목적이 이루어지지 않았다는 것을 알고, 이를 사양하고 다시 다른 방법을 찾는다.

아라다 카라마와 우드라카 라마푸트라, 이 두 사람은 보살이 수행 중에 만난 가장 뛰어난 지도자였다. 그래서 훗날 부처님이 되었을 때, 이 두 사람이라면 자신이 발견한 진리를 듣고 알아차릴 것이라고 생각했다. 그때는 이미 두 사람 다 죽은 뒤였는데, 아마 이들은 불교에 가까운 경향을 갖고 있었던 것으로 여겨진다.

가야 산정으로

이와 같이 그 당시의 최고 권위자들 밑에서 수행한 것은 결코 무익한 일이 아니었으며, 장래의 종교 활동에도 많은 영향을 주었을 것이다. 그러나 그 이상은 자신의 힘에 맡길 수밖에 없었다. 그래서 라자그리하를 떠나 다시 서남쪽으로 향한다. 나이란자나(현재는 리란지)라는 물 맑은 강 가까이에 가야 산이 있다. 거기에 홀로 앉아 지금까지 없었던 모진 수행에 들어갔다.

그때 우드라카의 제자 가운데 이 모습을 줄곧 지켜본 다섯 사람의 수행자가 있었다.

"벌써 오랫동안 수행하고 있지만 우리들은 아직 스승의 경지에 이르지 못했다. 그런데 저 사문은 짧은 기간에 스승과 같은 경지에 이르렀다. 그러고도 아직 만족하지 않고 훨씬 더 높은 경지를 찾아 수행을 계속한다. 정말 훌륭한 인물이다. 이분이야말로 반드시 최고의 깨달음을 실현할 것이다."

이렇게 생각한 다섯 수행자는 서로 의논한 끝에 우드라카의 문하를 하직하고, 보살의 뒤를 따라가 멀리서 그 행동을 살피면서 수행을 했다.

한편, 가야 산 꼭대기에 있는 한 나무 아래 풀을 깔고 좌선하던 보살은 이렇게 생각했다.

'세상에 사문이나 바라문이라고 하는 수행자들 가운데는 몸과 마음이 즐기는 일에만 빠져, 탐욕 생활을 여의지 못하고 욕망을 버리지 못한 채 고행하는 이가 있다. 이것은 마치 불을 얻으려고 하면서 젖은 나무를 물속에서 마주 비비는 것과 같다. 이래서는 성공할 턱이 없다.

또 사문이나 바라문 가운데는 비록 몸으로는 탐욕을 행하지 않더라도 마음에서는 여전히 애착을 버리지 못하는 이가 있다. 이것은 불을 얻으려고 하면서 젖은 나무를 물속에서 마주 비비는 것과 같다. 역시 성공할 수 없다.

그런데 사문이나 바라문 중에 몸과 마음을 바르게 닦고 탐욕을 떠나 조용한 곳에서 수행하고 고행하는 이가 있나. 이것은 불을 얻기 위해 잘 마른 나무를 마른땅에서 비비는 것과 같다. 비로소 불을 얻을 수 있다. 그러므로 몸과 마음이 맑고 고요해야만 참으로 수행하고 고행해 최고의 깨달음에 이를 수 있다.'

이와 같이 기본적인 태도를 완전히 터득한 보살은 경치가 아름다운 나이란자나 강과 우루빌바(팔리어로는 우루벨라) 연못을 바라보며 거닌다. 여기저기 흩어져 있는 농가 주변에는 온갖 꽃들이 피고 열매가 주렁주렁 매달린 과일나무가 무성하다. 이런 환경에서 마을 사람들은 예전 그대로의 조용한 생활을 즐긴다.

차분히 수행하는 데는 더할 수 없이 좋은 장소였다. 히말라야에 가까운 북쪽 고원지대에서 태어나 자란 보살에게는 아주 마음에 드는 자연환경이었다.

보살은 여기에서 여러 종류의 수행자에 대해 생각했다. 예나 지금이나 인도에는 온갖 수행자가 있다. 음식을 제한하는 수행자, 설탕이나 꿀이나 식초를 먹지 않는 수행자, 하루 한 끼나 이틀에 한 끼 또는 반달이나 한 달에 한 끼밖에 먹지 않는 수행자, 하루에 보리 한 알이나 삼씨나 쌀밖에 먹지 않는 수행자, 물밖에 마시지 않는 수행자, 굶어 죽으면 천국에 태어난다고 믿는 수행자, 소나 양의 가죽 또는 나무껍질만을 입거나 아예 벌거벗은 수행자, 강물에 들어가 목욕하는 수행자, 목욕을 하지 않는 수행자, 재를 몸에 바르는 수행자, 시커먼 검댕이나 똥을 바르는 수행자, 해나 달을 쳐

다보는 수행자, 못을 박은 판자 위에서 자는 수행자, 주문을 외우고 〈베다〉의 성전을 읽는 수행자, 브라흐만이나 인드라를 비롯해 각양각색의 신들과 귀신에게 비는 수행자, 지수화풍공地水火風空이나 산하지해山河池海를 받드는 수행자, 칼 같은 무기에 제사 지내며 해탈을 구하는 수행자 등등 헤아리자면 한이 없다. 이런 고행은 2,500년 전부터 오늘에 이르기까지 인도에서는 흔히 볼 수 있는 수행의 모습이다.

보살은 이러한 수행 방법이 최고의 목적에 이르는 데는 아무 쓸모가 없다는 사실을 분명히 알아차린다. 그래서 이제까지 그 예가 없는 모진 고행을 시작한다.

먼저, 똑바로 결가부좌(좌선의 자세)를 해 몸과 입과 마음이 조금도 움직이지 않도록 한다. 그리고 마음을 한곳에 집중해 호흡을 억제한다. 열기가 몸 안에 가득 차고 겨드랑이 밑에서 땀이 흐르며 이마에서도 빗방울 같은 땀방울이 떨어진다.

호흡을 막으면 양쪽 귀에 커다란 음향이 일어나 풀무와 같은 소리가 난다. 귀와 코와 입으로 모든 호흡을 막아 버리면 몸 안의 바람이 머리 꼭대기에서 충돌해 큰 소리를 내며, 예리한 칼로 베는 것 같은 아픔을 느낀다.

호흡을 아주 멎게 하면 몸속의 바람이 양 겨드랑이 사이에 사납게 불어닥치며 커다란 소리가 들려 당장에라도 몸이 산산이 흩어질 것 같다. 또 그 바람이 몹시 심해져서 몸속이 불길에 싸인 것과 같다.

이와 같은 고행을 계속하는 동시에 단식법도 행한다. 점점 식사의 양을 줄여 하루에 보리 한 알만 먹을 때, 몸은 여윌 대로 여위어 문자 그대로 배와 등뼈가 찰싹 달라붙은 것 같다. 다시 쌀 한 알에서 삼씨 한 알로 줄이면 말라빠진 데다 피부 빛깔도 다 바래어 먹빛이나 죽은 잿빛 같아 이때는 살았다는 느낌도 없다.

이 고행 기간 동안 여름엔 더운 대로 겨울엔 추운 대로 조금도 마음을 쓰지 않는다. 모기나 진딧물이 무는 대로 내버려 두고 쫓아버리려고도 하지 않는다. 지나가는 개구쟁이들이 코나 입 또는 귀에다 풀 같은 것을 꽂으며 놀려도 움쩍하지 않는다.

이와 같이 고행이 계속되었다.

카필라 성을 나와 수행자들 무리 속에 들어간 지 어느덧 6년이라는 세월이 흘렀다. 이미 온갖 방법을 다 쓴 뒤에 최후의 방법으로 이처럼 모진 고행을 했다. 사느냐 죽느냐의 문제가 아니고, 참된 이상을 실현할 때까지는 그만두려야 그만둘 수 없는 형편이었다. 그 이상이란 완전한 부처가 되는 것, 다만 그 한 가지 일뿐이었다.

12
이상을 향한 정진

용왕이 나타나 부처 될 것을 예언하는 시를 읊다

악마와의 싸움

갠지스 강 중류의 남쪽 기슭에 있는 파트나는 현재 비하르 주의 수도이다. 이곳은 마우리아 왕조의 수도 파탈리푸트라의 유적이 있는 장소로, 부처님의 노년에 쌓아 올렸다. 파트나에서 콜카타행 기차를 타고 남쪽으로 세 시간쯤(거리로 치면 약 1백 킬로미터) 내려간 곳에 가야의 고을이 있다. 이 고을 자체도 힌두교의 성지로 알려져 있고, 특히 비시누파다(비시누신의 발자취)라고 불리는 사원은 인도 전역에서도 손꼽히는 절이다. 해마다 20만에서 30만 명의 신자가 참배하러 모여든다.

그러나 세계적으로 유명한 곳은 가야의 남쪽 교외에 있는 보드가야로, 이곳이야말로 석존(석가세존의 약칭)이 처음으로 도를 이루어 부처님이 된 불교의 발상지이다.

4각 4면으로 위쪽으로 갈수록 좁아지는 높이 52미터의 탑은 굽타 왕조의 위풍을 그대로 지니고 있다. 이 고장은 오랫동안 힌두교 교단에서 관리하다가 1953년 5월에야 불교 교단에서 관리하게 되었다.

이 성지의 의미는, 탑 자체보다도 사실은 그 뒤에 서 있는 보리수에 있다. 왜냐하면 부처님이 이 보리수 아래서 도를 이루었다고 전해 오기 때문이다. 보리수는 원래 아슈밧타 또는 핍팔라라고 불리던 나무의 일종인데, 부처님이 그 나무 아래서 깨달은 인연으로 보리수라는 이름으로 널리 알려졌다. 이 나무 자체에도 여러 가지 변화가 있었는데, 항상 새 움이 돋아 현재 높이가 수십 미터에 이르고 가지와 잎이 보기 좋게 우거져 있다.

이곳은 우루빌바라는 마을이 있던 곳으로, 나이란자나 강가이다. 이 강은 북으로 흘러 파트나보다도 하류(동쪽)에서 갠지스 강에 합류한다.

이 우루빌바는 예전부터 성지로 알려져 바라문이나 사문들이 곧잘 이 근처에서 수행을 했다.

보리수는 부처님이 입적한 지 2백 년 뒤에 불교에 귀의한 아쇼카 왕을 비롯해 굽타 왕조 때도 대대로 존경의 대상이었다. 법현이나 현장도 이곳을 찾은 뒤 보리수 둘레에 울타리가 쳐져 있으며 그 주변에 정사와 탑이 세워져 있다고 보고했다. 이 유적은 그 뒤 정글에 파묻혀 아는 사람이 없었는데, 1881년에 이르러 영국인 커닝햄

이 발굴, 다시 세상에 알려졌다.

한편, 수행 중이던 보살은 몇 사람의 저명한 종교가를 찾아다니며 진리를 구했지만 자신의 염원인 최고의 깨달음에는 이를 수 없었으므로 우루빌바 근처에 머물면서 홀로 고행을 계속해 나갔다.

그때, 최후의 스승이던 우드라카 라마푸트라의 제자 중 다섯 사람이 보살의 용맹스런 정진에 감탄해 그 뒤를 따라왔다. 이 다섯 사람은 카운디냐, 바드리카, 바시파, 아슈바짓, 마하나만이었다. 이들은 보살이 고행하는 동안 줄곧 그 가까이에서 시중을 들었다.

보살은 이제껏 아무도 해 본 일이 없는 모진 고행을 계속해 죽음의 문 앞에까지 왔다. 호흡 조절에서 마침내는 호흡을 아주 멈추는 데까지 이르렀다. 인도에서는 요가 수행자들도 어느 정도까지는 하고 있는 수행이다. 또 식사의 양을 점점 줄여 맨 마지막에는 단식하기에 이르렀다.

아름답게 빛나던 보살의 젊은 육체는 볼품없이 여위고, 살아 있는지 죽어 버렸는지조차 알 수 없을 정도였다. 어떤 신은 죽었다고 하고 어떤 신은 아직 살아 있다고 했다. 어떤 신이 천상에 올라가 보살의 어머니 마야 부인에게 이 일을 알렸다. 마야 부인은 깜짝 놀라 지상에 내려와서 보살을 끌어안고 슬퍼했다. 이때 보살은 정신을 차려서 어머니를 위로하고 안심시켰다.

"나는 부처가 되기 전에는 죽지 않습니다."

또 어떤 신은 카필라의 슛도다나왕에게 알렸고, 부왕은 슬퍼하며 사신을 보내어 사실 여부를 알아 오라고 했다.

또한 마라 파피야스라는 마왕도 이때 처음으로 모습을 나타냈다. 마라는 근대적으로 표현하면 '부정적 정신'에 해당한다고 할 수 있다. 그러니까 보살이든 부처님이든 그 신변에 틈만 있으면 항상 나타나서 활동을 그만두라고 부추긴다. 그리스도에게 있어서의 사탄, 파우스트에 대한 메피스토펠레스 등과 어떤 면에서는 공통점이 있다.

6년 동안 고행하는 보살의 신변을 엿보며 틈만 노리던 마라는 끝내 그 목적을 이룰 수가 없었다.

마라는 다음과 같이 부드러운 말씨로 보살을 유혹한다.

"세상에서 목숨처럼 소중한 건 없소. 목숨이 있어야만 수행도 할 수 있소. 당신 같은 수행 방법으로는 천에 하나도 성공할 가능성이 없소. 마음을 억제하거나 번뇌를 끊어 버리는 것은 애초부터 무리한 일이오. 그런 짓은 그만두시오. 훨씬 즐거운 방법이 얼마든지 있지 않소. 바라문이 하는 것처럼 불을 섬기고 제물을 바치면 얼마든지 공덕이 쌓일 것이오."

이 같은 마라의 유혹에 대해서 보살은 다음과 같이 대답했다.

"마라여, 내가 구하는 건 단순한 이익이 아니다. 목숨은 언젠가 죽음으로 끝날 것이니 나는 죽음을 두려워하지 않는다. 강물이 아무리 많아도 쉴 새 없이 바람이 불면 마침내 말라 버리듯이, 고행을 계속하면 육체나 피는 마르지만 내 마음만은 항상 고요히 가라앉는다. 나는 의욕과 노력과 정신을 통일한 의지를 갖추고 있다. 게다가 지혜도 있다. 헛되이 살아서 무엇할 것인가. 나는 용감한 군인처럼 죽음을 두려워하지 않고 너와 결전을 하리라. 나는 너의 군대를 잘 알고 있다. 제1군은 애욕이다. 제2군은 의욕 상실이고, 제3군은 주림과 목마름이며, 제4군은 갈망이다. 제5군은 비겁이고, 제6군은 공포이며, 제7군은 의혹이고, 제8군은 분노다. 그리고 제9군은 슬픔이다. 그 위에 명예욕까지 갖추고 있다. 자 어떠냐? 나는 너의 군대와 싸우겠노라. 나는 바르게 생각하고 바르게 알고 있다."

이러한 보살의 말을 들은 마라는 맥없이 물러갔다.

마라는 그 후에도 기회 있을 때마다 모습을 나타내 부처님에게 말을 건다. 마라의 목소리는 다른 사람에게는 들리지 않는다. 부처님은 항상 마라보다 우위에 있지만 인간적인 문제에서만은 마라의 말에도 한 가닥 이치는 있다. 인드라와 브라흐만 같은 신들은 보살을 지키고 부처님을 받들지만, 이러한 신들도 보살이나 부처님의 뜻에 어긋나는 행동은 할 수 없다.

성을 나올 때도 태자의 뜻이 정해진 다음부터 신들이 활동을 시작한다. 앞으로 알겠지만, 브라흐만이 부처님께 설법을 요청하는 것도 부처님 자신에게 벌써 그런 뜻이 있었기 때문이다. 마라의 부정적 정신도 그와 같아서, 부처님의 뜻에 어긋나는 일은 아무것도 할 수 없다. 단지 마라는 변치 않는 인간 세계의 법칙을 관리할 뿐이다. 괴테의 〈파우스트〉에서 "항상 악을 바라면서도 선을 행해 버리는 저 힘의 일부분에 지나지 않는다."고 말하는 메피스토펠레스와 같다.

다섯 수행자

보살이 출가해 6년이란 세월이 지났다. 극단까지 몰고 간 고행을 통해서도 바라던 최고의 이상에는 이를 수 없다는 것을 깨달았다. 육체를 괴롭힘으로써가 아니라 오히려 육체의 힘을 잘 활용함으로써, 인간의 고뇌를 해결할 수 있을 거라는 데 생각이 미쳤다.

그때 보살이 생각한 것은 소년 시절의 경험이다. 봄철의 농경제에 참가한 태자는 사람들의 무리에서 벗어나 홀로 한 나무 아래 앉아 고요히 명상에 잠긴 일이 있었다. 그때 태자는 자신도 모르게 내면적으로 높은 단계를 체험했다.

다시 말해, 욕계(욕망이 지배하는 일상적인 경험의 세계)를 초월해 색계(욕망이 아주 없어지고 형태만 남아 있는 명상의 세계)에까지 쉽게 이르렀다.

지난 일을 생각해 낸 보살은 새삼스레 자신이 지닌 정신력의 위대함을 의식했다. 스승의 가르침이나 육체를 괴롭히는 일로도 끝내 얻지 못했던 이상을 향해 혼자 힘으로 정진하겠다고 결심했다. 그렇더라도 그만큼 위대한 업적을 이루려면 먼저 쇠약해진 체력을 회복하지 않으면 안 된다. 그래서 한편으로는 앞으로 구제할 중생의 이익을 생각하고, 다른 한편으로는 과거 여러 부처님들이 수행한 경험에 비추어 단식을 그만두고 음식을 먹기로 했다.

보살의 마음을 알아차린 신들은 곧 보살 앞에 나타나 신통력으로 영양을 보급해 주겠다고 한다. 하지만 보살은 이를 사양한다. 그렇게 하면 겉으로는 단식을 계속하는 것처럼 보여 세상을 속이게 되기 때문이다. 그래서 보살은 세상 사람들과 똑같은 식사를 하기로 한다.

카운디냐를 비롯해 다섯 수행자들은 이 말을 듣고 실망했다.

"그토록 고행하면서도 최고의 깨달음에 이르지 못한 사람이, 세상 사람들과 같은 식사를 한다면 어떻게 그 목적을 이룰 수 있을까."

다섯 수행자는 이같이 말하고 보살과 헤어져 바라나시 교외에 있는 녹야원으로 옮겨 갔다. 거기에서 자기들끼리 수행을 계속하기로 했다.

보살이 수행하던 우루빌바 마을은 마가다국의 한 장군이 소유한 땅이었다(어떤 설에는 세나파티라는 이름이었다고 하는데, 이 말은 장군이란 뜻이다). 그에게는 딸이 열 명이나 있었다. 그들은 모두 신심이 두터워 이 근처에 모여든 수행자들에게 음식 대접을 하는 것을 기쁨으로 여겼다. 보살을 섬기던 다섯 수행자들에게 보리와 삼씨를 항상 제공한 것도 이들이었다. 그중에도 막내딸 수자타는 늘 공양에 마음을 썼다.

수자타의 우유죽 공양

고행을 그만두고 체력을 회복하기로 결심한 보살은 먼저 옷차림을 갖추기로 했다.

수행자의 옷으로 가장 어울리는 것은 묘지에 흩어져 있는 죽은 사람의 옷 조각을 모아서 만든 판슈쿠라(이른바 분소의)이다. 인도에서 묘지란 흔히 시체를 가져다 화장하거나 그대로 두는 장소를 말하는데, 거기에는 쓸모없는 옷가지들이 쌓여 있다.

보살은 묘지에 가서 분소의를 주워 왔다(어떤 책에는 장군 딸의 시녀였던 라다의 시체를 쌌던 옷이라고 적혀 있다). 그리고 법식대로 빨려고 하자 신들의 힘으로 눈앞에 못이 나타난다. 빨래를 하려면 돌에 문질러야 깨끗한데, 신들의 힘으로 적당한 돌도 거기에 나타난다. 그래서 보살이 빨래를 하려고 하자 인드라가 와서 이야기한다.

"제가 하지요."

그러나 보살은 이렇게 말하며 손수 빤다.

"출가사문의 법이니까."

빨래를 다 끝내고 언덕에 올라서려고 하는데, 마라가 훼방을 놓아 언덕을 절벽으로 변화시킨다. 그러자 한 그루의 나무가 가지를 늘어뜨리고, 보살은 그 가지를 잡고 언덕에 올라선다. 그 나무 아래 빨아 놓은 분소의를 접어 두자 정거천에서 한 신이 내려와 출가자에게 어울리는 옷(가사)을 보살에게 바친다.

이렇게 채비가 갖추어졌으므로 보살은 수행승들이 하는 법식대로 오전 중 적당한 시간에 옷을 걸치고 공양을 받기 위해 마을로 간다.

한편, 전날 밤 마을의 수호신이 장군의 딸 수자타에게 보살이 다시 여느 때와 같은 식사를 하기로 했다고 일러 준다. 수자타는 천 마리의 소에서 젖을 짜 일곱 번이나 끓인 다음, 그 속의 알짜만을 따로 담는다. 그리고 새 쌀을 새 냄비에 담아 정제한 그 우유를 넣고 끓여 죽을 만든다. 한참 끓이고 있을 때 죽 위에 '만卍' 자 같은 상서로운 표적이 나타난다. 이 죽을 먹으면 보살은 틀림없이 부처님이 될 거라고 확신한다.

수자타는 죽이 다 되자 죽 그릇을 깨끗이 닦아 향수와 꽃으로 장식한 좌대 위에 올려놓고 시녀 웃타리를 시켜 보살을 맞으러 보낸다. 웃타리가 밖에 나와 보니, 그날 아침따라 다른 수행자는 한 사람도 보이지 않고 오직 보살만 눈에 띈다.

보살이 안내를 받고 따라오자 수자타는 황금 바리때에 죽을 담아 올린다. 보살은 그것을 받으면서 생각한다.

'이 우유죽을 먹으면 반드시 최고의 깨달음을 얻게 되리라.'

대개 탁발승은 자신의 바리때를 손에 들고 있는 것이 격식이지만 보살에게는 아직 자신의 바리때가 없었다.

그래서 물었다.

"식사가 끝나면 이 바리때를 누구에게 돌려주면 되는가?"

그러자 수자타가 대답한다.

"이것은 바리때째 드리는 것이니 마음대로 하십시오."

보살은 우유죽이 든 황금 바리때를 들고 우루빌바 마을에서 나와 나이란자나 강으로 갔다.

강기슭에 바리때를 놓아둔 채 오랜만에 머리와 수염을 말끔히 깎고 강에 들어가 몸을 깨끗이 씻었다.

보살이 강에 들어가자 수천의 신들이 나타나 천상의 꽃과 향수를 강물에 뿌린다. 보살이 목욕을 끝내자 그 강물을 천상의 궁전으로 소중하게 가져간다. 그리고 깎아 버린 머리카락과 수염은 수자타가 모아 탑을 세워 공양했다.

보살이 기슭에 올라와 식사할 만한 자리를 살피자, 강물에 사는 나가(용)의 왕비가 좌대를 가지고 와서 보살에게 권한다.

보살이 우유죽을 다 먹자 금방 본래대로 젊은 기운이 온몸에 넘친다. 그리고 보살의 특징인 32상을 다시 볼 수 있게 된다.

보살이 황금 바리때를 강물에 던지자 나가왕은 매우 반기면서 자기 궁전에 모시려고 한다. 그런데 인드라가 금시조의 모습을 하고 날아와 이 바리때를 빼앗은 뒤 천상의 궁전으로 가지고 가서 탑을 세워 공양한다.

한편, 나가의 왕비는 식사가 끝난 좌대를 가지고 가서 역시 탑을 세워 공양한다.

이와 같이 체력을 회복하고 자신을 갖게 된 보살은 드디어 깨달음의 자리에 오르기 위해 보리수를 향해 걸어간다.

비유로 말하는 불타 전기

앞에 말한 내용들은 불타의 전기 중에서도 중요한 대목의 하나다. 더욱이 주목할 만한 것은 이 내용 전체가 비유라는 점이다. 현실적인 사실을 말하는 것처럼 보이는 우유죽만 하더라도 신비적인 상징으로 가득 차 있다. 어떤 경전에는 마을의 한 처녀가 때마침 우유죽을 가지고 길가의 신에게 바치러 가다가 고행을 끝낸 보살을 보고 그분에게 공양했다고 기록되어 있다. 이쪽을 자연스럽게 생각할 사람도 있겠지만 반드시 그렇다고 단정할 수는 없다.

신들의 도움 같은 것도 요즘 독자들에게는 어색하고 귀에 거슬리는 일이다. 그러나 적어도 문헌에 근거를 두는 한 이것이 가장 오래된 것이고, 또 종교의 입장에서 가장 옳다고 생각해 왔던 기록이다. 자연스럽게 보이는 이야기가 오히려 후세에 꾸민 것일 수도 있다.

신들이 출현하는 경우와 그 의미, 마라가 나타나는 기회 같은 일에서도 일정한 법칙을 찾아볼 수 있다. 또 부처님이 몸에 지녔던 물건, 즉 머리카락이나 수염, 바리때, 좌대 같은 무릇 성물로 보이는 것은 모두 탑을 세워 공양한다는 기록도 불교의 역사상 중대한 의미를 갖는다.

수자타의 우유죽 공양은 단순한 식사가 아니고 종교적 비의로도 중대한 의미가 있다. 부처님이 입적하기 전에 금세공인 춘다가 바친 '수카라맛다바' 요리와 함께 부처님 생애의 2대 공양이라고 하는 것도 이 때문이다.

13
부처로서 출발

풀 베는 사람이 풀방석을 바치다

부처가 되기 위해

석가모니의 80년 생애를 통해서 가장 중요한 사건은 부처로서의 깨달음을 얻은 날 밤의 일이다. 여러 불타 전기가 전하는 바로는, 부처가 되는 것은 태어날 때부터 이미 정해져 있었다.

갓 태어난 아기의 몸에 나타난 서른두 가지 특징은, 그가 속세에 머물러 왕위에 오르면 세계를 통일하는 황제가 되고, 출가해 수행하면 세상을 구제하는 부처님이 된다는 운명을 분명히 나타냈다. 많은 점성가들도 그와 같이 단언했다.

그러나 점성가들 중에서도 아시타 선인처럼 특별히 슬기로운 사람은, 이분은 반드시 부처님이 될 것이라고 예언했다. 그리고 불타 전기마다 한결같이 전하듯이, 어린 시절에서 소년기를 거쳐 청년기에 이르기까지 오로지 부처가 되기 위한 길만을 걸어왔던 것처럼 보인다.

부처님이 되기 전까지의 그를 보살이라고 부르는 것도 모든 불타 전기가 똑같다. 이 보살에게는 두 존재가 함께하는 것 같다. 하나는 인간으로 태어나 온갖 인간적인 장점과 단점을 고루 갖춘 존재다.

어릴 때부터 남보다 뛰어난 능력을 갖추고도 다른 아이들과 똑같은 생활을 하고 세속적인 의무와 속박에 얽매여 있던 왕자다. 학문과 기예를 배우고 때가 되어 결혼도 했으며, 일반 풍습에 따라 후궁의 여인들에게 둘러싸여 지내기도 했다. 그리고 아무것도 모르는 사람처럼 인간 세계의 고뇌와 모순을 하나하나 새기며 성장해 간다.

이처럼 보통 젊은이와 크게 다를 것 없는 생활을 하던 싯다르타의 마음속에는 다른 제2의 존재가 깃들고 있었던 것 같다.

불타 전기에 적힌 바와 같이, 보살은 이 세상에 태어나기 전에는 도솔천에 살고 있었다. 이것은 다시 그전에 아주 많은 생애를 두고 부처님이 되기 위해 수행을 계속한 결과였다. 그리고 도솔천에서 이 세상에 내려올 때는 바로 이번 생애에 부처가 되는 것이 확정되어 있었다.

모든 사람은 이 세상에 태어날 때 전생에 대한 일은 까맣게 잊어버린다. 부처가 되어 비로소 과거의 생애를 떠올리는 것이다.

따라서 태자였던 시절이나 출가해 수행자가 된 뒤에도 보살은 과거의 생애나 현재의 큰 사명에 대해 분명하게 깨닫지 못했다. 그런데도 마음의 소리에 이끌려 한 걸음 한 걸음 부처의 이상을 향해 착실히 나아간다. 마음의 소리라는 것은 물론 현대 우리들의 사고방식에 의한 표현이다. 보살에게는 인간의 존재로서의 모습 외에 이미 부처가 될 약속을 받은 또 다른 모습이 있었다. 태자로서 즐기던 후궁 생활도, 이름 높은 스승을 따라 보낸 수행 생활도, 그리고 그 예가 없는 모진 고행 생활도, 모두 부처의 이상을 실현하기 위한 준비 과정이었다.

깨달음의 도량으로

부처가 깨달음을 이룬 것을 계기로 그 생애는 뚜렷하게 둘로 나누어진다.

석가모니 개인의 생애뿐 아니라 인류 역사에서도 중대한 하나의 시기가 시작된다. 석가모니 이전에는 과거불이 있었다고 하며, 또 인류의 미래에는 미륵불이 출현하기로 되어 있다. 그러나 현재의 우리들은 오직 석가모니에 의해서만 불교에 다가갈 수 있다.

부처님의 깨달음을 가리켜 '무상정등각無上正等覺'이라고 한다. 최고의 바르고 완전한 깨달음이란 뜻이다. 그리고 이것은 부처님만 이를 수 있는 상태다. 우리들은 부처님과 다르기 때문에 그의 깨달음이 어떤 것인지 알 수 없다. 아무리 상상의 날개를 펼쳐 보아도 결국은 상상의 범위를 벗어나지 못한다. 배냇장님이 그림을 모르고, 귀머거리와 벙어리가 음악을 알 수 없는 것과 마찬가지다.

그러나 우리들이 그 경지를 모른다 할지라도 부처님의 깨달음은 그림이나 음악과는 비교도 안 될 만큼 중요한 의미를 지닌다. 외면적인 역사에 드러난 것만 보더라도, 불교는 아시아에 사는 몇억이나 되는 사람들의 생활 태도를 근본적으로 바꾸어 놓았다. 그리고 현재는 다시 세계적으로 중요한 의미를 지닌 종교가 되었다. 우리들 개개인의 내면생활에서 불교가 얼마나 중대한 종교인가는 새삼스레 설명할 필요도 없다.

부처님의 전기를 엮어 오늘의 우리들이 읽을 수 있도록 해 준 불교 교단 사람들은, 부처님을 우리보다 훨씬 친근하게 느꼈을 것이다. 그렇지만 부처님의 심경, 특히 보살이 부처님이 되는 날 밤의 일은 일상적인 말로는 도저히 이야기할 수 없었을 것이다. 그래서 여기에서는 특히 비유와 상징이 중요한 구실을 한다. 그와 함께 구체적인 장소나 사물의 중요성이 강조된다.

이때, 장소란 보리도량을 말한다. 지금도 가야 시 교외에 있는 보드가야가 바로 그 성지이다. 불교도들은 여기가 세계의 중심이라고 믿고 있다. 보리도량은 산스크리트어로 '보디 만다'라고 한다. 보디는 깨달음을 뜻하고, 만다는 우유 등의 정수를 가리키는 말이다. 그러므로 보디 만다라고 하면 부처님의 깨달음을 뜻하는데 그것이 이 신성한 장소의 이름이 되었다.

만다와 비슷한 말로 만다라가 있다. 그것은 원圓이나 권圈이라는 뜻으로, 일정한 목적을 위해 구획된 장소를 가리키기도 한다. 그 특별한 경우가 밀교의 만다라인데, 대일여래(우주의 실상을 실현하는 근본 부처)를 중심으로 모든 부처님과 모든 보살을 비롯해 존자들을 배열해서 그림으로 그려 놓은 것이다.

보리도량은 보살이 부처가 되기 위해 특별히 정한 장소이므로 만다라라고 해도 된다. 그리고 그곳 땅속에서 금강보좌가 출현했는데, 이 보좌는 금강석, 즉 다이아몬드로 이루어져 있으며, 땅속 깊숙이 금륜에까지 이른다고 한다.

보리도량의 특색은 보리수이다. 본래 아슈밧타 또는 핍팔라라고 불리던 나무인데, 부처님이 그 아래서 깨달음을 얻은 인연으로 흔히 보리수라고 널리 알려졌다. 요즘 동남아시아에서 보나무(영어로 bo tree)라고 하는 것도 이 보리수를 말한다.

인도에서는 큰 나무 그늘에서 좌선하는 습관이 보편화되어 있다. 비와 이슬을 막고 뜨거운 햇볕을 가린다는 실용적인 의미도 있겠지만, 그보다도 오히려 종교적인 의미가 훨씬 더 중요하다. 좌선으로 명상하는 경우 정신적으로나 영적으로 높은 단계를 경험하는데, 이것은 동시에 요사스러운 방해물이 등장하는 위기가 되기도 한다. 수목은 세계 곳곳에서 지혜와 생명의 상징으로 여겨진다. 종교 체험에서 수목이 중요시되는 것도 이러한 이유 때문이다.

인도에 아리아 인종이 침입하기 전에 번영하고 있던 인더스 문명의 유물에도 분명히 나무의 신성함을 표현한 것이 있다. 따라서 아리아인의 종교와는 관계가 적은 인도 고유의 종교 이념일지도 모른다.

석가모니의 보리도량은 과거 부처님들의 보리도량이었던 곳이며, 또 그 깨달음의 징조 역시 과거 부처님들의 경우와 똑같았다고 기록되어 있다. 과거불에 대한 신앙이 남아 있었다는 것은 여러 기록으로 보아 의심할 여지가 없다. 쿠라쿳찬다나 카나카무니, 또는 카샤파라는 이름의 과거불이 역사적 존재로서 사실을 어디까지 반영하고 있는지에 대해서는 알 수 없다.

다만 보살이 드디어 보리도량으로 향할 때 일어난 좋은 조짐을 보고 카리카라는 용왕이 과거 세 분 부처님의 경우와 똑같다고 기뻐한 일, 또 그 용왕의 비가 보살을 찬탄해 공양했다는 것 등이 적혀 있다. 보통 사람이라면 과거 세 분의 부처님을 만날 만큼 수명이 길지 못한데, 용왕의 입에서 이 말이 나온 것은 석가모니가 과거불의 전통을 따르고 있음을 나타낸다. 적어도 이들 불타 전기 작가들의 생각은 분명히 그러했을 것이다.

그 밖에 이제부터 이야기하려는 사건의 대목마다 "과거불 때도 이와 같았다."라고 풀이하고 있다. 석가모니의 체험은 우리들 인간의 역사에서는 그 예를 찾아볼 수 없는 사건이었으나, 더 큰 질서에서 보면 몇 번이고 아주 비슷하게 되풀이되는 원리와 법칙에 지나지 않는다.

시간적으로는 되풀이되지만 공간적으로는 이 자리에서 벌어지는 것과 같은 사건이, 다시 말해 이제 막 부처가 되려는 보살이 보리수를 향해 걸어가는 사실이 단지 이 한 곳에서만이 아니라 한없이 많은 다른 세계에서도 동시에 일어난다. 불타 전기에 따르면, 헤아릴 수 없이 많은 보살과 신들이 저마다 자기 처소에 있는 보리수를 꽃과 향으로 아름답게 장식하고 보살이 오기를 기다리고 있음을 알 수 있다. 또 보살의 자리로서 사자좌를 아름답게 꾸며 준비하고 있다. 나이란자나 강에서 보리수에 이르는 길을 모두 신들의 손으로 말끔히 청소해 온갖 꽃과 향으로 장식했으며, 여기에 천녀들이 연주하는 신비스런 음악이 은은히 울려 퍼진다.

이러는 동안 굳은 결심을 한 보살은 보리수를 향해 조용히 걸음을 옮긴다. 삼천대천세계의 모든 국토에서 보살의 장도를 축하하며, 대범천왕을 비롯한 많은 신들이 갖가지 기적을 일으킨다. 보살의 몸에서 찬란한 광명이 뻗쳐 모든 세계를 두루 비추니, 지옥에 떨어져 있는 중생들까지도 잠시 동안 괴로움에서 벗어난다.

보살은 조용히 걸으면서 이렇게 생각한다.

'과거의 부처님들이 무상정등각에 이르렀을 때 어떤 자리에 앉아 있었을까?'

그리고 그것은 풀로 만든 자리였다는 것을 스스로 깨닫는다. 정거천의 신들도 소리를 합해 말한다.

"그렇습니다."

그러면 어떻게 풀로 만든 자리를 구했을까 하고 생각하자, 보살이 걷고 있는 길 오른쪽(오른쪽은 경사스러운 것의 상징)에서 풀을 베고 있는 사나이의 모습이 눈에 띈다. 어떤 경전에서는 이것을 인드라의 화신이라고 했는데, 보통 풀 베는 사람이었는지도 모른다. 그 풀은 청청하고 부드럽고 향기로운 냄새를 풍겼다. 더군다나 그 풀은 모두 오른쪽으로 말려 있었다.

보살이 다가서서 그 사나이의 이름을 묻자, '스바스티카'라고 대답한다. 길상(경사스러운 일이 일어날 조짐)이라는 뜻이다. 보살이 지금 구하는 것이 바로 '길상'인 무상정등각이다. 모든 조건이 보살의 성공을 예언하는 것처럼 보인다.

거기에서 그 풀을 얻어 가지고 보리수 쪽으로 걸어간다.

이 풀의 이름은 본래 쿠샤인데, 보살과의 인연에 의해 길상초라고도 한다. 마가다에서 많이 나며, 이 풀로 돗자리도 짜고 옷을 만들기도 한다. 스바스티카는 '만卍' 자를 말하기도 한다. 이것도 길상의 표적이다.

보살은 이것이라고 확정한 보리수가 있는 곳에 이르자, 먼저 그 나무 둘레를 오른쪽으로 세 번 돌았다. 이것은 인도에서 하는 존귀한 인물에 대한 인사법이다. 탑돌이 같은 것도 이런 뜻에서 하는 것이다.

이와 같이 보리수를 보고 공손히 인사한 다음, 동쪽을 향해 풀을 깔고 그 위에 몸을 바로 하고 앉았다.

보살은 이렇게 맹세한다.

> 여기 이 자리에서
> 내 몸은 메말라도 좋다.
> 가죽과 뼈와 살이
> 없어져도 좋다.
> 어느 세상에서도 얻기 어려운
> 저 깨달음에 이르기까지는
> 이 자리에서 죽어도
> 일어서지 않으리!

이 맹세의 말은 여러 경전에 나오는데, 글귀가 조금씩 다르다. 여기에서는 산스크리트어 본에 따라 번역했다.

마왕과의 싸움

보리좌에 앉은 보살은 먼저 다음과 같이 생각한다.

'이 욕계에서는 마라 파피야스가 주인공이다. 그가 모르는 사이에 내가 무상정등각을 얻는 것은 떳떳하지 못하다. 한번 마라를 불러내 보자. 마라를 항복시키면 욕계의 신들은 모두 내 가르침을 들을 것이다. 그리고 마라의 일족 중에도 전생에 선업을 쌓은 자가 있을 것이므로 내가 부처가 되는 광경을 보면 무상정등각에 뜻을 둘 것이다.'

욕계란 우리가 살고 있는 세계를 포함해서, 아래로는 지옥으로부터 위로는 일부 신의 세계에까지 미치고 있다. 온갖 욕망을 벗어날 수 없으므로 욕계라고 한다. 욕계에 속하는 천상 가운데 최고의 것이 타화자재천他化自在天인데, 마라 파피야스는 그곳의 왕이다.

마라는 한자로 마라魔羅, 줄여서 마魔라고 쓰며 파피야스는 파순波旬이라고 음역하는데, '그 이상 없이 나쁜 놈'이라는 뜻이다. 이 같은 악마가 왜 천상계의 왕이 되었는가 하면, 일찍이 전생에 단 한 번 보시한 공덕 때문이다.

보살이 양미간의 백호상(32상의 하나)에서 한 줄기 광명을 뻗치자, 그것이 삼천대천세계를 비추어 마왕의 궁전에까지 이른다. 그 광명 속에서, 이제 보리도량에서 부처의 자리에 오르려 한다는 대선언이 마왕의 귀에 들린다.

또한 마왕은 스물두 가지 불길한 꿈을 꾼다. 자신의 궁전이 무너지고, 일족에게 배신당하는 꿈이다.

꿈에서 깨어난 마왕은 그 즉시 일족을 모아 보리수 아래 있는 보살을 제압할 방법을 토의한다. 마왕을 섬기는 장군은 이렇게 충고한다.

"도저히 이자를 이길 가능성이 없으니 단념하는 게 좋겠습니다."

마왕에게는 1천 명의 자식이 있는데, 5백 명은 백조白組, 5백 명은 흑조黑組로 나누어져 있다. 오른쪽에 늘어선 백조는 이구동성으로 보살에게는 이길 수 없다고 외치고, 왼쪽의 흑조는 우리 군세로 공격하면 질 염려가 없다고 주장해 좀처럼 결론이 나지 않는다.

그러자 마왕은 자기 딸들을 불러 보살을 유혹하라고 명령한다. 불타 전기에는 서른두 가지 교태를 보였다고 자세히 기록해 놓았는데, 이런 장면이 불타 전기를 쓰는 작가의 문학적 역량을 자랑한 대목일 것이다.

마왕의 딸들은 갖은 아양을 떨면서 보살에게 말을 건다.

"때는 봄, 나무나 풀도 한창 자라고 있어요. 사람도 젊은 시절이 즐거운 거죠. 청춘은 두 번 다시 되돌아오지 않아요. 당신은 젊고 아름답군요. 우리들의 이 예쁜 자태를 보세요. 자, 함께 놀지 않겠어요? 좌선을 해서 깨닫는다니 당치 않은 말이에요."

보살은 여기에 조금도 흔들림 없이 차근차근 부드러운 말로써 이른다.

"육체의 쾌락에는 고뇌가 따른다. 나는 오래전에 그러한 고뇌를 초월했다. 세상 사람들은 이 도리를 깨닫지 못해 욕정에 빠져 있다. 나는 이제 절대적인 정신의 자유에 도달하려고 한다. 나 자신이 먼저 자유로워지고 나서 세상 사람들까지 자유롭게 해 주려고 한다. 하늘을 지나는 바람처럼 자유로운 이 나를 어떻게 잡아맬 수 있겠는가."

이러면 마녀들도 속수무책이다. 보살은 다시 말을 고쳐 가며 타이른다.

"너희들이 지금 이같이 천녀의 모습을 하고 있는 것도 옛날에 선업을 쌓았기 때문이다. 그 근본을 잊어버리고 나쁜 짓을 하면 지옥에 떨어져 괴로움을 받게 된다."

마녀들은 마음속으로부터 보살에게 경의를 표하고, 손에 들었던 꽃을 바친 다음 아버지 마왕한테 돌아가서 보고한다.

"보름달처럼 맑고 환한 얼굴, 진흙 속에서 솟아오른 연꽃 같은 모습, 아침 햇살처럼 산뜻하고 수미산처럼 의젓하며 타오르는 불길처럼 매서운 위엄……. 그분은 반드시 생사의 속박을 초월해 모든 중생을 구제해 주실 것입니다. 아버님, 쓸데없는 반항일랑 그만두세요. 비록 수미산이 무너지고 일월성신이 떨어진다 해도 그분은 꿈쩍도 하지 않으실 것입니다."

이렇게 해서 마왕의 최초 계획은 보기 좋게 실패한다. 그러자 마왕은 마침내 군대를 휘몰아 보살에 대한 공격을 꾀한다.

마왕 마라도 이른바 신(한역에서 말하는 천天)의 하나이며, 마녀들도 천녀(압사라스)라고 불린다. 그리고 이 마라가 욕계 가운데서 하늘의 최고 지배자라는 점도 주목해야 한다. 지옥이나 인간계나 천상도 상대적인 세계에 불과하다. 선업에 의해 더 나은 세계에 태어날 수는 있지만, 어디에 태어나든 만일 악업을 지으면 다시 지옥에 떨어져 고생하게 된다.

또 마라의 일족도 모두 다 나쁜 존재들이라고는 할 수 없다. 보살은 마라의 딸이라고 해서 차별을 두지는 않는다. 마라의 자식이라도 항상 구제받을 기회는 있다. 보살과 마라의 싸움이라고는 하지만, 결국은 마라 혼자 설치는 데 불과하다. 보살은 상대편에게 조금도 적의를 가지고 있지 않다. 뿐만 아니라 항상 자비의 눈으로 바라본다. 보살이 승리한 원인은 바로 여기에 있다.

14
악마의 항복

보리수 아래 싯다르타가 앉아 있고, 마왕의 부하들이 쓰러져 있다

자비의 손길

마왕은 골이 잔뜩 나서 온갖 괴물들을 휘몰아 폭력으로 보살을 굴복시키려고 한다. 상대는 단지 한 사람뿐이고 이쪽은 강한 군세라고 을러대지만 마왕의 노력도 헛되어 보살에게는 손끝 하나 댈 수가 없다.

마왕의 군세가 제아무리 기세를 올려도 보살은 그저 자비심으로 가득 차 조금도 적의를 일으키지 않으므로, 상대해서 싸우려 해도 싸울 수가 없다. 게다가 마왕의 아들인 장군들 중에도 보살의 편을 드는 자가 적지 않다.

당황한 마왕은 참지 못하고 자기 손으로 갖가지 무기를 휘두르며 활을 쏘고 불덩이를 던진다. 그러나 그토록 어마어마한 무기나 화살도 보살의 몸 가까이 날아가면 모두 아름다운 꽃다발이 되어 둘레를 장식하고, 무서운 불덩이도 천개(불타의 머리를 덮어 비, 이슬, 먼지를 가려 주는 닫집)가 되어 보살의 머리 위를 가려 준다. 보살에게는 전혀 적의가 없기 때문이다. 자신에게 폭력을 휘두르며 덤벼드는 자에 대해서도 연민의 정을 가지고 있기 때문이다. 자비는 항상 폭력보다 위대하다는 것이 불교의 통념이다. 불교뿐 아니라 인도의 많은 영적 위인들에게도 공통된 신념이다.

대영 제국을 상대해서 맨몸으로 독립을 쟁취한 마하트마 간디의 경우도 그렇다. 처칠로 하여금 "그 거지 중한테 당하고 말았다."고 개탄하게 한 것도 비폭력 무저항주의, 즉 자비의 일념이었다.

마라는 딸들을 시켜 보살을 유혹하는 일에도 실패하고, 또한 폭력을 동원한 공격에서도 아무런 효과를 거둘 수 없었다. 그래서 이번에는 세속적인 권력을 주겠다고 달콤한 말로 접근한다.

마라는 보살에게 이렇게 말한다.

"부처가 된다거나 해탈하겠다는 것은 도저히 이룰 수 없는 일이오. 그보다는 이 세상의 지배자로서 황제가 되는 것이 좋을 거요. 그렇지 않으면 천상에 올라가 내 자리를 잇든지……."

보살은 마라에게 다음과 같이 대답한다.

"마라여, 그대는 단 한 번 공양한 공덕으로 욕계의 지배자가 된 것에 지나지 않는다. 그것에 견준다면 나는 헤아릴 수 없이 많은 생애를 두고 내 몸이나 소유물을 가리지 않고 몇 번이고 중생에게 베풀어 왔다. 그렇기 때문에 이제 부처님의 자리에 오를 수 있게 된 것이다."

보살의 말을 듣자 마라는 그것 보란 듯이 크게 기뻐하면서 다음과 같이 말한다.

"과거 생애에서 내가 공양한 것은 방금 그대가 말한 바와 같소. 그런데 그대가 한 일을 증언할 자는 아무도 없소. 말을 잘못한 탓으로 이 승부는 그대가 졌소."

그러나 보살은 조금도 당황하지 않는다. 오히려 마라와 그 일족을 자비심으로 대하며, 두려워하거나 놀라지도 않고 몸과 마음도 온화했다. 보살은 조용히 오른손을 내민다. 그 손에는 과거 무수한 생애에서 쌓은 선업의 공덕이 담겨 있다. 보살은 그 손으로 자신의 머리를 쓰다듬고 다리를 어루만지다가 손을 뻗어 손가락 끝을 가볍게 땅에 댄다. 그리고 다음과 같이 말한다.

만물의 의지처인 이 대지
움직이는 것이나 움직이지 않는 것이나
모든 것에 공평한 이 대지가
나를 위해 진실한 증인이 될 것이다.
자아, 나를 위해 증언해 다오.

보살이 이같이 말하자 갑자기 대지가 동서남북 상하로 진동하고 커다란 소리가 울려 퍼진다. 그리고 온갖 장식을 몸에 걸치고 수많은 대지의 여신들을 거느린 수타바라('부동'의 의미)라는 대지의 여신이 보살이 앉아 있는 곳 가까이에서 땅바닥을 뚫고 몸을 절반만 드러낸다. 그런 다음 보살에게 예배하고 이렇게 말한다.

"당신이 말씀하신 그대로입니다. 저희가 증인이 되겠습니다. 당신이야말로 인간계는 물론 신들의 세계에서도 최고의 권위자이십니다."

수타바라 여신은 이와 같이 말하며 마라를 호되게 꾸짖는다. 그리고 보살에게 경의를 표해 여러 가지 공양을 드린 다음 자취를 감춘다. 이렇게 해서 마라의 계략은 또다시 실패로 돌아갔다.

보살의 승리

보살과 마라의 문답 내용에는 여러 가지 문제들이 들어 있다.

세속적인 권력과 교환하는 조건으로 종교적 사명을 단념시키려는 유혹은, 사탄과 예수의 경우에도 비슷한 예가 있다. 마라도 수많은 신들 가운데 하나이며, 욕계의 최고 지배자다. 그는 과거의 생애 중에 베푼 단 한 번의 선업 덕분에 그 지위를 차지했다.

신들이라고는 하지만, 바라문교에서 말하는 신과 불교에서 말하는 신에는 차이가 있다. 바라문교의 신들은 본래부터 신이어서 인간과는 전혀 다른 존재이다. 신들 중에 인간의 모습으로 지상에 태어나는 신이 있기는 하지만, 인간이 신이 될 수는 없다.

그런데 불교의 세계관에 의하면 인간과 신들 사이에 절대적인 차별은 없다. 뿐만 아니라 동물도 마찬가지다. 이들 모든 생물을 일체 중생이라고 하는데, 자신이 지은 선악의 업에 따라 신도 되고 인간도 되고 또는 동물도 되는 것이다. 불교의 가르침에 의하면, 바라문교에서 예전부터 예배해 온 브라흐만이나 인드라 등도 인간이 선업을 지었기 때문에 다시 태어난 존재에 지나지 않는다.

마라의 경우도 마찬가지다. 이러한 신들은 인간과 같이 언젠가 전락할 운명을 피할 수 없다. 그러한 운명을 초월한 것은 깨달은 부처님뿐이다. 그런데 이제 그 부처님이 이 세상에 출현하려는 것이다.

보살이 마라에게 말했다.

"그대는 단 한 번의 공양으로 지금의 지위를 얻었다."

이것은 선악법에 대한 과보의 도리를 일깨워 주기 위해서 한 말이었다. 그러나 마라는 이를 거꾸로 이용해 다음과 같이 말하면서 기뻐한다.

"그대는 내 선업을 증언해 주었지만 그대의 선업을 증언할 자는 아무도 없다."

이 경우 마라의 논법은 상대편의 말꼬리를 붙잡고 자기에게 유리하도록 억지 해석을 내리려는 방식이다. 재판 같은 것을 할 때 교활한 자들이 쓰는 수법이다. 재판이라고 하니까 생각나는데, 〈자타카〉 이야기를 비롯한 고대 인도의 설화를 읽어 보면 재판 제도와 관련된 규정과 습관에 관한 내용이 여러 가지 나와 있다. 지금 여기에서 말한 마라의 논법도 실제 재판에서 있음 직한 일이다.

말하자면 보살은 상대편에게 유리한 증언을 해, 재판으로는 불리한 입장에 몰린 셈이다. 그러나 보살은 조금도 두려워하지 않는다. 만물을 포용하고 모든 것에 공평한 대지 자체가 보살의 증인이기 때문이다.

불상에는 여러 형태가 있는데, 특히 눈에 띄는 것은 양손의 놓임새와 들고 있는 모습이다. 이를 인상印相, 인계印契 또는 결인結印이라고 한다. 그 불상의 의미와 상징을 밝힌 것이다. 그중에도 항마인降魔印이란 오른손을 무릎 위에 늘어뜨리고 왼손으로 옷자락을 쥐고 있는 형태다. 이것은 보살이 대지의 여신을 불러내어 마라에게 결정적인 타격을 주는 순간을 표현하므로 항마라고 한다(경주 석굴암의 석가여래상은 바로 이 항마인이다).

앞에서 말한 바와 같이, 보살이 자기 몸을 어루만지던 오른손을 대지에 대는 장면도 주의해서 읽어야 한다. 이것은 고대 인도의 설화에도 나오는데, 진실을 맹세할 때의 몸짓이다. 만일 자기가 말하는 것이 거짓이라면 대지의 저주를 받아도 좋다는 뜻으로 흔히 쓰인다. 고대 인도에서 보편적으로 유행한 습관이라고 보아도 좋을 것이다.

다만 이때 보살은 그러한 일상적인 습관을 넘어, 대지 그 자체를 자신의 증인으로 불러낸다는 데 근원적인 의미가 있다. 이와 같은 예는 얼마든지 있으므로 불타의 전기를 읽을 때 그냥 지나치지 않도록 유의해야 할 것이다.

그때 대지의 여신의 말을 들은 마라와 그 군사들은 두려움에 떨면서 기세가 꺾이고, 사자가 부르짖는 소리를 들은 늑대처럼 또는 흙덩이로 얻어맞은 새처럼 달아나기 시작했다. 그러나 마라 자신은 괴로워서 슬퍼하면서도, 나아갈 수도 물러갈 수도 없었다. 산스크리트어 본 〈라리타 비스타라〉에 따르면, 이윽고 마라의 세 딸이 교태를 부리는 장면이 나온다. 하지만 그 밖의 책에는 보살과 마라의 문답보다 먼저 나와 있으므로, 여기서는 후자의 순서를 따랐다.

마라 파피야스는 이와 같이 패배했다.

이때 보리수에 살고 있던 여덟 명의 여신이 저마다 보살을 칭송한다.

"보살은 보름밤의 만월처럼, 솟아오르는 아침 해처럼, 피어나는 연꽃처럼, 숲 속의 사자처럼, 드넓은 바다처럼, 가장 높은 산처럼, 한없이 청정해 온갖 악마를 물리치고 모든 중생에게 사랑을 받는다……."

다음에는 정거천에서 내려온 신들이 마라의 패배와 보살의 승리를 노래하고, 보리수를 수호하는 여신들과 마찬가지로 마라를 비난하고 보살의 덕을 찬탄해 마지않는다.

모든 공격에 실패해 자기편을 잃고 자식들에게까지 배반당한 마라는, 그래도 처음의 뜻을 굽히지 않았다. 그러나 대세는 이미 결정되었다. 마라의 절망적인 공격이나 비난의 말은 오히려 보살의 위대함을 더욱 돋보이게 할 뿐이다. 어찌나 무서웠던지 악명 높은 마라도 그만 기절해 넘어진다. 이것을 보고 가엾이 여긴 한 지신이 찬물을 끼얹어 정신을 차리게 해 준다.

마라와의 싸움에서 승리함으로써 보리수 아래서의 보살의 수행은 앞의 절반의 끝난 셈이다. 아니 모두 끝났다고 해도 될 것이다. 왜냐하면 마라를 이기는 것과 최고의 깨달음에 이르는 것은 별개의 일이 아니기 때문이다.

형식적으로는 아직 보살의 자리에 있지만, 이미 과거의 생애를 뚜렷이 생각해 내고 자기의 사명과 권위를 분명히 깨닫고 있다. 마라가 완전히 패배함으로써 부처의 자리는 이미 눈앞에 다가서게 되었다. 신들은 보살을 예배하고 천상의 꽃을 휘날리며 향나무 향을 뿌린다.

부처님의 생애에 관한 전기 가운데 이 같은 마라와의 싸움 이야기는 아마 요즘 독자들에게 가장 낯선 대목일 것이다. 이처럼 묘사하는 연극 같은 장면이 실제로 일어났을 거라고는 도저히 믿어지지 않을 것이다. 역사적 사실은 그만두고, 단순한 심리적 체험이라 해도 너무나 현실성이 결여되어 있기 때문이다. 사실 요즘의 저자들은 이러한 이야기는 가능한 한 피하고, 기껏해야 비유라고 해서 아주 간략하게 적는 일이 많다.

그러나 이러한 근대적인 경향을 떠나 순수하게 문헌이라는 입장에서 살펴보면, 좋든 싫든 이 마라와의 싸움은 세세한 점까지 몇몇 기본적인 경전에 자세히 기록되어 있다. 그리고 시의 형식으로 전해진 부분이든—이를테면 산스크리트어 본 〈라리타 비스타라〉에 따르면, 마라와의 싸움에 대한 시가 1장에만 202수나 수록되어 있다—산문 부분이든, 여러 경전에 공통점이 아주 많다. 그러나 앞에서도 잠깐 말했듯이, 그 안에 수록된 설화 하나하나의 순서는 매우 다르다.

따라서 문헌학상으로 보아 어느 하나의 경전이 바탕이 되고 그것을 베껴 몇 개의 경전이 성립되었다기보다는 오히려 처음부터 여러 곳에 기록되어 있었다고 생각하는 편이 타당하다. 다시 말하면 마라와의 싸움에 대해서는 애초부터 하나의 기본적인 사실이 있었던 것이다. 그리고 불교의 여러 부파가 저마다 기록을 남겼다고 볼 수 있다.

불교는 다른 종교들처럼 중앙집권을 해 본 적이 없다. 하나의 종본산 지배 아래 교리나 가르침을 통제하는 일은 없었다. 따라서 지리적인 면이나 그 밖의 여러 조건에 의해 많은 교단이 따로따로 발전했다. 특히 부처님의 전기에 대해서는 각 부파마다 조금씩 다른 기록을 가지고 있다.

이러한 입장에서 볼 때, 마라와의 싸움에 대한 기록이 그 설화 순서에서는 얼마쯤 차이가 있을지라도, 말의 표현에 이르기까지 많은 부분에서 공통점이 있다는 것은 주목할 만한 일이다. 우리들의 현대적인 기준에 억지로 맞추기보다는 가장 오래된 기록을 솔직히 인정하고 전기 작가(또는 편집자)의 의도를 헤아리지 않으면 안 된다.

앞서 한두 가지 예에 대해 설명한 바와 같이, 보살과 마라의 싸움 또는 그 한쪽에 가담하는 신들을 모두 신비적으로 묘사하고는 있지만 고대 인도의 실태, 특히 불교를 낳은 사회의 실태를 암시하는 점이 적지 않다. 마라 파피야스가 지배하는 사회, 즉 본능적 욕망으로 이루어진 낡은 전통사회에 새로운 질서를 세우려 할 때, 어떤 저항에 부딪치지 않으면 안 되는가 하는 문제도 이것과 관련해 생각할 수 있다. 어쩌면 그것은 드러난 사회의 문제가 아니라, 정신적인 새로운 질서의 문제라고 해석하는 편이 더 적절할 것이다.

어쨌든 불교의 출현, 다시 말하면 부처님의 성도라는 사건은 낡은 원초적인 영적 상태에서 새로운 상태로 전환한다는 정신사의 문제를 지니고 있다. 이 위대한 전환을 합리적인 언어로 설명하는 것은 도저히 불가능하다.

보살과 마라의 대결은, 말하자면 영적인 표현이다. 상징적이라고 해도 좋지만, 그러면 비현실적인 것처럼 오해받을 염려가 있다. 마라와의 싸움은 비현실적이기는커녕 오히려 영적 체험으로는 이보다 더 현실적인 것이 없다고 해도 좋을 정도다. 본능적이고도 반성할 줄 모르는 질 낮은 인습을 거부하고, 새롭고 창조적인 영적 체험을 세운다는 의미에서는 마라와의 싸움이 지금의 우리들에게도 가장 절실한 문제이기 때문이다.

보리수 아래서 벌였던 마라와의 싸움은 일단 끝이 났다. 그러나 이것으로 마라의 존재가 아주 사라진 것은 아니다. 부처님의 생애 중에 기회 있을 때마다 그 모습을 다시 나타낸다. 그것은 또 훗날의 이야기다.

15
성도의 임박

깨달음을 얻은 불타에게 바리때를 바치는 사천왕

윤회의 삶은 끝나고

보살이 보리수 아래서 좌선해 깨달음을 얻었다는 사실은 여러 경전에 기록되어 있다. 대체로 그 내용이 일치하나 세부적인 면에서는 얼마쯤 다른 점도 있다. 성도(깨달음을 얻어 부처가 됨)에 항마(악마를 물리치는 것)에 대한 이야기가 먼저 나오는 것은 북방 기록이나 남방 기록이나 다 같지만, 그중에는—예를 들면 〈중아함〉의 〈라마경〉과 여기에 해당하는 팔리어 본—항마에 대해서는 전혀 언급하지 않은 것도 있다. 항마는 말하지 않고 깨달음만 간결하게 설명하고 있다.

그런 경전에 따르면 보살은 우드라카 라마푸트라의 곁을 떠나 마가다국을 편력하던 중 우루빌바의 세나니가마(사나라는 마을)로 갔다. 살펴보니 그 고장 자연이 아름다워 숲이 깨끗하고 시냇물은 맑게 흘렀다.

수행하기에는 더할 수 없이 좋은 환경이었다.

'이 고장이야말로 참으로 수행 정진하기에 적합한 곳이다!'

보살은 이같이 느꼈으므로 그곳에 자리를 깔고 좌선을 했다. 그리고 출가의 목적을 이룰 때까지는 결코 일어나지 않겠다고 결심했다.

거기에서 자신의 몸이 '태어난다'는 자연 법칙의 지배를 받고 있으면서도, 이 태어난다는 것에 불행의 원인이 있다는 것을 깨달았다. 그래서 태어남을 초월한 최상의 평안, 즉 열반을 추구했다. 그리고 그와 같은 열반의 경지에 이르렀다.

다음으로 자신의 몸이 늙는다는 자연 법칙, 병에 걸린다는 자연의 법칙, 죽는다는 자연의 법칙, 근심한다는 자연의 법칙, 더러워진다는 자연의 법칙 등 많은 자연 법칙의 지배를 받고 있는데, 그러한 존재 속에 불행의 원인이 있다는 것을 깨달았다. 그래서 그런 사실들을 초월한 최상의 평안, 즉 열반의 경지에 이른 것이다.

그때의 경지를 다음과 같이 표현했다.

"그리하여 내게 지혜와 통찰이 생겼다. 나의 해탈은 흔들리지 않는 것이다. 이것이 내 마지막 생애이고, 이 이상 다시 태어나는 일은 없을 것이다."

즉 과거부터 수많은 생애를 두고 정진 노력한 결과가 성숙해서 여기 최고의 이상이 실현된 것이므로, 이제는 더 이상 생사윤회의 지배를 받지 않게 되었다.

이상의 글은 팔리어 본에서 번역한 것인데, 한역에 의하면 다음과 같다.

생은 이미 다하고
청정한 수행은 이루어져
소작(어떤 사람이 한 행위)도 모두 가려졌네.
다시 유有(유정으로서의 존재)를 받지 않으며
진여眞如를 알다.

'과거에 몇 번이고 되풀이되어 온 생사윤회는 마침내 끝을 맺고, 맑고 깨끗한 수행은 완성되었다. 해야 할 일은 모두 다 해 놓았으며, 또다시 삶과 죽음을 되풀이하는 일 없이 최고의 진리를 깨달았다.'는 말이다.

이러한 팔리어 본이나 한역 〈중아함〉의 〈라마경〉에는 보리수 아래 앉기까지 있었던 여러 가지 이야기들, 즉 마을 처녀의 공양, 강에서의 목욕, 길상초 보시를 받은 일, 그리고 보리수에 관한 일 같은 것은 전혀 적혀 있지 않다. 또한 마라 파피야스 이야기도 전혀 없다.

이런 점으로 보아 이 간단한 기록 쪽이 역사적 사실에 가깝다고 생각하는 학자도 더러 있다. 그러나 사실은 바로 여기에 커다란 문제가 있다.

이 〈라마경〉(팔리어 본 〈중부경전〉 제26경도 같음)은 원래 부처님이 제자들을 위해 자신이 수행하던 시절의 체험에 대해 이야기한 것을 기록한 경전이다. 그러므로 어디까지나 제자들이 수행하면서 깊이 새겨야 할 사항들을 설명하는 데 힘을 기울이고 있다. 따라서 부처님밖에 쓸 수 없는 항마나 성도에 대해서는 언급하지 않았다.

이 같은 사정은 고려하지 않고, 그저 간단히 보살이 우루빌바의 세나니가마로 가서 경치가 아름다운 언덕진 숲 속에서 좌선하고, 태어나서 늙고 병들어 죽는다는 것과 더러움에 대해 철학적으로 살펴본 결과, 그런 것들의 본질을 깨닫고 흔들리지 않는 확신을 얻은 것만이 역사적인 사실이라는 것이다.

이 밖에 경전에 기록되어 있는 여러 가지 사건, 특히 마라와의 싸움 같은 것을 전기 작가의 창작이거나 후세 사람이 첨가한 것이라고 단정하는 학자가 지금도 있다. 그러나 그러한 사고방식으로는 부처님의 참다운 모습을 이해할 수 없을뿐더러 불교의 본질에 접근할 수도 없다.

사람들은 자신의 능력 범위 안에서만 사물을 생각하려고 한다. 타고난 장님이나 귀머거리는 빛깔이나 소리를 알 수 없기 때문에, 그것에 대한 설명을 들더라도 자기 마음대로 판단할 수밖에 없다. 부처님에 대해서도 마찬가지다. 우리들은 부처님이 아니므로 부처님의 심경이나 그 경지를 실제로 알 수는 없다. 그러나 우리들이 알 수 없다고 해서 부처님의 특수한 모습이 실재하지 않았다고 말할 수는 없다. 경전에 기록된 내용을 통해서 어느 정도까지는 헤아려 볼 수 있다. 경전에 쓴 말의 표면적인 의미가 아니라, 진실한 뜻을 체득하려고 노력하지 않으면 안 된다.

대체로 팔리어 성전(《남전대장경》)이나 한역 〈아함〉은 보통 사람들도 쉽게 이해할 수 있게끔 부처님을 설명하려는 경향이 짙다. 그런

만큼 현재의 과학 시대에 사는 우리들도 알기 쉬운 경전이다. 그러나 실제로 이것이 가장 오래된 경전이라고 믿을 수는 없다.

문헌에 대한 전문적인 논의는 다른 기회로 미룬다. 우리는 항마에서 성도, 성도 이후 혼자만의 관상(사물을 마음에 떠올리는 것), 브라흐만의 간청에 의한 설법 결심, 바라나시의 녹야원에서 행한 최초의 설법에 이르는 일관된 이야기가 현재 우리들이 알 수 있는 가장 오래된 '사실'의 가장 충실한 기록이라고 생각할 수밖에 없다. 팔리어 성전이나 〈아함〉 같은 경전은 그중에서 자기들의 목적에 맞는 것만을 골라 새로 편집한 것에 지나지 않는다.

19세기 말 실증주의가 한창일 무렵에 출발한 이른바 '원시불교'(오르덴 베르히, 빈딧슈, 리스 데이비스 등이 그 대표적인 연구자)라고 일컬어진 연구 방법에서는 다음과 같이 말하고 있다.

첫째, 성전 중에서도 합리적인 사실에 속하는 부분이 가장 오랜 것이고, 신화나 기적 같은 초자연적인 사실에 관한 것은 후세의 첨가물이다.

둘째, 팔리어 본이나 한역 등 여러 성전에 공통된 부분이 가장 오랜 것이고, 어느 한쪽에만 나와 있는 글은 후세의 첨가물이다.

셋째, 부처님은 다만 훌륭한 인간이었으며, 그 가르침은 철학적이고 이론적이었다. 그런데 나중에 그런 부처님을 신처럼 떠받드는 신앙이 일어나 초인간적인 존재로 보게 되었다.

넷째, 팔리어 본이나 이것과 일치하는 한역 〈아함〉이나 율律의 일부가 원시불교의 가장 확실한 자료다.

그런데 이 연구 방법이나 그 결론은 일종의 순환론에 빠져 있다. "합리적인 기사만이 확실한 것이므로 팔리어 성전이 가장 믿을 만하고, 그렇기 때문에 기적에 대한 기사가 적은 것은 역사적인 사실이다."라고 하는 것은 순환론에 지나지 않는다. 팔리어 본 중에도 기적이 적지 않으며, 또한 팔리어 본에는 적혀 있지 않을지라도 중요한 역사적 사실은 얼마든지 있다.

이처럼 여러 면으로 살펴볼 때 '팔리 성전 만능설'에는 일찍부터 의문이 따랐다(키즈, 샤이야, 레가메이 같은 학자, 그리고 나중에는 리스 데이비스 부인까지도).

이 의문설을 종합해 보면 다음과 같다.

첫째, 그 시대 사람들에게 부처님은 원래 초인간적인 존재였다. 그러므로 부처님과 관련한 초자연적인 사건은(적어도 그 몇몇은), 그때 사람들이 생각하던 것을 그대로 기록한 것임에 틀림없다. 특히 주목해야 할 것은, 다만 이 한 생애에 수행한 결과로 부처님의 자리에 오른 것이 아니라, 과거의 무수한 생애를 두고 끝없이 수행한 결과라는 점이다. 부처님 한 사람만이 아니고 다른 모든 중생(인간만이 아니라 초자연적 존재나 동물까지도 포함해서)이 무수한 생애를 되풀이하고 있다는 것을, 부처님은 그 초인간적인 관찰력을 통해 꿰뚫어 보았다.

둘째, 모든 불교 성전은 문장으로 엮었든 그렇지 않았든간에 본래는 지극히 넓은 범위에 걸친 사건 내용을 수록하고 있었다. 이는 산치나 바르후트 같은 유적의 불교미술에 나타나 있는 〈자타카〉(본생담)를 보아도 분명하다. 단순하게 합리주의적으로 해석할 일이 아니다.

셋째, 불교의 각 파에서 저마다의 성전을 만들 때, 각 파는 이 광범한 근본 성전 가운데서 자기 파에 필요하거나 적합한 부분만을 선택해서 편집했다. 그러니까 어느 특정한 파의 성전에 나타나 있지 않다고 해서 그 기록을 후세의 첨가나 창작이라고 판정하는 것은 옳지 않다. 예를 들면, 굶주린 호랑이를 위해 자신의 몸을 던져 먹게 했다는 설화는 팔리어 본 〈자타카〉에는 나와 있지 않다. 그러나 이러한 이유만으로 이 설화가 다른 것보다 나중에 만들어졌다고 단정할 수는 없다.

무명의 세계를 생각하며

이와 같이 생각해 보면 부처님의 성도를 전후한 이야기는 대단히 중요하다. 함부로 생각하거나 줄여서는 안 된다.

그러면 부처님이 성도한 날 밤에 일어난 일들을 〈방광대장엄경〉 권9와 여기에 관련된 산스크리트어, 한역, 티베트어역의 경전에 근거해서 살펴보자.

마라를 굴복시킨 보살은 독이 있는 가시를 없애 버리고 진리의 깃발을 당당하게 올린 셈이다. 그래서 4선정을 체험했다.

제1선정에서는 욕망과 악을 떠나 마음속에 잡념을 품은 채 초월의 기쁨을 맛본다. 제2선정에서는 마음의 잡념을 가라앉히고 내면적인 고요에 의해 마음의 통일을 이룬다. 그래서 잡념이 없어지고 삼매(정신 통일)에서 생기는 기쁨에 젖는다. 다음은 제3선정으로, 앞에서 체험한 기쁨까지도 초월하고, 예전부터 성자가 말했듯이 정념정지正念正知하여 몸소 즐거움을 느낀다. 이렇게 해서 맨 마지막에는 즐거움도 없고 괴로움도 없고 근심도 기쁨도 없이 평안한 느낌만이 남는 청정한 제4선정에 이른다.

이상의 4선정은 보살만이 아니라 다른 많은 수행자에게도, 또 나중에는 부처님의 제자에게도 공통되는 수행 방법이다. 성도한 보살에게는 이것이 다음 단계로 나아가는 준비 과정이다. 성도한 날 밤 보살의 체험은 초저녁, 한밤중, 새벽의 세 단계로 나누어져 있다. 그중 새벽, 즉 먼동이 틀 무렵 부처로서 깨달음을 얻었다.

4선정에 의해서 마음을 바르게 통일하고, 청정 결백해 광명으로 빛나며, 더러움을 여의고 번뇌를 떨쳐 버려 자유로이 활동한다. 그러면서도 마음의 움직임이 없는 상태에 이른 초저녁에 보살은 천안통을 얻었다. 천안통이란 온갖 구속에서 벗어나 모든 것을 자유롭고 올바르게 관찰하는 능력을 말한다. 보살이 이 천안통으로 중생들이 살아가는 모습을 바라본다. 중생들은 죽어서 다시 태어나고 태어나서는 또다시 죽는다. 더러는 아름답게 또는 추하게, 더러는 안락한 곳에서 또는 괴로운 곳에서 태어나는 등 빈부귀천의 여러 계층이 있지만, 저마다 자기가 지은 업에 따라 그같이 살고 죽는 것임을 알 수 있다. 그래서 보살은 다음과 같이 생각한다.

'아아, 참으로 이들 중생은 몸으로 악행을 하고 말과 마음으로도 악행을 하며, 성자들을 욕하고 헐뜯으며 비뚤어진 생각을 한다. 비뚤어진 생각으로 행동하기 때문에 죽은 뒤에는 지옥과 같은 고뇌의 장소에 환생한다. 그런데 또 어떤 중생들은 몸으로도 선행을 하고 말과 마음으로도 선행을 하며, 성자들을 헐뜯는 일 없이 올바른 생각을 한다. 올바른 생각으로 행동하기 때문에 죽은 뒤에는 천상과 같은 좋은 곳에 태어난다.'

이와 같이 천안통으로 중생이 살고 죽는 운명을 관찰해 바른 지혜를 실현하며, 어둠을 없애고 광명을 일으키고 있을 때 초저녁은 지나갔다.

다음으로 보살은 역시 전과 같이 선정에 든 맑은 심성으로 한밤중에는 숙주지宿住智(또는 숙명지宿命智)를 얻었다. '숙주지'란 마음을 자유자재로 움직여 자기와 다른 중생들의 무수한 과거의 생애를 생각해 내는 것이다. 하나의 생애, 둘, 셋, 넷, 다섯, 열, 스물, 서른, 마흔, 쉰, 백, 천의 생애에서 시작해 우주 생성의 모든 시대를 통해 무수한 생애를 생각해 낸다.

'저곳에서 태어났을 때 내 이름은 이러이러했고 성은 이러이러했으며, 종족은 이러이러했고 인종은 이러이러했다. 음식은 무엇이었고 수명은 얼마였으며, 거기서 얼마간 머물렀고 이러저러한 즐거움과 괴로움을 받았다. 나는 그곳에서 죽어 이러이러한 곳에 다시 태어나고, 또 거기에서 죽어 이러이러한 곳에 환생했다.'

이렇게 자신에 대해서나 다른 중생들에 대해서 낱낱이 세밀한 점까지 확실하게 전생 일을 생각해 냈다.

다음에 보살은 역시 앞에서처럼 선정에 든 맑은 마음으로 새벽에 들어갔다. 그 새벽을 맞이할 때 보살은 인간적인 고뇌를 말끔히 없애고, 미혹(무엇에 홀려 정신을 차리지 못하는 것)의 근원인 번뇌를 모두 쳐부수는 슬기와 지식의 광명을 향해서 마음을 기울였다.

보살은 다음과 같이 생각한다.

'아아, 참으로 가엾은 일이로다. 이 세상의 존재들은 태어나서 늙고 죽어서 세상을 떠났다가 다시 태어난다. 그러면서도 이처럼 커다란 고뇌의 덩어리, 다시 말해 늙음과 병과 죽음에서 벗어날 줄을 모른다. 벗어날 방법을 찾지 않고 있다.'

그때 보살은 또 이렇게 생각한다.

'무엇으로 인해 늙음과 죽음이라는 것이 있을까. 도대체 무엇을 원인으로 늙음과 죽음이 있단 말인가. 태어남을 원인으로 해서 늙음과 죽음이 있다.

그러면 무엇으로 인해 태어날까. 생존有으로 말미암아 태어난다.

그러면 무엇으로 인해 생존하는 것일까. 집착取으로 말미암아 생존한다.

무엇으로 인해 집착하는 것일까. 갈망愛으로 말미암아 집착한다.

무엇으로 인해 갈망이 생길까. 감수受로 말미암아 갈망이 생긴다.

무엇으로 인해 감수가 생기는가. 접촉觸으로 말미암아 감수가 생긴다.

무엇으로 인해 접촉이 생기는가. 여섯 가지 감각六處으로 말미암아 접촉이 생긴다.

무엇으로 인해 여섯 가지 감각이 생기는가. 모양과 물체名色로 말미암아 여섯 가지 감각이 생긴다.

무엇으로 인해 모양과 물체가 생기는가. 인식識으로 말미암아 모양과 물체가 생긴다.

무엇으로 인해 인식이 생기는가. 현상行으로 말미암아 인식이 생긴다.

그러면 무엇으로 인해 현상이 생기는가. 무명無明으로 말미암아 현상이 생긴다.'

이와 같이 인간 고뇌의 원인을 잇따라 차례차례 거슬러 올라가서 살핀 결과, 모든 것의 근원에는 '무명'이 있다는 사실을 밝혀냈다. 무명에서 시작하는 이 사슬, 즉 무명-행-식-명색-육처-촉-수-애-취-유-생-노사를 십이인연 또는 연기라고 한다.

16
부처님의 출현

생사의 윤회를 벗어나 궁극의 깨달음에 이르다

부처님 출현의 의미

불교의 설법에는 여러 가지가 있는데, 모든 부파의 불교를 통해서 가장 근본적인 것은 '연기'에 관한 설, 특히 십이인연이다.

예를 들어 용수(2세기 인도의 대승불교 학자)의 〈중관론〉을 보면, 거기에서는 불교 및 다른 종교의 거의 모든 학설을 통렬하게 비판하는데, 십이인연설만은 비판의 대상에서 제외시켜 그대로 설명하고 있다.

'연기'라는 말은 여러 가지 의미로 널리 쓰이는데, 그 기본적인 것이 십이인연이다. 또 예로부터 연기에 대해서는 그만큼 학자들 사이에 각기 다른 의견이 있었다.

그러나 십이인연은 우리들 인간의 상태, 요즘 말로 하면 '실존'에 대해 설명한 것이다. 우리는 누구를 막론하고 태어나고 늙고 죽어간다. 이것은 일반적인 진리인 동시에 또한 우리들 개개인의 운명이기도 하다. 우리들의 인생 문제, 자신의 근본 문제에 생각이 미칠 때는 언제나 이 벽에 부딪친다.

보리수 아래서 좌선해 최고의 진리를 탐구한 보살에게도 역시 이 문제를 해결하는 일이 최후의 열쇠였다.

늙고 병들고 죽는다는 사실은 무엇에 의해 생기는 것일까. 그것은 '태어난다'는 사실을 원인으로 일어난다. 그리고 그 원인을 점점 거슬러 올라가면 마침내 무명(진리를 깨닫지 못한 마음 상태)을 발견하게 된다. 그 무명이 근원적인 원인이다. 보살은 이와 같이 살펴 나갔다.

그리고 다음으로 이렇게 생각해 나간다.

늙음과 죽음을 없애려면 어떻게 해야 할까. 태어나지 않으면 늙음과 죽음은 없다. 그럼 태어나지 않으려면 어떻게 해야 할까. 생존有이 없으면 된다. 이와 같이 생존에서 시작해 집착, 갈망, 감수, 접촉, 여섯 감각, 모양과 물체, 인식, 현상, 무명에까지 거슬러 올라가 결국은 무명이 없어지면 현상도 없고 현상이 없으면 인식도 없다는 식으로, 태어나지 않으면 늙음과 죽음도 없다.

이렇기 때문에 무명을 없애 버리는 것이 인생의 문제를 마지막으로 해결하는 길이다.

다만, 이 십이인연 하나하나의 명칭이 구체적으로 어떤 사실을 가리키는가 하는 것과, 어째서 이 같은 순서가 아니면 안 되는가

하는 점에는 여러 가지 문제가 있다. 그 까닭은 십이인연이라고 열거한 항목은 부처님의 사상사적 배경과 밀접한 관계가 있지만, 오늘날 우리들의 사고방식과는 반드시 일치한다고 볼 수 없기 때문이다.

십이인연을 단순히 생물학적으로 해석하려는 것, 즉 생식 본능에 의한 성행위에서 태아가 발생하고 성장하는 순서로 보면 물론 바르다고 할 수만은 없다. 그러나 생리적 현상을 아주 떠나 단지 논리적인 해석만으로 충분하다고 하는 것도 잘못이다. 이 같은 모든 학설을 참작해, 태어났다가 죽고 죽었다가 다시 태어나는 인간(인도식으로 말하면 일체 중생)의 양상을 설명한 것이라고 보는 편이 옳을 듯하다. 더욱이 이 설은 단지 이론을 위한 이론이 아니고, 인생의 문제를 마지막으로 해결한다는 실천적 과제를 예상해서 설명한 것임을 잊어서는 안 된다.

인간 실존의 비극적 근원은 무명이라는 미혹에 있다. 그 어리석음을 없애는 것이 곧 인생의 문제를 해결하는 길이다. 이것은 다음과 같은 방법으로도 설명할 수 있다.

첫째, 인간의 실존을 괴로움苦이라고 이해할 것, 이 괴로움은 괴로움과 즐거움으로 대립하는 그런 괴로움이 아니고 인간이 어떤 상태에 있든지, 비록 행복의 절정에 있을 때라도 거기에 반드시 맺혀 있는 괴로움이다. 그러므로 괴로움은 인간적 실존의 다른 이름이라고도 할 수 있다.

둘째, 괴로움의 원인을 밝힐 것. 우리들이 생존하는 바탕에는 욕망과 욕구가 가로놓여 있다. 갈망이라고 할 수도 있고, 맹목적 의지라고 해도 좋을 것이다. 그것은 개인적이고 개체적이기도 한 동시에 집단적 또는 생물적 본능이라고 말할 수도 있다.

셋째, 괴로움의 원인인 갈망을 없앨 것. 이것이 실제적인 해결책이다.

넷째, 갈망을 없애기 위해서는 올바른 방법이 필요하다. 이것을 도라고 부르는데, 불교의 실천 덕목이 여기에 해당한다.

이러한 네 가지를 고苦, 집集, 멸滅, 도道라 하고, '거룩한 네 가지 진리四聖諦'로 알려져 있다('집'은 원인을 말함).

고집멸도라는 형태는 의학과 같은 틀로도 볼 수 있다. 병을 발견하고 원인을 탐구한 뒤 그 원인을 없애기 위해서 올바른 치료를 해 나가는 순서이다. 십이인연도 그렇지만 사성제로 말해도 단순한 이론은 아니다. 이러한 사실로 알고 나서는 자신이 그것을 해결하지 않으면 안 된다.

가장 뛰어난 인물(부처님이라고 불리는 사람)이 모르면 안 되는 것, 깨닫지 않으면 안 되는 것, 이르지 않으면 안 되는 것, 실현하지 않으면 안 되는 것, 이 모든 것을 한 찰나에 파악하는 최고의 지혜에 의해 가장 올바른 깨달음을 얻어, 보살은 마침내 부처님이 되었다. 이 최고의 깨달음을 한문으로 번역해 '무상정등각'이라고도 하는데, 산스크리트어를 음역해 '아뇩다라 삼먁삼보리'라고 쓰는 경우도 있다.

이와 같이 산스크리트어의 형태를 그대로 보존하는 것은, 다른 말로 번역하면 원래의 의미를 완전하게 전할 수가 없기 때문이다. '아뇩다라'는 무상의, '삼먁'은 올바른, '삼보리'는 완전한 깨달음 또는 눈뜸이라는 의미이다. 그러나 문자 그대로의 뜻만으로는 다 설명할 수 없는 독특한 의미가 들어 있다는 것에 주의해야 한다.

즉 우리들이 보통 쓰는 말의 의미보다 훨씬 깊은 뜻이 들어 있다는 사실을 알아야 할 것이다. 부처님을 '눈뜬 자', '깨달은 자'라고 번역하는 것이 물론 잘못은 아니지만, '눈뜨다, 깨닫다, 알다'라는 말의 깊은 함축성까지도 살피지 않으면 부처님이 출현하신 의미를 바르게 이해할 수 없을 것이다.

성도의 날

부처님이 최고의 깨달음에 이른 것은 밤의 마지막 시각, 즉 밤에서 아침으로 바뀌는 찰나였다고 한다. 한역 경전에는 '샛별이 돋을 때'라고 적혀 있다. 산스크리트어 원전에서는 이 경우 '아루나'라는 말을 했는데, 이 말에는 '붉은 기운을 띤', '새벽' 또는 '태양'이라는 풀이가 붙어 있다. 그래서 '새벽녘에'라고 해석하는 학자도 있지만 나는 '샐녘의 샛별', 즉 금성을 가리킨다고 생각한다. 산스크리트어나 팔리어 사전에는 '샛별明星'의 뜻이 나와 있지 않지만, 불교와 밀접한 관계가 있는 자이나교의 경전에는 '유성의 이름'으로 사용되는 예가 있기 때문이다. 그 밖에 한역의 대부분이 샛별로 변역하는 것이 무엇보다도 확실한 증거다.

이렇게 해서 마침내 보살은 부처님이 되었다. 이를 가리켜 성도 또는 성불이라고 한다. 오래된 경전에는 이것을 2월 8일 또는 4월 8일이라고 기록했는데, 중국이나 한국, 일본에서는 12월 8일을 그날로 잡고 있다. 이것은 달력의 계산에 의한 것이다. 가장 오래되었다고 생각하는 인도의 기록에 따르면 탄생과 출가와 성도와 입적을 모두 같은 날, 즉 베샤카 달의 보름날이라고 했다. 이것은 인도력으로는 봄에 해당하는데, 일 년의 첫째 달이다. 동남아시아에서는 베사크 축제라 하여 이날 탄생, 출가, 성도, 입적의 축제를 하고 있다.

4월 8일을 탄생일, 2월 15일을 열반일로 보는 것은 중국과 한국, 일본의 오랜 관습이다. 그런데 현장의 〈대당서역기〉에 의하면, 탄생과 성도는 둘 다 베샤카 달의 후반 8일 또는 15일이고, 입적은 베샤카 달 후반의 15일 또는 칼룻티카 달 후반의 8일이라는 설이 있다고 했다.

성도할 때의 부처님 나이가 서른다섯이라는 설과 서른이라는 설이 있는데 앞의 것을 쓰는 경우가 많다.

'부처님의 성도'라는 세계 역사상 중대한 사건의 연대를 분명하게 알지 못한다는 것은 이상한 일이다. 그러나 이것은 부처님의 경우만이 아니라 인도에서는 흔한 경향이다. 인도에서는 성자의 출현이나 종교적으로 중요한 사건의 연대를 기록하는 일에 그다지 주의를 기울이지 않는다. 이런 경향은 아마도 영원한 시간 속에서 생각하기 때문이며, 세속적인 달력 같은 것은 정신적으로 위대한 사건 앞에서는 어떻게 되어도 상관없다고 여겼기 때문이다.

현재도 그런 경향이 있다. 그렇다고 시간관념이 전혀 없는 것도 아니다. 나중에 다시 말하겠지만, 부처님의 제자가 구족계(승려가 지켜야 할 계율)를 받을 때는 날짜는 물론 시간까지 정확하게 기록하도록 규정하고 있다.

부처님이 성도한 연월일을 사실 정확하게는 알 수 없다. 그래서 입적한 해를 기원전 480년경으로 하고(이것도 간접적으로밖에 계산할 수 없지만), 여든 살의 생애 중에 서른다섯 살의 성도는 기원전 535

년경이라고 할 수 있다. 이 이상 정확하게 알아볼 방법은 없다.

신들의 축복

부처님이 되자마자 신들 가운데 하나가 말한다.

"자아, 꽃을 뿌립시다. 세존이 성도하셨습니다."

그러나 옛날 여러 부처님이 성도할 때 자리를 같이했던 신들은 이렇게 말한다.

"아직 꽃을 뿌리기는 이릅니다. 세존이 그의 상서로운 모습을 나타낼 때까지 기다려 봅시다. 과거의 부처님들도 모두 상서로운 모습을 나타냈으니까요."

그때 여래는 이들 여러 신이 생각하고 있는 것을 알고 홀연히 허공에 높이 올라가 다음과 같이 말한다.

> 더러움은 모두 없어져 버렸다.
> 더러움의 흐름도 모두 멎었다.
> 이 이상 태어나는 길을 따르지 않으리.
> 이것을 고뇌의 최후라고 이름한다.

이 말을 들은 신들은 일제히 꽃을 뿌려 부처님을 축복한다. 그 꽃은 쌓여서 무릎 높이까지 이르렀다고 한다.

또 이 순간에 모든 어둠은 사라지고 온 세계가 기쁨에 넘친다. 부처님의 머리 위에는 보석으로 된 천개가 씌워지고, 그 찬란한 광명은 삼천대천세계를 비춘다. 모든 부처님들과 보살들은 이 일을 축복하며 새로 탄생한 부처님의 덕을 찬탄한다.

"여래가 보리수 아래 사자좌에 앉아 깨달음을 얻은 그 찰나에 헤아릴 수 없는 기이하고 상서로운 모습이 나타났다. 만일 그 일을 모두 말한다면 몇 세대에 걸쳐서도 다 이야기할 수 없을 것이다."

경전에는 이렇게 기록하고 있다. 신들만이 아니라, 그전에 마왕을 달래어 보살에게 항복하라고 권한 마왕의 일족들도 여러 보살들 사이에 섞여 부처님께 경의를 표하려고 모여든다. 사천왕도 허공의 신들도, 그리고 마지막에는 대지의 신들도 한결같이 모두 꽃과 향을 바치고 예배드린다.

트라프사와 바루리카

부처님은 그대로 다시 이레 동안 보리수 아래서 좌선하며 움직이지 않는다. 그리고 "무명으로 말미암아 현상이 생긴다."에서 "태어남으로 말미암아 늙음과 죽음, 근심, 슬픔, 괴로움, 걱정, 고뇌가 생긴다."까지, 또 거꾸로 "무명이 아주 없어지면 현상도 없어진다."에서 "태어남이 없어지면 늙음과 죽음, 근심, 슬픔, 괴로움, 걱정, 고뇌도 없어진다."에 이르기까지의 십이인연을 차례차례, 그리고 거슬러 관찰하면서 밤을 지낸다.

제2주째에는 보리수 아래서 일어나 아자파라 니그로다 나무 아래서 또다시 이레 동안 좌선을 계속한다.

이렇게 이레마다 자리를 옮겨 가면서 칠칠일, 즉 49일 동안 해탈의 기쁨을 마음속으로 느낀다.

그러나 이 49일 동안 정말 혼자만 있었던 것은 아니다. 제2주째에는 한 사람의 바라문이 그 앞을 지나다가 세존에게 문답을 걸어온다. 그러나 이 바라문은 거만해 흥흥 하고 코대답을 하는 버릇이 있어서 모처럼 만난 좋은 기회를 놓치고 만다. 인연이 없는 중생은 어쩔 도리가 없는 모양이다.

이 동안에 마왕과 그의 세 딸도 다시 모습을 나타내지만, 그것은 문제도 아니다.

또 제5주째에는 이레 동안 비가 계속 내리고 찬바람이 끊임없이 불어닥친다. 그때는 무칠린다 용왕이 세존의 몸을 일곱 겹으로 칭칭 감고 머리로 세존을 덮어 비바람을 막아 준다. 또 용왕들이 사방에서 와서 세존을 지켜 주는데, 이레가 지나 비바람이 그치자 저마다 자기 궁전으로 돌아간다.

용왕은 이미 부처님이 탄생할 때도 모습을 나타내어 목욕물을 부어 주었다고 했으니, 불교 전설과는 관계가 깊다. 용은 산스크리트어로 '나가'라고 하며 큰 뱀의 모양을 하고 있다는데, 어떤 때는 코끼리를 보고도 나가라고 한다. 또한 부처님의 제자 중에서 뛰어난 사람들을 용상이라고도 한다. 불교 이전부터 널리 행해지던 민간신앙의 영향일 것이다.

제7주째는 세존이 그대로 좌선하고 있을 때, 트라프사와 바루리카라는 두 상인이 소 수레에다 물건을 싣고 그 근처를 지나간다. 5백 대나 되는 수레를 앞장서서 이끌던 두 마리의 뛰어난 소가 갑자기 멈추더니, 꼼짝도 하지 않는다. 두 상인이 이상하게 생각하자 숲 속의 신이 나타나 이렇게 일렀다.

"상인들이여, 걱정하지 말라. 이제 부처님 세존께서 이 세상에 출현하셨다. 부처가 되어 이 숲 속에 계시지만 벌써 49일 동안이나 아무것도 드시지 않았다. 그러니 그대들이 마실 것을 드리면 좋겠다."

두 상인이 가보니 햇빛처럼 찬란한 모습을 한 세존이 신들에게 둘러싸여 좌선을 하고 있었다. 곧 꿀과 곡식 가루와 우유 등으로 훌륭한 음식을 마련해 세존에게 바친다.

이때 세존은 이렇게 생각한다.

'모든 부처는 베푸는 음식을 손으로 받지 아니한다. 반드시 바리때에 담아서 받는 법이다.'

사천왕은 이내 세존의 뜻을 알아차리고 황금으로 된 바리때를 드렸다. 그러나 세존은 이같이 말하면서 받지 않는다.

'이것은 출가의 법도에 어울리지 않는다.'

칠보 바리때를 올려도 역시 받지 않는다. 결국 사천왕이 각각 돌로 된 바리때를 하나씩 바치니 세존은 이때야 비로소 받는다. 이 네 개의 바리때를 차례로 포개 놓자 한 벌의 바리때가 된다.

상인들은 제호(우유의 정수)로 좋은 쌀밥을 짓고 향긋한 꿀을 넣어, 향나무 바리때에 담아 세존에게 올린다. 세존이 식사를 마치고 그 향나무 바리때를 공중에 던지자, 브라흐만이 와서 그것을 천상에 있는 브라흐만의 궁전으로 옮겨 탑을 세우고 성스러운 물건으로 공양한다.

세존의 식사가 끝나자 두 상인은 세존의 발밑에 머리를 대고 공손히 예배하며 다음과 같이 말한다.

"우리는 세존과 법에 귀의하겠습니다. 우파사카(재가신자)로 인정해 주십시오, 이제부터 살아 있는 동안 귀의하겠습니다."

세존과 법에 귀의한 최초의 우파사카가 이 두 사람이다.

우파사카란 한자로는 우바새라고 쓰는데, 집에서 생활하면서 불교에 귀의하고 출가수행자를 공양하는 신도를 가리킨다. 어떤 경전에 의하면, 트라프사와 바루리카는 부처님에게 맨 처음 공양한 공덕으로 후세에 성도할 약속을 받았다고 한다.

이 경우에는 부처님과 법(가르침, 진리)에 귀의하기 때문에 이귀의라 하지만, 나중에는 여기에 승僧(승가, 교단)을 더해서 삼귀의를 주창하게 된다.

세존

우리들은 부처님을 태자 시절에는 태자 또는 싯다르타라고 부르고, 출가한 후로는 보살이라고 불러 왔다. 성도한 다음부터는 세존이라는 경칭도 쓰기로 한다.

세존은 산스크리트어로 바가반이라고 하는데, 인도에서는 불교 외에 다른 정신적인 위인에게도 사용하는 말이다. 불타도 같은 뜻으로 널리 사용해, 불세존이라고도 한다. 서양 사람들은 불타라고 많이 쓰는데, 우리들 상식으로 불타는 과거, 현재, 미래에 걸쳐서 또는 다른 불국토의 불타도 있기 때문에 그들과 구별하기 위해서는 석가모니(석가족 출신의 성자)라고 부르는 것이 좋겠다. 사실 고고학적으로 가장 오래된 자료에도 '석가족의 불세존'(피프라바의 납석호) 또는 '석가모니'(아쇼카왕의 석주)라고 기록되어 있다. 고타마는 석존의 성인데, 불교 이외의 사람들이 사용하던 호칭이므로 불교 신도들이 사용하기에는 부적당하다.

독일의 학자 노이만의 그의 대중용 불교 성전의 표제에 '고타마

붓다' 등으로 쓰고 있으나, 이것은 이치에 맞지 않는다. 팔리어 문헌에서는 고타마 붓다는 비교적 새로운 부분밖에 나오지 않는다. 다른 부처님과 구별할 필요가 있으면 역시 석가모니불이라고 불러야 할 것이다.

또 좀 안다는 학자들까지 '석가'라고 함부로 부르는 것은 우스운 일이다. 석가는 종족의 이름이므로, 지금으로 말하면 '전주 사람'이라든지 '경주 사람'이라는 말과 같아 부처님을 가리키는 말로는 적당하지 않다. 그리고 나는 지금의 어감으로 보아 '붓다'라고 쓰는 것에도 찬성할 수 없다. 먼 장래의 일은 몰라도 불타라는 한자를 남겨서 안 될 이유는 없을 것이다. 그러나 보살이라는 말에 대해서는 오래전부터 되도록 한자를 쓰지 않는 방침을 세우고 있다.

17
최초의 설법

함께 수행하던 다섯 비구를 만나다

법을 설하기 위해 바라나시로

수행자 고타마는 이제 석가모니불이 되어 여래로서 깨달음을 얻었다. 자기 자신에 대해서만큼은 이것으로 출가수행의 목적을 완전히 이룬 셈이다.

인도에서는 어느 시대나 자신의 종교적 완성에 만족하고, 구태여 세상에 널리 전하려고 하지 않는 성자가 있다. 이것을 프라티에카 붓다(독각)라고 한다. 이런 사람들을 반드시 소극적이라고 할 수는 없다. 그들은 오히려 설법을 하거나 하지 않거나 상관없이 진리는 저절로 세상에 퍼지는 법이라고 확신한다. 지나간 역사를 통해서나 현재도 그렇게 믿는 성자가 여럿 있었다는 것이 기록에 남아 있다.

그런데 석가모니에게 먼저 문제가 된 것은, 자신이 발견하고 실현한 진리를 이 세상에 말할 것인가 말하지 말 것인가 하는 점이었다. 이런 일은 현대 교사의 입장으로는 이해하기 어렵다. 올바른 진리를 발견한 이상 곧 그것을 발표하는 것이 당연한 일이라고 생각하는 사람들의 입장에서 보면 세존이 설법을 주저했다는 것은 정말 이상한 일이다. 그러나 자기네 입장에 견주어 '세존은 확신을 갖지 못했다.'라든가 '불안과 의혹이 있었다.'고 생각하는 것은 당치도 않은 견해다. 불안이나 의혹은 부처님이라는 개념과는 모순이다. 불안이나 의혹이 남아 있다면 그는 부처님일 수 없고, 부처님이라면 의혹이 있을 까닭이 없다. 이런 사실을 내가 일부러 쓰는 것은, 이처럼 당연한 사실을 오해하고 있는 학자들이 지금도 우리 주변에 있기 때문이다.

그러면 세존은 왜 설법을 주저했을까. 세존이 발견한 진리가 가장 완벽한 것이라는 사실은 의심할 여지가 없다. 문제는 그것을 받아들이는 편에 있었다. 진리의 절대 가치에는 변함이 없다 할지라도 가르침을 받을 사람들이 그것을 받아들일 준비가 되어 있지 않다면, 그 가르침은 허사일 뿐 아니라 도리어 해로움이 될 수도 있기 때문이다. 가령 서양의 경우 레오나르도 다빈치는 그 시대보다 몇백 년 앞선 지식을 가지고 있어, 그때 사람들로서는 꿈에도 생각할 수 없던 것을 알고 있었다. 비행기도 완전하게 설계해 놓았다. 그러나 그는 그때 사람들에게 필요하고 알맞은 것 외에는 세상에 발표하지 않았다.

세존이 걱정한 것도 바로 이 점이었다. 모처럼 애써서 아주 깊고 미묘한 진리를 발견했지만, 그것은 너무 어려워 보통 이해력으로는 미칠 수 없다. 오직 부처만이 알 수 있는 것이다. 만일 이 진리를 설하더라도 사람들은 이해하지 못할 것이고, 따라서 이 진리는 부당하게 버려지고 말 것이다.

세존은 이렇게 생각하고 설법하기를 단념하고자 했던 것이다.

세상 사람들은 부처님이 이 세상에 출현한 것도, 설법을 단념하려고 한 사실도 아직 모르고 있다. 그러나 신들은 재빨리 이 사실을 알아차리고 부처님에게 설법해 달라고 간청했다.

먼저 인드라가 세존에게 다음과 같이 말씀드린다.

> 악마의 군대를 쳐부순 그 마음은
> 월식을 벗어난 달과 같네.
> 자아, 어서 일어서시오.
> 지혜의 빛으로 세상의 어둠을 비춰 주시오.

세존은 이 말을 듣고도 잠잠히 있는다. 마하브라흐만은 이것을 보고 말한다.

"그와 같은 간청으로는 안 된다."

그러고는 자신이 세존 앞에 나와 합장 예배하고, 인드라 신의 말을 잇는다.

"성자여, 진리를 설해 주소서! 반드시 깨닫는 이가 있을 것입니다."

그래도 세존이 그대로 침묵을 지키자, 다음과 같은 말로 시작하는 시를 읊는다.

> 이전부터 마가다 나라에서는
> 때 묻은 자들이
> 부정한 법을 말하고 있습니다.
> 감로의 문을 여소서.
> 청정한 부처님의 진리를
> 사람들에게 들려주소서.

브라흐만 신의 이 같은 시를 듣고, 세존은 비로소 설법에 대해 생각한다.

이러한 설화는 불교의 입장을 이해하는 데 중요한 역할을 한다. 세존이 진리를 설하느냐 설하지 않느냐는 그 자신의 문제가 아니라, 진리를 듣는 상대편의 문제이다. 의사가 환자의 상태를 살피지 않고 함부로 약이나 주사를 강요할 수 없듯, 싫어하는 상대에게 종교를 억지로 권하는 것은 불교의 근본정신과 정반대되는 일이다.

여기에서 세존은 다시 한 번 부처의 눈으로 세상 사람들을 관찰해 그들의 능력에 세 가지 차별이 있다는 사실을 깨닫는다.

가장 정도가 낮은 사람들은 세존이 진리를 설하거나 설하지 않거나 깨달을 기회가 없다. 또 정도가 가장 높은 사람들은 진리를 설하거나 설하지 않거나 언젠가는 반드시 깨달을 것이다.

그런데 세상에서 가장 많은 중간 정도의 사람들은, 만일 세존의 설법을 듣는다면 깨달을 것이고, 듣지 못한다면 깨닫지 못할 것이다. 이런 사람들을 위해서 반드시 진리를 설하지 않으면 안 된다.

세존은 이같이 관찰하고 설법을 하기로 결심하다. 마하브라흐만을 비롯해 여러 신들은 이 결심을 알고 크게 안심하며 기뻐한다.

사람들의 세 가지 근기根機는 연못에 피는 연꽃에 견줄 수도 있다. 물속에 잠긴 채 있는 것과 물 위로 솟아오른 것, 이 두 가지는 그 어느 것이나 손댈 필요가 없다. 그러나 물 위에 닿을락 말락 한 연꽃은 기회만 주면 위로 올라올 수 있다. 이 비유는 거의 모든 불타 전기에 나와 있다.

또 이때 부처님이 마하브라흐만의 간청을 듣고 승낙한 말씀은 중요한 의미를 지닌다. 경전마다 다른 점도 많고, 여기에서는 자세히 논할 겨를이 없으므로, 한 책에서 골라 소개할까 한다.

> 나는 그대의 청을 받아들여
> 감로를 비처럼 내리리.
> 모든 세상의 중생들
> 신들도 사람도 용들도
> 믿음이 있는 자는
> 이 진리를 들으라.

이로써 설법하기로 결심했다. 다음은 설법 장소와 들을 대상이 문제다. 어떤 경전에 의하면, 최초의 설법은 바라나시 교외에 있는 녹야원에서 하기로 처음부터 정해져 있었다고 한다. 이것도 그럴 만한 이유가 있을 것이다. 바라나시는 오랜 옛날부터 오늘에 이르기까지 인도에 있는 모든 종교의 성지로 알려진 곳이다. 성스러운 갠지스 강가 중에서도 특히 이곳이 신성한 장소로 여겨지기 때문이다.

보드가야에서 도를 이룬 석가모니가 왜 2백 킬로나 떨어진 갠지스 강 맞은편 기슭인 바라나시까지 가서 제1성을 올렸을까. 왜 오래전부터 빔비사라왕을 비롯해 많은 신자들이 기다리고 있는 마가다국에서 최초의 설법을 하지 않았을까. 이 의문에 대해서는 실제적으로나 교리적인 면에서 여러 가지 해답이 나올 수 있다. 하기야 평범하게 생각한다면, 우연히 녹야원에서 최초로 설법할 기회가 주어진 것을 나중에 전기 작가들이 처음부터 의도한 일처럼 설명한 것이라고도 할 수 있다. 그러나 바라나시가 지닌 종교사상적인 위치를 생각할 때, 그것은 결코 단순한 우연이 아니다. 또 어떤 경전의 글을 보면, 맨 처음 설법할 상대로 고른 사람이 바라나시에 있었기 때문에 그곳으로 갔다고도 한다.

다섯 친구

설법의 상대로 먼저 머리에 떠오른 사람은 전에 스승이었던 아라다 카라마와 우드라카 라마푸트라였는데, 그중 한 사람은 7일 전에, 또 한 사람은 전날 밤(사흘 전이라고도 함)에 각각 죽었다는 것을 부처의 눈으로 보고 알았다.

그래서 다음에 생각한 것이 다섯 사람의 친구였다. 이 다섯 사람은 싯다르타 태자가 출가했을 때 그를 호위하기 위해 나중에 부왕이 파견했다고도 하고, 또는 고타마의 덕을 사모해 따라다니던 수행 시절의 동료들이라고도 한다. 이 다섯 사람은 고타마의 매우 심한 고행을 보고 감탄했는데, 어느 날 고행을 그만두고 보리수 아래로 가는 것을 보고는 실망해 그의 곁을 떠나갔다.

"고타마는 이제 타락했다."

그들은 바라나시 교외에 머물며 출가자로서의 수행을 계속했다.

부처님은 보리수를 떠나 바라나시로 향했다. 다음 장소인 가야로 가는 도중에 한 사람의 고행자를 만났다. 그는 아지비카교에 속하는 사람이었다. 이것은 자이나교에 가까운 종교의 한 파로 고행을 중히 여긴다. 보통 한역으로는 사명외도(바르지 못한 방법으로 살아가는 불교 이외의 다른 종교)라고 하는데, 본래 사邪(바르지 못함)라는 의미는 없다. 이 아지비카교도인 우파카라는 고행자가 부처님의 얼굴을 보고 이렇게 물었다.

"당신의 모습은 맑고 얼굴빛은 환히 빛납니다. 당신은 누구를 따라 출가했으며, 누구를 스승으로 삼고 누구의 가르침을 믿습니까?"

이 물음에 대해 부처님은 이와 같이 대답한다.

"나는 모든 것을 이긴 자이며, 모든 것을 안 자이다. 나는 스스로 깨달음을 얻었으므로 스승은 없다. 또 내게 견줄 만한 사람도 없다. 나는 부처다."

이 말을 들은 우파카는 이렇게 말한다.

"혹시 그럴는지도 모르지요."

그러고는 머리를 설레설레 흔들면서 다른 길로 가고 말았다. 이렇게 해서 우파카는 모처럼의 좋은 기회를 눈앞에 보고도 놓쳤다. 인연 없는 중생은 어쩔 수 없다고 한 후세의 말이 꼭 들어맞는 경우이다.

이후 부처님은 가야에서 길을 서북쪽으로 잡고 로히타바스투, 울루빌바칼파, 아나라, 사라티프라 등 여러 마을에서 공양을 받으면서 갠지스 강 기슭에 다다랐다(가야부터 앞에 나온 지명이 팔리어 본에는 나오지 않는다).

갠지스 강을 건너려면 나룻배를 타야 하는데, 부처님은 뱃삯이 없어 사공에게 거절을 당한다. 그러자 부처님은 공중을 날아 저쪽 기슭으로 건너간다. 이 광경을 본 사공은 몹시 후회한 나머지 정신을 잃는다. 얼마 후 정신이 들자, 빔비사라왕에게 이 사실을 보고한다. 왕은 그 말을 전해 듣고 말한다.

"이제부터는 출가수행자에게서 뱃삯을 받지 말라."

이 설화도 팔리어 본에는 나와 있지 않지만, 그렇다고 무심히 지나칠 수는 없다. 한편으로는 출가수행자에게 뱃삯을 받지 않게 된 역사적 사실의 기원을 밝힌 설화의 한 유형으로 주목할 만하다. 또 다른 면에서 보면 나중에도 나오지만 부처님이 갠지스 강을 뛰어 건넜다는 설화는 현실세계에서 이상세계로 건너갔다는 상징이기도 하다. 오늘날 우리들이 이념적으로 생각하는 것들을 갠지스 강이라는 실재물로 표현한 점에 주의하지 않으면 안 된다(그리스도가 호수 위를 걸었다는 설화도 비교해서 생각해 보면 좋을 것이다).

부처님은 바라나시에 이르자 먼저 출가수행자의 법도대로, 아침 나절에는 바리때를 들고 거리에 나가 탁발을 하고, 식사를 마치고 나서는 교외에 있는 녹야원으로 간다. 다섯 수행자들은 먼 곳에서 부처님이 가까이 오는 것을 보고 서로 의논한다.

"저기 오는 이는 수행자 고타마가 아닌가. 그는 수행을 그만둔 타락한 사나이다. 전에 그토록 고행을 하고도 이상을 실현할 수 없던 이가 고행을 중지해 버렸으니 무엇을 이룰 것인가. 그가 가까이 오더라도 경의를 표하는 일은 그만두자. 그저 수행자의 예절에 따라 발 씻을 물이나 준비하고 음식이나 내주고는 마음대로 하도록 내버려 두자."

그런데 어찌된 일일까. 부처님이 가까이 오자 마치 새장 속에 든 새가 불에 데었을 때처럼 가만히 있을 수가 없었다. 그래서 다들 자신도 모르게 일어서서 예배하고 부처님을 맞이했다. 그리고 겉에 걸친 가사를 받아 들고 앉을 자리를 정돈하며, 발을 씻어 주고 자리를 내어 가장 윗자리에 모셨다.

다섯 사람은 부처님의 얼굴빛이 전과는 전혀 달리 맑고 깨끗하며, 그의 몸에서 순금 같은 광채가 나는 것을 보고 놀라지 않을 수 없었다. 그러나 그들은 이전의 습관대로 부처님을 '고타마여', '친구여' 하고 불렀다. 그러자 부처님이 엄숙하게 말한다.

"그대들은 여래를 고타마나 친구라고 불러서는 안 된다. 나는 참으로 부처가 되었다. 내 가르침에 따라 수행한다면 머지않아 그대들도 수행의 이상에 이르러 출가한 목적을 완성할 것이다."

그래도 다섯 사람은 처음에는 이를 믿으려 하지 않았다.

'여래'란 말은 '부처'와 같은 뜻으로 쓰이지만 원어는 타타가타이고, 한역에서는 보통 여래라고 한다. '완성자'라고 번역한 것도 있지만, 이것은 적당하지 않다. 완성자라고 하면 어떤 일을 완성한 사람이라는 뜻으로 쓰일 염려가 있기 때문이다. 타타가타는 그런 의미가 아니고, '완전한 이상적인 상태에 이른 자' 또는 '이상적인 행동을 하는 자'를 나타내는 말이다. 다만 부처님이 자신을 가리켜 타타가타(여래)라고 했다는 사실에 주의하면 된다.

다섯 수행자가 처음에 서로 의논한 것을 어기고 부처님을 예배하지 않을 수 없었던 것은 주목할 만한 사실이다. 부처님을 비롯해 그 제자들의 모습만 보고도 불교에 귀의했다는 기록은 앞으로도 몇 번이나 나온다. 말을 하기 전에, 즉 이론을 떠나서도 그 위대함을 느낄 수 있는 것이 참다운 종교가의 인품이다. 부처님의 경우 이 점이 뚜렷이 증명된다. 본능적으로는 그 위대함에 머리를 숙이면서도 그의 설법 듣기를 망설이던 다섯 수행자의 태도도 흥미 있는 사실이다.

녹야원의 묵좌

그날, 다섯 사람은 마침내 부처님의 설법을 듣는다. 이것은 사실 불교 활동의 시작인 동시에 가장 기념할 만한 일이므로 많은 경전(특히 대승 계통)에서 아주 정중하고 무게 있게 기록하고 있다. 특히 흥미를 끄는 것은 과거 부처님들의 예를 따라 전법륜(설법을 말함)을 위해 부처님이 앉을 천보좌千寶座가 땅속에서 솟아올랐다는 것과, 전법륜보살 역시 과거 부처님 때의 예를 따라 그가 가지고 있던 윤보輪寶(전륜성왕의 일곱 가지 보배 가운데 하나. 수레바퀴 모양으로, 왕이 행차할 때는 회전해 적을 쳐부수고 사방을 정복한다고 함)를 부처님께 바쳤다는 두 가지 기록이다. 부처님의 설법을 전법륜이라고 하며, 특히 최초의 설법을 초전법륜이라고 한다. 법륜을 굴린다는 것은 설법을 뜻한 말이다.

보살은 탄생할 때 만일 왕위를 계승하면 전륜성왕으로서 세계를 통치하고, 출가하면 부처님이 되어 많은 사람들을 해탈의 길로 인도할 것이라는 예언을 들었다. 전륜성왕과 부처님은 완전한 정복자라는 점에서 공통점이 있다. 그러나 전륜성왕이 외면적인 지배자인 데 비해 부처님은 내면적인 지도자다. 전륜성왕의 상징인 윤보가 나아가는 곳에는 저항하는 자가 없다. 부처님의 설법도 반론할 여지가 없다는 점에서는 그것과 같다. 그러므로 부처님의 설법을 법륜에 비유했다.

여기까지는 모든 불교 성전이 똑같이 말한다. 그러나 이 상징을 전법륜보살을 통해 구체적으로 말하는 점에 대승경전의 맛이 있다. 자세히 말하면, 재발심 전법륜보살이다. 불타 전기의 〈방광대장엄경〉 권11뿐만 아니라 〈반야경〉과 〈대지도론〉 권38에도 이 보살에 대한 기록이 있다. 이 이름은 '발심하자마자 법륜을 굴리는 보살'이라는 뜻이다.

〈대지도론〉에 "이 보살은 진리를 사랑하고 거짓을 미워하는 일이 지루하며, 한량없는 복덕과 지혜를 쌓았기 때문에 발심하자마자 무상정등각을 얻고 법륜을 굴려서 끝없이 많은 중생을 제도했다."고 기록되어 있다. 이 보살의 이름이 〈이취경〉이라는 밀교 경전에 나온다는 사실을 아는 사람도 많을 것이다.

석가모니불이 초전법륜을 맞아 전통에 따라 이 보살에게서 윤보를 받았다는 기록은 지극히 상징적이고 또한 불교문학과 대승경전 일반, 특히 밀교 경전과의 관계를 밝히는 데 있어서도 암시하는 바가 많다. 이로써 불교의 실제적인 양상이 뚜렷해지기 때문이다.

"불교는 학자들만을 위한 이론에 그치지 않고 실제로 민중에게 살아 있는 신앙이었다."

이와 같이 말한 레가메이의 말을 잊어서는 안 된다.

녹야원에 도착한 날 초저녁 부처님은 홀로 침묵 속에서 지냈다. 그리고 밤이 깊어지자 다섯 수행자를 상대로 마침내 최초의 설법을 시작한다. 깊은 밤은 신성한 시간, 설법을 하기에 가장 적당한 시간이다. 여기에서 세상에서 하는 강의나 강연과는 본질적으로 다르다는 사실이 분명히 나타난다. 그 내용은 광범위해 많은 언어로 쓴 〈전법륜경〉을 통해 전해진다. 그 진실성은 여러 책의 내용이 모두 일치하는 점에서도 믿을 수 있지만, 특히 그 강렬한 내면성 때문에 더욱 분명하다.

18
성스러운 중도

최초의 설법을 나타낸 조각

녹야원

갠지스 강 중류에서 우타르 프라데시 주 동쪽으로 1백 킬로쯤 더 가면 비하르 주로 들어가는 입구다. 강은 여기에서 몇 개의 갈지자를 긋고 있는데, 동쪽으로 향하는 흐름이 갑자기 북으로 꺾인 한 모서리에 바라나시가 있다. 이 도시는 철도의 분기점으로 네 개의 노선이 모인 교통의 요지이기도 하다. 또한 예전부터 종교 도시로 알려져 있다. 65만 남짓한 인구가 살지만 적어도 1,500개 이상의 사원이 있으며, 한 해에 1백만 명 이상의 순례자가 각지에서 모여든다. 힌두교와 자이나교, 그 밖에 여러 종교의 성지다. 강기슭에 마련된 돌층계나 물속에서도 신자들이 떼를 지어 '성스러운 물'로 목욕한다.

이곳은 역사적으로 알려지기 전부터 신성한 장소였으며, 불교도들에게도 가장 존엄한 성지의 하나다. 그 까닭은, 이 거리의 교외에서 부처님이 포교의 제1성을 올렸기 때문이다. 그곳은 바라나시의 북쪽에 있는 현재 녹야원이라고 부르는 곳이다. 예전에는 므리가다바(미가다야)라고 했으며, 이는 '사슴의 동산'이라는 뜻이다. 우리나라에서는 녹야원이라는 이름으로 알려져 있다. 법현도 이곳에 두 개의 승원이 있으며 승려가 살고 있었다고 보고했는데, 현장의 기록은 더 한층 자세하다. 담장과 기둥이 즐비해 아름다우며, 정사가 있어 1,500명의 승려들이 학문에 힘쓰고 있었다고 한다. 또한 정사의 서쪽에 아쇼카왕이 세운 돌탑이 있는데, 기단은 기울어져 있으나 그래도 1백 자 남짓된다고 했으며, 그 앞에는 70자 가량의 석주가 있었다고도 했다.

현장 이후 수백 년이 지난 13세기경, 이 불교 기록은 이교도에 의해 파괴되어 세상에서 잊혀지고 말았다. 그러나 1905년에 이 유적이 발굴되어 윗부분이 떨어져 나간 석주와 네 마리의 사자 그리고 법륜이 있는 기둥의 머리 부분 등이 발견되었다(설법하신 좌상과 함께 현재 그곳 사르나트 박물관에 보존되어 있다). 석주에서 아쇼카왕의 각문이 판독되었는데, 이 석주의 머리 부분은 독립하여 새롭게 시작한 인도 국기의 상징이 되었다. 또 같은 장소에서 설법하는 부처님의 좌상도 발견되었다. 이것은 5세기의 후기 굽타 양식에 속하는 것이라고 하는데, 부처님이 이곳에서 한 최초의 설법을 표현했다.

이 불상은 설법인을 맺어 법을 설해 들려주는 것을 나타낸다. 기물을 받쳐 얹어 놓은 좌대 정면에 보이는 바퀴는 사자 주두(기둥의 머리 부분)의 좌대에 있는 것과 같은 법륜이다. 법륜이란 원래 세계의 지배자인 전륜성왕의 바퀴에 대응하는 부처님의 설법을 상징한다. 이것은 인도의 국기에도 표시되어 있다. 부처님이 설법하는 것을 전법륜(법 바퀴를 굴린다는 뜻)이라 하고, 특히 부처님의 최초 설법을 초전법륜이라 한다는 사실은 앞에서도 말했다.

이 초전법륜 불상의 좌대는 법륜 양옆으로 아래쪽에 사슴이 있는데, 이것은 장소가 녹야원이라는 것을 표시한다. 그리고 인물 중에서 오른쪽으로 다섯 사람까지는 수행승으로, 부처님의 최초 설법을 들은 사람들이다. 왼쪽 끝에는 아이를 데리고 있는 재가 여인의 모습도 보인다.

성스러운 중도

부처님이 다섯 수행승을 향해 말씀한 법은 〈전법륜경〉이라는 제목으로 팔리어, 산스크리트어 외에 한역이나 티베트어 번역으로도 전해지고 있으며, 내용도 대체로 일치한다.

부처님은 다음과 같이 말씀했다.

"수행승들이여, 세상에 두 개의 극단이 있다. 수행자는 그 어느 쪽에 기울어져도 안 된다. 두 개의 극단이란 무엇인가.

첫째는 관능이 이끄는 대로 욕망의 쾌락에 빠지는 것인데, 이것은 천하고 저속하며 어리석고 무익하다.

둘째는 자기 자신을 괴롭히는 데 열중하는 것인데, 이것은 괴롭기만 할 뿐 천하고 무익하다.

수행승들이여, 여래는 양극단을 버리고 중도를 깨달았다. 이 중도에 의해서 통찰과 인식을 얻었고, 번뇌의 세계를 완전히 벗어나 적멸과 깨달음과 눈뜸과 열반에 이르렀다."

여기서 양극단이라고 한 것은 부처님 자신의 체험적인 반성인 동시에, 일반적으로 사람들의 생활 태도에서도 자주 볼 수 있는 것이다. 즉, 부처님이 태자이던 시절에 세 곳의 궁전에다 각각 많은 미녀들을 거느리고 온갖 욕망을 만족시키는 생활을 했다. 그러나 이런 생활이 무의미하다는 것을 알고 아무도 모르게 성을 빠져나와 수행자들의 무리에 끼어들었다. 그때 대부분의 수행자들은 자신의 육체를 괴롭혀 욕망을 극단으로 억제함으로써 인생의 목적을 이룰 수 있다고 생각했다. 그래서 수행자 고타마도 그것을 본받아 6년 동안 갖은 고행을 했다. 음식을 너무 제한해서 아사 직전까지 이르는 수행도 했고, 호흡을 억제해 숨이 거의 멎는 데까지도 시험해 보았다.

그러나 이와 같은 고행도 최고의 이상인 깨달음에 이르는 데는 보탬이 되지 않았다. 그래서 쾌락 추구와 고행, 이 둘을 초월한 곳에서 중도를 발견했다. 중도는 이 양극단의 모든 것을 비판하고 거부하는 데 있다. 이것에 의해 깨달음을 얻을 수 있었다. 이 경지를 열반이라고 한다.

열반은 니르바나(팔리어로는 닙바나)라고 하며, 온갖 고뇌를 극복한 절대적인 평온 상태를 가리킨다. 해탈도 같은 뜻이다. 종교의 이상을 열반이나 해탈이라고 부르는 것은 불교뿐 아니라 자이나교나 힌두교에서도 마찬가지다. 열반이 어떤 것이냐에 대해서는 같은 인도 종교 안에서도 개념이 여러 가지이다. 불교 내부에도 서로 다른 견해가 있으나, 고뇌와 싸워 이기고 윤회의 세계에서 벗어나는 것이라는 생각이 기본 개념이다.

윤회라는 것은 모든 살아 있는 것에게 태어나면서부터 주어진 숙명이다. 현재의 생애 이전에는 헤아릴 수 없는 생의 연속이 있었고, 하나의 생애를 통해서 한 행위가 다음 생애의 삶의 형태를 규정한다. 태어난 것이 죽는 것은 당연하듯이, 죽은 것이 다시 태어나는 것도 당연한 일이다. 인도 사람들은 옛날부터 이렇게 믿어 왔다. 극히 소수의 유물론자를 제외하고는 지금이나 옛날이나 윤회설은 인도인의 상식이다.

이 윤회에는 으레 괴로움과 고뇌가 따라다닌다. 고뇌에서 벗어나려면 윤회를 되풀이해서는 안 된다. 윤회의 부정은 곧 열반이다. 열반에 이른 사람은 이제 다시는 태어나는 일이 없다. 윤회의 세계에서 탈출해 버렸기 때문이다.

부처가 됨으로써 열반에 이르렀으나 거기에는 아직도 육체와 그 활동이 남아 있다. 육체가 있는 한 늙음과 질병과 죽음을 면할 길이 없다. 부처님은 서른다섯 살에 성도해 45년 동안 지상에서 살아가며 활동한다. 그리고 여든 살이 되어 육체의 기능이 멎고 온전히 정적으로 돌아갈 때 '완전한 열반'에 든다. 이미 부처가 된 이상 또 다시 태어나지는 않으므로 열반에 이른 것이다.

중도라는 것은 불교 전체에 통하는 근본적인 사고방식의 하나다. 이것이 어느 쪽에도 기울지 않는 흐리멍덩하고 미지근한 태도를 가리키는 것은 아니다. 무릇 대립적이라고 생각되는 양극단을 다 엄정하게 극복하고, 스스로 자주적인 행동을 하는 것을 말한다. 여기에서는 쾌락주의와 고행주의라는 양극단을 부정함으로써 중도를 내세웠다. 그러므로 불교에서 가르치는 중도는 소극적인 회피가 아니고, 오히려 적극적인 행동을 말한다. 그래서 〈전법륜경〉에 나오는 부처님 말씀은 다음과 같이 계속된다.

"수행승들이여, 중도란 무엇인가. 그것은 여덟 가지 부분으로 이루어진 성스러운 길이다. 즉 올바른 견해正覺, 올바른 결의正思, 올바른 말正語, 올바른 행위正業, 올바른 생활正命, 올바른 노력正精進, 올바른 생각正念, 올바른 명상正定이다."

이 중도는 그 내용에 따라 팔정도로 알려져 있는데, 이것은 가장 널리 적용될 수 있는 종교적 실천이다.

팔정도에 이어서 '네 개의 성스러운 진리'를 설한다. 이것은 괴로움과, 괴로움의 원인과, 괴로움의 극복과, 괴로움의 극복에 이르는 길 등 네 가지로 이루어진다.

"수행승들이여, 괴로움에 대한 성스러운 진리苦聖諦는 다음과 같다. 즉, 태어남은 괴로움이고 늙음도 괴로움이며, 질병도 괴로움이고 죽음도 괴로움이다. 미운 자와 만나는 것도 괴로움이고 사랑하는 사람과 헤어지는 것도 괴로움이며, 갖고 싶은 것을 가질 수 없는 것도 괴로움이다. 요컨대 인간적인 존재를 구성하는 모든 물질 및 정신적인 요소는 괴로움이다."

'괴로움에 대한 성스러운 진리'라는 것은 불교의 기본적인 세계관이다. 앞에서도 말한 바와 같이, 싯다르타 태자가 출가하게 된 직접 동기는 늙음과 질병과 죽음이라는 인간 존재의 실상을 관찰했기 때문이다. 그리고 늙음과 질병과 죽음의 원인인 태어남 그 자체도 괴로움이라고 하지 않을 수 없다.

또다시 미운 자를 만나고 사랑하는 사람과 이별하는 것이나 갖고 싶은 것을 가질 수 없는 것도 우리들이 항상 경험하는 괴로움이다. 그러므로 인간이 존재하는 데 필요한 모든 구성 요소가 괴로움이다. 이와 같은 생로병사를 사고四苦라 하며, 나중 것을 합쳐서 팔고八苦라고 한다.

괴로움의 원인

부처님의 설법은 다시 계속된다.

"수행승들이여, 괴로움의 원인에 대한 성스러운 진리苦集聖諦란 다음과 같다. 즉, 다시 태어나는 원인이 되고, 기쁨과 탐욕을 따르며, 여기저기서 즐거움을 찾는 욕망을 말한다. 그것은 감각적인 욕망과 생존하는 욕망과 죽음에 대한 욕망이다."

'괴로움의 원인에 대한 성스러운 진리'는 괴로움이 생겨난 원인을 탐구해, 그것을 욕망에서 찾아내는 것이다. 여기에서는 욕망을 감각적, 관능적, 육체적 욕망과 생명에 대한 강한 집착, 그리고 생존에서 도피하려는 허무주의의 세 가지로 설명한다. 이러한 욕망이 바닥에 깔려 있기 때문에 우리들은 윤회의 세계에 묶여 있는 것이다.

부처님은 다시 말씀을 계속한다.

"수행승들이여, 괴로움의 극복에 대한 성스러운 진리苦滅聖諦란, 욕망을 남김없이 없애고 단념하고 내던지고 해탈해 집착이 없어지는 것을 말한다."

이것을 '괴로움의 극복에 대한 성스러운 진리'라고 한다. 그리고 마지막으로 '괴로움의 극복을 실현하기 위한 길의 진리苦滅道聖諦'를 설하신다.

"수행승들이여, 괴로움의 극복을 실현하기 위한 길의 성스러운 진리란 다음과 같다. 그것은 여덟 부분으로 이루어진 성스러운 길이다. 즉, 올바른 견해, 올바른 결의, 올바른 말, 올바른 행위, 올바른 생활, 올바른 노력, 올바른 생각, 올바른 명상이다."

이렇게 해서 인간적 고뇌를 극복하는 방법은 앞에서 '중도'로 제시한 팔정도와 같은 것이다. 이 방법을 단지 이론으로만 아는 것이 아니라 실천을 통해 실현하지 않으면 안 된다.

이 설법에 이어서 다시 다음과 같이 말씀하신다.

"괴로움에 대한 성스러운 진리를 발견했다. 그것을 철저히 인식하지 않으면 안 되었다. 그리고 이미 철저하게 인식했다.

괴로움의 원인에 대한 성스러운 진리를 발견했다. 그것을 끊어 없애지 않으면 안 되었다. 그리고 이미 끊어 없애 버렸다.

괴로움의 극복에 대한 성스러운 진리를 인식했다. 그것을 실현하지 않으면 안 되었다. 그리고 이미 실현했다.

괴로움의 극복을 실현하기 위한 길의 성스러운 진리를 인식했다. 그것을 실천하지 않으면 안 되었다. 그리고 이미 실천했다."

부처님은 이 설법을 다음과 같이 매듭짓는다.

"수행승들이여, 이 네 가지 성스러운 진리에 대해 이와 같이 각각 5단계로 나누고, 열두 가지 양상에 대해 올바르게 인식함으로써 나는 비로소 부처가 되었다. 나의 내면적인 해탈은 흔들림이 없다. 이것은 내 마지막 생애이고, 이후에 다시 태어나는 일은 없을 것이다."

이상과 같은 부처님의 최초 설법을 들은 다섯 수행승들은 이 가르침을 기꺼이 받아들였다. 그중에서도 카운디냐(콘단냐)는 그 자리에서 깨달음을 얻었다. 이 위대한 일에 대해 신들도 기쁜 환성을 올려 천지가 진동하고 끝없는 광명이 비쳤다.

이어서 바시파(밧파)와 바드리카(밧디야)가, 그리고 마하나만과 아슈바짓(앗사지, 마승)이 차례차례 깨달음을 얻어, 다섯 사람이 모두 내면적인 해탈에 이르렀다. 이와 같은 경지에 이른 사람을 아라한이라고 한다. 이런 의미에서는 부처님도 역시 아라한이다. 아라한을 성자라고 번역할 수도 있다. 불교와 비슷한 자이나교에서도 종교적인 이상을 실현한 사람을 아라한이라고 한다.

그러나 불교에서는 후에 아라한이라는 말이 자기 자신만 깨달아 만족하는 소승 수행자라는 뜻으로 쓰인다. 그래서 오히려 자신의 깨달음이나 해탈을 단념하고 모든 중생 구제를 사명으로 하는 보살과 구별하게 되었다. 하지만 본래는 깨달음을 얻은 성자를 모두 아라한이라고 불렀다.

이렇게 해서 부처님을 비롯한 여섯 사람의 아라한은 바라나시 교외의 녹야원에 머물면서, 교대로 거리에 나가 탁발했다. 그리고 부처님의 가르침을 듣고, 그 지도에 따라 수행을 계속했다.

놀이에 지친 야샤스

그 무렵 바라나시에 야샤스라는 청년이 살고 있었다. 그는 부호의 아들로, 아내와 많은 시녀들에게 둘러싸인 채 날마다 애욕의 생활에 빠져 있었다. 어느 날 밤, 유흥에 지친 야샤스가 그 자리에 쓰러진 채 잠들자 여자들도 지쳐서 모두 잠들고 말았다. 단지 등불만이 환하게 밤을 지키고 있었다. 한밤중이 되어 야샤스가 문득 눈을 떠 보니, 여자들은 정신없이 곯아떨어져 있었다. 어떤 여자는 비파를 옆에 끼고 있었고, 또 어떤 여자는 북을 베고 있는가 하면 배 위에 올려놓기도 했다. 머리는 어지럽게 흐트러졌고, 침을 흘리거나 잠꼬대를 하는 등 차마 눈뜨고 볼 수 없는 광경이었다. 그것은 썩어 가는 시체 더미와 다를 것이 없었다. 이 광경을 본 야샤스는 이렇게 소리쳤다.

"아아, 싫다. 한심스럽구나."

그러고는 황금으로 만든 신을 신고 문을 박차고 뛰쳐나갔다. 정처 없이 걸어가다가 길거리 밖에 있는 녹야원에 이르렀다.

부처님은 항상 그렇듯이 아침 일찍 일어나 조용히 거닐고 있었다. 야샤스는 부처님 곁에 와서 정신없이 다음과 같이 되풀이해서 외쳤다.

"아아, 싫다. 한심스럽구나."

이 모습을 본 부처님이 말씀하셨다.

"야샤스여, 이곳에는 싫은 것도 없고 한심스러운 것도 없다. 야샤스여, 여기 앉으라. 그대를 위해 내가 진리를 설해 주마."

이 말을 들은 야샤스는 황금으로 만든 신을 벗고 부처님께 예배한 뒤 그 자리에 앉았다.

야샤스는 원래 총명한 사람이었으므로 부처님의 가르침을 곧 이해했다. 그래서 일곱 번째 아라한이 되었다. 또한 뒤를 따라온 야샤스의 아버지는 부처님의 가르침을 듣고 재가신자가 되어 불, 법, 승 삼보에 귀의했다. 그 이튿날 야샤스의 아버지는 부처님과 야샤스를 그의 저택으로 초대해 설법을 듣고 공양을 올렸다. 야샤스의 어머니와 아내도 최초의 여성 신자가 되어 삼보에 귀의했다.

야샤스의 출가는 바라나시 상류 가정의 자제들에게 커다란 충격을 주었다. 마침내 그의 친구 네 사람과, 그 뒤를 이어 다시 50명의 젊은이들이 집단 출가해 모두 깨달음을 얻었다. 그래서 부처님을 포함해 예순한 사람이 아라한이 되었다.

이때 부처님은 제자들에게 이렇게 선언했다.

"수행승들이여, 나는 신과 인간들의 온갖 속박에서 자유로워졌다. 그대들도 신과 인간들의 온갖 속박에서 자유로워졌다.

수행승들이여, 이제는 편력의 길로 떠나라. 많은 사람들과 신들의 이익을 위해, 안락을 위해, 세상에 자비를 베풀기 위해 길을 떠나라. 길을 떠날 때는 같은 길을 두 사람이 함께 가지 말라.

수행승들이여, 처음도 좋고 중간도 좋고 끝도 좋은 법, 내용과 이론이 갖추어진 진리를 설하라. 안전하고 깨끗한 수행 생활을 보여 주어라. 세상에는 때가 덜 묻은 사람이 있다. 그들은 진리를 듣지 않으면 퇴보하지만, 들으면 진리를 깨달을 것이다."

이렇게 해서 예순한 사람의 아라한이 저마다 갈 곳을 정해 부처님의 가르침을 펴기 위해 나선다.

부처님은 바라나시를 떠나 갠지스 강의 남쪽을 건너서 마가다국으로 향했다. 앞서 보리수 있는 곳에서 바라나시로 오던 길을 되돌아간 것이다. 그러던 중 길에서 조금 떨어진 밀림 속에 들어가 한 나무 아래서 좌선하고 있을 때였다.

이 고장의 상류층 청년 서른 사람이 그 숲으로 놀이를 나왔다. 저마다 아내를 데리고 왔는데, 그중 한 사람의 독신자는 기생을 데리고 왔다. 모두들 노는 데만 정신이 팔려 있는 사이에 그 기생은 여러 사람의 옷가지와 패물 등을 가지고 도망쳐 버렸다. 청년들은 허둥지둥 그 뒤를 쫓아가다가 부처님이 좌선하고 있는 장소에 이르러 부처님에게 물었다.

"혹시 한 여자가 지나가는 것을 보지 못하셨습니까?"

"여자를 어떻게 하려는가?"

"이러이러한 사정으로 그 여자를 찾고 있습니다."

이때 부처님은 청년들을 돌아보고 말씀하셨다.

"젊은이들이여, 여자를 찾는 것과 자기 자신을 찾는 일 중 어느 쪽이 중요한가?"

"물론 자신의 일이 더 중요합니다."

"좋다, 그러면 거기들 앉으라."

이와 같이 해서 서른 명의 청년들은 부처님께 예배하고 그 자리에 앉았다. 그리고 설법을 들은 뒤 모두 그 자리에서 출가했다. 이처럼 부처님의 새로운 교단은 점점 성장해 갔다.

19
타오르는 불

사단의 불을 지키는 무서운 독룡을 퇴치하다

화당의 용

부처님이 도를 이루고 녹야원에서 최초의 설법을 한 뒤 아흔 명의 제자가 생겼을 때의 일이다.

그 당시 마가다국에는 종교 활동이 한창이었다. 빔비사라왕을 비롯해 마가다국과 그 동쪽에 있는 앙가국의 많은 신자들은 그중에서도 특히 카샤파 삼 형제를 숭배하고 있었다. 세 사람은 나이란자나 강변에 살았는데, 맏형인 우루빌바 카샤파는 5백 명, 둘째인 나디 카샤파는 3백 명, 셋째인 가야 카샤파는 2백 명의 제자를 각각 거느리고 있었다.

이들은 바라문의 집안에 태어나 출가한 고행승으로, 머리에는 나계라고 하는 커다란 상투를 틀고 있었다. 바라문의 전통에 따라 〈베다〉를 읽고 성스러운 불이 꺼지지 않도록 지켰다. 담을 쌓아 호마護摩(화로를 놓고 나무를 태워 신에게 비는 일)를 사르고, 불의 신 아그니에게 제사 지내는 것을 주요한 임무로 삼았다. 또 날마다 정해진 일과 외에도 매달 또는 계절에 따라 일정한 의식을 행했다. 그것은 국왕을 비롯해 일반 신자들의 보시를 받아 길흉을 점치는 등의 여러 가지 의식이다. 그리고 수행 과목 중에는 한겨울에 강에서 목욕을 하는 고행도 있었다.

이것이 바로 3천 년 전부터 오늘에 이르기까지 인도에서 바라문교라고 불리는 종교이다. 카샤파 삼 형제는 그러한 바라문 중에서도 특히 세력이 큰 대표적인 존재로 그 당시 맏형은 백스무 살 이상, 동생들도 백 살이 넘는 고령이었다고 한다.

바라나시에서 최초의 설법을 한 부처님이 마가다국으로 돌아가기로 한 목적은, 먼저 이 삼 형제를 가르치려는 데 있었던 것 같다. 제자들을 모두 포교의 길로 떠나보내고 난 부처님은, 홀로 맏형인 우루빌바 카샤파를 찾아갔다. 부처님은 크샤트리아 출신의 사문(바라문 이외의 수행자)이었기 때문에 바라문인 카샤파를 만나는 일이 쉽게 허락되지 않았지만, 하룻밤 묵기를 청했다. 더욱이 신성한 불을 때는 화당에서 자게 해 달라고 청했다.

카샤파는 이렇게 대답했다.

"나는 상관없으나 저 화당에는 무서운 용이 살고 있으니 그만두는 게 좋을 것이오."

부처님은 이럴 줄 미리 알고 있었기 때문에 두 번 세 번 간청했더니, 카샤파도 할 수 없이 허락한다. 여기에서 용이란 뱀을 가리킨다. 특히 불가사의한 마력을 지닌 뱀을 말한다. 어떤 경전에 보면, 이 화당에 사는 용은 카샤파의 말은 잘 들으나 다른 사람에게는 해를 가했다고 한다. 또 다른 경전에서는, 동료를 원망하고 죽은 병든 수행자의 넋이라고도 했다.

부처님은 화당에 들어가 법식대로 풀방석을 깔고 좌선한다. 부처님이 들어온 것을 본 용은 노해서 독 연기를 내뿜는다.

'이 용의 몸에 상처를 입히지 말고 신통력만 빼앗아 버리자.'

부처님은 이렇게 생각하고 자신도 신통력으로 연기를 내뿜는다. 용은 점점 더 노해서 불꽃을 토한다. 부처님은 화계삼매火界三昧에 들어 불꽃을 토한다.

그러자 화당은 마치 불이라도 난 것처럼 뻘겋게 비친다. 화당을 멀리서 에워싼 채 이 광경을 바라보던 바라문 수행자들은 저마다 한마디씩 했다.

"가엾어라. 그 훌륭한 사문도 결국 용 때문에 죽음을 맞이하는구나."

그러나 하룻밤을 화당에서 지낸 부처님은 이튿날 아침 신통력을 잃어버린 용을 바리때에 넣어 가지고 나와서 카샤파에게 보이며 말했다.

"이것이 당신의 용이오."

이때 카샤파는 이렇게 생각했다.

'이분은 참으로 훌륭한 사문이다. 그러나 나와 같은 아라한에게는 미치지 못할 것이다.'

카샤파는 자기만이 아라한(성자)이고, 이 사문은 아직 아라한이

못 되었다고 생각했다.

참된 아라한의 신통 변화

부처님은 카샤파에게 이 화당에서 하룻밤 묵은 것을 비롯해 3,500가지의 기적을 보여 주었다고 한다. 이것은 대승계와 소승계 양쪽의 성전에 자세히 기록되어 있고, 미술작품의 소재로도 쓰였다. 저 유명한 산치 대탑의 부조를 비롯해, 인도 서북쪽의 간다라 조각과 동남부의 아마라바티 유적 등에도 남아 있다. 따라서 확실한 자료를 바탕으로 거슬러 올라가면, 이러한 신통 변화는 아주 오랜 옛날부터 전해 내려오는 설화라고 할 수 있다.

"그런 초자연적인 일이 어떻게 사실일 수 있느냐."고 하면서 처음부터 아예 문제 삼지 않는다면 이야기는 달라진다. 그와 같은 태도라면 아무리 성전을 읽어도 소용이 없다. 자기의 상식으로 이해할 수 있는 것만을 사실로 받아들이고 그 외의 것은 잘라 버린다면, 종교문학은 성립될 수 없을 것이다. 종교문학은 처음부터 우리들이 가진 상식 이상의 것을 말하려고 한다. 그러므로 단순한 사실보다는 거기에 들어 있는 의미를 알아차리지 않으면 안 된다.

카샤파 앞에서 부처님이 행한 신통 변화는 요술이나 마술처럼 보이기 쉽다. 그러나 주의해서 보면, 인도에서는 일반적으로 성자에게 부속된 능력을 말한다. 이와 같은 능력이 있느냐 없느냐를, 진짜 성자인가 아닌가를 판가름하는 기준으로도 생각했다. 불교에서도 아라한이 된 사람은 신통과 기적을 보여 줄 수 있다는 것이 부처님의 제자들에 의해서도 논의되었다. 부처님은 신통력을 함부로 쓰지 말라고 타일렀으며, 아라한에게 그런 능력이 있었다는 사실은 많은 경전에 기록되어 있다.

지금 이 경우, 가르쳐야 할 상대인 카샤파는 자신만이 아라한이라고 믿고 있다. 이 사람을 가르치기 위해서는 부처님이야말로 참된 아라한이라는 것을 실제로 보여 주어야 한다. 따라서 불타 전기를 쓴 작가는 여기에서 신통의 실체를 자세하게 기록하지 않으면 안 되었다.

이런 점을 염두에 두고 카샤파 앞에서 부처님이 보여 주었다는 신통 변화들을 살펴보자.

밤이 되면 사천왕(세계의 4대 수호신)이며 인드라, 브라흐만 등이 설법을 듣기 위해 부처님이 머물고 있는 곳에 와서 예배했다. 그러므로 그 근처의 숲은 불길에 싸인 것처럼 휘황하게 빛난다.

부처님은 아침마다 카샤파한테 가서 식사를 하는데, 어느 날은 카샤파가 큰 제사를 지내려고 한다. 이 큰 제사 때는 마가다와 앙가 두 나라에서 많은 신자들이 몰려온다. 그래서 카샤파는 속으로 생각했다.

'내일 저 사문이 여러 사람들 앞에서 신통 기적을 보여 주면 내 위신이 떨어지고 말 것이다. 내일은 제발 오지 말았으면 좋겠는데…….'

부처님은 그의 생각을 이미 알아차리고 웃타라쿠르라는 다른 세계로 날아가 제사가 끝날 때까지 돌아오지 않는다. 그리고 나중에 카샤파가 물으니, 이와 같이 대답한다.

"그대는 내가 오지 않았으면 좋을 텐데 하고 생각하지 않았소?"

남이 생각하는 것까지 모두 알아차리는 것을 타심지통他心智通이라고 하며, 이것도 아라한이 갖추고 있는 능력의 하나다.

또 어느 날 부처님은 분소의(다 해진 누더기)를 주웠다. 이것은 죽은 사람을 장사 지낸 자리에 버린 낡은 옷이다. 이것을 주워서 돌에다 두들겨 깨끗이 빨고 말려서 옷을 만드는 것이 수행자의 법식이다. 이때 인드라는 부처님을 위해 새로 연못을 파고 돌을 놓았으며, 또 곁에 있는 나무의 가지를 늘어뜨려 연못에서 올라오는 부처님이 잡을 수 있도록 해 준다.

또한 부처님은 홀연히 천상계에 올라가 진기한 과일과 꽃을 따온다.

바라문의 수행자들이 불의 공양을 올리려고 하지만, 부처님의 힘을 빌리지 않으면 장작을 팰 수도 불을 지필 수도, 또 불을 끌 수도 없다.

한겨울 추운 밤에 바라문의 수행자들은 나이란자나 강에 들어가 목욕을 했다. 오들오들 떨면서 강기슭으로 올라오자, 그들을 위해 5백 개의 화로가 마련되어 불이 빨갛게 타고 있었다. 이것도 부처님이 베푼 기적이었다.

또 어느 날은 갑자기 큰비가 쏟아지더니 강물이 넘쳐 물난리가 났다. 카샤파는 부처님을 걱정해 배를 타고 제자들과 함께 가보았다. 그랬더니 부처님이 서 있는 곳만은 물이 조금도 들지 않아, 부처님은 마른 땅 위를 여느 때나 다름없이 거닐고 있었다. 카샤파는 소리쳤다.

"위대한 사문은 어디 있소?"

그러자 부처님이 대답했다.

"카샤파여, 이곳에 있소."

부처님은 공중을 날아 배 위에 우뚝 그 모습을 나타내었다. 어떤 경전에 의하면, 이때 부처님은 물속을 걸어 배 밑바닥에서 모습을 나타냈는데, 배 밑바닥에는 아무 흔적도 남기지 않았다고 한다.

바라문 천 명의 귀의

부처님은 이제는 때가 왔다는 것을 알고 카샤파에게 말했다.

"카샤파여, 그대는 아라한도 아니고, 또한 아라한의 길에도 이르지 못했소."

우루빌바 카샤파는 그것을 솔직히 시인하고, 부처님의 발밑에 머리를 조아리면서 말했다.

"제발 세존을 따르도록 출가를 허락해 주십시오."

그러자 부처님이 말했다.

"그대는 5백 명이나 되는 바라문 수행자들의 지도자이니, 먼저 그들과 의논해 그들이 갈 길을 선택하도록 하는 것이 좋겠소."

카샤파가 바라문 제자들에게 이 말을 하자, 그들은 하나같이 이렇게 말했다.

"우리들은 훨씬 전부터 성심을 다해 저 위대한 사문에게 순종하고 있었습니다. 만일 스승께서 그렇게 하신다면 저희들도 모두 저 위대한 사문을 따라 수행하고 싶습니다."

그리하여 5백 명의 바라문들은 머리를 깎고, 머리의 장식이나 제사에 쓰는 도구 같은 것들을 모두 강물에 던져 버렸다. 제사에 쓰던 도구는 토기뿐만 아니라 나무로 만든 그릇과 수저들도 있었다.

이렇게 한 뒤 모두 다 같이 부처님 앞에 나와 머리를 발에 대고 예배하며 말했다.

"원컨대, 세존을 따라 출가해 구족계를 받도록 허락해 주소서."

구족계란 정식으로 출가수행승이 되는 의식이다. 훗날에는 세세한 규정이 생겼지만, 직접 부처님을 따라 출가한 경우에는 다음과 같은 부처님의 말씀만으로 충분했다.

"오라, 비구여. 진리는 잘 설해져 있다. 고뇌를 바르게 없애기 위해 청정한 수행을 하는 게 좋을 것이다."

그때 하류에 있던 나디 카샤파는 우루빌바 카샤파와 5백 명의 제자들이 강물에 던져 버린 물건들이 떠내려오는 것을 보고 깜짝 놀랐다. 무슨 이변이라도 일어났는가 싶어 3백 명의 제자들을 거느리고 허겁지겁 달려와 보니, 형과 그 제자들은 벌써 머리를 깎고 사문이 되어 있었다.

"이렇게 하는 것이 좋겠습니까?"

아우가 묻자 형이 잘라 말했다.

"이렇게 하는 것이 좋다."

그러자 그들도 똑같이 사문이 되었다. 그리고 마침내 막냇동생인 가야 카샤파와 그의 제자 2백 명도 출가했다.

이로써 부처님의 제자는 새로 1천 명이 늘어났다. 여러 경전에 "대비구중 1,250명과 같이……."라는 구절이 자주 나오는데, 이를 보더라도 카샤파 삼 형제와 그 제자들이 1천 명이나 한꺼번에 교단에 들어온 일의 중요성을 알 수 있다. 한마디 덧붙이자면, 부처님의 상수제자인 마하가섭은 이들 삼 형제와는 아무 관계가 없으므로 혼동해서는 안 된다.

타오르는 불의 법문

이로써 마가다국에 있던 가장 큰 교단이 그대로 부처님의 제자가 되었다. 부처님은 그 1천 명의 제자를 거느리고 수도인 라자그리하를 향해 길을 떠났다. 그리고 도중에 가야쉬르샤(가야 산)에서 설법을 했는데, 그것이 '타오르는 불의 법문'이라는 제목으로 기록되어 있다. 거기에는 다음과 같이 설해져 있다.

"비구들이여, 모든 것은 불타고 있다. 눈이 불타고 있다. 눈에 비치는 형상이 불타고 있다. 눈에 의한 인식도 불타고 있다. 눈과 그 대상과의 접촉도 불타고 있다. 눈이 접촉하는 데서 생기는 감수, 즉 즐겁고, 괴롭고, 괴롭지도 즐겁지도 않은 것들도 또한 불타고 있다. 왜 불타고 있는 것일까. 탐욕의 불, 노여움의 불, 어리석음의 불로 타오르고 있다. 태어나고 늙고 병들고 죽고 걱정하고 슬퍼하는 불로 타오르고 있다.

귀도, 귀로 듣는 소리도, 코도, 코로 맡는 냄새도, 혀도, 혀로 맛보는 맛도, 몸도, 몸으로 느끼는 감각도, 마음도, 마음의 대상도 모두가 한결같이 타오르고 있다.

비구들이여, 이와 같이 관찰할 수 있는 현명한 제자들은 눈에 대해서도, 형상에 대해서도, 그 접촉이나 감수에 대해서도, 또한 귀나 코, 혀, 몸이나 마음에 대해서도 모두 하잘것없다고 생각한다. 하잘것없다고 생각하면, 집착에서 떠난다. 집착에서 떠나면 해탈한다. 해탈하면, '나는 이미 해탈했다.'는 인식이 생긴다. 그리고 '생존의 밑바닥은 이미 다 없어지고, 청정한 수행은 이미 완성되었으며, 해야 할 일은 다 마쳤으므로 이제는 더 이상 윤회의 지배를 받지 않는다.'는 사실을 알게 된다."

부처님이 이 가르침을 설했을 때, 1천 명의 새 비구들은 모두 집착에서 벗어나 그 마음이 해탈의 경지에 이르렀다.

이것은 유명한 설법 중의 하나이다. 그런데 주의해야 할 것은, 이 설법의 상대가 그때까지는 밤낮으로 불을 섬기던 바라문의 수행자였다는 점이다. 그들에게 불은 가장 가까운 것이었으며, 또한 그들은 불의 온갖 성질을 누구보다도 잘 알고 있었을 것이다. 자기들의 눈이나 귀, 코, 혀, 몸이나 마음도, 또 그러한 것의 대상도, 그리고 그러한 것에서 생기는 감각이나 감정도 모두가 타오르는 불이라고 단언했을 때, 그들은 지금까지 지내 온 생활 그 자체의 불안과 그 불안에서 탈출하고 싶은 마음을 절실히 느꼈을 것이다.

부처님의 설법은 대부분 이와 같았다. 듣는 상대와 때, 경우에 가장 알맞은 주제, 그리고 거기에 어울리는 비유를 들어 설했다. 이 경우에 '타오르는 불의 법문'이 가장 적절하고 어울린다는 것은 누구의 눈으로 보아도 분명하다. 부처님의 설법은 모두 이런 것이므로 여러 경전에 기록된 단편적인 문장들을 떼어 붙여서 설명해서는 그 참뜻을 알기 어렵다.

정사의 선정

유력한 1천 명의 제자를 얻은 부처님은 잠시 가야 산(상두산)에 머물렀다. 산꼭대기에 코끼리 머리와 같은 평평한 바위가 있어 '상두象頭'라는 이름이 생겼다. 지금의 가야 시에서 서남쪽으로 1킬로 반쯤 떨어진 곳에 있는데, 현재 브라흐마요니라 불리는 곳이다. 현장 삼장은 가야 산이라고 기록하면서, 영산으로 불리고 아쇼카왕이 세운 탑이 있다고 했다.

부처님은 잠시 가야 산에 머문 다음, 드디어 수도 라자그리하로 들어갔다. 1천 명의 제자들과 함께 먼저 그 서남쪽 교외에 있는 랏티바나라고 하는 숲 속의 스팟티타 묘에서 쉬었다. 묘(차이티아)란 일종의 사당과 같은 곳으로 그 고장 사람들이 우러르는 장소인데, 종파에 상관없이 편력하는 수행자들이 쉴 수 있었다. 부처님과 그의 제자들도 이따금 그 같은 묘에서 쉬었다는 사실이 경전에 기록되어 있다.

마가다국의 빔비사라왕은 부처님이 수행자 고타마로 불리던 시절부터 그의 신자였다. 그리고 그가 도를 이루기를 기대하고 있었으므로, 이제 부처님으로서 명성이 높은 그가 온 것을 매우 기뻐했다. 그래서 나라 안에 있는 수만 명의 바라문과 시민들을 이끌고 세존을 방문했다. 그곳에는 부처님을 예배하는 사람, 인사말을 나누는 사람, 합장하는 사람, 자기 이름을 일러 주는 사람, 말없이 앉아 있는 사람 등 각양각색의 사람들이 있었다. 그런데 그 많은 사람들이 나이 든 우루빌바 카샤파는 알고 있으면서도 젊은 부처님에 대해서는 모르고 있었다.

'이 위대한 사문과 카샤파는 어느 쪽이 스승이고 어느 쪽이 제자일까?'

부처님은 그들의 생각을 알아차리고 카샤파에게 그것을 설명해 주라고 말했다.

카샤파는 다음과 같이 말했다.

"나는 바라문의 제사가 감각적인 기쁨만을 목적으로 하는 것에 불만을 느끼고, 모든 집착에서 벗어난 부처님의 도에서 만족을 찾았습니다."

그런 다음 일어서서 가사의 왼쪽 어깨를 드러내 놓고(수행승의 예법) 머리를 숙여 부처님의 발에 절하며 말했다.

"세존이야말로 나의 스승이십니다. 나는 세존의 제자, 세존은 나의 스승이십니다."

그제야 다들 모든 것을 이해했다.

부처님은 모인 사람들을 위해 보시와 지계(계율을 지키는 것)에 관한 이야기를 비롯해, 괴로움과 괴로움의 원인과 괴로움의 소멸과 괴로움의 소멸에 이르는 길을 가르쳐 주었다. 다들 기뻐하면서 이 가르침을 받아들였다.

그중에서도 빔비사라왕은 다음과 같이 말했다.

"나는 일찍이 태자였던 시절에 다섯 가지 소원을 세웠습니다. 첫째는 국왕이 될 것, 둘째는 내 영토에서 부처님이 출현하실 것, 셋째는 그 부처님을 섬기고 받들 것, 넷째는 부처님이 나를 위해 설법을 해 주실 것, 다섯째는 내가 부처님의 법을 깨달을 수 있을 것. 이러한 다섯 가지 소원이었는데, 이제 모두 이루었습니다."

그러고는 불, 법, 승 삼보에 귀의해 평생 동안 충실한 신자가 되었다.

이튿날 왕은 부처님과 비구들을 식사에 초대했다. 비구들의 식사는 오전 중에 하는 것으로 정해져 있다.

왕은 밤새 맛있는 음식을 장만하게 하고, 준비가 다 되자 사람을 보내 알렸다. 부처님은 격식대로 속옷을 입고 웃옷(가사)과 바리때를 손에 든 채 1천 명의 비구들을 거느리고 당당하게 라자그리하의 거리로 들어갔다.

이때 행렬의 앞장을 선 것은 인드라였다고 한다. 인드라는 귀여운 소년의 모습으로 나타나 부처님을 찬탄하는 노래를 부르면서 앞장서서 나아갔다.

빔비사라왕은 부처님과 비구들에게 식사를 올려 공양했다. 그리고 부처님이 바리때를 닦고 손을 씻는 것을 보고 한쪽에 물러앉았다. 왕은 찬찬히 생각한 끝에 부처님이 머물 곳을 골랐다.

'그곳은 거리에서 멀지도 않고 가깝지도 않아 다니기 편해서 가고 싶은 사람이 가기 쉽고, 또 낮이나 밤이나 고요해서 속세를 떠나 조용히 명상할 수 있는 장소가 아니면 안 된다.'

이렇게 생각한 왕은 벨루바나竹林를 골라 이곳을 부처님과 비구들에게 기증했다. 이것이 불교 최초의 정사다. 부처님은 그것을 받고 다시 설법한 다음 자리에서 일어나 묘로 돌아갔다.

20
승단의 출현

불타의 가르침을 듣고 놀라 생각에 잠긴 바라문들

죽림정사

바라나시 교외에 있는 녹야원에서 부처님이 최초의 설법을 할 무렵, 마가다국에서는 여러 종교가들이 저마다 많은 제자를 모아 놓고 지도하고 있었다. 그 가르침도 여러 가지였으나, 종교의 이상을 실현한 사람을 가리켜 아라한이라고 한 것은 여러 종교의 공통점이었다. 자이나(승리를 얻은 자), 붓다(깨달은 자)라는 칭호도 일반적으로 알려져 있었다.

불교에서도 이 같은 칭호를 사용했다. 불교에서는 '부처'라는 말을 특정한 경우에만 사용하기로 하고, 그 가르침을 듣고 깨달음의 경지에 이른 사람을 아라한이라고 불렀다. 아라한은 곧 성자를 뜻한다.

아라한에 이르는 길에 이미 들어온 사람을 예류라고 한다. 예류는 언젠가는 깨달음을 얻을 수 있다고 보증된 사람이다.

그 위의 자리는 일래인데, 일래가 되면 천상과 이 세상을 한 번 왕복하는 사이에 아라한이 된다.

다시 그 위를 불환이라고 하며, 불환은 다시는 욕계(우리들이 사는 욕망의 세계)에 되돌아오는 일 없이 아라한이 된다.

예류, 일래, 불환, 아라한의 네 단계는 각각 예류향(예류의 수행을 시작하는)과 예류과(예류로서 완성된) 등과 같이 둘로 구별되므로 사향四向, 사과四果라 해서 여덟 단계로 구분한다. 부처님이나 그 제자들한테 설법을 듣고 즉시 이 여덟 단계 중 어느 한 단계에 이르는 사람도 있고, 또 단번에 아라한이 되는 사람도 있다. 그러나 대부분은 여러 차례 설법을 듣고 선정 등의 수행을 하는 사이에 점차 효과가 나타난다.

녹야원의 다섯 수행자, 야샤스와 그의 친구 네 사람, 다시 그를 아는 50명의 젊은이 등 모두 60명이 부처님의 설법을 듣고 아라한이 되었을 때, 그들은 부처님의 가르침을 널리 전하기 위해 저마다 다른 길로 떠나갔다. 그리고 부처님은 마가다국을 향해 가다가 숲속에 놀러 왔던 30명의 청년들을 출가시키고, 다시 카샤파 삼 형제와 그들의 제자 천 명을 지도해, 이들을 거느리고 당당하게 라자그리하로 들어갔다.

마가다국의 빔비사라왕은 부처님을 수행 시절부터 숭배했으므로 기꺼이 귀의하고, 죽림정사를 지어 기증했다. 이로써 불교 교단의 발전도 제 궤도에 들어선 셈이다. 이 시기에 특히 중요한 사건은, 부처님의 제자들 가운데 대표적인 세 사람이 참가한 사실이다. 사리불(샤리푸트라)과 목련(목갈라나), 그리고 마하가섭(마하카샤파)이 그들이다.

최초의 제자들

라자그리하에서 그리 멀지 않은 우파팃샤 마을과 콜리타 마을에서는 각각 이름난 가문이 있었다. 그런데 이 두 집안에서 같은 날 사내아이가 태어나자, 이들에게 우파팃샤와 콜리타라는 이름을 지어 주었다. 두 사람은 부잣집에서 태어나 무엇 하나 부족한 것 없이 자랐다.

라자그리하에서는 연중행사의 하나로 산정제山頂祭가 열렸다. 그래서 해마다 이날만 되면 두 젊은이는 여러 가지 행사를 구경하며, 웃기도 하고 놀라기도 하고 돈을 뿌려 주기도 하면서 하루를 보내곤 했다.

그런데 어느 해의 일이다. 그때도 두 사람이 함께 축제를 구경하고 있었으나, 그날따라 재미도 없고 우습지도 않아 돈을 뿌릴 기분마저 일지 않았다. 다만 속으로 이런 생각을 하고 있었다.

'도대체 이런 걸 구경해서 무슨 소용이 있을까. 이 소란스러운 축제도 얼마 안 있으면 자취도 없이 사라지고 말 텐데……. 백 년 뒤에는 무엇이 남을까. 내가 찾고 있는 것은 이런 것이 아닌데, 다만 해탈일 뿐인데……. 그렇다, 그 해탈의 길을 찾지 않으면 안 된다.'

콜리타는 이렇게 생각하면서 우파팃샤에게 물었다.

"자네는 전처럼 즐거워하지도 않는 것 같은데, 무슨 불만이라도 있나? 무엇을 생각하고 있지?"

친구는 대답했다.

"이렇게 보고 있으려니까 확실한 것은 아무것도 없네. 모든 게 시들하고 무의미해. 그래서 어떻게 해서든지 해탈의 길을 찾아야겠다는 생각을 하고 있었어. 그런데 자네도 무슨 불만이 있나?"

이와 같이 서로 이야기를 나누다 보니, 두 사람은 똑같은 생각을 하고 있었다. 그래서 우파팃샤가 말했다.

"우리 둘 다 좋은 데 생각이 미쳤네. 그런데 해탈의 길을 찾으려면 출가를 해야 돼. 훌륭한 스승이 필요한데, 누구의 제자가 되면 좋을까?"

그 무렵 라자그리하에서는 산자야라는 수행자가 많은 제자들을 지도하고 있었다. 우파팃샤와 콜리타는 같은 또래의 청년 5백 명을 데리고 산자야에게 출가했다.

두 사람은 며칠 만에 산자야가 가르쳐 준 것을 모두 완전히 터득했기 때문에 스승에게 물었다.

"당신이 알고 있는 가르침은 이것뿐입니까? 아니면 이것 말고 따로 있습니까?"

"이것이 전부다."

스승이 이렇게 대답하자, 두 사람은 다시 깊은 생각에 잠겼다.

'그렇다면 더 이상 이 스승 밑에서 수행을 해도 소용이 없다. 우리들은 해탈의 길을 찾아 출가했는데, 여기서는 그 목적을 이룰 수가 없다. 그러나 세상은 넓다. 이 거리에서 저 거리로, 이 마을에서 저 마을로, 이 도시에서 저 도시로 편력을 하다 보면 해탈의 길을

가르쳐 줄 스승을 만날 수도 있을 것이다.'

이렇게 생각한 두 사람은, 어진 바라문이나 사문이 있다는 소문을 들으면 반드시 그곳으로 찾아가 가르침을 청했다. 그러나 두 사람을 만족시켜 줄 만한 사람은 하나도 없었다.

여기저기를 두루 돌아다니다가 실망한 두 사람은 고향인 라자그리하로 되돌아왔다. 그리고 어느 쪽이든 먼저 '불사不死'를 발견한 사람이 꼭 알려 주기로 약속했다. 불사란 오래 옛날부터 최고의 이상을 표현하는 말로 쓰이고 있었다. 절대의 경지 또는 해탈이라는 말과 같은 의미로 해석할 수 있다.

그 무렵 부처님은 라자그리하 교외에 있는 죽림정사에 머물고 있었다. 마침 녹야원에서 최초의 설법을 들은 다섯 제자 가운데 한 사람인 아슈바짓이 여러 나라를 편력하고 막 돌아와 있었다.

아슈바짓은 아침 일찍 웃옷(가사)과 바리때를 손에 들고 라자그리하의 거리로 탁발을 하러 나갔다. 그때 우파팃샤는 아침 식사를 마치고 수행자들이 모이는 장소로 가는 길이었는데, 우연히 아슈바짓을 만나자 이런 생각이 들었다.

'세상에 아라한이 된 사람이 있다는 얘기는 들었지만, 나는 아직껏 이런 수행자를 본 일이 없다. 이 수행자야말로 그중의 한 사람일 것이다.'

우파팃샤는 가까이 가서 한번 물어볼까 했으나 탁발하는 데 방해가 되어서는 안 되겠다고 생각하고 그의 뒤를 따라갔다.

이윽고 아슈바짓이 음식을 얻어 가지고 어느 빈터로 들어갔다. 이것을 본 우파팃샤는 자기가 가지고 있던 작은 걸상을 펼쳐 놓고 앉기를 권했다. 그리고 식사가 끝나자 가지고 온 병의 물을 마시게 했다. 접는 걸상이나 물병을 가지고 다니는 것은 그 당시 수행자들의 습관으로, 이것을 제공하는 것은 상대방을 스승으로 존경한다는 의미를 나타낸다.

우파팃샤는 이와 같이 예의를 갖추면서 정중하게 인사를 한 다음, 이렇게 물었다.

"보건대, 당신의 몸은 빛나고 살갗은 아주 맑습니다. 대체 당신은 누구 밑에서 출가했습니까? 당신의 스승은 누구십니까? 당신은 누구의 가르침을 믿고 있습니까?"

그때 아슈바짓은 조용이 대답했다.

"위대한 사문이신 샤캬푸트라는 석가족에서 출가하셨습니다. 나는 그 세존 밑에서 출가했습니다. 세존은 나의 스승이시고, 나는 세존의 가르침을 믿고 있습니다."

샤캬푸트라란 석가(샤캬)족 출신자라는 뜻인데, 한자로는 석자釋子라고 쓴다.

우파팃샤는 다시 물었다.

"당신의 스승은 어떤 말을 하며 무엇을 하십니까?"

아슈바짓은 조심하며 섣불리 대답하지는 않았다. 그 당시 많은 수행자들 중에는 진리를 찾기보다는 오히려 논쟁을 위한 논쟁을 좋아해 함부로 반대하는 자가 있었기 때문이다. 그래서 아슈바짓은 경계하면서 대답했다.

"나는 이제 출가를 했을 뿐, 이 종교에 들어온 지 얼마 안 됐습니다. 그러므로 그 가르침을 자세히 말할 수는 없습니다."

그러나 우파팃샤는 쉽사리 포기하지 않았다. 그는 새삼스레 자신의 이름을 대면서, 적거나 많거나 상관없으니 부디 설명해 달라고 간청했다. 그리고 자기가 바라는 것은 그럴 듯한 말이 아니라 뜻이라고 했다. 그의 열정을 보고 아슈바짓은 다음의 시를 읊었다.

사물은 원인이 있어 생기는 것
여래는 그 원인을 설했네.
그리고 또 그 소멸까지도
위대한 사문은 이같이 가르쳤네.

우파팃샤에게는 이것으로 충분했다. 처음 두 구절을 들었을 때 예류향에 이르고, 다음 두 구절을 들었을 때는 예류과에 이르렀다.

그는 아슈바짓에게 말했다.

"대덕이여, 이것만으로도 충분합니다. 우리들의 스승은 지금 어디에 계십니까?"

"죽림정사입니다."

"그러면 먼저 가십시오. 나에게는 친구가 있습니다. 우리 둘 중 누구든지 먼저 '불사'를 찾아낸 사람은 꼭 알려 주기로 약속했습니다. 그 친구를 데리고 뒤에 가겠습니다."

이와 같이 말하고 아슈바짓의 발밑에 엎드려 오체투지의 예배를 한 우파팃샤는, 오른쪽으로 세 번 돌고 나서 수행자들이 모이는 동산으로 갔다(오체투지는 양쪽 팔꿈치와 무릎, 그리고 이마를 땅에 대는 최고의 예배이다. 오른쪽으로 도는 것도 예경의 뜻이며, 예배의 대상을 중심으로 시곗바늘 진행 방향으로 돈다).

한편, 수행자의 동산에 있던 콜리타는 멀리서 우파팃샤가 오는 것을 보고 이렇게 생각했다.

'친구의 안색이 오늘따라 빛나고 있다. 기어이 불사를 찾아낸 모양이다.'

그리고 물어보니, 과연 그대로였다.

우파팃샤가 오늘 아침의 일을 이야기하면서 그 시를 읊자, 콜리타도 문득 예류과의 경지에 이르렀다. 두 사람은 함께 죽림정사에 가기로 했다.

사리불과 목련

우파팃샤는 원래 스승을 소중히 여기는 사람이었다. 그래서 자기들이 발견한 불사를 스승 산자야에게도 맛보게 하고 싶었다. 두 사람은 산자야를 찾아가, 지금 부처님이 세상에 출현해 법을 바르게 설하고, 그 수행승들이 훌륭하게 수행하고 있다고 말하면서, 함께 가자고 권했다.

그러나 산자야는 이미 세상의 명성과 신망을 얻어 안정된 생활을 하고 있었고, 또 이 나이에 다른 사람의 제자가 될 수는 없다면서 거절했다. 뿐만 아니라 두 사람이 그곳으로 가는 것조차 방해하려 했다.

두 사람은 산자야를 설득하기를 단념했다. 그러나 거기에 있던 5백 명의 제자 중 250명은 두 사람과 함께 죽림정사로 갔다.

그때 세존은 많은 사람들을 모아 놓고 설법을 하고 있었는데, 그들이 오는 것을 멀리서 알아보고 비구들에게 이렇게 말했다.

"비구들이여, 두 친구가 함께 온다. 콜리타와 우파팃샤, 이들은 내 두 큰 제자가 될 것이다."

이후부터 우파팃샤는 샤리푸트라, 콜리타는 목갈라나라고 불리기 시작했다.

250명이 죽림정사에 이르자, 부처님은 손을 내밀었다.

"오라, 비구들이여."

이로써 그들은 불제자가 되었다. 두 사람을 제외한 250명은 부처님의 설법을 단 한 번 듣고 아라한이 되었다. 그러나 두 사람만은 그릇이 큰 만큼 그리 간단하게 아라한의 경지에 이르지 못했다.

목갈라나가 출가한 지 이레째 되는 날이었다. 마가다국의 카라바라 마을에서 수행하고 있을 때였다. 갑자기 졸음이 밀려와 자신도 모르게 꾸벅꾸벅 졸다가 부처님의 음성을 듣고 눈을 떴다. 그러고는 졸음을 물리치고 부처님의 말씀에 귀를 기울이는 동안 문득 깨달음을 얻어 아라한이 되었다.

샤리푸트라는 출가해 보름이 되던 날, 부처님을 모시고 라자그리하 가까이에 있는 수카라카타라는 동굴에 있었다. 그곳에서 부처님이 자신의 친척인 장조를 위해 설법하는 것을 듣다가 아라한이 되었다.

샤리푸트라와 목갈라나라고 하기보다는 사리불과 목련이라고 하는 편이 사람들에게 친근할 것이다. 부처님의 2대 제자인 두 사람은 이와 같이 라자그리하에서 귀의했다. 훗날 부처님은 사리불은 지혜로써 제1인자, 목련은 신통으로써 제1인자라고 인정했다.

전생의 인연

라자그리하에 도착했을 때 카샤파 삼 형제와 그 제자들 1천 명을 거느리고 있던 부처님은 이제 산자야의 제자 250명을 더 얻었다. 여러 경전에 나오는 불제자 1,250명은 여기에서 유래한 것이다. 어떤 경전에는 산자야의 제자 5백 명이 모두 불제자가 되자 산자야가 분해서 피를 토했다고도 하며, 또는 피를 토하고 그 자리에서 죽었다고 적혀 있는 경우도 있다.

어쨌든 이 사건은 라자그리하 사람들에게는 커다란 충격이었다. 아울러 상류 가정의 자제들 가운데 출가하는 사람이 점점 많아졌다. 그래서 라자그리하 사람들은 부처님의 제자를 만나면 이런 노래를 불렀다.

마가다의 산골 도시에
고승이 나타나
산자야의 제자를 모조리 앗아 갔네
이다음은 또 누구의 차례일까

제자들이 이 일을 부처님께 전하자 부처님은 말씀하셨다.

"그 같은 소문은 이레도 못 가서 사라지고 말겠지만, 만일 그런 노래를 들으면 다음과 같이 대답하는 게 좋을 것이다."

위대한 여래는
바른 법으로 이끄신다.
법에 의해 인도되는 지자智者들에겐
시기하는 마음일랑 추호도 없네.

과연 이레가 되자 그런 비난의 소리는 자취도 없이 사라졌다.

사리불과 목련은 부처님의 많은 제자들 중에서도 두 큰 제자로서 존중되었다. 그러자 오래전에 제자가 된 사람들 가운데 이에 대해 불평하는 이가 더러 있었다. 부처님은 이 두 사람이 먼 과거세에 그 당시의 아노마다르신 부처님 밑에서 발심하고, 그 후 많은 생애를 통해 수행을 계속해 온 사람이라는 사실을 밝혀 주었다.

불교에서는 가끔 전생의 인연에 대해 말한다. 스승과 제자나 친구들, 그 밖에 특히 친한 사이에는 지금의 생애만 가지고는 다 설명할 수 없는 어떤 것이 있기 때문이다. 사리불과 목련, 이 두 사람은 아득한 과거의 생애부터 지금에 이르기까지 많은 생애 동안 친교를 맺어 왔다. 그렇기 때문에 같은 날 태어나 똑같이 도를 구하고 함께 불제자가 된 것이다. 또한 이것은 훗날의 일이지만, 부처님이 입적하기에 앞서 두 사람이 잇따라 세상을 떠난다. 따라서 이 두 사람이 먼저 귀의한 선배들을 제쳐 놓고 부처님의 두 큰 제자가 된 것도 전생부터 정해져 있는 일이었다.

처음에 이 두 사람이 오는 것을 멀리서 본 부처님은 다음과 같이 말씀하셨다.

"저 두 사람은 내 두 큰 제자가 될 것이다."

이 말은 종교적으로 중요한 의미를 갖는다. 우리들은 누구나 불교의 길에 들어갈 수 있다. 그러나 특출한 종교적 능력은 누구나 갖추는 것이 아니다. 부처님은 물론 2대 제자 역시 처음부터 능력이 그처럼 뛰어났다고 생각할 수밖에 없다. 또 아직 말도 건네 보기 전에 이 두 사람의 뛰어남을 부처님이 인정하고 있었다는 사실은 신비적인 의미가 있다. 종교는 단순한 이론이 아니다. 이론은 종교의 한 부분에 지나지 않는다. 오히려 이론 이상의 것, 말로 설명할 수 없는 데 종교의 참된 의미가 있다.

동시에 입문한 250명은 곧 아라한이 되었는데, 두 큰 제자는 각각 일주일과 보름이나 걸려 아라한이 되었다는 사실도 주목할 점이다. 더구나 두 사람 중 지도적인 입장에 있는 사리불 쪽이 더 나중에 아라한이 되었다는 것도 그대로 지나칠 수 없는 점이다. 이러한 기록 속에, 종교의 비의라고 할 수 있는 사실이 숨겨져 있다(그리스도와 그 제자 사이에도 이와 비슷한 문제가 더러 있다).

사리불과 목련은 부처님보다 나이가 많았다고 한다. 그리고 부처님보다도 먼저 세상을 떠났다. 이 2대 제자 외에 마하가섭이라는 위대한 불제자가 귀의한 것도 부처님이 죽림정사에 계실 때의 일이다. 마하가섭은 부처님이 입적하신 뒤 사실상 후계자가 되어 교단을 지도한다. 그것은 나중의 이야기이고, 그가 입문하는 데는 사리불의 경우보다 훨씬 더 신비적인 여운이 깃든 이야기가 있다.

21
마하가섭과 그의 아내

불타의 설법에 귀를 기울이는 많은 수행자들

불난 초가를 나선 부부

부처님의 10대 제자를 말할 때 사리불, 목련에 이어 마하가섭이 세 번째로 꼽힌다.

마하가섭은 부처님보다 나이가 적었으며, 부처님이 입적한 뒤 성전 편찬하는 일을 주관하고 불교의 전통을 확립한 중요한 인물이다. 남방불교나 북방불교에서 다 같이 중요하게 여긴다. 부처님이 살아 계실 때도 부처님을 대신할 만큼 큰 인물이었다.

부처님의 제자들 중에는 카샤파라고 불리는 사람이 다섯이나 있다. 앞에서 말한 카샤파 삼 형제 외에 십력가섭(십력카샤파)이라는 이가 있다. 그리고 지금 여기에서 말하는 카샤파는 특히 뛰어난 인물이기 때문에 마하가섭(마하카샤파)이라고 부른다. 마하란 '위대한'이라는 뜻이다.

이 마하가섭은 마가다국의 마하티르타라는 바라문의 마을에서 태어났다. 인도에서는 같은 계급끼리 부락을 이루고 사는 일이 많으며, 그곳에서는 바라문이 주요 인구로서 많은 시종과 노예를 부렸다. 아버지의 이름은 카필라이고, 가섭(카샤파)은 카스트의 이름이다.

마하가섭은 처음에는 핏파리라고 불렸다. 그의 집안은 매우 부유했다. 핏파리의 부모님은 그가 스무 살이 되자 며느리를 맞아 자손을 번창시키려고 했다. 그러나 핏파리는 단호히 거절했다.

"그런 말씀은 하지 마십시오. 저는 부모님이 살아 계시는 동안 정성껏 모시겠습니다. 그러나 그 후에는 집을 버리고 출가할 생각입니다."

이런 일이 있고부터 어머니는 결혼에 대한 이야기를 자주 꺼내곤 했다. 그래서 핏파리는 어머니의 마음을 편하게 해 드리려고 꾀를 하나 생각해 냈다. 그는 천 개의 순금 목걸이를 금방에 주고, 사람과 똑같은 크기의 아름다운 여인상을 만들게 했다. 거기에다 아름다운 옷을 입히고 꽃과 장식을 달았다. 그리고 어머니에게 이렇게 말했다.

"이것이 제가 생각하는 여성의 이상형입니다. 이와 똑같은 여성이 있다면 결혼해 집에서 살겠습니다. 그렇지 않으면 출가를 허락해 주십시오."

어머니는 이 황금 여인상을 바라문에게 맡기며 이와 같이 부탁했다.

"신분이나 가문이나 재산이 우리와 비슷한 집안에서 이 황금상을 닮은 처녀를 찾는다면, 그 집에 이 상을 선물로 보내 청혼해 주십시오."

바라문은 마가다국의 사가라 거리에서 이 황금의 여인상과 아주 비슷한 아가씨를 발견했다. 그녀는 코샤 집안의 바드라 카필라니라고 하는 아가씨였다. 이렇게 해서 두 집안 사이에 혼담이 이루어졌다.

이 이야기를 들은 핏파리는 설마 싶던 일이 실현되었기 때문에 낭패를 보았다. 그는 생각던 끝에 바드라라는 아가씨에게 다음과 같은 편지를 보낸다.

> 바드라 아가씨는 자신과 어울리는 사람과 결혼하는 것이 좋을 듯 싶습니다. 나는 언젠가는 출가하려고 하니 나중에 후회하는 일이 없으시기를.

그 무렵 전부터 출가할 뜻을 지니고 있었던 바드라도 이와 비슷한 사연을 적어 핏파리에게 보냈다. 그런데 공교롭게도 두 사람의 편지를 가지고 가던 시종들끼리 중간에서 만나게 된다. 그들은 서로 겉봉을 뜯어 사연을 읽어 보고는 이렇게 말했다.

"뭐야, 어린애들처럼 우스운 말만 적어 놓았군."

그러고는 듣기 좋은 말로 적당히 고쳐서 각각 전해 주었다. 이렇게 해서 가섭과 바드라는 할 수 없이 결혼식을 올렸다. 그러나 두 사람은 잠자리에 들어서도 서로 몸이 닿지 않도록 조심해 잠도 제대로 잘 수 없는 형편이었다. 낮에는 또 낮대로 서로 웃는 얼굴 한 번 보이지 않았다. 이와 같이 몇 해 동안을 부부의 정을 나누지 않은 채 지냈다.

이윽고 부모님이 돌아가셨다. 두 사람은 막대한 재산을 스스로 관리하고 경영해야만 했다.

어느 날 핏파리는 많은 사람들을 데리고 일터를 둘러보러 갔다. 논두렁에 서서 보고 있으니, 보습으로 파헤친 흙 속에서 벌레가 나왔다. 그때 어디선가 갑자기 새가 날아와 벌레를 쪼아 먹었다. 순간, 핏파리는 그 살생의 허물이 자신에게 있다는 사실을 깨달았고, 그처럼 막대한 재산을 소유하고 있는 것이 싫어졌다. 그는 재산과 노예를 모두 아내인 바드라에게 넘겨주고 자신은 출가하겠다고 결심했다.

바로 그날, 바드라는 뜰에서 참깨를 말리고 있었다. 그때 새 떼가 몰려와 깨에 붙어 있는 벌레를 쪼아 먹기 시작했다. 이 광경을 본 바드라 또한 그 살생의 책임이 자신에게 있다는 것을 알고 모든 재산을 남편에게 맡기고 자신은 출가하겠다고 결심했다.

그날 밤 여느 때처럼 식사를 마치고 둘만 남게 되자, 두 사람은 마치 약속이나 한 듯이 서로 출가하겠다는 이야기를 꺼내 놓았다. 두 사람 다 세속 생활을 '불난 초가'처럼 여겼다.

그들은 시장에서 갈색 옷과 토기로 만든 바리때를 사 왔고, 서로 머리를 깎아 주었다. 그러고는 자루에 바리때를 넣어 어깨에 메고 궁성 같은 저택에서 아무도 모르게 빠져나왔다. 시종이나 노예들 중 누구도 눈치를 챈 사람이 없었다.

두 사람의 저택이 있는 마을 밖에는 그들을 섬기는 노예들이 사는 노예촌이 여기저기에 있었다. 아무리 옷차림을 바꾸었어도 기품 있는 두 사람이 걸어가는 모습을 놓칠 리가 없었다. 그러나 두 사람은 울면서 뒤를 따르는 노예들을 자유로운 신분으로 풀어 주고 출가의 길에 나섰다.

핏파리가 앞에 서고 바드라는 그 뒤를 따라갔다. 그러나 얼마 안 가서 이처럼 나란히 걷는 것은 출가에 어울리지 않는다고 생각하고, 오른쪽과 왼쪽으로 헤어져 길을 갔다. 왼쪽 길로 들어선 바드라는 슈라바스티 교외에 있는 기원정사 근처의 동산에 이르러 다른 수행자들과 함께 수행하는 데 힘썼다. 그 무렵에는 아직 불교에서 여승을 인정하는 제도가 없었다. 그런데 그 후 5년쯤 지나 부처님의 양어머니 마하프라자파티가 처음으로 여승이 되었을 때, 바드라도 비로소 여승으로서 중요한 존재가 된다. 그러나 이것은 먼 훗날의 이야기이다.

한편, 오른쪽 길을 택한 핏파리는 마가다의 수도 라자그리하를 향해 걸어갔다.

그때 부처님은 라자그리하의 교외에 있는 죽림정사에 머물고 있었는데, 갑자기 다른 때는 없던 지진을 느꼈다. 여기에는 반드시 특별한 까닭이 있을 것이라고 생각한 부처님은 핏파리 부부가 굳은 결심을 하고 오른쪽과 왼쪽 길로 헤어진 사실을 부처의 눈으로 알아차렸다.

부처님은 바리때와 가사를 손에 들고 아무에게도 알리지 않은 채 정사를 나왔다. 그러고는 라자그리하와 날란다 중간에 있는 니그로다나무 아래 단정히 앉아 좌선을 하면서 기다렸다. 언제나 탁발하러 나갈 때는 일부러 눈에 띄지 않도록 평범한 출가자의 모습을 했으나, 이때만은 여래의 존귀한 모습으로 빛을 발하며 앉아 있었다.

분소의

얼마 안 있어 그곳을 지나게 된 핏파리는 부처님을 보자 한눈에 자기가 찾는 스승이라는 것을 알아차렸다. 그는 그 자리에 엎드려 머리를 부처님 발에 대며 예배했다.

부처님은 핏파리를 불렀다.

"가섭이여."

그러고는 곁에 앉도록 한 다음, 가섭 한 사람을 위해 진리를 설했다. 가섭은 부처님의 말씀을 아주 자연스럽게 받아들여 짧은 시간에 불교의 심오한 경지를 이해하고, 동시에 그 몸에 훌륭한 덕을 갖추었다. 그리고 부처님을 만난 지 여드레째 되는 날 벌써 아라한의 경지에 이르렀다.

부처님에게는 32상相이라 해서 그 몸에 서른두 가지 특징이 있다고 말한 바 있다. 그런데 마하가섭은 32상 중에서 7상을 갖추었다고 한다.

부처님이 라자그리하로 돌아오던 길에 나무 아래 앉으려고 하자, 마하가섭은 자신의 겉옷을 벗어 네 겹으로 접어 놓은 뒤 그 위에 부처님을 앉게 했다. 부처님은 그 위에 앉아 손으로 매만지시면서, 옷이 부드럽고 보기 좋다고 칭찬했다.

그러자 마하가섭은 그 옷을 부처님께 드리고 싶다고 말했다.

"그러면 그대는 어떻게 하려고?"

부처님이 묻자 그는 부처님이 입고 있던 다 낡아 빠진 분소의를 달라고 했다. 분소의란 앞에서도 말한 것과 같이 묘지 같은 데 버려진 헝겊 조각들을 모아서 만든 누더기를 말한다.

마하가섭이 부처님의 누더기를 받아서 입은 것은 그에게 최대의 영광이었다. 그는 먼 훗날까지도 이 일을 사람들에게 말하곤 했다.

마하가섭이 부처님의 누더기를 물려받은 데는 중대한 의미가 있다. 그 하나는 그가 가장 간소한 생활을 감수했다는 점이다. 의식주 모두에 걸쳐 가장 검소한 생활을 택하는 것을 두타행이라고 한다. 집 안에서 살지 않고 산이나 들에서 자고, 바리때에 들어 있는 음식 외에는 먹지 않으며, 입는 것은 누더기에 한하는 것과 같은 생활 태도이다. 마하가섭은 두타행을 지키는 이 가운데 첫째라고 일컬어졌는데, 노년에도 이런 생활 태도에 변함이 없었다. 부처님을 처음 만난 자리에서 부처님의 분소의를 받았다는 사실은, 그의 평생에 걸친 엄격한 수행의 첫걸음을 보인 것으로 중요한 의미를 갖는다.

그리고 마하가섭이 부처님의 분소의를 물려받아 입은 데는 또 한 가지 더욱 중대한 종교적 의미가 있다.

부처님은 결코 보통 사람이 아니다. 겉모습은 보통 사람과 다름 없지만 아주 뛰어난 덕을 갖추고 있다. 부처님의 몸에 붙어 있는 것, 부처님의 손이 닿는 것에는 특별한 힘이 작용하고 있다. 요즘 말로 하면 방사능과 비슷한 힘이다. 그렇기 때문에 부처님 몸에 걸쳤던 옷을 보통 사람은 입을 수 없다.

'의발을 물려준다'는 말은 스승이 후계자를 정한다는 뜻으로 쓰인다. 부처님의 옷을 받는 것은 그만큼 중대한 일이다. 마하가섭이 귀의한 지 불과 며칠 만에 부처님의 옷을 받았다는 사실의 중요성을 그냥 보아 넘겨서는 안 될 것이다.

마하가섭과 부처님 옷의 관계는 이보다 훨씬 뒤 그가 입적하는 이야기에서도 나타난다. 여기에 의하면, 부처님이 입적한 뒤 마하가섭은 율과 경의 결집을 끝내고 뒷일을 아난다에게 부탁한 다음, 드디어 입적할 때가 되자 라자그리하 교외에 있는 계족산으로 간다. 산이 둘로 갈라진 사이로 들어가니 산은 다시 전처럼 합쳐진다. 마하가섭은 이렇게 해서 미륵불이 출현할 날을 지금도 기다리고 있다고 한다. 앞으로 올 세상에서 미륵불이 성도하면 많은 제자를 거느리고 계족산에 가서 산을 열어 준다. 그러면 마하가섭은 석가모니 부처님이 맡긴 가사를 미륵불에게 전하리라는 것이다.

마하가섭이 계족산 속으로 들어가서 미륵불에게 옷을 내줄 시기를 기다리고 있다는 설화는 여러 경전에 나온다. 이것으로 보아 틀림없이 많은 부파에서 두루 전해졌을 것이다. 이 설화를 보더라도 마하가섭과 부처님 옷의 관계가 얼마나 중요한지를 알 수 있다.

여기에 적은 마하가섭의 귀의에 관한 이야기는 팔리어 성전의 주석부에 의한 것이다. 팔리어 본과 한역본의 여러 경전을 보면, 카샤파 삼 형제나 사리불, 목련 등의 귀의에 관한 이야기는 불타 전기를 쓴 모든 경전에 나와 있다. 그런데 마하가섭의 귀의에 대해서는 기록한 경전과 기록하지 않은 경전이 있다.

한역본 중에는 〈과거현재인과경〉이나 〈불본행집경〉 같은 경전에 마하가섭의 귀의에 관한 내용이 나온다. 특히 〈불본행집경〉에는 앞에서 한 이야기의 출전인 팔리어 본 주석부보다도 한층 더 상세한 이야기가 실려 있다.

마하가섭의 시대

마하가섭이 귀의했을 때는 2대 제자를 비롯해 제자가 천 명도 넘는 큰 교단이 이미 형성되어 있었다. 따라서 라자그리하에서 부처님의 종교가로서의 지위는 확고했다. 그런데 다른 제자의 경우와는 달리 마하가섭만은 부처님이 직접 나가 맞아들이고, 단둘이 며칠을 같이 지내는 등 전례가 없는 사제관계를 맺었다. 이것은 주목할 만한 일이다. 사리불과 목련이 귀의했을 때도 부처님은 그 두 사람이 멀리서 오는 것을 보고, 다른 제자들에게 이렇게 말한 적이 있었다.

"저 두 사람은 내 두 큰 제자가 될 것이다."

그러나 마하가섭의 경우에는 다른 사람들의 눈을 피해 일부러 둘이서만 만났다. 바로 이런 점에 종교의 신비성이 있다.

현대인들은 불교를 연구하고 부처님의 생애를 살피면서 자칫 신비적인 요소를 도외시하고 단순한 이론만 가지고 아는 체하는 경향이 없지 않다. 그러나 부처님과 마하가섭의 만남 같은 일은 깊은 의미를 지닌 종교적 사건으로 받아들이지 않으면 안 된다.

팔리어 본 〈율장 대품〉은 부처님의 성도에서 시작해 대체로 지금까지 이야기한 순서대로 초기 교단의 역사를 설명하고 있다. 그러나 거기에는 마하가섭의 귀의에 관한 기록은 없다. 그 때문에 현재 어떤 학자들은 불타 전기를 쓰면서 이런 중대한 대목을 빼놓거나, 심한 경우에는 마하가섭과 카샤파 삼 형제를 혼동하기도 한다.

교단의 초기 역사를 기록한 〈율장 대품〉에 마하가섭의 귀의에 관한 기록이 없다는 점은 입장에 따라 전혀 의미가 없는 일도 아니다. 그가 교단에서 차지한 중요한 지위, 부처님 다음가는 지위는 팔리어 성전에서도 물론 강조하고 있다. 다만 귀의에 관한 이야기는 대중 앞에 공개할 만한 보통 사건의 범위를 벗어나 있어, 말하자면 일종의 비의이기 때문에 일부러 교단사에는 싣지 않았다고 볼 수도 있다. 즉, 다른 제자들의 경우와 같이 다루지 않았다는 점에 주목하지 않으면 안 된다.

마하가섭이 귀의한 시기는 경전에 따라 조금씩 다르다. 그러나 부처님이 라자그리하에서 가르침을 펴기 시작한 초기, 즉 성도 3년경이라고 보아도 좋을 것이다.

어떤 경전에 의하면, 핏파리는 스무 살 때 결혼해 12년 뒤에 부모님을 잃었다고 한다. 여기에 따르면 출가할 때 서른두 살이었으므로 부처님보다 다섯 살쯤 아래일 것이다. 또 그의 아내인 바드라가 출가할 당시에 여승 제도가 없었다는 점으로 보더라도 교단 초기의 일이라는 것을 알 수 있다.

교단에 필요한 계율

부처님이 마가다의 수도 라자그리하에 머물고 있을 때, 교단에는 이미 1천 명이 훨씬 넘는 출가승이 있었다. 그중에는 마하가섭처럼 뛰어난 인물도 있었지만, 1천 명이나 모인 단체이고 보면 통제하는 데 여러 가지 문제도 있었을 것이다. 귀족도 서민도, 학자도 무학자도 누구나 출가할 수 있었기 때문에, 그 가운데는 질서를 지키지 않고 좋지 못한 행동을 하는 이가 더러 있었다. 그러므로 교단의 인원수가 늘어나면서 통제를 하기 위해 여러 가지 규칙을 만들지 않으면 안 되었다. 그러한 규칙을 계라고 한다.

계의 조항은 교단 안에서 실제로 일어난 문제에 대해 하나씩 제정해 실행한 것이다. 그러므로 처음부터 "이렇게 해야 한다. 또는 그렇게 해서는 안 된다."고 통틀어 정해 놓은 것은 아니다.

계의 조항을 모아 놓은 것을 율이라고 한다. 율은 계의 조항뿐 아니라 그 같은 계가 제정된 사정을 설명하고, 계를 범한 자에 대한 처벌이며 계를 유지하는 방법과 규정을 나타낸다. 또 교단으로서 해야 할 정기적인 행사나 회의 방법 등에 대한 규정도 있다. 이러한 것을 모두 '율'이라고 하는 부분의 책律藏에 적은 것이다. 부처님이 입적하신 뒤 회의를 열어 '율'과 '경'을 성문화했다. 후세에 이르면 각파에서 저마다 따로따로 기록을 갖는다.

경은 부처님이 말씀하신 가르침을 기록한 것이다. 다시 그 가르침을 정리 해설해 제자들이 교리로 정리한 것을 '논論'이라 하고 경, 율, 론의 세 부분을 합쳐 삼장三藏이라고 한다.

이것은 뒷이야기인데, 처음에 부처님이 성도한 뒤 라자그리하에 머물 때 교단을 통제할 필요성에 의해 계를 하나씩 제정해 마침내는 율이 성립되었다.

교단을 유지하려면 이러한 사항을 제도로 정하는 일이 필요했으며, 그 밖에 사회적인 의미도 있었다. 그 당시 마가다국은 문화의 중심지인 동시에 종교 활동이 특히 융성했다. 불교 외에도 크고 작은 여러 교단과 종교 지도자들이 많았다. 그러므로 자연히 종교 활동에 대해 사회에서 요구하는 것이 있었다. 이를테면, 달마다 정해진 날 사람들이 사원에 모여 설법을 듣거나, 무슨 행사를 하는 것 등이다. 또 교단에 소속된 출가수행자에게 어울리는 태도나 비난

받을 행위에 대해서도 사회적인 통념이 있었다.

불교에서 계나 율로 정한 것도 이와 같은 요청에 따른다는 의미를 포함하고 있었다. 이제 그러한 규정의 유래를 살펴보자.

22
계율이 제정되기까지

계율을 정하고 승단을 확립하다

사제관계의 제도화

불교 교단이 성립된 뒤 초기에는 마가다국, 특히 그 수도 라자그리하를 중심으로 발전했다.

녹야원의 다섯 수행자를 비롯해 카샤파 삼 형제, 그리고 사리불, 목련, 마하가섭이 교단에 참가하는 데는 부처님의 말씀 한마디면 충분했다.

"오라, 비구여."

이러한 표현이 많이 사용되었다. 부처님의 제자들이 여러 곳에서 포교 활동을 하고 있을 때도 처음에는 대부분 다음과 같은 간단

한 신앙의 말만으로 비구가 되는 것을 인정했다.

"부처님께 귀의합니다."

"부처님과 법과 승단의 삼보에 귀의합니다."

형식보다도 실질적인 신앙을 중요시했던 것이다.

그러나 비구의 수가 많아짐에 따라 여러 가지 시끄러운 문제들이 생겨났다. 비구로서의 자질을 갖추지 못한 자, 수행자로서의 예절조차 가리지 못하는 자가 잇따랐다. 그리고 교단 내부에서 서로 간에 화합하지 못했으므로 병을 얻어 꼼짝할 수 없는 비구를 못 본 체 그대로 내버려 두는 일조차 생겼다.

그래서 교단 내부의 사제관계를 제도화하기로 했다. 비구는 자기의 화상을 선택해 그의 제자가 되어야 한다. 화상은 산스크리트어 우파다야를 한자로 옮긴 말로, 바라문교에서도 종교적인 스승을 가리키는 말로 사용되었다. 또 자이나교에서도 '성전을 가르쳐 주는 스승'이라는 뜻으로 사용한다. 그러므로 화상이라는 말은 불교만의 독특한 용어가 아니다. 다른 교단에서도 쓰고 있던 말을 불교에서 빌려 쓴 것이다.

화상은 두 가지 의미에서 필요했다. 첫째, 화상과 제자는 부자지간과 같이 화상은 제자를 지도하고 필요한 것을 가르치며 필요한 물건을 마련해 주지 않으면 안 된다. 그리고 만일 제자가 병들면 그 신변이나 식사까지도 보살펴 주어야 한다. 또 제자는 화상을 섬기고 의식주 모두에 걸쳐 마음을 써서 불편이 없도록 해야 한다. 세수와 목욕에서부터 좌석이나 식사, 청소, 빨래에 이르기까지 화상의 일을 거들어 주지 않으면 안 된다.

화상과 제자 사이에 이와 같은 상호부조는 가정을 떠나서 살아가는 출가수행자들에게 반드시 필요한 일이었다. 그러나 화상과 제자 관계의 근본은 역시 종교를 지도하는 데 있다. 비구가 특정한 인물을 화상으로 섬기는 본래의 목적은 그의 곁에서 가르침과 지도를 받는 것이다.

이러한 것들이 화상을 필요로 하는 첫째 이유이고, 둘째 이유는 비구를 교단의 한 사람으로 받아들일 때 그 보증인으로서 화상이 필요했다.

부처님이나 부처님이 신뢰하는 제자가 유능하다고 인정한 사람을 삼귀의에 의해 입단시킬 경우에는 별다른 문제가 생기지 않았다. 그러나 그 수가 늘어나 부처님의 눈이 직접 미치지 못하는 곳에서는 입단을 제도화하지 않으면 안 되었다. 그래서 삼귀의를 대신해서 다음과 같은 방법을 썼다.

비구가 교단의 한 사람으로서 완전한 자격을 인정받기 위해 지켜야 할 계를 구족계라고 한다. 즉, 삼귀의만으로 충분했던 구족계가 교단의 동의를 필요로 하게 된다.

만일 어떤 사람이 비구가 되어 구족계를 받을 때는 교단의 집회에서 적당한 사람이 그 뜻을 제안한다. 제안할 때는 당사자와 그의 화상이 될 사람의 이름을 들어 교단의 동의를 구한다. 제안하는 말을 세 번 되풀이해 아무도 발언하는 사람이 없으면 교단에서 동의한 것으로 인정한다.

교단에서 심의할 사항은 다른 일에 대해서도 이와 같이 진행된다. 이때 반대 의견을 말하는 이가 없으면 찬성으로 인정한다는 점에 주목해야 한다. 쓸데없는 행동과 불필요한 말은 하지 않고 일을 처리하는 것이 불교 교단의 원칙이다.

교단이 불교 교단의 전체 인원을 말하는 것은 아니다. 인도 불교에서는 특별한 경우를 제외하고 전원을 한자리에 모아 논의하는 일은 별로 없었다. 대부분의 일은 그 지역의 회의에서 결정했다. 그러므로 구족계를 인정하는 교단도 지역적인 것이었다.

이와 같이 화상은 첫째로 일상적인 종교 생활의 지도자로서 필요했고, 둘째로 구족계를 받을 경우 직접적인 책임자로서도 필요했다.

화상 제도를 만든 다음에도 화상이 다른 고장으로 가거나 환속하거나 죽거나 또는 다른 종교로 전향할 경우, 어떻게 할지 모르는 비구도 있었으므로 화상을 대신하는 지도자 제도를 마련했다. 그것이 아사리이다.

아사리는 산스크리트어 아차르야를 한자로 옮긴 말로, 이것도 우파다야처럼 인도의 종교계에서 널리 사용되고 있었다. 바라문교에서는 아차르야를 오히려 더 상위로 생각한다.

초기 불교 교단에서는 화상이 없을 때 그를 대신하는 아사리를 정했다. 화상이 곁에 있을 때는 아사리가 필요 없지만, 화상을 대신해 그 지위에 있을 때는 아사리와 시자가 앞에서 말한 화상과 제자의 관계였다. 가르침과 지도 외에 일상생활에서도 서로 도울 의무가 있었다.

구족계가 제도로서 확립되자 그에 따른 규정도 정해졌다. 구족계를 받을 사람은 적어도 스무 살이 되어야 한다. 스무 살이 안 된 사람은 사미(시라마네라)로서 출가를 허락했다. 그리고 후에 모든 자격을 갖추면 다시 구족계를 받아 비구가 된다.

'도달하는 것'을 위해

구족계의 원어 우파산파다는 원래 '도달하는 것'이라는 뜻인데, 그 말 자체에는 '계'에 해당할 만한 의미가 없다. '입단'이라고 할 수도 있을 것이다. 다만 앞에서 설명한 바와 같이 비구가 되어 정식으로 교단의 한 사람으로 인정받는 것을 우파산파다라고 한다.

그리고 실제 문제로서 재가신자와 출가수행자의 구별, 출가수행자 중에서도 사미와 비구의 구별은 그들이 지키는 계율의 조항이 그 본보기이다. 이를테면 산 것을 죽이지 말라, 거짓말을 하지 말라, 남의 것을 훔치지 말라 등은 재가와 출가의 구별이 없이 불교에 귀의한 사람이면 누구나 똑같이 지켜야 할 조항이다. 그러나 결혼 생활의 성교는 재가신자에게만 허용되고, 일단 출가하면 성행위는 어떤 형태로도 절대 허용되지 않는다. 또 출가수행자 중에서도 사미에게는 10계만을 규정하고 있으나, 비구에게는 보통 250계를 말한다. 이런 점에서 우파산파다를 구족계라고 부르는 것은 내용으로 보아 마땅하다.

그러나 계율의 조항을 처음부터 몇 개라고 열거해서 정한 것은 아니다. 부처님의 초기 제자들은 일일이 규제하지 않아도 출가수행자로서 마땅히 해야 할 일과 해서는 안 될 일을 구별했다. 그런데 출가자가 늘어 감에 따라 지켜야 할 것을 지키지 않는 자가 생겨났다.

그 한 예로, 성교를 금지한 조항은 처음부터 분명하게 정해져 있지 않았다. 수행에 전념하는 사람에게 성적인 순결은 너무나 당연한 일이었기 때문이다.

그런데 어떤 비구가 구족계를 받은 뒤에 과거의 아내를 만나 성교를 하고 돌아왔다. 동료들이 늦은 이유를 물었더니, 그 비구는 사실대로 대답했다. 동료들은 이 일을 부처님께 알렸다. 부처님은 그런 일은 출가수행자로서 위법이라고 선언하고, 그 뒤부터 계로써 금지했다.

도둑질도 살생도 거짓말도, 모두 이처럼 낱낱이 실제로 범행이 있고 나서야 그것을 계기로 금지시켰다.

이렇게 해서 사미의 10계, 비구의 250계가 성립되었다. 그리고 훗날에는 구족계를 받는 의식에서 이런 계율의 조항을 지키겠다고 서약했다. 이래서 문자 그대로 구족계라고 하게 되었다.

그러나 우파산파다의 본래 의미는 계와 직접적인 관계가 없다. 하지만 조직화된 교단에서는 입단하는 것과 계율의 조항을 지키는 것, 이 두 가지를 서로 떼어서 생각할 수 없었다.

계율을 지키는 것, 즉 일상생활에서 일정한 규율을 정해 놓고 해야 할 일과 해서는 안 될 일을 분명하게 구별하는 것은 인생의 이상을 추구하는 데 절대로 필요하다. 스포츠맨이 바른 섭생과 규칙적인 연습을 빼놓을 수 없듯이, 종교의 수행자도 일정한 규율을 지키지 않고는 뜻한 바를 이룰 수 없다.

인도에서는 예전부터 바라문이 도제 시기에 지켜야 할 규율이 정해져 있었는데, 그중에서도 성적인 순결이 무엇보다 중요시되었다. 브라마차리아란 문자 그대로 말하면 종교적인 깨끗한 생활이라는 뜻인데, 실제로는 성적인 순결을 가리킨다. 도제 시기에 바라문이 스승 밑에서 수행할 때는 특히 이 범행을 중요시했다. 도제 시기를 가리켜 범행기라고 말할 정도다. 그 후 집에 돌아가 결혼하고 자손이 끊어지지 않도록 한다. 이러한 가주기를 맞아 인생의 주요 부분을 보낸 다음 집안일을 자식에게 넘기고 숲 속에 들어가 은자로서 지내는 때가 임주기이다. 그 후 다시 일정한 거처를 버리고 방랑의 길을 떠나는 시기가 유행기이다.

물론 모든 바라문들이 이와 같은 인생의 네 시기를 엄격히 구분해서 실행했던 것은 아니다. 하지만 제대로 된 바라문이라면 적어도 최초의 도제 시기와 가주기는 분명하게 구별했다.

불교는 자이나교와 같이 비바라문교지만, 바라문교에서 말한 도제 시기, 즉 범행기의 계율을 평생 지키는 것을 출가수행자의 의무로 삼았다. 그리고 생활양식에서는 일정한 거처를 정하지 않고 항상 편력의 길을 떠나는 것을 원칙으로 삼았다. 이런 점에서 보면 바라문의 제4기인 유행기에 해당한다.

그러나 교단이 성장함에 따라 모든 사람들이 다 편력의 길을 떠나는 것도 사실상 불가능한 일이고, 또 일정한 장소에 정사를 세움으로써 대부분은 그곳에 정착했다. 하지만 편력의 기본 방침만은 부처님 스스로 생애의 마지막까지 지켜 나갔고, 마하가섭을 비롯한 많은 제자들도 이를 본받았다.

출가의 기본 원칙

구족계를 받았을 때, 이것을 정확히 기록하는 일이 필요했다. 당사자와 화상의 이름은 물론 장소와 의식의 모양, 날짜와 시간까지 기록하게 되어 있었다.

불교만이 아니라, 인도에서는 일반적으로 때를 기록하는 일에 관심이 별로 없다. 그래서 중요한 사건일지라도 연월일이 분명하지 않은 것이 많다. 그러한 인도에서 구족계를 받은 연월일과 시간까지 정확하게 기록하라고 규정해 놓은 것은 주목할 일이다. 거기에는 그럴 만한 이유가 있기 때문이다.

불교 교단에서 좌석의 차례를 정하는 방법은 단 한 가지밖에 없었는데, 그것이 바로 구족계를 받은 시기였다. 비구의 계급이라든가 의무, 재능 같은 것에 따른 신분 차별은 전혀 없었으며, 모든 비구는 똑같은 옷을 입고 똑같은 생활을 하도록 되어 있었다. 그래서 좌석의 차례가 문제가 될 경우에는 구족계를 먼저 받은 사람이 윗자리에 앉았다. 만일 계를 받은 날짜까지 같을 때는 그 시간에 따라 구별했다. 즉, 구족계를 어느 해 몇 월 며칠 몇 시에 받았는가는 비구의 지위를 결정하는 기준이다. 그래서 구족계를 받은 시간을 정확히 기록할 필요가 있었다.

구족계를 받을 때 계율의 항목을 읽어 내려가는 일이 늘 이루어졌는지의 여부는 분명하지 않다. 사실 250계를 읽어 나가면서 하나하나 다짐을 했던 일이 있었을지도 모른다. 어쨌든 출가 생활의 근본 방침만은 항상 설해 들려주었다. 출가 생활에서 의지할 기본 원칙은 사의四依이다.

사의 가운데 첫째는 "출가수행자는 걸식에 의한다."는 것이다. 위로는 부처님을 비롯해 모든 수행자가 아침마다 바리때를 들고 탁발하러 나가 신자가 바리때 속에 넣어 주는 음식을 먹는 것이 원칙이다. 바리때에 넣을 수 있는 것은 당장에 먹을 수 있는 음식물뿐이다. 묵혀 둘 음식물은 받을 수 없었다. 다만, 탁발 외에 신자에게서 오전 중의 식사에 초대를 받고, 그 뒤에 신자를 위해 설법하는 일은 예외로서 허용되었다.

둘째는 "출가수행자는 분소의에 의한다."는 것이다.

셋째는 "출가수행자는 수하좌樹下座에 의한다."는 것이다. 출가자가 살 장소로 가장 어울리는 곳은 노천에 있는 나무 밑이다. 낮에는 여기에 앉아 명상을 하거나 설법을 하고, 밤에는 이곳을 잘 자리로 삼는 것이 좋다. 그러나 실제로는 출가수행자를 위해 세운 정사나 나그넷길의 사당, 동굴 등이 거처로 이용되었다.

넷째는 "출가수행자는 진기약陣棄藥에 의한다."는 것이다. 진기약이란 동물의 대소변 또는 이것으로 만든 약을 말한다. 예외로는 기름과 꿀, 그 밖에 보통 약을 쓰는 것도 이용되었다.

하지만 사의란 출가 생활의 기본 원칙을 말한 것이지, 반드시 이것에 의해서만 살아가라는 규정은 아니다. 그러나 적어도 출가자에게는 이런 각오가 필요했다.

신성한 날의 제정

계율의 중요성은 사실 수행자의 자기완성에 있는 것이지만, 다른 면에서 생각하면 사회적인 요구라고도 볼 수 있다.

부처님의 시대에는 바라문교 외에도 많은 종교가 세상에 널리 퍼졌고, 종교에 전념하는 사람의 수도 적지 않았다. 인도 사람들은 본래부터 종교열이 대단해서 온갖 종교가를 존경하고 소중하게 여기는 경향이 강했다. 그렇기 때문에 속세를 떠나 종교 생활에만 전념하는 수행자는 일반인들에게 존경을 받았고 생활도 보장되었다. 따라서 일반인들이 종교가에게 기대하는 바도 결코 적지 않았다.

불교는 얼마 안되는 기간에 퍼져 나가 여러 교단 가운데서도 대표적인 큰 교단으로 성장했다. 그러나 세상 사람들의 눈으로 볼 때는 불교도 역시 수많은 종교 중의 하나에 불과했다. 그러므로 불교 교단에 대해서도 다른 교단과 같은 것을 요구하고 기대했다. 따라서 불교의 계율은 자주적인 점에 특색이 있다 할지라도 그 하나하나의 조항을 규정할 때는 사회에 대한 입장을 무시할 수 없었을 것이다. 이런 점에서 생각할 수 있는 것이 포살布薩(계율을 반성하며, 법을 어겼을 경우 참회하고 처벌을 받는 모임)이라는 제도의 기원이다.

대부분의 고대 사회에서와 마찬가지로 인도에서도 태음력을 사용하고, 월령에 따라 한 달을 네 주간으로 나누었으며, 주간을 단위로 여러 가지 행사를 했다. 특히 초하루와 보름의 행사는 바라문들도 오래전부터 지켜 왔다. 어느 날을 택하느냐에 따라 한 달에 두 번, 네 번, 여섯 번, 여덟 번 등 여러 가지 방법이 있었다. 또 바라문교 이외의 종교에서도 서아시아 여러 나라의 주간 또는 안식일과 공통되는 축제일을 지켜 행사를 벌였다. 토요일과 일요일에 해당한다고 보아도 좋을 것 같다.

부처님 시대에 마가다국에는 여러 종교가 성행해 달마다 정해진 날에는 각각 집회가 있었다. 그런 날이면 신자들은 저마다 자기가 믿는 종교의 사원에 모여 수행승들에게서 설법을 들었다. 또 맛있는 음식을 장만해 출가자와 재가자가 자리를 같이하기도 했다. 그런 날은 성스러운 날이면서, 또한 즐거운 잔칫날이기도 했다.

일찍부터 부처님을 믿어 온 마가다국의 빔비사라왕은 불교 교단에 이와 같은 축제일이 없는 것을 유감스럽게 생각하고 부처님께 말했다. 그러자 부처님도 이에 찬성해, 불교 교단에서도 재일齋日에는 신자들을 맞아들이기로 했다. 처음에는 비구들도 익숙하지 않았으나, 재일에는 설법을 들을 수 있기 때문에 신자들이 정기적으로 모였다. 이렇게 해서 재가신자를 위한 재일이 점점 성행하게 되었다.

그러나 본질적으로는 그보다 더 중요한 문제가 있었다. 그것은 신자들에게 설하기 전에 출가자들 스스로 반성해야 한다는 것이다. 축제일에 신자를 모아 놓고 법을 설하는 것은, 그 당시 다른 종교의 행사를 본떠 빔비사라왕의 권유를 받아들인 것이다. 하지만 이것과는 별개로 달마다 신성한 날에 비구들끼리 모여 반성하는 기회를 갖게 된 것은 부처님의 생각이었다.

모든 비구는 매달 두 번, 다시 말해 격주로 자기 지역의 집회 장소에 모여야 한다고 정했다. 그 자리에서는 계율의 조목, 이른바 프라티목샤를 읽는다. 한 조목을 세 번씩 읽어 가는 동안에 만일 그 조목을 범한 비구가 있으면 바로 고백해야 한다. 고백하지 않으면 거짓말하는 죄를 범하게 된다.

이와 같이 계율의 조목을 읽어 나가는 비구의 포살은 교단의 행사 중에서도 가장 중요한 것이었다. 병을 앓아 어쩔 수 없는 경우를 제외하고는, 비구가 포살에 결석하는 것은 용서받을 수 없는 일이다.

또 이 비구끼리의 포살에는 재가신자가 자리를 같이할 수 없도록 했다. 이를테면, 경비를 맡은 관리나 병사라도 그 자리에 참여할 수 없었다. 자격 있는 비구들만의 비공개 집회인 포살은 종교적으로 귀중한 행사이다.

포살은 원래 바라문교의 우파바사타라는 축일의 이름에서 유래했다. 이것은 바라문교에서는 아주 귀중한 행사 중의 하나인 소마제의 전야제를 말한다. 불교 교단에서는 거기에서 이름을 빌려, 한편으로는 신자를 위한 설법의 날로, 다른 한편으로는 교단을 깨끗이 유지하기 위한 반성의 날로 정한 것이다.

23
우안거 규정

우다야나왕이 만든 첫 불상

우안거 제도

그 당시 인도 여러 종교의 교단 풍습 가운데 하나를 불교에서 빌린 것이 우안거(바르샤)이다. 인도의 우기는 보통 3개월 내지 4개월쯤 계속된다. 그동안에 초목이 자라고 동물은 집 속에 파묻혀 활동할 힘을 저축한다. 초목을 밟거나 동물에게 피해를 주지 않기 위해서 어느 교단에서나 이 기간에는 외출과 여행을 삼가고 일정한 곳에 머무는 습관이 있었다.

불교 교단이 마가다국의 수도 라자그리하 주변을 중심으로 성립될 무렵까지도 우안거 규정은 없었다. 그래서 비구들은 시기에 구애되는 일 없이 포교 활동을 위해 분주히 돌아다녔다. 그런데 얼마 안 있어 외부에서 비난의 소리가 일자 우안거 제도를 마련했다.

인도에서는 여름과 가을 사이에 우기가 있다. 그래서 우기 3개월 내지 4개월 동안은 집 안에 들어앉는 관습이 생겼다. 우기가 4개월인 경우에는 아샤다의 달(태양력의 6, 7월) 보름 이튿날에 시작하고, 3개월일 경우에는 그보다 한 달 늦게 시작한다.

우안거 기간 동안 비구들은 스승이나 선배에게서 설법을 듣고 지도를 받으며 수행에 정진한다. 그리고 다음 시기의 포교 활동에 대비해 해진 옷가지를 손질한다. 또 신자들은 비구들이 모인 곳에 찾아가 옷과 음식을 제공하고 설법을 듣는다. 이렇게 한 뒤 우안거 마지막 날에는 반성하는 모임을 연다. 모이는 비구의 수는 그때의 상황에 따라 얼마간 차이가 있으나, 평상시에는 멀리 나가 있던 비구들도 한자리에 모이기 때문에 교단의 중요한 문제를 처리하는 데는 좋은 기회이기도 했다.

이때는 신자가 기증한 정사 외에 커다란 동굴도 사용되었고, 사람의 수가 적을 때는 사당 같은 곳도 이용되었다. 사당이란 거의가 특정한 종교와는 관계없이 성역으로서 민간신앙의 대상이던 장소인데, 한역에서는 흔히 묘廟로 번역한다.

우안거 기간에는 정해진 장소에서 함부로 외출하는 일이 금지되어 있었는데, 긴급해 어쩔 수 없는 경우에는 예외가 인정되었다. 이를테면 비구가 아프거나 일신상의 중대한 문제가 일어났을 때, 또는 신자에게서 기증 신청이 있을 때, 또 재난을 만났을 때 등이다. 그렇더라도 그 기한 또한 7일에 한정되었으므로 그 안에 돌아오지 않으면 안 된다.

맹수나 화재나 수해 또는 필요한 음식을 얻을 수 없을 경우, 또는 수행에 방해되는 사태가 생겼을 때는 다른 장소로 옮기는 것도 허락했다.

앞에서 말한 매달의 포살과 함께 매년의 우안거는 교단에서 가장 중대한 의미를 가지고 있었다. 더욱이 우안거를 몇 차례 지냈는가는 그 비구의 경력을 나타내는 것이므로 특히 중요했다.

수닷타의 공양

부처님이 가르침을 펴기 시작했을 때는 마가다국이 중심이었으나 이윽고 서북쪽에 있는 코살라국에까지도 교세를 뻗어 나갔다.

마가다는 갠지스 강 중류의 남쪽에 있고, 코살라는 갠지스 강 지류 중에서도 동북쪽에 위치한 랍티 강 유역에 있었다. 그 수도 슈라바스티의 유적은 지금의 사헤트 마헤트라고 한다.

마가다와 코살라 사이에는 부처님의 조국인 석가족의 카필라바스투를 비롯해 비데하와 바이살리 등 몇몇 나라와 도시가 끼어 있었다. 이 두 큰 나라는 아리아 인종을 대표하며, 특히 밀접한 관계를 가지고 있었다. 같은 종족이기 때문에 지배 계층의 혼인관계도 있었고, 정치적으로 돕기도 하는 반면 경쟁 상대이기도 했다. 부처님 만년에는 다른 작은 국가들을 억누른 다음, 두 나라가 결전을 벌여 서로 승패를 되풀이한 끝에 드디어 북쪽의 코살라가 남쪽의 마가다에게 멸망하고 만다.

그것은 훗날의 이야기이고, 이 두 나라는 지배 계층만이 아니라 시민, 특히 상인들끼리의 교제도 활발했다.

코살라국의 수도 슈라바스티에는 수닷타라고 하는 큰 부자가 살고 있었다. 그는 마가다국의 수도에 사는 큰 부자의 누이동생을 아내로 맞았으므로, 장사차 라자그리하를 자주 방문했다. 이 부자의 이름이 기록되지 않은 경전들도 있는가 하면, 어떤 경전에는 호미, 울건, 조태 등으로 기록되어 있다.

어느 날 수닷타가 라자그리하에 와서 보니 처남은 여느 때처럼 반갑게 맞아 주지도 않고, 자기 집에서 묵는데도 별로 얼굴을 보이지 않았다. 분주하게 다니면서 손수 음식 장만하는 일을 돌보고 있었다. 수닷타는 전에 없던 처남의 태도를 보고 놀라기도 하고 마음속으로 불만을 품기도 했다.

'이렇게 법석인 걸 보니 내일 결혼식이라도 있나. 그렇지 않으면 큰 공양을 하려는 것인가. 혹시 마가다의 국왕 빔비사라라도 초대할 참인가.'

이렇게 생각하고 있는데, 처남이 일꾼들 감독을 끝내고 그제야 수닷타가 있는 곳으로 와서 인사를 했다. 수닷타는 처남에게 음식을 장만하는 까닭을 물었다. 처남은 이렇게 대답했다.

"나는 큰 공양 준비를 하고 있던 참이야. 내일 부처님과 스님들을 우리 집에 초대하기로 했네."

"부처님이라고요?"

"그래, 부처님 말일세."

"네엣, 부처님이라고요?"

"그래, 부처님 말일세."

"아니, 부처님이라고요?"

"허허, 그래 부처님이시라니까."

세 번이나 되물어도 똑같은 대답을 들은 수닷타는 놀라면서 말했다.

"부처님이라니, 세상에는 부처님이란 말조차 듣기 힘든데……. 지금 곧 찾아가 뵙고 싶습니다."

"지금은 찾아뵐 시간이 아니네. 내일 아침에 가도록 하게."

이 두 사람의 문답을 통해 알 수 있듯이, 슈라바스티의 큰 부자 수닷타는 지금 부처님이 세상에 출현해 마가다에 계시다는 얘기를 처음 들었다. 하지만 부처님이라고 하는 분이 얼마나 존귀한 존재인가는 이미 알고 있었던 사실이다.

이스라엘에서 메시아(그리스도)가 출현할 거라고 오래전부터 예상하고 있었고, 나사렛 예수가 바로 그분이라고 믿었던 것과 비슷한 사정이다.

수닷타는 다음 날 아침에 부처님을 직접 뵌다고 생각하니, 그날 밤은 잠도 제대로 이룰 수 없었다.

"하마 날이 샜을까?"

그는 밤중에 세 차례나 일어났다. 날이 밝기를 기다릴 수 없어 거리로 나오니, 그 순간 모든 광명이 사라지고 그 근처는 깜깜한 암흑으로 변해 갑자기 무서운 생각이 들었다. 수닷타는 겁에 질려 한 발짝도 옮길 수 없었다.

그때 아지비카라고 하는 야차가 모습을 감춘 채 수닷타에게 말을 걸어 격려했다.

"지금 한 걸음 앞으로 내딛는 것은 온갖 보배로운 재물보다도 존귀합니다. 앞으로 나아가시오. 물러서지 마시오."

그리고 광명이 비쳤다. 수닷타는 용기를 내어 앞으로 나가려고 했으나, 다시 광명이 사라지고 무서운 암흑이 가로막는다. 또 야차가 격려하는 말…… 광명…… 암흑…… 광명…….

이렇게 세 차례 거듭되는 동안에 수닷타는 시타바나라고 하는 쓸쓸한 묘지에 이르렀다.

그때 부처님은 여느 때처럼 아침 일찍 일어나 조용히 거닐고 있었다. 부처님은 수닷타가 오는 것을 멀리서 알아보고 길가에 깔개를 깔고 앉았다.

수닷타가 가까이 오자 부처님이 말을 걸었다.

"어서 오너라. 수닷타여."

수닷타는 자신의 이름을 부르므로 기뻐서 부처님의 발밑에 엎드려 예배했다.

부처님은 수닷타를 위해 먼저 보시와 지계를 말하고, 그것을 베푼 공덕으로 천상에 태어나게 된다고 가르쳐 주었다. 이것은 재가신자를 위한 일반적인 설법이다. 수닷타는 그 자리에서 가르침을 완전히 이해했다. 이어서 부처님은 괴로움과 괴로움의 원인과 괴로움의 소멸과 그 소멸을 위한 길, 즉 고, 집, 멸, 도의 사성제를 설했다. 수닷타는 그것도 즉시 이해했다. 그래서 부처님과 법과 교단의 삼보에 귀의하고 평생 동안 재가신자가 되겠다고 서약했다.

수닷타가 단번에 사성제의 도리를 깨달았다는 것은 재가신자로서는 예외적인 일이었다. 그러나 사실 이 사람은 타고난 재능을 가지고 있어서 불교의 교리에 대해서도 출가자가 쩔쩔맬 만큼 뛰어난 소양을 지니고 있었다.

수닷타는 신자가 되겠다고 말한 다음, 부처님과 스님들을 내일의 식사에 초대하겠다고 말씀드린다. 부처님은 침묵으로 이 초대를 승낙했다(침묵으로 승낙하는 것은 부처님의 습관이다). 수닷타는 부처님께 공손히 예배를 드리고 거리로 돌아왔다. 부처님을 초대했다는 말을 들은 처남은 수닷타에게 이렇게 말했다.

"부처님과 스님들을 내일 식사에 초대했다고는 하지만 자네는 지금 출타 중인 데다 우리 집 손님이고 하니, 식사 준빌랑은 내게 맡겨 주었으면 좋겠네."

수닷타는 그 말을 물리치고 자신의 힘으로 준비하겠다고 했다. 이 초대에 관한 이야기가 거리에 전해지자, 시민들은 너도 나도 똑같은 청을 해 왔다. 마침내는 빔비사라왕도 그 초대를 양보해 주기를 바랐으나, 수닷타는 모두 거절하고 처남의 집에서 손수 초대 준비를 했다.

다음 날 아침, 수닷타는 준비를 다 끝내고 부처님과 스님들을 맞으러 갔다. 그리고 교단의 형식대로 식사가 끝나자, 수닷타는 부처님을 향해 다음과 같이 말씀드렸다.

"세존이시여, 이다음 우안거에는 부디 교단과 함께 슈라바스티로 오셨으면 합니다."

수닷타는 부처님의 승낙을 받고 다시 설법을 들은 다음, 부처님이 가시는 것을 전송했다.

얼마 뒤 수닷타는 장사 일을 마치고 라자그리하를 떠나 슈라바스티의 자택으로 돌아가게 되었다. 수십 일이 걸린 여행 기간 동안 수닷타는 만나는 사람에게마다 다음과 같이 말했다.

"승원을 만들고 정사를 세워 보시할 준비를 합시다. 부처님이 이 세상에 출현하셨습니다. 내 초대를 받고 머지않아 이 길로 오실 것입니다."

수닷타는 가는 데마다 아는 사람과 친구가 많았고 사람들의 신임이 두터웠으므로 여러 사람들이 그의 말을 듣고 부처님과 그 교단을 맞이할 준비를 했다.

기원정사의 건립

슈라바스티의 집으로 돌아온 수닷타는 승원을 세우는 데 적당한 장소를 찾아 나섰다. 거리에서 너무 가깝지도 멀지도 않고, 가고 오는 데 불편이 없어야 하며, 더욱이 조용한 곳이 아니면 안 되었다. 수닷타는 여기저기를 물색하던 중 적당한 땅을 찾아냈다. 그곳은 프라세나지트왕의 태자 제타의 소유지였다. 수닷타는 제타 태자를 찾아가 그 땅을 자기에게 팔라고 부탁했다.

"저 동산을 나한테 파십시오. 승원을 세우겠습니다."

"안 되오."

"팔아 주십시오."

"안 된다니까요."

"제발 팔아 주십시오."

"당신이 동산 가득히 황금을 깔아 놓는다면 몰라도, 그러기 전에는 팔 수 없소."

이와 같이 서로 다투고도 팔지 않자, 마침내는 재판을 하기에 이르렀다.

재판관은 다음과 같은 판결을 내렸다.

"태자가 '동산 가득히 황금을 깔아 놓는다면 몰라도'라는 말을 했으니 팔아야 할 의무가 있소."

그러자 수닷타는 황금을 수레에 가득 싣고 가서 제타 태자의 동산에 빈틈없이 깔도록 했다. 그러나 황금은 겨우 동산 입구의 빈터를 채우기에도 모자랐다. 수닷타는 조금도 낙심하지 않고 시종들에게 말했다.

"자, 더 많이 실어 오너라. 이 동산에 가득 찰 때까지 황금을 가져오너라."

이를 본 제타 태자는 매우 놀랐으며, 수닷타의 믿음이 그토록 곧은 것을 보고 크게 감동했다. 그래서 이렇게 말했다.

"그만두시오. 이 동산을 당신에게 드리겠소. 그러나 입구의 빈터만은 내게 돌려주시오. 나도 승단에 선물을 하고 싶소."

수닷타는 생각했다.

'제타 태자같이 세력 있는 사람이 불교 신앙에 들어오는 것은 좋은 일이다.'

그래서 그 빈터는 태자에게 돌려주었다. 태자는 그곳을 승원으로 정하기 위해 문을 만들고 부속 건물을 세우게 한 다음, 수닷타에게 필요한 재목까지 기증했다.

수닷타는 그 땅에다 번듯하게 정사를 세웠다. 그리고 승방과 식당 등 승원으로서 필요한 건물과 시설을 말끔히 지어 놓았다. 부처님이 쓰실 방으로는 향각을 세웠다.

수닷타라는 이름은 본명이다. 그런데 그는 항상 의지할 데 없는 사람들을 구제해 왔으므로 아나타(의지할 데 없는 자) 핀다다(먹을 것을 주다)라는 이름으로 더 알려져 있었다. 아나타 핀다다(팔리어로는 핀디카)를 한문으로 번역하면 급고독給孤獨이 된다. 그리고 제타 태자를 번역하면 기타祇陀라고 쓰므로 이 승원의 정사를 기수급고독원祇

樹給孤獨園, 줄여서 기원정사(제타바나 비하라)라고 했다.

라자그리하의 죽림정사와 함께 2대 정사로 유명하다.

부처님이 30여 회의 우안거 중 19회까지를 이 기원정사에서 지냈다는 것을 보아도 그 중요성을 알 수 있다.

사적으로서

기원정사에 대한 기록은 404년 이 고장을 찾아간 중국인 승려 법현의 〈견문기〉에서 찾아볼 수 있다. 그가 그 고장에서 들은 바로는, 정사는 원래 7층이었고 여러 나라의 왕과 백성들도 다투어 공양했다고 한다. 또 회번개繪幡蓋를 걸고 꽃을 뿌리며 향을 사르고 등불을 밝혔다 한다. 그런데 우연히 쥐가 등불을 건드려 번개를 태우는 바람에 불이 나서 7층 건물을 죄다 태워 버리고 말았다. 그 후 2층의 정사를 다시 지었다고 한다.

법현이 보았을 때는 정사의 문은 동쪽으로 나 있고 문 양쪽에 두 개의 돌기둥이 있었으며, 왼쪽 기둥 위에는 바퀴(법륜을 말함인 듯)가, 오른쪽 기둥 위에는 돌로 만든 소가 올려져 있었다고 한다.

이 석주는 물론 아쇼카왕이 세운 것으로, 거기에 비문이 새겨져 있었을 것이다. 법현이 찾아갈 무렵, 이미 그 고장 사람들도 그 문자를 해독할 수 없었던 것 같다. 그리고 지금까지도 이 석주는 발견되지 않고 있다.

법현이 찾아갔을 때, 정사에는 많은 승려들이 살고 그 양쪽으로는 맑은 시내가 흘러 수목이 울창하며 꽃이 피어 있어서 아름다웠다고 했다. 그러나 백 년 뒤 현장이 거기에 갔을 때는 동쪽 문 좌우에 있는 높이 70여 자의 석주와 도기로 만든 한 채의 전실 외에는 주춧돌만 남아 있을 뿐 황폐할 대로 황폐해 있었다고 한다.

근대에 와서 유럽의 학자가 그 고적을 조사했는데, 커닝햄의 조사에 의해 현재 마헤트라는 고장이 슈라바스티이고, 사헤트라는 곳이 기원정사의 옛터라고 추정했다. 그 뒤 여러 차례의 발굴에 의해 주춧돌로 여겨지는 것들이 많이 발견되어, 한역이나 팔리어 본 등의 기록에 있는 것처럼 대규모의 정사가 실제로 있었다는 사실이 증명되었다.

부처님의 거리

수닷타가 제타 태자의 협력을 얻어 기원정사를 훌륭하게 완성시켰으므로 부처님은 마가다국을 떠나 북쪽으로 향했다. 그 여행 일정은 수십 일이 걸렸다. 그때 수닷타가 미리 일러두었기 때문에 길목마다 처음 보는 부처님을 신앙하는 사람들이 적지 않았다.

마가다국을 떠나 지금의 파트나 가까이에서 갠지스 강을 건너 북쪽 강기슭을 따라 올라가면 바이살리가 있다. 이곳은 아리아인이 아닌 티베트계에 가까운 브리지족(팔리어로는 밧지족)의 본거지로, 자이나교의 교주 마하비라가 태어난 곳이기도 하다. 브리지족은 상업을 발달시켜 경제적으로 부유하고 기마에 능숙하며 화려한 의복을 좋아하는 명랑 활달한 민족이었다.

부처님은 제자들을 거느리고 바이살리에 이르렀으나, 그 무렵 사람들은 한참 마하바나 정사(대림정사)를 짓고 있는 중이었다. 그러므로 부자고 가난한 사람이고 저마다 분수에 맞게 기증하는 데 힘쓰고 있었다. 바이살리는 훗날 부처님에게는 특히 친근한 거리가 되어 신자들도 많았다. 마가다나 코살라와는 또 다른 의미에서 불교의 중요한 근거지가 되었다.

바이살리에서 슈라바스티로 가는 길은 대체로 일정해서 부처님이 태자의 신분을 버리고 남으로 내려간 길, 또 마지막 나그네가 되어 북으로 올라간 길도 거의 같은 경로였을 것이다. 이 제1회 포교 활동 때는 고향인 카필라바스투에는 들르지 않았던 것 같다.

라자그리하를 출발해 수십 일, 부처님은 가는 데마다 환영을 받았다. 새로운 신자를 얻은 부처님은 수닷타가 기다리고 있는 슈라바스티에 도착했다.

24
부처님의 귀성

카필라 성의 귀족들에 둘러싸여 설법 중인 불타

프라세나지트왕과 그의 비

부처님 시대에 인도 동북부는 10여 개의 나라로 갈라져 있었다. 그중에서 남쪽은 갠지스 강 남쪽 기슭의 마가다국, 서북쪽으로는 코살라국이 가장 강력했는데, 이 두 나라는 군사력으로나 경제력으로 서로 비슷했다. 게다가 두 나라가 다 아리아 인종이었으므로, 지리적으로는 많은 도시국가와 촌락을 사이에 두고 있으면서도 서로 밀접한 교류를 했다.

마가다를 최초의 근거지로 삼은 불교 교단은 코살라의 수도 슈라바스티에 사는 부자 수닷타의 간절한 요청에 의해 그곳에도 유력한 기지를 갖게 되었다.

이것은 좀 더 뒤의 일이지만 바이샤카라는 여성 신자는 슈라바스티에 와 살면서 녹자모 강당을 세웠다. 이때의 녹자모, 즉 므리가라 마타라는 말은 이 여인의 별명이다. 바이샤카와 수닷타 이 두 큰 부자가 모든 힘을 기울여 불교 교단을 지지했기 때문에, 이 고장 사람들은 기부할 기회가 없어 어떻게 해야 할지 몰랐다는 말이 전해질 정도였다.

코살라의 프라세나지트왕은 인도의 다른 국왕들과 마찬가지로 여러 종파를 동시에 지지해, 바라문의 제사 의식인 동물을 제물로 바치는 잔치까지도 기획한 일이 있었다. 그러나 여러 종교가들 중에서도 부처님을 가장 존경했으며, 어떤 때는 하루에 세 번씩이나 기원정사를 방문하기도 했다. 그리고 나라의 어려운 문제들을 부처님과 자주 의논했다.

프라세나지트왕은 마하코살라왕의 아들로 젊은 시절 인도 서북쪽에 있는 탁샤시라로 유학을 간 일이 있었다. 그곳은 오랜 학문의 도시로 부처님 시대에도 학예에 뜻을 둔 청년들이 다투어 모여들었다. 그는 유학 중에 여러 나라의 유망한 학생들과 사귀었고, 귀국해 왕위에 오른 뒤에도 학식 있는 경험자들을 우대하는 일을 게을리하지 않았다. 부처님을 알고 난 후에도 전과 다름없이 다른 종교가들을 정중하게 대했다. 이런 일로 미뤄 보면, 문화를 발달시키는 데 열성적이었던 프라세나지트왕이 위대한 종교가인 부처님을 숭배했던 것도 당연한 일이다.

프라세나지트왕이 불교를 믿게 되기까지는 왕비인 말리카 부인의 영향이 컸던 것 같다.

이 밖에도 유사한 예가 있지만, 부인 쪽이 먼저 귀의하고 그 감화로 왕이 귀의하는 것은 흔히 있는 일이다.

말리카 부인은 원래 코살라의 꽃다발 만드는 집 딸이었다. 우연히 길에서 부처님을 뵌 뒤 화원에 있을 때였다. 프라세나지트왕이 지쳐서 이곳으로 쉬러 들어왔다. 말리카는 그가 왕인 줄도 모르고 친절하게 대해 주었다. 그러자 왕은 그 얌전한 태도와 부드러운 시중에 감동해 그날 저녁으로 말리카를 왕비로 삼았다.

말리카는 그다지 미인은 아니었으나 마음씨가 곱고 부지런했으므로 왕의 총애가 두터웠다. 부처님의 제자를 궁중에 초대해 설법을 듣게 한 것도 말리카 부인이 제안한 일이었다. 왕이 흉한 꿈을 꾸고 괴로워하고 있을 때 부처님께 의논하도록 권유한 사람도 역시 말리카 부인이었다.

어떤 경전에 의하면, 말리카 부인이 낳은 외동딸이 아요디아의 국왕과 결혼해 슈리 마라데비(승만) 부인이 되고, 나중에 어머니의 권유로 불교를 믿게 됐다고 한다. 이 부인에 대해 기록한 것이 〈승만경〉이다. 그러나 이 일은 팔리어 성전에는 기록되어 있지 않다. 팔리어 본이 전하는 바에 의하면 프라세나지트왕의 외동딸은 바지리라고 하며, 마가다국 아자타샤트루의 왕비가 되었다고 한다.

말리카 부인은 프라세나지트왕보다 먼저 죽었다. 부인이 세상을 떠나자, 마침 부처님을 찾아가는 길이었던 왕은 그 소식을 듣고 온몸의 힘이 빠져 그 자리에 주저앉은 채 입도 떼지 못했다고 한다.

프라세나지트왕에게는 다른 왕비도 있었다. 앞에서도 잠깐 밝힌 바와 같이 기원정사 터는 원래 제타 태자가 소유한 땅이었다. 이 태자는 수닷타의 지극한 신앙에 감동해 자신도 부처님을 믿게 되었다. 이 태자의 어머니는 바루시카라는 이름을 가졌다고도 하지만, 그 이상의 것은 알 수 없다.

코살라는 아리아 인종이 세운 나라로, 그 당시 마가다와 견줄 수 있는 큰 나라였다.

반면에 카필라를 수도로 한 석가족은 아리아 인종이 아니라 아시아계의 민족으로, 독자적인 풍속을 가지고 있었으며 오랜 역사를 자랑하고 있었다. 부처님 시대에 코살라는 이미 강대국이었으므로 석가족은 그 보호를 받는 형편이었다. 그래서 슈라바스티에 사신을 머물게 하고 끊임없는 연락을 가졌다.

어떤 기록을 보면 이 두 나라가 같은 민족이라고 하는데, 이는 인도의 다른 데에도 그 예가 있듯이 정치적으로 종속되어 있는 나라를 동족으로 본 것에 지나지 않는다. 긴밀한 연락은 하면서도 결국은 서로 융화할 수 없는 차이가 있었다.

부처님 고향으로

싯다르타 태자가 보리수 아래서 부처님이 되고, 그 이름이 나날이 높아져 간다는 소문은 카필라바스투에 있는 숫도다나왕의 귀에도 물론 들려왔다. 태자가 6년 동안이나 고행할 때 부왕은 은밀히 사자를 보내어 고행하는 모습을 살피게 하고, 그 신변에 항상 마음을 썼다는 기록도 있다. 그러나 어쨌든, 부처님으로서 평판이 높은 아들의 모습을 꼭 보고 싶어 하는 늙은 왕의 소원은 너무도 당연한 것이었다.

부처님이 된 후에 처음으로 카필라를 찾아간 것은 언제였을까.

우리들이 말하는 순서에 따르면, 부처님이 수닷타의 초청을 받아 슈라바스티에서 머물고 있을 때, 그곳에 있던 석가족의 사신 우다인이 연락해 카필라로의 초대가 결정되었다고 한다. 또는 일찍부터 친교가 있던 프라세나지트왕이 숫도다나왕에게 알려 초대가 이루어졌다고도 한다.

그러나 다른 경전에 의하면 카필라를 방문한 것은 슈라바스티로 가기 전이라고 한다. 즉, 부처님이 마가다국의 라자그리하에 머물고 있을 때 숫도다나왕은 여러 차례 사자를 보내어 부처님에게 귀국할 것을 권했다. 그런데 사자들이 부처님을 만나기만 하면 모두 출가해 그대로 교단에 머물기 때문에 부왕에게 돌아가서 연락할 사람이 없었다. 마침내 숫도다나왕은 신뢰하는 대신 가운데 한 사람인 우다인을 사자로 보냈다. 출가하는 것은 좋으나 반드시 부처님을 모시고 온다는 굳은 약속을 받은 다음에 보냈다. 우다인이란 이름은 경전에 적어도 세 사람은 나오는데, 이때 사자로 보낸 사람은 카루다인일 것이다.

카루다인은 라자그리하로 가서 부처님을 만나 뵙고 출가해 교단에 들어갔다. 그러고는 몇 달이 지난 다음 시기를 보아 부처님께 고국 방문에 관한 이야기를 꺼냈다. 부처님이 동의하자 그는 한 걸음 먼저 카필라에 돌아가 왕과 백성들에게 부처님 이야기를 들려주고, 믿음을 갖게 한 다음 환영할 준비를 하게 했다. 부처님은 라자그리하를 떠나 두 달이나 걸려서 카필라에 이르렀다.

부처님이 최초로 고향을 찾은 것이 라자그리하에서였는지, 아니면 슈라바스티에서였는지는 어느 쪽이라고 단정하기가 곤란하다. 따라서 그 시기에 대해서도 두 가지 설이 있다. 하나는 도를 이룬 이듬해쯤이라고 하고, 또 다른 설은 도를 이룬 뒤 6년쯤 지난 다음이라고 한다. 또한 이것은 부처님의 아들 라훌라의 출생 문제와도 관계가 있다. 어쨌든 여기서는 일단 슈라바스티에서 자리를 잡은 뒤에 카필라를 찾았다는 설을 받아들이기로 한다.

이 설에 의하면, 싯다르타 태자는 성을 나와 고행한 지 6년이 지난 다음에 도를 이루고, 그 후 다시 6년이 지나 고향 땅을 밟는 것이므로 부왕과는 12년 만에 만나는 것이라고 할 수 있다.

슛도다나왕은 아들에게 걸었던 기대가 컸으나, 카필라에 들어선 부처님은 궁전에 들어가지 않았다. 출가수행자의 관습에 따라 거리에서 탁발을 하고 먹을 것을 구하면서 걸어 다녔다. 이것은 자존심이 강한 석가족의 왕으로서는 참기 어려운 일이었다. 결국 슛도다나왕이 사신을 보내어 꾸짖자 부처님은 이렇게 대답했다.

“이것은 우리 가계에 예전부터 내려오는 관습입니다.”

그러자 부왕이 말했다.

“명예로운 우리 가계에 지금까지 음식을 구걸한 사람은 하나도 없었다.”

여기에 대해 부처님은 다음과 같이 말했다.

“우리 가계라고 한 것은 과거의 여러 부처님을 가리킨 말입니다.”

왕은 가정과 가족을 가리켜서 말했으나, 부처님은 종교적이고 영적인 계보를 생각하고 있었다. 그 후에 와서는 불교도들이 자신을 가리켜 샤캬푸트라, 즉 석가족의 한 사람 또는 불자라고 부른다. 이것은 물론 정신적으로 석가모니에게 연결되어 있음을 뜻하는 말이다.

부처님을 만난 숫도다나왕은 실망의 빛을 감출 길이 없었다. 부왕의 마음속에는 태자가 태어났을 때 예언자들이 한 말, 즉 집에 머물러 있으면 세계를 통일할 전륜성왕이 될 것이라는 말이 깊이 새겨져 있었기 때문이다. 그런데 잘 곳도 없이 초라한 감색 옷으로 몸을 감싼 채 이 집 저 집 문전에서 밥을 빌며 돌아다니는 탁발승의 모습을 보니 실망하지 않을 수 없었다. 그러나 숫도다나왕의 앞길에는 더 쓰라린 운명이 기다리고 있었다.

부처님에게는 한 사람의 배다른 아우가 있었다. 부처님의 이모이며 양어머니이기도 한 마하프라자파티가 낳은 난다가 바로 그다. 부처님이 카필라에 돌아왔을 때는 왕위 계승자로 예정된 난다를 위해 화려한 결혼식이 거행될 참이었다. 어쩌면 같은 집안 출신인 위대한 부처님의 귀향을 기다려서 식을 올리려고 했는지도 모른다. 그러나 뜻밖에도 부처님은 신랑이 될 난다를 데리고 교외의 니그로다 정사로 가더니 다짜고짜 머리를 깎아 그 자리에서 출가시키고 말았다.

위대한 형을 깊이 존경하고 있던 난다도 여기에 이르러서는 어리둥절하지 않을 수 없었다. 억지로 출가를 당한 난다는 뛰어난 미인인 약혼녀의 모습을 잊을 수가 없어 승단에 들어온 뒤에도 오랫동안 괴로워했던 모양이다.

여기에 대해 경전에 다음과 같은 설화가 있다.

출가한 난다는 갑자기 이별한 아가씨 일을 생각하니 수행하는 것도 재미가 없어 그저 멍청하니 지내고 있었다. 이 모습을 본 부처님은 신통력을 이용해 난다를 데리고 히말라야 깊숙이 들어간다. 그러고는 화상을 입어 보기 흉해진 암원숭이를 가리키며 난다에게 묻는다.

"이 암원숭이와 너의 약혼녀 중 어느 쪽이 더 예쁘냐?"

난다는 큰 소리로 대답한다.

"제 약혼자가 훨씬 예쁩니다."

부처님은 다시 난다를 데리고 이번에는 천상계로 올라가 천녀들을 가리키며 똑같은 질문을 한다. 두고 온 약혼녀 생각만 하던 난다도 이들 천녀에 비하면 자기 약혼녀가 저 암원숭이보다 더 추하다는 사실을 깨닫지 않을 수 없었다.

부처님은 말씀하셨다.

"만일 이 천상에 올라와 천녀를 신부로 삼고 싶다면 수행에 힘쓰도록 하라."

이렇게 해서 수행에만 전념하게 된 난다는 얼마 지나지 않아 천녀에 대한 생각도 잊어버렸다.

난다에게조차 버림받은 숫도다나왕이 자신의 후계자로 의지할 사람은 이제 부처님의 친아들인 라훌라뿐이었다.

라훌라의 출생에 대해서는 몇 가지 다른 설이 있다. 여기서는 태자가 야쇼다라비가 잉태한 사실을 확인하고 출가했으므로, 그 후 몇 개월이 지난 다음에 출생했다는 설을 따른다. 여러 가지 사정으로 보아 이 설이 가장 믿을 만하다고 생각되기 때문이다.

어쨌든 부처님이 카필라에 돌아왔을 때 야쇼다라는 자신이 마중 나가기 전에 아들 라훌라를 혼자 부처님에게 보내어 다음과 같이 말하게 한다.

"저에게 물려줄 재산을 주십시오."

부처님은 이 말에 대답하는 대신 라훌라를 데리고 니그로다 정사로 돌아와서 제자 사리불에게 말했다.

"이 아이를 출가시켜라."

사리불은 부처님의 말씀대로 라훌라를 출가시켰다. 그때 열두 살(어떤 설에는 여섯 살)이던 라훌라는 최초의 사미, 즉 견습승이 되었다. 그 후 스무 살이 되어 다시 구족계를 받고 한 사람의 출가수행승(비구)이 된다.

야쇼다라가 '물려줄 재산'이라고 말하게 한 참뜻은 경전의 본문만 보아서는 분명하지 않다. 그것이 세속적인 의미로는 왕위 계승권을 가리킨 것이라고 할 수도 있지만, 야쇼다라는 종교에 깊은 관심을 가지고 있었으므로 처음부터 부처님의 뜻을 짐작하고 있었을 것 같다. 라훌라는 훗날 교단 안에서도 특히 부지런한 사람으로 널리 알려졌다.

난다를 교단에 빼앗기고, 뒤를 이어 라훌라마저 떠나가 버리니 숫도다나왕은 의지할 곳을 송두리째 잃고 만 셈이다. 이러한 사건은 왕에게는 견디기 어려운 충격이었을 것이다. 그 후 숫도다나왕은 부처님에게 이렇게 부탁했다.

"이후로는 부모의 승낙 없이 미성년자를 출가시키지 말라."

부처님도 그 소원을 받아들여 이를 교단의 규칙으로 삼았다.

부처님이 카필라에 머무는 동안 출가하는 사람들의 수는 급격히 늘어나 교단은 더욱더 발전했다.

25
석가족의 잇따른 출가

불타의 사촌 아난다가 출가하다

아니룻다의 출가 사정

숫도다나왕은 자기 가문에서 부처님이 나온 것을 한편으로는 자랑스럽게 여겼으므로 석가족 청년들이 부처님의 교단에 출가하는 것을 권하면서 다음과 같이 결정했다.

> 석가족의 각 가정에서 적어도 한 사람 이상 출가시키는 것을 원칙으로 한다. 형제가 다섯이 있는 집에서는 세 사람을, 넷이나 셋이 있는 집에서는 두 사람을, 둘이 있는 집에서는 한 사람을 출가시킨다. 그리고 남자가 하나밖에 없는 가정에서는 출가시키지 않는다.

이렇게 한 결과 5백 명의 청년들이 출가했다.

석가족의 이발사로 우팔리라는 사람이 있었다. 출가하게 된 5백 명의 젊은이들은 그의 오랜 노고에 감사하면서 출가자에게는 쓸모가 없어진 장신구를 모두 그에게 주고 떠났다. 그것을 본 우팔리는 자기도 출가하고 싶다는 생각을 했다. 그래서 은근히 그때가 오기만 기다리고 있었다.

부처님의 사촌 중에 마하나만과 아니룻다(아누룻다라고도 함)라는 형제가 있었다. 이 두 사람 중 한 사람이 출가해야 했으므로, 형인 마하나만은 아우인 아니룻다에게 물었다.

"네가 출가하겠니, 아니면 내가 출가할까?"

아니룻다는 어릴 때부터 무척 사치스럽게 자랐다. 식사 때는 맛있는 것만 가려서 먹었고, 거처도 계절에 따라 서로 다른 세 채의 집에서 많은 시녀들에게 둘러싸인 채 안락하게 지냈다.

형에게서 출가하지 않겠느냐는 질문을 받은 아니룻다는 이렇게 말했다.

"보다시피 나는 몸이 약해 출가할 수가 없습니다. 형님이 출가하십시오."

형인 마하나만이 말했다.

"그럼 너는 가업을 이어다오. 우리 가업은 농업이니 논밭을 갈아 씨를 뿌리고 때맞추어 물을 댔다 뺐다 하면서 잡초를 뽑아 주고, 이삭이 여물면 거두어 탈곡해서 창고에 넣어라. 이와 같이 해마다 되풀이해야 한다."

"형님, 그러면 언제 일이 끝나 편하게 지낼 수 있습니까?"

"아니룻다여, 일이 끝날 때는 없다. 아버지도 할아버지도, 또 그

전의 조상들도 모두 평생을 두고 그렇게 살다가 죽었다."

"그렇다면 나는 가업을 잇지 않고 출가하겠습니다."

이런 경위로 아우인 아니룻다가 출가하기로 했다. 이 일을 어머니에게 의논하자 어머니는 귀여운 두 자식 중 어느 하나도 출가시키기 싫다며 듣지 않았다.

그 무렵 카필라의 왕인 숫도다나는 이미 은퇴하고 부처님의 사촌인 바드리카(밧디야)라는 사람이 왕위를 계승하고 있었다. 아니룻다에게서 빨리 출가시켜 달라는 얘기를 듣고 어쩔 바를 모르던 그의 어머니는, 꾀를 내어 이렇게 말했다.

"만일 바드리카왕이 출가한다면 너도 출가해도 좋다."

아니룻다의 어머니는 바드리카가 왕위를 버리고 출가할 리는 없으리라 생각했고, 또 아니룻다와 왕은 둘도 없는 친구이기 때문에 그런 묘안을 생각해 냈다.

아니룻다는 어머니의 말을 듣고 바드리카왕한테 갔다. 가서 보니 무도회가 한창이라 때가 좋지 않다고 생각하고 밖에서 기다리기로 했다. 이윽고 무도회가 끝나자 아니룻다는 궁전으로 들어가서 바드리카왕을 만났다. 왕은 아니룻다를 보자 큰 소리로 말했다.

"볼일이 있으면 사람을 보낼 것이지 자네가 일부러 왔군."

"바드리카여, 사람 편에는 말을 다 할 수 없어 직접 찾아왔소."

"그럼 그 볼일이란 자네 일인가, 아니면 내 일인가?"

"내 일이기도 하고 왕의 일이기도 하오."

"내 일이라면 자네에게 맡기겠네."

"아니오, 그렇게는 안 되오. 내 출가에 관한 일이오."

"자네가 출가하고 싶다면 마음대로 하게. 나는 괜찮으니까."

"왕이여, 그런데 그렇게는 안 되겠소. 왕이 출가하지 않으면 나도 출가할 수가 없기 때문이오."

아니룻다는 어머니가 한 말을 전하면서 바드리카왕도 함께 출가해 주기를 원했다. 왕은 난처했지만 친구의 간청이라 거절할 수도 없었다. 그래서 다음과 같이 말했다.

"꼭 출가해야 한다면 7년만 기다려 주게. 그동안에 일을 마칠 테니까."

"왕이여, 7년이나 기다릴 수는 없소. 만일 그동안 두 사람 중 어느 쪽에 문제가 생기면 어떻게 하겠소?"

"그럼 6년이면 어떨까?"

이와 같이 해서 5년, 4년, 3년, 2년, 1년, 반년, 석 달, 두 달, 반 달로 점점 줄어들었고, 결국에는 7일 뒤로 미루기로 하고 이야기를 끝맺었다.

바드리카왕은 이레 동안 볼일을 다 끝낸 뒤 잔치를 열고 출가할 채비를 했다.

이때 아니룻다와 바드리카 외에 다섯 사람(어떤 설에는 네 사람)의 청년 귀족들도 같이 출가했다. 그들은 브리구(바구), 킹비라, 아난다, 데바닷타, 난디카이며, 어떤 경전에서는 그들 중 난디카를 빼 버린 데도 있다.

이들 가운데 아난다와 데바닷타는 한 형제다. 부처님이 태자이던 시절의 비 야쇼다라의 동생들이기도 하고, 부처님과는 사촌뻘이 된다. 그런데 아난다는 최후까지 충실한 제자로, 데바닷타는 나중에 부처님을 배반하고 독립된 교단을 만들었다는 의미로, 이 두 사람 다 불교 역사에서 유명하다.

아난다와 데바닷타

그 무렵 부처님은 카필라를 떠나 남쪽의 마가다국으로 가던 중이었다. 그 당시 석가족이 사는 고장의 동남쪽에 말라족의 나라가 있었는데, 부처님 일행은 그곳 아누피야라는 마을에서 머물고 있었다. 이곳은 코살라와 카필라에서 갠지스 강 중류 지방으로 나오는 길목이었으므로 전에 출가할 때도 이곳을 지나갔고, 그 후에도 이따금씩 지나가곤 했다.

바드리카를 비롯한 일곱 청년은 이발사인 우팔리와 함께 군대를 이끌고 카필라를 떠났다. 이것은 석가족의 귀족이 외출할 때의 풍습이다. 나라 밖으로 나온 그들은 군대를 돌려보내고 입고 있던 옷가지며 장신구들을 모두 싸서 우팔리에게 주면서 말했다.

"이것을 가지고 돌아가거라. 이것만 있으면 생활은 어렵지 않을 것이다."

이와 같이 말하고 일행은 아누피야로 향했다.

이발사인 우팔리는 얻은 보물을 가지고 돌아가려다가 이렇게 생각했다.

'석가족 사람들은 난폭해 내가 청년들이 출가하는 데 길잡이 노릇을 했다고 노해서 나를 죽일지도 모른다. 이만큼 보물이 있고 지체가 높은 양반들도 출가를 하니, 나도 이 기회에 출가하는 것이 좋겠다.'

이렇게 생각한 우팔리는 얻은 물건을 한데 묶어 길가에 있는 나무에 걸어 놓고, 아무나 먼저 보는 사람이 가져가겠지 하면서 청년들의 뒤를 쫓아갔다. 그래서 여덟 사람이 함께 아누피야에 이르렀다. 그들은 부처님 앞에 나아가 예배드리고 다음과 같이 여쭀다.

"저희들 석가족 사람들은 교만한 생각이 있으니, 이 이발사 우팔리를 제일 먼저 출가시켜 주십시오. 우팔리는 지금까지 오랫동안 저희들을 정성껏 섬겨 왔습니다. 우팔리가 먼저 구족계를 받으면 저희들은 그를 선배로서 존경하고 합장할 것입니다. 이와 같이 해서 저희들의 교만한 생각을 없애겠습니다."

이런 까닭으로 우팔리가 제일 먼저 구족계를 받았다. 우팔리는 출가 후 계율을 지키는 데 특히 뛰어나, 부처님이 입적한 뒤 결집(성전 편찬 회의)할 때 뽑혀 〈율장〉의 본문을 결정지은 사람이다.

이 이야기와 관련해서, 석가족이 난폭하고 거만했다는 기록은 주목할 만하다. 사실 석가족 사람들이 그처럼 보였던 예는 여러 사건을 통해서도 나타나 있다. 예를 들면, 코살라 국왕과 혼인할 때의 책략과 그 결과로 다음 대의 왕을 노하게 해 결국은 석가족의 멸망까지 초래한 비극을 보더라도 석가족의 자만심이 강했다는 사실을 알 수 있다.

그건 그렇고 우팔리에 이어서 바드리카왕 일행도 부처님에게서 차례차례 구족계를 받고 교단에 들어왔다.

〈불본행집경〉에 의하면 그 청년들 가운데 아난다와 데바닷타만은 이때 부처님에게서 출가를 허락받지 못했기 때문에 히말라야 기슭으로 들어갔다고 한다. 그때 거기에는 발야슬타승가라는 장로가 수행하고 있었는데, 두 사람은 이 장로 밑에서 출가해 구족계를 받았다. 그리고 한동안 그곳에 머물면서 수행을 계속하다가, 스승의 양해를 얻고 부처님한테 찾아가서 승인을 받았다고 한다.

이 기록을 보면, 아난다와 데바닷타는 부처님한테서 직접 구족계를 받은 것이 아니라고 되어 있어 다른 많은 성전의 기록과 모순된다. 뒤에 와서 반역한 데바닷타에 대해서는, 정통파 교단으로서 그가 부처님의 직계 제자가 아니라는 이야기를 창작하는 것도 무리가 아닐 것이다. 그렇지만 아난다를 그와 함께 엮어 버린 데는 어떤 의미가 있을까. 또 분명하지 않지만 그들의 스승이라고 하는 발야슬타승가에 대해서도, 그의 별명이라고 기록한 우파타의 원명이 만일 '우파다나'라면, 이것은 두 청년의 형제로서 산스크리트어본 〈대사大事〉에 나와 있는 이름과 똑같다. 어쨌든 이 한 대목은 의문으로 남는다.

데바닷타에 대해서는 전에도 말한 바 있고 앞으로도 말할 기회가 있겠지만, 여러 가지 문제가 끼어들어 역사적인 사실과 전설을 구분하기가 어렵다. 또 아난다에 대해서도 몇 가지 문제가 없는 것은 아니다.

아난다도 부처님의 사촌으로, 출가한 후에는 가장 충실한 제자의 한 사람이었다. 부처님이 쉰다섯 살 무렵에 상임 시자를 두기로 하자 아난다가 선출되었다. 아난다는 이때부터 부처님이 입적할 때까지 25년 동안 거의 곁을 떠나지 않고 섬겼다. 그래서 부처님이 입적하신 뒤 결집할 때 우팔리의 〈율장〉과 함께 아난다는 〈경장〉의 정본(표준이 되는 책)을 결정했다.

아난다는 이만큼 중요한 지위와 소임이 있었으면서도 이따금 불리한 입장에 놓인다. 부처님의 주요한 제자들은 거의 예외 없이 아라한의 경지에 이르렀는데, 아난다만은 부처님이 입적할 때까지도 아직 깨달음을 얻지 못했으며, 다른 제자들은 슬픔을 참고 있는데도 그만은 눈물을 그칠 수가 없었다. 또 결집할 때도 선발된 5백 명의 장로들 가운데 아라한이 아닌 사람은 오직 아난다 한 사람뿐이었다. 성전에는 그날 아침에야 비로소 깨달음을 얻어 가까스로 결집에 참가할 수 있었다고 기록되어 있다. 이 밖에도 부처님이 살아계실 때 아난다의 일 처리가 온당치 못했다고 해 나중에 여러 가지로 비난을 받기도 했다.

이런 일들은 모두 사실일지도 모르지만, 경우에 따라서는 사실 이상의 뭔가 상징적인 의미가 있지 않을까 싶다. 즉, 아난다는 교단의 허물을 한 몸에 진 속죄양이 아닐까 하는 생각이다. 어쨌든 아난다가 데바닷타와 함께 부처님한테서 직접 구족계를 받지 않았다는 다른 주장에는 틀림없이 어떤 문제가 숨겨져 있을 것이다.

함께 출가한 석가족의 청년 귀족들 중에서 바드리카는 그해의 우안거 기간에 삼명三明을 얻었다. 즉 과거, 현재, 미래를 꿰뚫어볼 수 있는 신비한 능력이 열렸다. 아니룻다는 천안통을 얻었다. 즉, 초감각적인 직관력이 열렸다. 브리구와 킹비라는 아라한이 되었다. 또한 아난다는 예류과를 얻었다. 그러니까 언젠가는 아라한이 된다는 보증을 얻은 셈이다. 그리고 데바닷타는 신통력은 얻었지만 아라한이 될 수 있다는 보증조차 얻을 수 없었다.

바드리카의 탄성

이와 같이 청년 귀족들의 출가수행이 시작되었다. 그중에서도 지금껏 왕의 자리에 있던 바드리카는 얼마 안되어 아라한의 경지에 이르렀고, 다시 피나는 정진을 계속했다. 또는 숲 속에 들어가고 또는 나무 아래서, 또는 빈집이나 길가에서 좌선하는 데 힘을 기울였다. 그리고 "아 기쁘다, 아 기쁘다!" 하며 감정이 복받치듯 탄성을 올렸다.

그런데 매일처럼 토하는 탄성을 듣고 화가 난 비구들은 부처님께 나아가 다음과 같이 말씀드렸다.

"바드리카는 항상 '아 기쁘다, 아 기쁘다!' 하며 탄성을 올리고 있습니다. 그것은 분명 왕이던 때의 쾌락을 회상하면서 즐기고 있는 것입니다."

부처님은 바드리카를 불러 비구들의 말처럼 탄성을 올리느냐고 물었다. 그러자 바드리카는 대답했다.

"그렇습니다."

"어째서 기쁘다고 했느냐?"

"어찌 기뻐하지 않을 수 있겠습니까. 제가 전에 왕이었을 때는 후궁에서나 성 안팎에서도 항상 엄중한 경비가 따랐습니다. 많은 군대와 무기로 지키고, 성벽을 일곱 겹으로 둘러싸고도 늘 걱정이 되어 불안하기만 했습니다. 밤중에 무슨 소리가 들려오기만 해도 놀라서 떨었습니다. 그런데 어찌된 일인지 출가한 지금은 마음이 항상 평온합니다. 한밤중에 깊은 숲 속에서 홀로 좌선할 때, 맹수가 울부짖는 소리가 들려와도 조금도 두렵거나 불안하지 않습니다. 그러니 저는 출가한 것이 얼마나 다행인가 싶습니다. 이같이 기쁜 일이 또 있겠습니까. 그래서 저도 모르게 '아 기쁘다, 아 기쁘다!' 하고 탄성을 올린 것입니다."

바드리카의 말을 들은 부처님은 그를 칭찬하고 다음의 시를 읊었다.

안으로 노여움을 없애고
이것저것 생각에 팔림 없이
두려움과 걱정 없어 안락한 자는
신들도 그를 엿볼 수 없네.

그 뒤 바드리카는 귀족 출신 중에서도 가장 훌륭한 제자라고 부처님에게 칭찬을 받았다.

석가족 청년 귀족들의 입단은 그 후의 불교 활동에 커다란 영향을 끼쳤다. 우리들은 현재도 '석씨', '석자', '석문'이라고 부르면서 석가모니의 전통을 계승한 자라는 사실을 자랑삼는다. 물론 이것은 영적인 관계를 말한 것이므로 혈통과는 상관이 없다. 그럼에도 초기 교단에서 석가족 출신자가 행한 역할에 대해서는 다시 고찰할 필요가 있다.

26
부처님 선교의 근거지

술 취한 코끼리가 불타에게 복종하다

밧지족의 진보성

부처님이 근 45년에 걸쳐 가르침을 펴면서 가장 오래 머물렀던 장소는 남쪽에서는 갠지스 강 남쪽 마가다의 수도 라자그리하 주변이고, 북쪽에서는 현재 네팔 국경에 가까운 코살라의 수도 슈라바스티 주변이었다. 이 두 장소는 모두 초기부터 인연이 깊던 곳이다. 코살라 동쪽에 있던 부처님의 고향 카필라바스투도 불교 선교의 근거지 가운데 하나였다.

현재 파트나 시 근처에서 파탈리푸트라의 유적이 발견되었는데, 이 성은 부처님 만년에 쌓아 올렸으며 그 후 수세기에 걸쳐 번영한 마가다의 수도이다. 고고학자들은 여기에서 상류를 향해 흘러드는 간다크 강을 거슬러 올라가면 그 동쪽 기슭에 마자하르푸르라는 곳이 있고, 그 근처에 예전의 바이살리 거리가 있었다고 보고 있다. 이곳은 부처님 시대에 가장 강력한 도시국가의 하나였다.

남쪽의 마가다나 북쪽의 코살라는 왕국이고 아리아 인종의 나라라는 점에서도 비슷했다. 하지만 바이살리는 공화제의 도시국가로서 귀족들의 합의에 의해 통치되고 있었다. 그런데다 인종은 아리아계가 아니고 황색 인종으로, 티베트나 히말라야 산지에 사는 민족과 같은 계통에 속했다. 이와 같은 몇 가지 사실로 보아 부처님이 태어난 곳의 석가족과 비슷한 점이 많았다. 부처님이 바이살리 거리에 친근감을 가지고 있었다는 설화가 몇 가지 전해 온다. 특히 부처님은 마지막 편력 때 이 거리를 떠나면서 다음과 같이 말했다고 한다.

"이것이 바이살리를 보는 마지막이 될 것이다."

이러한 이야기로 미루어서도 친근감을 엿볼 수 있다.

바이살리는 나중에 현장 삼장이 찾아가서도 '땅은 기름지고 꽃과 열매가 무성하다.'고 기록했던 것처럼, 토지가 비옥하고 자연의 산물이 풍부했던 모양이다. 한자로 암마라과菴摩羅果라고 쓰는 암라카의 과일은 이 고장의 특산물로 평판이 좋다. 이 식물의 이름을 딴 암라팔리(팔리어로는 암바팔리) 동산은 불교의 승원으로도 유명하다.

또한 바이살리는 자이나교의 발상지이기도 하며, 그 신자도 많았다. 자이나교는 바라문교와는 달리 제사보다 개인의 수행을 더 중히 여긴 점에서도 불교와 비슷했기 때문에 신자층도 공통되었다. 시하 장군 같은 사람은 자이나교에서 불교로 전향한 신자의 대표적인 한 사람이다.

바이살리 거리의 주민은 밧지족의 하나인 릿차비인으로 알려져 있었다. 말을 잘 타고 장사에 밝아 부자가 많았으며, 화려한 옷으로도 유명하다. 푸른 의복과 푸른 말안장, 푸른 장식 등 모두가 푸른빛이었고, 또는 노랑이나 빨강, 흰빛 등 온통 원색으로 단박에 눈에 띄는 것을 좋아했다. 자유를 숭상해 전제정치를 좋아하지 않았으며, 진보적인 경향을 보였다. 그들이 바라문교보다 불교나 자이나교를 선택한 것도 그런 성향에서 비롯되었을 것이다.

나중에 이 땅에서 불교의 분열이 일어난 것도 반골정신이 빚은 현상이라고 볼 수 있을 것이다.

마가다국은 갠지스 강을 사이에 두고 번영하는 밧지족에게 항상 위협을 느끼고 있었다. 그래서 빔비사라왕은 비데하, 즉 밧지족 출신의 바이데히를 왕비로 맞아들였다. 빔비사라왕의 후계자 아자타샤트루왕은 파탈리푸트라를 구축해 밧지족에 대비하고, 그 뒤 이를 공격해 멸망시킨다. 그러나 그것으로 인해 밧지족이 완전히 멸망해 버린 것은 아니다. 마가다의 지배자는 물론 왕조도 여러 번 바뀌었다. 그러다가 320년경 굽타 왕조가 출현함으로써 마가다국이 다시 번영했을 때도, 초대 왕 찬드라굽타 1세는 또다시 밧지족에서 왕비를 맞아들여 그의 지위를 굳혔다.

이 한 가지 일만 보아도 밧지족의 끈기를 알 수 있을 것이다. 현장 삼장은 바이살리를 방문했던 인상을 다음과 같이 기록했다.

"기후는 화창하고 풍속은 순박하며 복덕을 숭상하고 학문을 중히 여긴다."

이 고장은 평화를 사랑하고 정직하며, 재산을 모으고 문화를 숭상하고 있었던 것 같다.

바이살리에 들어간 부처님

어떤 경전에 의하면 부처님이 바이살리를 처음 방문한 것은 도를 이룬 후 5년째 되는 해라고 했는데, 거기에는 다음과 같은 사정이 있다.

이 거리는 앞에서도 말한 바와 같이 부유하고 번창해, 귀족들은 아름다운 저택과 동산에서 생활을 즐기곤 했다. 그런데 어느 해에는 혹심한 가뭄이 들어 굶어 죽는 사람이 수없이 많아서 거리에 버려진 시체를 처리할 수조차 없을 지경이었다. 그래서 질병이 유행하고, 그로 인해 죽는 사람도 점점 더 늘어났다. 사람들은 이 같은 질병을 악귀가 퍼뜨린 것이라고 믿었다.

곤경에 빠진 백성들이 이를 호소하자, 나라에서는 회의를 열어 대책을 강구했다. 어떤 사람들은 바라문교에서 하는 방법에 따라 신들에게 제사를 지내는 것이 좋겠다고 제의했다. 또 어떤 사람들은 그 당시 신흥종교의 교조를 불러오는 것이 좋겠다고도 했다. 그 때는 불교 외에 자이나교를 비롯해 여섯 개의 신흥종교가 유행하고 있었다. 그러나 그 어느 것도 사람들을 만족시킬 수 없다는 사실을 알고, 마침내는 부처님의 힘을 빌리자는 데 의견이 일치했다.

그 당시 부처님은 마가다의 수도 라자그리하 교외에 있는 죽림정사에 머물고 있었다. 그래서 바이살리의 릿차비인 가운데 마하리라는 사람을 뽑아 부처님을 모셔 오도록 보냈다. 마하리는 바이살리 정부 종교고문의 아들이며, 마가다국 빔비사라왕의 친구이기도 했다. 그는 젊은 시절, 인도 서북부에 있던 학문의 도시 탁샤시라에서 배웠는데, 코살라의 프라세나지트왕과도 학우였다. 그는 어찌나 학문에 열중했던지 만년에는 실명할 정도였다고 한다.

마하리는 바이살리 정부의 의뢰를 받고, 먼저 라자그리하에 가서 빔비사라왕을 만났다.

"부처님을 좀 보내 주십시오."

왕은 그다지 탐탁한 대답을 하지 않았다. 그러자 마하리는 죽림정사로 가서 직접 부처님을 만나 뵙고 부탁드렸다. 부처님은 바이살리의 불행을 동정해 다음과 같이 말했다.

"빔비사라왕의 허락이 있으면 가겠소."

빔비사라왕도 어쩔 수 없이 동의한 뒤 부처님의 여행을 위해 만반의 준비를 갖추었다. 라자그리하에서 갠지스 강 기슭까지 닷새 동안의 여정을 빈틈없이 준비한 뒤, 부처님과 5백 명의 비구들을 전송하기 위해 왕 자신이 동행했다. 갠지스 강을 건널 배도 왕이 마련했다. 한 경전에 의하면, 배를 가지런히 띄워 다리를 만들어서 부처님 일행을 건네 주었다고 한다. 갠지스 강 건너편에서는 릿차비 사람들이 기다리고 있다가 부처님 일행을 맞았다. 부처님이 밧지족의 영토에 한 발을 들여놓자마자 천둥소리가 울리고 큰비가 내려 바짝 말라 버렸던 땅이 순식간에 젖었으므로, 사람들은 혹심한 가뭄에서 벗어날 수 있었다. 일행은 거기에서 사흘을 걸어 바이살리에 도착했다.

부처님을 맞이하기 위해 인드라가 오고, 다른 신들도 그 뒤를 따랐다. 그래서 악귀들은 모두 자취를 감추어 버렸다고 성전에 기록하고 있다.

그날 밤 부처님은 애제자인 아난다에게 〈보경〉(라트나 수트라)을 설하시고, 이 경문을 거리에 퍼뜨리라고 했다. 아난다는 밤을 새워 이 경문을 외며 부처님의 바리때를 손에 들고 물을 뿌리면서 거리를 걸었다.

부처님 자신도 사람들을 위해 이 경문을 설하시니, 이것을 듣고 8만4천 명이 불교를 믿게 되었다.

이렇게 이레 동안을 똑같이 되풀이했다. 그래서 재해가 그친 것을 확인한 부처님은 바이살리를 떠났다(어느 경전에는 2주일 동안 머물렀다고 한다).

이때 설했다는 〈보경〉은 지금도 팔리어 본으로 남아 있다. 스리랑카에서도 기근이 들고 전염병이 돌 때는 이 경문을 읽어 효과를 보았다는 기록이 있다. 스리랑카에 전해진 팔리어 본 경전은 열일곱 게송으로 되어 있다. 내용은 불, 법, 승 삼보를 찬양한 것으로, "부처님께 귀의하오니 복 받을지어다.", "법에 귀의하오니 복받을지어다.", "승단에 귀의하오니 복 받을지어다."라고 맺고 있다.

이 〈보경〉과 거의 같은 내용의 기록이 산스크리트어 본 〈대사〉에도 있는데 여기서는 '행복의 게'라고 부른다.

팔리어 본이나 산스크리트어 본의 경문이 본래부터 현존하는 것과 같은 형태인지 아닌지는 별문제로 치더라도, 다음과 같은 점만은 의심할 여지가 없는 사실로 보아야 할 것이다. 즉, 부처님이 종교 활동을 막 시작했을 때 자유주의 도시국가 바이살리에 가뭄과 전염병이 일어 아무도 손댈 수 없게 되자, 부처님은 그 소식을 듣고 아난다를 비롯한 여러 제자들을 데리고 그곳을 찾아가 이 도시를 재해에서 구출했다는 사실이다.

그 일에 관한 상세한 기록은 없지만, 부처님이 특정한 경문을 가르치고 그것을 몸소 외며 또 사람들에게도 외게 했다고 한다. 그 밖에 부처님이 가지고 다닌 바리때에 담긴 물을 거리에 뿌리도록 했다. 주로 이 두 방법에 의해 재해에서 벗어났다. 부처님과 바이살리의 관계가 이 재해를 인연으로 시작되었으며, 이곳 시민들이 두고두고 그 은혜에 감사하고 있었다는 내용은 여러 경전에 기록되어 있다. '근대적'인 불타 전기의 작가 중에 이런 일에 그다지 주의를 기울이지 않는 사람들이 있지만, 이것은 부처님과 부처님의 본질을 이해하는 하나의 열쇠이기도 하다.

오늘날의 독자들에게는 부처님은 단지 '철학자'였으며, 불교는 '실천철학'의 한 종류였다고 설명하는 쪽이 더 잘 통할지 모른다. 하지만 그것은 역사적인 사실과는 거리가 멀다. 가뭄과 굶주림과 전염병에서 사람들을 구제하는 일은 고대의 모든 종교가들이 해야 할 사명이었고, 사람들은 그것을 바라고 있었다. 주저할 것도 없이 인류 최대의 종교가(또는 그중의 한 사람)였던 석가세존에게 그와 같은 사실이 있었다고 인정하는 것은 조금도 이상하지 않다.

그리고 경문을 외거나 성수를 뿌림으로써 질병이 없어진다고 믿었던 신앙도 세계의 보편적인 현상일 것이다.

이와 같이 여러 입장에서 볼 때 부처님이 최초로 바이살리를 방문한 일은 중요한 의미를 갖는다.

미녀 암라팔리의 출가

앞에서도 말한 바와 같이 바이살리는 자이나교의 본거지였다.

그래서 불교 신자와의 사이에 더러는 마찰도 일어나고 부처님에 대한 모함까지 생겨났으나, 불교는 점차 세력을 펼쳐 나갔다.

릿차비 귀족들 사이에도 신자가 많았지만, 개인으로 유명한 사람은 암라팔리라고 하는 여성이었다. 이 여성은 암라나무 아래 버려진 것을 동산지기가 주워다 길렀다고 한다. 그런데 커 가면서 뛰어난 미인이 되었으므로 나라 안팎에서 청혼이 쏟아져 들어왔다. 사람들은 의논한 끝에 어느 한 사람에게 시집보내면 파란을 면하기 어려울 것 같아 재판관의 판정을 통해 거리의 공인된 기생으로 만들었다. 당시 인도에서는 그 고장의 번영을 위해, 특히 상업도시에서는 외국 사람들을 끌어들이기 위해 대표적인 미녀를 기생으로 정했다. 기생이 된 여자는 재산과 지위도 있어 호화롭고 자유로운 생활을 즐길 수 있었다.

이 암라팔리도 뒤에 부처님을 뵙고 신자가 되었으며, 다시 출가해 모범적인 여승이 되었다. 이것은 뒷날의 이야기지만, 바이살리의 분위기를 아는 데 필요할 것 같아 언급했다.

유마의 반골정신

바이살리라고 하면 생각나는 것이 〈유마경〉으로 이름난 유마거사, 즉 비말라키르티이다. 당나라 현장은 다음과 같이 기록했다.

"비마라힐의 옛 집터에는 많은 영험이 있다."

후세에까지도 그 저택의 자취가 알려져 있었던 것 같다. 하기야 이런 유적은 후세에 조작된 것도 없지 않으므로, 이 기사만을 보고 비말라키르티라는 거사가 실존 인물이었다고 단정할 수는 없다.

〈유마경〉에 의하면, 이 비말라키르티는 재가신자로서 가정과 직업이 있는 사회인이면서도 사리불 같은 부처님의 제자를 쩔쩔매게 만든 통쾌한 인물이었다고 한다. 결국에는 문수보살과는 뜻이 맞았으나, 마음을 놓을 수 없는 신자였다.

이 경전에 기록된 인물이 실제로 있었는지는 알 수 없으나, 바이살리에 무엇인가 그런 원형이 었었던 듯하다. 다른 경전을 참조해보면 반드시 그런 인물이 아니었는지도 모르지만, 자유로운 도시에서 나옴 직한 인물이다. 최소한으로 양보하더라도 이런 형태의 재가신자, 즉 기성 교단의 틀에 갇힌 승려들에게 반항하는 신자가 이 거리에 있었다는 것은 반골정신의 표현으로 결코 부자연스럽지 않다.

〈유마경〉의 문제를 여기에서 언급한 것은 경전의 성립 배경과 장소의 관계에 관한 한 예로도 흥미가 있기 때문이다. 오늘날에는 팔리어 본의 성전이나 여기에 해당하는 한역의 〈아함〉과 〈율장〉 같은 것을 불교의 가장 오랜 기록으로 삼아 '원시불교'를 연구하고, 여기에 대해서 대승경전을 '후세의 창작'이라고 단정하는 학자는 전보다 적어졌다. 대승경전의 성립 과정에 대해서는 물론 한마디로 간단하게 말할 수 없다. 그러나 가령 〈유마경〉을 예로 든다면, 먼저 이 경전이 적어도 바이살리라는 고장에서 전해 내려왔다는 것은 확실하게 말할 수 있다. 그 위에 상상을 보탠다면, 바이살리라는 실제 장소에서 기원했다고 보고 싶다. 그리고 그 근처에 비말라키르티라는 실존 인물이 있었다고 보아도 무리는 아닐 것이다.

불교와 같이 중앙집권을 하지 않았던 교단에서는 지방적인 특색을 살리면서 각 지방에서 전해 내려왔다고 생각할 수도 있다. 우리는 이런 의미에서 바이살리라는 자유주의 도시국가를 생각하고, 그런 환경에서 〈유마경〉을 생각하면 된다.

부처님이 입적한 뒤 백 년쯤 되었을 때, 바이살리의 비구들이 계율에 대해 자유로운 해석을 했기 때문에 정통파 비구들에게 비난을 받은 일도 역시 반골정신을 표현한 것으로 보여 흥미가 있다.

그건 그렇고 바이살리의 질병을 물리친 부처님은 다시 마가다로 돌아왔다. 바이살리 사람들은 그 기회에 마하바나(대림)를 비롯해 몇 개의 정사를 부처님과 그의 제자들에게 기증했다고 한다.

바이살리의 질병과 관련된 기록은 여러 경전에 보이는데, 경전에 따라 약간의 차이가 있다. 이를테면, 부처님을 맞으러 갔던 사람의 이름을 마하리라고도 하고, 또는 토마라라고도 한다. 그리고 이 사람이 부처님에게 먼저 갔다고 기록한 경전도 있고, 마가다왕이 있는 곳에 먼저 갔다고 기록한 경전도 있다. 또 이때의 왕이 빔비사라가 아니고 그의 아들 아자타샤트루라고 기록한 경전도 있다. 그러나 만일 후자라면, 이 이야기는 부처님 만년의 일이므로 다른 점에서 일치하지 않는다. 그리고 〈보경〉과 '행복의 게'는 그 내용이 다른 부분도 있다.

그러나 이와 같이 세세한 점에서 서로 엇갈리는 것은 오히려 이 이야기의 역사적인 진실을 증명하는 것이다. 왜냐하면 아주 오래된 자료가 여러 기록으로 전해졌다는 것을 보여 주기 때문이다.

이렇게 하여 바라나시에서 제1성을 올리고 마가다에서 교단의 기초를 마련한 다음, 북쪽의 코살라가 제2의 중요한 근거지가 되고, 고향을 방문해 석가족 가운데 수많은 출가자와 신자를 얻으면서 불교는 바이살리에도 그 세력의 씨를 뿌렸다. 이와 같은 여러 지점을 연결하는 그 중간의 각 지방도 물론 포함되어야 한다.

이와 같은 불교의 교세는 부처님이 도를 이룬 뒤 4, 5년 동안에 대강 확립되었다. 그리고 오랜 전통을 가진 바라문의 종교와 다시 세력이 커진 여러 신흥종교 사이에서 흔들리지 않는 기반을 확보했다. 그러나 그와 함께 다른 종파와 대항하는 의식도 조금씩 성장해 갔다.

27
물싸움과 부왕의 죽음

사별한 어머니에게 설법을 하러 도리천으로 올라가다

콜리야족

이 이야기도 부처님이 도를 이룬 지 몇 년 뒤의 일이다(어떤 설에는 4년 만이라고 한다). 부처님의 고향 카필라의 동쪽에는 로히니 강이 흐르고 있었다. 랍티 강의 지류로, 고고학자는 현재 로와이 강이 그 강이라고 말한다.

로히니강 동쪽에 콜리라는 도성이 있었는데, 그 이름을 데바다하라고도 불렀다. 주민은 콜리야족이라고 했는데, 그들은 석가족의 일족으로 카필라의 석가족과 혼인관계를 맺어 인연이 깊었다. 부처님의 어머니 마야 부인과 그의 동생이자 부처님의 양어머니가 된 마하프라자파티도 콜리야에서 시집온 사람이었고, 부처님 태자 시절의 비 야쇼다라도 그곳 출신이었다. 이 밖에도 두 왕가 사이에는 몇 개의 혼인관계가 더 있었다.

콜리야는 석가족과 같은 민족이라고 생각되지만, 어쩌면 그 조상은 다를지도 모른다고 암시하는 자료도 있다. 어떤 설에 의하면, 옛날 바라나시의 왕 라마가 문둥병에 걸리자 사람들이 꺼렸으므로 맏아들에게 왕위를 물려주고 산중에 들어갔다고 한다. 거기서 나뭇잎과 과일을 따 먹으면서 살아가는 동안에 병은 깨끗이 나았다. 그 후 다시 방랑을 계속하던 중 옷카카왕의 딸 피야라는 여자가 같은 병으로 고생하는 것을 보고 치료를 해 준 다음 그녀를 아내로 삼았다. 그리고 바라나시 국왕의 후원을 얻어 숲 속에 새로이 성을 세웠다. 이것을 콜라나가라고 하며, 서른두 명의 남자가 태어나 번창했다. 그 자손이 콜리야족이라고 불리게 된 것은 콜라, 즉 대추나무에 사는 동물과 같은 생활을 하고 있었기 때문이라고도 한다.

이 설에 의하면, 콜리야족은 원래 석가족과는 다른 외래 민족이다. 그러나 부처님 시대에는 거듭되는 혼인과 여러 가지 접촉 및 동화에 의해 틀림없이 동족의식을 가지고 있었을 것이다.

물싸움

카필라와 콜리야는 그 중간을 흐르는 로히니 강에 한 개의 제방을 만들어, 거기에서 두 나라의 논밭에 물을 끌어 들이고 있었다. 전에도 말했듯이 이 고장에서는 농경이 가장 중요한 산업이었다.

그런데 어느 해 여름에 가뭄이 계속되어 물이 모자라자 곡식이

시들기 시작했다. 이대로 내버려 둔다면 흉년이 들 것 같았다. 농사를 짓던 농민들이 물이 줄어든 강의 양쪽 기슭에 모여 서로 의논하고 있을 때, 콜리야 측 남자들이 소리쳤다.

"어이, 이 물을 이쪽과 그쪽에서 서로 끌어 들이면 양쪽의 곡식이 모두 타 죽고 말 것이다. 물은 우리 쪽에서만 쓸 테니 모두 이리로 보내라."

그러자 카필라 측도 물러서지 않고 응수했다.

"너희들만 가득 채우면 우리는 어떻게 하란 말인가. 금은보화를 가득 담은 광주리나 부대를 가지고 너희들한테 찾아가 곡식을 나눠 달라고 구걸이라도 하란 말인가. 물은 이쪽에서 모두 끌어 들이겠다."

이리하여 물을 줄 수 없다느니, 안 된다느니 하며 말다툼하던 중에 한 사람이 상대편을 때리는 일이 생겼다. 그러자 여기저기에서 싸움이 벌어져 소란의 원인이 무엇인지도 모른 채 싸움은 점점 격렬해졌다.

콜리야 측에서는 이렇게 큰소리를 쳤다.

"너희들은 젊은 놈들을 데리고 어디로든지 꺼져 버려라. 개돼지들처럼 자기네 누이들과 동침하는 놈들이 코끼리나 말을 끌고 무장해 쳐들어온다고 눈 하나 깜짝할 줄 아냐."

그러자 카필라 측의 농민들도 질세라 고함을 쳤다.

"야, 너희놈들이야말로 문둥이 젊은것들을 데리고 썩 꺼져 버려. 의지가지없어 짐승들처럼 대추나무에 둥지를 치고 있던 놈들이 코끼리나 말을 끌고 무장해 쳐들어온다고 손끝 하나 까딱할 줄 아냐."

이후 농민들은 각각 그들을 관할하는 관리에게 하소연을 했다. 관리는 이 사실을 정부에 보고했다.

이렇게 되자 석가족들은 "누이와 동침하는 사나이의 주먹맛을 보여 주자."고 말하며 뽐냈고, 콜리야족도 "대추나무에 둥지를 치고 있는 사나이의 솜씨를 보여 주자."고 나섰다. 이처럼 두 나라 사이는 전쟁이라도 일어날 것 같은 험악한 형세가 되었다.

원한을 버리고

그 무렵 부처님은 카필라 교외에 있는 마하바나 정사에 머물러 있었다. 이 위기를 보고 부처님은 생각했다.

'내가 가지 않으면 양쪽이 다 멸망하고 말겠다.'

경전에는 아무도 데려가지 않고 다만 홀로 공중을 날아가서 로히니 강 상공에 좌선하는 모습을 나타냈다고 기록되어 있다.

양쪽에서는 부처님이 모습을 보이자 무기를 버리고 예배했다. 부처님은 물었다.

"왕이여, 이것은 무엇을 위한 싸움인가요?"

"나는 모릅니다."

"그러면 누가 알고 있소?"

"장군이 알고 있을 겁니다."

하지만 장군도 알지 못했다. 지사도 모르는 일이었다. 이와 같이 차차 물어 가다가 마지막으로 농민들에게 물어보고 물 때문에 일어난 싸움이라는 것을 알았다.

그러자 부처님은 다음과 같이 물었다.

"왕이여, 물과 사람 중에 어느 쪽이 더 소중합니까?"

"물보다는 사람이 훨씬 소중하지요."

"그런데 물 때문에 소중한 사람의 목숨을 버리려고 합니까. 그건 옳지 않은 일입니다."

다들 말문이 막히고 말았다. 부처님은 다시 말을 이어 깨우쳐 주었다.

"당신들은 어째서 이런 짓을 하고 있소. 만일 내가 없었더라면 오늘 이 자리에는 피의 강물이 흐를 뻔했소. 당신들이 하는 짓은 잘못된 일이오. 당신들은 원한을 품고 살아가지만, 나는 원한 없이 살아가고 있소. 당신들은 괴로움을 지니고 살아가지만, 내게는 괴로움이 없소. 당신들은 탐욕을 지니고 있지만 내게는 탐욕이 없소."

이때 부처님이 설하신 말씀이 〈법구경〉 197-199편에 기록되어 있다.

원한을 품은 사람들 속에 있으면서
원한을 버리고 즐겁게 살자.
원한을 품은 사람들 속에서라도
우리들은 원한에서 벗어나 살자.

고뇌하는 사람들 속에 있으면서
고뇌에서 벗어나 즐겁게 살자.
고뇌하는 사람들 속에서라도
우리들은 고뇌에서 벗어나 살자.

탐욕이 있는 사람들 속에 있으면서
탐욕에서 벗어나 즐겁게 살자.
탐욕이 있는 사람들 속에서라도
우리들은 탐욕에서 벗어나 살자.

부처님의 가르침을 듣고 양쪽 모두 정신을 차려 싸움을 그만두었다. 그들은 부처님을 믿고 이와 같이 말했다.

"만일 부처님이 오시지 않았더라면 우리들은 서로 죽여 피의 강을 이룰 뻔했습니다. 부처님의 은혜로 목숨을 건졌습니다. 출가하시지 않았더라면 전 세계를 다스리는 제왕이 되셨을 겁니다. 우리들이 시중들 사람을 보내 드리겠습니다."

그리하여 석가족과 콜리야족은 각각 250명씩 귀공자를 뽑아 부처님께 보냈다. 부처님은 그 5백 명을 출가시키고 마하바나 정사로 돌아왔다.

그 이튿날부터 이들 젊은 비구들을 데리고 카필라와 콜리야의 거리를 번갈아 다니면서 탁발했다. 사람들은 기꺼이 부처님과 그의 제자들을 존경하고 공양했다.

처음에는 젊은이들과 그들의 아내들 중에서 불만을 가진 사람들도 있었지만, 점차 수행의 존귀함을 이해했다.

어리석은 복수

석가족과 콜리야족이 다투어 피를 보게 될 뻔한 것을 부처님이 중재했다는 이야기는 성전에 몇 가지 형태로 전해진다.

어떤 설에 의하면, 싸움의 원인은 물이 아니었다고 한다. 이 주장을 보면, 어느 때 양쪽 하녀들이 냇가에 물을 길러 왔다가 일은 잊어버리고 이야기에 정신을 팔고 있었다고 한다. 인도에서는 흔히 여자들이 머리 위에 똬리를 얹고 그 위에 물동이를 이고 나른다. 그런데 한 여자가 일어나면서 자기 똬리인 줄 알고 집으니까 다른 여자가 그것은 자기의 똬리라고 말했다.

여기에서 소동이 크게 번졌고, 영문도 모른 채 각각 편드는 사람들이 모여들어 마침내는 큰 싸움을 일으켰다는 설이다.

어쨌든 원인도 모르는 채 양쪽이 무장하고 전쟁 일보 직전까지 이른 일을 부처님이 막았다는 이야기는 사실일 것이다. 성전을 보면, 앞의 〈법구경〉 구절 외에도 이때 부처님이 설했다는 가르침이 여러 개 기록되어 있다. 그중에서도 유명한 것이 다음 두 가지 우화다.

첫 번째 이야기.

아득한 옛날 어떤 산속에 검은 사자가 살고 있었다. 어느 날 큰 나무 밑에 누워 쉬고 있는데, 바람이 불어 가랑잎이 사자의 어깨 위에 떨어졌다. 사자는 화가 나서 이렇게 별렀다.

"이 나무에 복수하고 말겠다."

2, 3일이 지나자 한 목수가 수레를 만들기 위해 나무를 구하러 왔다. 사자는 마침 잘됐다 생각하고 목수에게 다음과 같이 가르쳐 주었다.

"수레바퀴에 쓰려면 이 나무를 베는 것이 좋을 것이다."

그러자 나무의 신은 여기에 원한을 품고 목수에게 이와 같이 일러 주었다.

"검은 사자의 어깨 가죽을 벗겨 수레바퀴에 대면 아주 튼튼합니다."

이렇게 해서 쓸데없는 일로 서로 미워하던 사자와 나무는 양쪽 모두 몸을 망치고 말았다.

두 번째 이야기.

어느 종려나무 숲에 한 그루의 도토리나무가 있었다. 한 마리 토끼가 그 나무 아래서 이것저것 공상을 하다가 문득 생각했다.

'이 세상이 풍비박산하면 어떻게 될까?'

바로 이때, 도토리 하나가 종려나무 잎사귀에 털썩 소리를 내며 떨어졌다. 겁 많은 토끼는 이렇게 외치면서 달아나기 시작했다.

"어이쿠, 큰일 났다. 세상이 무너진다."

다른 토끼가 이 말을 듣고 함께 뛰기 시작했다. 두 마리가 세 마리, 네 마리로 점점 늘어나더니 마침내는 수천 마리의 토끼가 도망치기 시작했다. 이 소문이 퍼지자 소동이 일어났다.

"큰일 났다, 큰일 났다. 세상이 무너진다."

그러자 노루도 멧돼지도 물소도 코끼리도 모두 덩달아 뛰기 시작했다. 이 광경을 보고 있던 사자는 이렇게 생각했다.

'그럴 리가 없지.'

그리고 '이대로 내버려 두면 다들 죽고 말겠다.'고 가엾이 여겨, 옆길로 가서 행렬의 맨 앞으로 나왔다. 사자는 행렬을 막아서며 물었다.

"왜 도망가는가?"

그랬더니 세상이 무너졌다고 했다.

"누가 그것을 보았는가?"

이와 같이 물으며 자세히 알아보니, 겁쟁이 토끼가 보았다고 한다. 그래서 무서워서 떠는 토끼를 억지로 데리고 그 자리에 가보니, 도토리가 떨어져 있을 뿐이었다. 사자는 짐승들에게로 돌아와 그 도토리를 보이면서 다들 안심시켰다는 이야기이다.

이와 같은 우화는 경전 속에 들어 있는데, 그 경전을 〈자타카〉라고 하며, 한역으로는 '본생本生'이라고 한다. 부처님이 언젠가 전생에서 경험했다는 형식으로 이야기하고 있다. 겁쟁이 토끼 이야기에서는 현명한 사자가 부처님의 전생이다. 현재 남아 있는 것으로는 팔리어 본의 550종 설화(주석이 붙은) 외에도 산스크리트어 본, 한역본, 티베트어 본 등의 작품에도 전해진다.

이들 가운데 몇 가지는 아주 오랜 옛날부터 전해진 것으로 보인다. 몇백 가지나 되는 수많은 설화가 모두 부처님에게서 나온 것은 아니라 할지라도, 그 가운데 몇몇은 틀림없이 부처님 자신이 말씀했다고 생각해도 좋을 것이다. 특히 일반 재가신자들에게는 교리보다 이처럼 알기 쉬운 형식으로 설법하셨을 것이다. 앞에서 이야기한 석가족과 콜리야족의 싸움에 대해서도 이러한 설화가 교리 이상으로 적절한 것이었다.

이 두 설화를 잘 생각해 보면 어떤 뚜렷한 이유도 없이 전쟁 같은 큰 소란이 일어나 수많은 목숨을 앗아 가고 서로 간에 큰 피해를 입는 경위를 잘 알 수 있다. 이런 뜻에서도 〈자타카〉는 중요한 교훈이다.

석가족은 몽골계인가

석가족과 콜리야족이 서로 욕지거리로 주고받은 말 가운데는 역사적인 진실성이 들어 있다.

"석가족은 개돼지처럼 자기 누이와 동침한다."고 말한 점도 주목된다. 석가족이 동족끼리 결혼하는 풍습을 지키면서 다른 민족과 결혼하기를 꺼린 것을 지적한 말이다. 이와 같은 풍습은 고대 일본이나 중세의 지배계급에도 있었다.

'자기네 누이들'이라는 말 가운데 '아내의 자매'까지도 포함시킨다면, 석가모니의 아버지도 여기에 해당한다. 마야와 마하프라자파티는 사실상 자매이기 때문이다.

이렇게 볼 때, 석가족과 콜리야족은 원래 종족과 그 기원이 달랐을 것 같다. 또 그 남쪽에 있던 말라족 등은 어떤가. 이런 점에 대해서는 앞으로 더 연구해야겠지만, 석가족의 서쪽에 있던 코살라국과 갠지스 강 남쪽에 있던 마가다국은 대표적인 아리아 민족의 나라였다. 석가족을 비롯해 갠지스 강 북쪽 기슭에 이르기까지는 비非아리아 민족이 살고 있었다고 생각해도 좋을 것이다.

이 비아리아 민족은 대체로 넓은 의미의 몽골족, 특히 티베트족에 가깝다고 볼 수 있다. 아리아 인종이 인도에 침입하기 전부터 인더스 강 유역에 살고 있던 선주민 드라비다족은 현재 타밀족이라고 부르며, 주로 남인도에서 스리랑카에 걸쳐 살고 있다. 그런데 부처님 시대에 갠지스 강 북쪽에 살던 민족은 부처님을 포함해서 드라비다가 아니고 몽골족이었을 것이다.

부왕의 병사

석가족과 콜리야족의 싸움이 수습되고 나서 얼마 후의 일이다. 부처님의 아버지 숫도다나왕이 노쇠해 병상에 눕게 되었다. 온몸이 쑤시고 손발이 뒤틀리도록 아팠다. 그가 가장 사랑하던 아들 싯다르타 태자가 출가했고, 둘째 아들 난다도 그 제자가 되어 집을 떠난 데다가, 마지막 의지로 삼고 있던 손자 라훌라마저 승단에 들어가고 말았다. 노년에 이르러 왕위를 친족의 한 사람인 바드리카에게 넘겨주고 은거했으나, 이 새 왕도 출가해 버리고 말았다. 또한 생질인 아난다도 부처님의 애제자가 되었다.

임종의 자리에 누운 숫도다나왕은 집안에서 부처님을 비롯해 훌륭한 종교가를 많이 배출한 것을 자랑으로 여기면서도, 한편으로는 외롭고 쓸쓸함을 감출 길이 없었다. 문중의 원로들이 머리맡에 모였을 때, 늙은 왕은 출가한 아들과 손자, 조카를 다시 한 번 보고 싶다고 했다.

그 무렵 부처님은 제자들을 거느리고 마가다의 수도 라자그리하 교외에 있는 영취산(그리드라쿠타)에 머물고 있었다. 다른 경전에는 바이살리 교외의 마하바나 정사에 있었다고도 한다.

아버지가 위독하다는 말을 전해 들은 부처님은 급히 카필라로 갔다. 부처님이 가까이 오자 그 몸에서 발하는 한 줄기 광명이 늙은 왕의 몸에 닿았다. 그래서 잠시 아픔을 잊을 수 있었다. 늙은 왕은 그것으로써 부처님이 가까이 왔다는 것을 알았다.

이윽고 모습을 나타낸 부처님을 본 늙은 왕은 마지막 소원이라며, 손으로 자기 몸을 만져 극락세계로 인도해 달라고 부탁했다.

부처님은 아버지의 이마 위에 손을 놓고 설법을 했다.

"걱정하실 건 없습니다. 당신의 덕은 청정하며 마음의 때도 없어졌습니다. 걱정하거나 괴로워하지 마십시오. 지금까지 들은 진리를 다시 생각해 내고 지금까지 해 온 선행을 믿고 마음 놓으십시오. 이 마지막 시간에 마음을 너그럽게 갖는 것이 좋습니다."

친족들도 부처님을 비롯해 난다, 라훌라, 아난다와 같이 뛰어난 수행자들에게 둘러싸인 늙은 왕은 행복한 사람이라고 했다.

늙은 왕은 손을 내밀어 부처님의 손을 잡고, 그 손을 가슴에 대고 반듯이 누운 채로 합장해 만족하다는 뜻을 보이더니, 이윽고 숨을 거두었다.

석가족 사람들은 소리 내어 울면서 머리를 쥐어뜯고 땅에 쓰러진 채 슬퍼했다. 그들은 고인의 몸을 향수로 씻고 관에 넣어 칠보와 진주 그물로 장식하고, 꽃을 뿌리며 향을 피웠다.

부처님과 난다는 머리맡에 서고, 아난다와 라훌라는 발아래 서 있었다. 난다 등은 관을 메게 해 달라고 부처님께 청했다. 하지만 부처님은 뒷세상에 인심이 어지러워져 부모의 은혜를 저버리는 불효자식이 나올 것을 염려하여 모범을 보이려고 몸소 관을 멨다.

그때 많은 신들이 찾아왔는데, 그 가운데서도 사천왕은 부처님 아버지의 관을 메겠다고 나서 사람의 모습을 하고 그 일을 맡았다. 우두와 전단 등의 향나무를 모아 화장을 했다. 유골은 황금으로 만든 그릇에 담고 그것을 모시기 위해 탑을 세웠다.

사람들의 물음에 부처님은 이와 같이 말했다.

"부왕은 맑고 깨끗한 사람이니 정거천에 태어나리라."

일설에 의하면, 이때 왕은 아흔일곱 살이었다고 한다.

28
여성 출가의 문제점

물 위를 걷는 불타. 배 앞의 몇 줄기 파도가 그의 모습을 상징한다

황금빛 가사

부처님이 룸비니 동산에서 태어난 지 이레 만에 어머니 마야 왕비는 이승의 생애를 마쳤다. 그 뒤를 이어 마야 왕비의 동생인 마하프라자파티가 양어머니가 되어 태자를 길렀다. 이 양어머니는 뒤에 난다를 낳았으나 태자를 친아들처럼 소중하게 길렀다.

태자가 스물아홉 살이 되어 출가하자 양어머니는 거의 미치다시피 슬퍼했다. 그러나 부처님이 되어 돌아왔을 때는 남달리 믿음이 두터웠고, 불, 법, 승 삼보에 깊이 귀의했다.

마하프라자파티는 태자가 출가한 뒤 언젠가는 쓸데가 있을 거라고 생각하고 손수 실을 뽑아서 훌륭한 옷(가사)을 한 벌 짜 두었다. 이 옷을 한역하면 '금루황색의金縷黃色衣'라고 했으니, 금실 자수로 만들었는지도 모르겠다.

부처님이 카필라 교외의 승원에 머물고 있을 때 마하프라자파티는 이 귀중한 옷을 들고 부처님에게 와서 말했다.

"이 옷을 받아 주시오."

부처님은 사양했다.

"그 옷은 내게 주는 것보다는 승단에 기증하는 것이 더 좋겠습니다."

그러나 마하프라자파티는 거듭 간청했다.

"이 옷은 특별히 세존을 위해 내가 손수 만든 것이니 세존의 것으로 받아 주시오."

이렇게 세 차례나 똑같은 문답이 되풀이되었다. 그때 부처님 뒤에 서서 부처님을 모시고 있던 아난다가 마하프라자파티를 거들었다. 그녀가 양어머니로서 어릴 때의 부처님을 위해 정성을 다한 것을 말하고, 또 삼보에 귀의해 오계(재가신자가 지켜야 할 다섯 가지 계율)를 지키는 훌륭한 신자라는 사실을 말했다.

물론 부처님은 그런 일들을 시인했지만, 이 기회에 보시의 의미를 말씀하셨다. 보시는 언제 어떤 경우에나 훌륭한 일이다. 그러나 보시는 그것을 하는 사람이나 받는 사람이 다 같이 청정할 때 최고의 것이 된다. 물론 어느 한쪽이 청정하지 못한 경우, 또는 양쪽이 다 청정하지 못한 경우일지라도 공덕이 없는 것은 아니다. 가령 상대가 짐승일지라도 보시에는 공덕이 있다.

그리고 이때 부처님에게 보시하는 것과 승단에 보시하는 것의 관계에 대해서도 말씀했다. 이것은 훗날 부처님이 입적한 뒤 부파들 사이에 논의가 벌어진 문제 가운데 하나이다. 그 논점은 부처님을 승단의 한 사람으로 본다면 어느 쪽에 보시를 하건 마찬가지지만, 만일 승단과는 별개의 존재라고 한다면 그 한쪽에 보시하는 것은 의미가 달라진다는 것이다.

그러나 지금 이 경우는 육친인 마하프라자파티가 특히 부처님을 지명해 보시를 하겠다고 나섰다. 결국 부처님은 자신의 이름으로 그 보시를 받아들이고, 다시 부처님으로서 승단에 돌려보냈다.

마하프라자파티가 손수 만든 옷은 이렇게 해서 승단이 소유하게 되었지만, 막상 이 옷을 누가 입느냐 하는 데서 또다시 문제가 생겼다. 그것은 이처럼 훌륭한 옷을 몸에 걸칠 만한 자신이 아무한테도 없었기 때문이다.

여기저기 밀려다닌 끝에 부처님의 명령으로 미륵(마이트레야)이라는 비구가 입게 되었다. 미륵 비구가 이 옷을 입고 거리에 탁발을 나가자, 부처님과 똑같이 32상이 그 몸에 나타났으며 온몸이 순금처럼 빛났다. 그래서 시민들은 그 옷맵시에만 정신을 팔아 음식을 바치는 일조차 잊어버렸다. 이때 시민의 한 사람인 보석 세공인이 미륵 비구에게 음식을 드리고 자기 집에 초청해 설법을 들었다. 설법을 듣는 동안에 십만금의 일거리가 들어왔는데도 그는 그것을 돌아보지도 않은 채 열심히 미륵 비구의 말에 귀를 기울였다. 이로운 일감을 놓칠 줄 뻔히 알면서도, 세공인은 오직 설법을 듣게 된 것만을 기뻐했다.

이 미륵 비구는 원래 바라나시의 대신 집에서 태어나, 친척인 바바리라는 바라문 학자의 집에서 자랐다. 나중에 이 학자의 권유로 그의 제자 열다섯 사람과 함께 부처님을 찾아가서 설법을 듣고 부처님의 제자가 되어 출가한 사람이다. 그는 태어나면서부터 비범한 특징을 갖추고 있어 함부로 범하기 어려웠다. 부처님의 제자가 된 뒤에도 다른 제자들과는 달리 존귀한 품격을 지니고 있었다. 이런 사실은 마하프라자파티가 손수 지은 옷에 관한 이야기로도 잘 알 수 있다.

미륵은 그 뒤 12년이 지난 다음 고향인 바라나시에 돌아가서 입적했는데, 즉시 도솔천에 올라갔다고 한다.

도솔천은 석가모니가 이 세상에 내려오기 전에 머물렀던 곳이다. 미륵도 앞으로 오랫동안 도솔천에서 천인들에게 설법한 다음, 인류가 불교를 잊어버릴 만하면 이 세상에 출현할 것이다. 그래서 석가모니 부처님과 마찬가지로 출가수행해 부처님이 될 것이다.

성도하기까지의 석가모니불이 보살이라고 불린 것처럼, 미래의 부처님인 미륵도 역시 보살이라고 불린다. 관자재, 문수, 대세지, 보현 등 보살의 수는 헤아릴 수 없이 많다. 하지만 대체로 대승불교에서만 신앙의 대상이 되어 있고, 역사적으로 언제 어디서 어떻게 살았는지에 관한 확실한 기록은 없다.

그런데 이와는 대조적으로 미륵보살 한 분에 대해서만은 대승이나 소승에 자세히 기록되어 있고, 산스크리트어, 팔리어, 티베트어, 한문 등 여러 자료가 있다. 게다가 석가모니의 제자 중 한 사람이었다는 것도 밝혀져 있다. 또 마하프라자파티가 손수 지은 옷을 입었다는 것도 역사적인 사실로 인정할 수 있을 것이다. 미륵 신앙은 뒤에 와서 관자재 신앙 등과 똑같이 보이지만, 미륵 비구만은 석가모니의 전기에서도 뺄 수 없는 인물 가운데 한 사람이다.

여성의 출가와 여덟 가지 조건

마하프라자파티가 부처님에게 손수 지은 옷을 바친 시기는 숫도다나왕이 살아 있을 때였는지도 모른다. 숫도다나왕이 고령으로 세상을 떠나자 카필라의 정세도 한결 달라졌다.

자세한 내용은 알 수 없으나, 숫도다나왕은 본래 다른 왕조의 왕처럼 절대 군주가 아니고, 단지 석가족 전체를 통치하는 집권관 정도에 지나지 않았던 것 같다. 후계자가 되었어야 할 싯다르타 태자는 출가해 부처님이 되었고, 태자의 배다른 아우인 난다도, 태자의 아들 라훌라도, 더군다나 일단 왕위에 올랐던 바드리카까지도 출가해 수행자가 되고 말았다. 그리고 숫도다나도 훨씬 전에 왕위에서 물러나 있었다. 그 숫도다나가 죽은 뒤 카필라는 결코 번영했던 것 같지 않다. 물론 성을 지키고 백성을 다스릴 만한 인물이 적지는 않았다. 그로부터 수십 년 뒤 카필라가 멸망할 때 보인 용감한 행동을 통해서도 인물이 적지 않았다는 사실은 분명하다.

그러나 후궁의 여성들은 어땠을까. 후궁의 첫 번째 인물로는 먼저 숫도다나왕의 정비이며 부처님의 양어머니인 마하프라자파티가 있었다. 다음으로는 부처님이 태자였던 시절의 비였으며 라훌라의 어머니인 도도한 야쇼다라가 있었다. 이 두 사람을 중심으로 귀족의 부인이나 시녀들이 많았다. 석가족의 많은 남자들이 출가한 결과 어쩔 수 없이 독신 생활을 하게 된 젊은 여성들의 수도 적지 않았을 것이다.

이와 같은 외부적인 사정 말고도 이들 여성들은 마음으로부터 불교에 귀의했는데. 그 사실도 그냥 보아 넘길 수 없다. 왜냐하면 그녀들의 가까운 인척 중에서 부처님이 출현했고, 따라서 불교에 마음이 강하게 끌린 것은 당연한 일이기 때문이다.

지금까지 여러 차례 암시한 바와 같이, 불교라는 종교가 석가모니에 의해 창시된 것이 아니라 그전부터 이미 어떤 형태로든 존재했다고 한다면, 더 나아가 부처님 이전의 불교가 히말라야 산맥 남쪽 비아리아인의 종교이고, 특히 석가족과 밀접한 관계를 가지고 있었다고 한다면, 카필라에 남은 여성들이 자기들도 출가수행하기를 갈망했다는 것은 너무도 당연한 일이다.

숫도다나왕이 세상을 떠난 지 얼마 안되어 부처님은 카필라 교외에 있는 니그로다 동산에 머물고 있었다. 그때 마하프라자파티는 부처님을 찾아와 여성의 출가를 허락해 달라고 했지만 허락을 받지 못했다. 세 차례나 간청했지만 그때마다 거절을 당했다. 마하프라자파티는 소리를 내어 통곡을 하고 눈물을 흘리며 돌아갔다.

며칠 뒤 부처님은 카필라를 떠나 바이살리 교외에 있는 마하바나 정사에 머물게 되었다.

일단 성으로 돌아온 마하프라자파티는 아무리 생각해도 출가를 단념할 수가 없었다. 마침내 손수 머리를 깎은 다음, 황색 옷을 몸에 걸치고 부처님의 뒤를 쫓아갔다. 이때 석가족의 많은 여성들도 그녀를 따랐다. 맨발로 걸어가니 발은 부어터지고 먼지투성이인 데다 얼굴은 눈물과 먼지로 얼룩져 있었다.

정사 밖에 서서 울부짖고 있는 여성들의 소리를 듣고 아난다가 문을 열었다. 여성들은 출가를 허락하도록 부처님께 힘을 써 달라고 시자인 그에게 부탁했다.

아난다가 부처님께 세 차례나 간청해 보았지만, 세 번 다 거절을 당했다.

그러자 아난다는 다시 부처님에게 이런 질문을 했다.

"세존이시여, 만일 여성이 이 가르침을 따라 출가해서 수행을 한다면 남자와 같이 수행의 효과를 얻을 수 있겠습니까?"

"아난다야, 물론 그럴 수 있다."

이 대답을 듣고 용기를 얻은 아난다는 다시 마하프라자파티가 부처님에게 바친 은혜를 말하고 꼭 출가를 허락해 달라고 몇 번이고 간청했다.

마침내 부처님은 여성의 출가를 인정하기로 했다. 그러나 거기에는 여덟 가지 조건이 따랐다.

첫째, 출가해 백 년의 경력을 가진 비구니일지라도 바로 그날 자격을 얻은 비구에게조차 먼저 합장, 존경을 해야 한다.

둘째, 비구니는 비구가 없는 장소에서 안거를 해서는 안 된다.

셋째, 비구니는 한 달에 두 번씩 비구 승단에서 계율을 반성하는 포살을 하고 설교를 들어야 한다.

넷째, 비구니는 안거가 끝난 뒤 남녀 양쪽의 승단에 대해 수행이 순결했다는 증거를 제시해야 한다.

다섯째, 비구니가 중대한 죄를 범했을 때는 남녀 양쪽의 승단에서 반 달 동안 별거 취급을 당해야 한다.

여섯째, 비구니의 견습은 2년 동안 수행을 거친 다음 남녀 양쪽의 승단에서 온전한 비구니가 되는 의식을 받아야 한다.

일곱째, 어떤 일이 있더라도 비구니는 비구를 욕하거나 비난해서는 안 된다.

여덟째, 비구니는 비구의 허물을 꾸짖을 수 없지만, 비구는 비구니의 허물을 꾸짖어도 무방하다.

아난다는 마하프라자파티한테 가서, 만일 이 여덟 조항을 받아들인다면 여성의 출가가 허락되리라는 뜻을 전했다.

그녀는 이렇게 대답했다.

"젊은이가 머리를 감고 아름다운 꽃으로 장식하는 것을 좋아하듯이, 나는 이 여덟 조항을 한평생 소중하게 지켜 가겠습니다."

이와 같이 이 여덟 조항(팔중법이라고도 함)을 받아들임으로써 마하프라자파티는 불교 역사상 최초의 비구니가 되었다.

그때 부처님은 아난다에게 다음과 같이 말씀했다.

"아난다야, 불교 교단에 여성의 출가를 허용하지 않았더라면 수행의 순결이 유지되어 1천 년 동안 정법(바른 교법)이 존속될 수 있었을 것이다. 그러나 이제 여성이 출가하게 되었으니, 수행의 순결은 오래 유지되지 못하고, 정법도 5백 년밖에 존속되지 못하게 되었다.

비유를 들어 말하면, 여자가 많고 남자가 적은 집안에는 도적이 침범하기 쉽다. 또 논밭에 물것이 성하면 열매를 거둘 수 없다. 이와 마찬가지로 여성이 출가하면 수행의 순결은 유지되기 어렵다. 큰 연못 둘레에 미리 둑을 쌓아 물의 범람을 막듯이, 나는 비구니들에게 이 여덟 조항을 베푼 것이다."

이렇게 해서 불교 교단에 여성의 출가가 인정되었다.

여성을 독립된 인격으로 볼 경우, 남성과 같이 우수한 자질을 가지고 있다는 것은 부처님 자신도 인정한 바와 같이 분명한 사실이다. 그 점에서는 남녀의 차별을 둘 필요가 없다. 사실 비구니들 중에서도 수행과 학덕이 뛰어난 인물이 있었다는 것은, 이를테면 〈장로니게〉(테리가타)의 예를 보아도 알 수 있다.

앞에 인용한 부처님의 말씀에서도 밝혀진 바와 같이, 수행에 의해서 여성도 성자(아라한)의 경지에 이를 수 있고, 실제로 그런 여성이 몇 사람 기록되어 있다. 여성의 몸 그대로는 부처가 될 수 없다고 말한 경전도 있지만, 그것은 부처님의 참뜻에서 벗어난 것이다.

그렇다면 어째서 부처님은 여성의 출가를 그토록 인정하지 않으려 했을까. 그 까닭도 앞에서 인용한 글에 의해 명백해진다. 즉, 부처님이 여기에서 문제 삼은 것은 여성의 능력 그 자체가 아니라, 여성이 승단에 들어올 경우 출가승단이 변질될 양상을 염려했기 때문이다.

현실의 고뇌

부처님의 이상이 아무리 높은 것일지라도 승단의 운영은 현실 사회의 문제다. 이제까지 설명해 온 바와 같이 매월 행사인 포살, 연중행사인 우안거만 하더라도 불교 교단에서 제정한 것이 아니라, 당시 사회의 요구에 따라 설정된 것이다. 계율의 제목을 보더라도 현실 사회의 통념을 고려한 것이 적지 않다. 여성의 출가 문제에 대한 부처님의 태도도 이런 관점에서 살펴봐야 한다.

바라문 사회라고 해서 여성의 종교적 능력이 반드시 낮게 평가되었던 것은 아니다. 〈우파니샤드〉 등을 보아도 남성에 대해 당당하게 논평하는 여성 철학자가 있었다. 다만 바라문교에서도 여성의 출가는 인정하지 않았다.

바라문교의 습관으로는 도제 시대와 가장 시대를 거친 바라문이 사회인 또는 가정인으로서의 의무를 끝낸 다음 홀로 숲 속에 들어가 명상 수행에 잠긴다. 어떤 사람은 다시 한 걸음 더 나아가 숲 속의 거처까지도 버리고 편력 수행자가 되기도 한다. 그러나 여성에게는 이 같은 출가수행은 인정하지 않았다.

부처님이 여성의 출가를 인정하지 않으려 했던 이유는 이와 같은 사회적, 역사적 배경이 있었기 때문이다. 사실 그 당시의 치안 상태로 보아 인적이 드문 외딴 곳에서 여성이 수행 생활을 하는 데는 커다란 위험이 따랐다. 실제로 부처님의 제자 가운데 우수한 여승이 폭한에게 욕을 당한 예도 있었으며, 도적이나 맹수의 습격을 당할 위험도 없지 않았다.

게다가 여성이 갖기 쉬운 결점이 사회적 비난을 불러일으킬 기회까지도 제공하고 있었다. 예를 들어 후세의 문학작품을 읽어 보면, 불교나 자이나교의 여승이 첩자나 중매쟁이 등 불미한 일을 하고 있는 경우 등이 등장한다. 어디까지가 사실인지는 잘 모르지만 있음 직한 일이다.

부처님은 물론 성을 차별해 그 우열을 가리지 않았다. 이상을 실현하는 능력에서는 남녀가 다를 것이 없다. 성기나 육체의 구조가 다르다는 점에서 우열이 있을 까닭이 없으며, 여성의 성기가 수행에 방해가 된다면 남성의 성기 또한 마찬가지일 것이다.

어떤 비구는 수행 중의 고뇌 때문에 자신의 남근을 잘라 버린 일이 있는데, 그 이야기를 듣고 부처님은 이렇게 말씀하셨다.

"잘라 버릴 것이 따로 있었는데, 그는 잘라 버릴 것을 잘못 골랐구나."

즉, 끊어 버려야 할 것은 마음속에 있는 번뇌이지 육체의 일부분이 아니라는 말씀이다.

불교에서 여성을 경멸할 이유는 없다. 만일 일부 경전에 그와 같은 글이 있다면, 그것은 오히려 남존여비의 사회 풍조와 타협한 것에 지나지 않는다. 대승경전에 속한 〈승만경〉 중 승만 부인이 부처님의 뜻을 받들어 당당하게 설법하는 장면에서 여성이기 때문에 느껴야 하는 열등감 같은 것은 전혀 찾아볼 수 없다. 이와 같은 여성의 존재 양상이 부처님의 정신에 부응하는 것이라고 생각된다.

그렇지만 여성의 출가를 인정한 것은 현실적으로 종단을 운영하는 데 여러 가지 어려움을 가져왔다. 집단생활에서 보이는 여성의 생리나 심리는 남성의 경우와는 다른 점이 있었다. 비구의 250계에 대해 비구니에게는 348계를 규정하지 않으면 안 되었던 이유도 이를 반영한 것이다.

앞서 말한 '여덟 조항'에도 있듯이, 비구니 교단은 비구 교단에 의존하며 그 지시와 감독을 받지 않으면 안 되었다. 또 비구니를 위해 정기적으로 설교를 해 주는 것이 비구의 의무이기도 했다. 부처님이 세상에 계실 동안에는 중요한 사항에 대해 낱낱이 부처님의 지시를 받도록 했었다.

그러나 일상의 사소한 일은 마하프라자파티의 재량에 맡기기도 했다. 새로 입문을 희망하는 여성이 있으면 마하프라자파티가 결정했다. 이 점에서도 그녀는 아주 뛰어난 능력을 발휘했다. 야쇼다라도 여승으로서 사람들에게 존경을 받았다. 특히 자신을 심하게 반성하는 점에서 뛰어났다고 한다.

29
불교와 동시대의 종교

불타에게 꿀을 바치는 원숭이. 불타는 대좌로만 나타나 있다

성스러운 것

부처님의 명성이 높아짐에 따라 경쟁자들의 활동도 활발해졌다. 부처님이 살고 있던 그때, 한편에는 바라문교의 오랜 전통이 있었다. 바라문교는 기원전 1천 년 전, 즉 부처님 시대보다 5백여 년이나 앞서 서북 인도에서 들어와 인더스 강 유역에 퍼지더니, 점차 중앙 인도를 거쳐 나중에는 갠지스 강 유역에까지 진출한다. 이 아리아 인종의 종교는 〈베다〉라는 성전에 기초를 두고 천상의 신들에게 동물을 제물로 바쳐 그 은덕으로 지상의 행복을 추구했다.

이것이 베다교인데, 그 제사는 오로지 바라문 계급이 맡아보았으므로 바라문교라고도 하고, 후세에는 힌두교(인도교)라고 불렀다. 지금도 인도인의 대부분은 이 종교를 믿고 있으며, 그 분파도 많다. 이러한 힌두교에 대립하는 것이 이슬람교(마호메트교)인데, 이 종교는 10세기 이후에 인도에 침입해 그 세력을 넓혔다. 힌두교와 이슬람교가 대립한 결과 독립할 때 인도와 파키스탄으로 분열했으며, 지금도 분쟁이 끊이지 않고 있다.

바라문교, 즉 힌두교는 그 기원이 오래인 만큼 민중에 대해 뿌리 깊은 힘을 가지고 있다. 부처님 시대에도 역시 마찬가지였다.

바라문교에 의하면, 바라문 가문에 태어난 사람은 태어나면서부터 신성하며 다른 신분의 사람들보다 우위를 차지한다. 바라문의 본래 의무는 〈베다〉를 학습하고 여러 가지 의식을 집행하는 것이다. 크게는 국가의 행사를, 작게는 각 개인의 수태 및 탄생에서 장례, 사후의 제사에 이르기까지 모두 바라문이 그 의식에 관여했다. 국왕이라 할지라도 바라문의 권위를 존중하지 않으면 안 되었다. 바라문은 의식뿐 아니라 나라의 정책이나 그 밖의 일에 대해서도 국왕의 고문으로서 발언권을 가지고 있었다.

또한 바라문은 〈베다〉를 암송하는 것 외에, 그 성전에 의거해 종교적이거나 철학적인 사상도 발전시켰다. 제식의 의미와 고사에 대해 자세히 설명한 〈브라흐마나〉, 신비적인 제식 설명서인 〈아라나카〉, 철학서인 〈우파니샤드〉, 그리고 규정에 관한 법전인 〈수트라〉 등이 그것이다. 이것들은 하나의 서적이 아니라 분류상의 명칭이다. 예를 들어 〈우파니샤드〉에는 크고 작은 백 가지 이상의 서적이 포함되어 있고, 그 밖의 것들도 대단한 분량이다.

물론 모든 바라문이 이 서적들을 전부 배운 것은 아니다. 하지만 바라문으로서 세상 사람들의 존경을 받으려면 학문이나 의식에 관한 많은 지식이 필요했다.

바라문 계급 아래에는 크샤트리아라고 하는 무사 귀족 계급이 있고, 그 아래는 바이샤라고 하는 서민 계급이 있어 생산이나 상공업에 종사했다. 이상 세 계급이 아리아 인종이다. 그 밑에는 수드라, 즉 노예 계급이 있었다. 이 네 계급의 구별은 가문에 의해 결정된 것으로, 각각의 신분에 따라 까다로운 규정이 있었다.

그러나 실제로는 잡혼에 의해 여러 중간층이 생긴 것과, 아리아 인종 외에도 우수한 민족이 존재한다는 사실을 부정할 수 없었다. 바라문교를 토대로 한 아리아 인종의 사회에서는 바라문이 태어나면서부터 바라문교를 독점하고 문화의 담당자가 되게 마련이었다. 그러나 현실적인 문제는 바라문들 중에서 학문도 짧고 능력도 없어서 하층 계급으로 전락한 사람도 적지 않았다는 것이다.

바라문 외의 문화 활동

한편, 바라문 이외의 사람들, 즉 다른 계급에 속한 아리아인 및 비아리아인들 사이에서도 종교를 구하는 사람이 적지 않았다. 문명의 중심이 인더스 강 유역에서 중앙 인도로, 다시 동쪽의 갠지스 강 유역까지 옮겨짐에 따라 바라문교에 포함시킬 수 없는 문화 활동이 점점 번창해 갔다.

인도의 고전에 속하는 대서사시 〈마하바라타〉는 중앙 인도를 무대로 해 널리 인도 여러 지방의 왕후 귀족들이 참가한 큰 전쟁 이야기다. 물론 창작된 요소도 적지 않지만, 그 핵심은 역사적 사실에 기초를 두고 있다고 생각한다.

그것은 두 큰 세력의 전쟁 이야기인데, 최후에는 다 같이 멸망하는 비참한 결과로 끝을 맺는다. 시대는 확실하지 않으나 부처님 시대보다도 훨씬 앞서 중앙 인도에서 실제로 일어났던 전쟁이다. 현재 전해지는 〈마하바라타〉라는 책에는 바라문교의 색채가 짙으나 본래는 오히려 바라문 세계와는 그다지 관계가 없는 세계에서 일어난 사건인 것 같다.

부처님 시대 이전에는 〈우파니샤드〉 등에 의해 대표되는 바라문 철학이 발전함과 동시에, 다른 한편으로는 바라문 외의 종교 활동이 활발하게 진행되었다. 어떤 학자의 추리에 의하면 〈마하바라타〉에 기록된 큰 전쟁의 결과로 나라와 재산을 잃은 왕후 귀족들이 대량으로 방랑자가 된 것이 아닌가 하지만, 사실 인도에는 거처가 일정치 않은 수행자가 헤아릴 수 없이 많았다. 그리고 세상에는 이들 수행자들에게 음식을 제공하는 관습이 행해지고 있었다.

부처님의 시대는 〈마하바라타〉의 대전쟁 시대와는 시간적으로 꽤 거리가 있었기 때문에 그 직접적인 영향을 받았다고는 할 수 없다. 하지만 그렇더라도 참으로 많은 수행자가 있었다. 대충 생각하면 부처님도 그런 수행자 중의 한 사람이었다.

태어나면서부터 종교를 천직으로 여기는 바라문에 대해, 자기 의지로 수행자가 된 사람들을 사문(슈라마나)이라고 한다. 사문은 계급과는 관계없이 누구나 될 수 있었다. 물론 바라문도 사문이 될 수 있었다.

앞에서 말한 바와 같이 바라문의 생애에는 네 시기가 있다. 사문의 특색은 한평생 청정한 수행을 지키고 가정을 떠나 수행에만 전념하는 것이므로, 바라문의 네 시기 중 두 번째인 가주기를 빼 버린 것과 같다고 생각하면 된다. 부처님 시대에 사문의 대표자는 더 말할 것도 없이 부처님 자신과 자이나교의 개조 마하비라였다.

이 두 사람은 여러 면에서 공통점이 많다. 부처님은 히말라야 산맥에 가까이 있는 카필라바스투 출신이고, 마하비라는 갠지스 강 북쪽 기슭에 있는 바이살리 출신이다. 그리고 두 사람 다 바라문교 외의 환경을 배경으로 하고 있다. 유력한 학설에 따르면 둘 다 비아리아계에 속했을 가능성이 강하다. 한쪽은 부처님(각자)으로 알려지고 다른 쪽은 자이나(승자)로 알려졌으므로, 각각 종교의 이름을 불교와 자이나교라고 했다. 부처님이나 자이나는 어느 쪽 개조에게도 두루 쓰는 칭호다. 불교에서는 부처님을 포함해 깨달음을 얻은 사람을 아라한이라고 부르는데, 자이나교에서도 성자를 가리켜 아라한이라고 하며 자이나교를 아라한교라고도 한다.

부처님의 전기와 마하비라의 전기에는 공통점과 유사점이 많다. 어머니 태 안에 들어가는 입태, 탄생, 출가, 성도, 전도, 교단, 신자층 등 얼핏 보면 너무도 비슷하기 때문에 초기 서양의 학자들이 불교와 자이나교는 같은 종교의 분파가 아닐까 착각할 정도였다. 물론 그것은 잘못된 견해다. 그 기원과 가르침이 전혀 다른 데다가 각각 독립된 종교라는 사실이 밝혀졌다. 그런데도 경전이나 의식, 그 밖의 일들에 비슷한 점이 많았다.

불교의 성전은 팔리어, 프라크리트어, 산스크리트어로 쓴 것 등이 있는데, 자이나교의 성전은 아르다마가디어로 많이 썼다. 아르다마가디어란 갠지스 강 남쪽에 있던 마가다국의 국어에 바탕을 둔 것으로, 그 구조는 팔리어에 아주 가깝다. 이 두 언어 중에서 한쪽을 배우면 다른 한쪽의 언어도 읽을 수 있을 만큼 서로 닮았다.

또한 두 종교의 경전 내용에도 비슷한 것이 아주 많다. 가령 불교의 〈법구경〉(담마파다), 〈경집〉(숫타니파타), 〈자설게〉(우다나), 〈여시어〉(이티붓타카) 등에 수록되어 있는 시의 교훈, 특히 거기에 사용된 비유(꽃, 향, 꿀벌, 뱀의 허물, 집, 도구 등등)는 자이나교의 성전에 기록되어 있는 내용과 공통된 것이 많다.

또 불교에서는 〈자타카〉(전생설화)를 자주 교훈의 소재로 삼는데, 똑같은 이야기나 그 비슷한 이야기가 자이나교에도 있다. 더욱이 부처님 시대의 같은 인물이 한쪽에서는 불교 신자로, 다른 한쪽에서는 자이나교 신자로 아주 똑같이 이야기되기도 한다.

앞에서 말한 마가다국의 빔비사라왕은 도를 이루기 전부터 부처님을 믿었고, 수행 중이던 부처님을 만나 이야기한 일이 있다고 했는데, 이와 비슷한 이야기가 자이나교 측에도 있다. 또 서쪽 인더스 강 지역에 있던 롤카의 우드라야나왕이 왕비의 감화를 받아 출가했다는 이야기는 불교와 자이나교 양쪽에 똑같이 전해진다.

같은 인물이 같은 시기에 양쪽 종교에 출가한다는 것은 사실상 불가능한 일이다. 아마도 한쪽 종교에 전해진 이야기를 다른 쪽에서 모방해 전한 것이라고밖에 생각할 수 없다. 그러면서도 성전 속에 보이는 여러 가지 공통점은 이 두 종교가 밀접한 관계를 가지고 있었다는 증거이다.

부처님께 귀의한 사람들

부처님과 마하비라는 거의 같은 시대의 사람이다. 마하비라는 바이살리 출신으로 마가다의 빔비사라왕과 친척이었다. 부처님도 이 지방에서 활발히 활동했으므로 불교와 자이나교는 포교의 범위가 겹쳐 있었다. 그러나 이 두 개조는 끝내 만날 기회가 없었다.

신자층이 겹쳐 있었기 때문에 한쪽 종교에서 다른 쪽으로 옮긴 사례도 몇 가지 알려져 있다. 가장 유명한 예는, 바이살리의 명사로 알려진 시하 장군의 경우다. 시하 장군은 원래 자이나교의 독실한 신자로, 불교는 나쁜 종교라고 단정하고 있었다. 그런데 어느 날 부처님을 만나 그 인품에 감화된 후 마음으로부터 공경해 자이나교를 버리고 불교에 귀의하겠다고 맹세했다.

그때 부처님은 다음과 같이 타일렀다.

"당신같이 사회적 지위를 가진 사람이 함부로 신앙을 바꿔서는 안 되니 다시 잘 생각해 보시오."

이 말을 들은 시하 장군은 부처님의 너그러운 인격에 더욱 감동했다.

부처님은 다시 말을 이어 이렇게 가르쳤다.

"지금부터 갑자기 자이나교의 승려를 물리치는 것은 옳지 못하오. 불교의 승려뿐 아니라 자이나교의 승려에게도 똑같이 공양하는 게 옳은 일이오."

부처님의 이와 같은 너그러운 태도에도 불구하고 그때 마침 시하 장군이 소를 잡아 불교 승려들을 대접했다는 뜬소문이 떠돌아 거리에 비난의 소리가 일어난 일도 있었는데, 진상이 밝혀지자 그 소문도 곧 사라졌다.

그때 자이나교의 세력은 북쪽 코살라의 수도 슈라바스티에까지 미쳐 있었다. 미가라라고 하는 큰 부자는 자이나교의 신자였다. 미가라는 사케타 거리에 사는 큰 부자의 딸 바이샤카를 며느리로 맞아들였다. 그런데 바이샤카는 소녀 시절에 딱 한 번 부처님을 본 뒤부터 열렬한 신자가 되어 있었다. 어느 날 미가라는 자이나교의 승려들을 공양하기 위해 초대했다.

"성자들을 초대했다."

바이샤카는 시아버지의 말을 듣고 기뻐하며 음식을 차리고 나가 보았다. 그런데 불교의 승려가 아니라 나체의 수행자들이 줄지어 서 있는 것을 보고 깜짝 놀라 자기 방에 들어박혀 나오려 하지 않았다. 자이나교에서는 불교보다 훨씬 극단적인 고행주의를 주장해, 실오라기 하나도 걸치지 않는 것을 찬미하는 경향이 있었다.

자이나교의 승려들은 시아버지인 미가라를 비난하고, 며느리 바이샤카를 친정에 보내라고 강요했다. 그러나 나무랄 데 없는 며느리를 쫓아낼 수는 없었다. 미가라는 오히려 며느리에게 감화를 받아서 시험 삼아 부처님을 초대해 공양하고 그 설법을 듣기로 했다. 처음에는 장막 밖에서 설법을 듣던 미가라는 부처님 말씀의 위대함에 감동해 장막을 열어젖히고 부처님 앞에 나와 평생을 삼보에 귀의하겠다고 맹세했다.

이때부터 미가라는 며느리 바이샤카를 '우리 어머니'라고 부르며 존경하고, 불교 신자로서 생애를 마쳤다.

이 이야기 속의 나체 수행자는 자이나교의 승려였을 것이다. 그런데 경우에 따라서는 또 하나의 다른 종교인 아지비카교의 수행자였는지도 모른다.

아지비카교란 불교, 자이나교와 함께 그 당시에 세력을 떨치던 종교의 이름이다. 그런데 이 종교의 성전이 후세에 전해지지 않았기 때문에 그 독립성을 의심하는 학자들 사이에서는 오랫동안 자이나교의 한 파가 아닐까 하는 문제가 거론되기도 했다. 그러나 불교와 자이나교의 자료를 자세히 살펴본 결과, 이 두 종교와 함께 중요한 종교의 하나라는 사실이 밝혀졌다. 부처님 시대뿐 아니라 그 전이나 후에도 아지비카교에 대한 것들이 알려지고 있다.

부처님이 처음 보리수 아래서 도를 이루고 바라나시로 가던 중 우파카라고 하는 아지비카교의 수행자와 만난 적이 있었다. 우파카는 첫눈에 부처님의 거룩한 모습에 놀라 물었다.

"당신의 스승은 누구입니까?"

"나는 스승 없이 홀로 부처가 되었소."

부처님이 대답하자, 그는 다음과 같이 말하고 지나가 버렸다.

"흠, 그럴 수도 있겠지요."

우파카는 최초로 부처님의 제자가 될 수 있었던 기회를 스스로 버리고 만 것이다.

그런데 〈장로니게 주〉에 따르면, 이 우파카는 뒤에 사냥꾼의 딸과 결혼해 자식을 낳은 뒤 다시 슈라바스티로 가서 부처님의 제자가 되었다고 한다. 어쨌든 부처님보다도 먼저 아지비카교라는 종교가 있었다.

다음은 〈열반경〉에 기록되어 있는 또 하나의 유명한 이야기이다. 그것은, 부처님이 입적한 뒤 마하가섭이 파바의 큰길에서 아지비카교 사람을 만났는데, 그를 통해 비로소 부처님이 입적한 사실을 알았다는 것이다.

부처님 시대에 육사외도, 즉 여섯 사람의 대표적인 종교가가 있었다는 기록은 여러 성전에 보인다. 그 가운데 한 사람인 니간타

나타풋타는 자이나교의 마하비라를 가리킨 것이고, 또 한 사람 막칼리 고살라는 당시 아지비카교의 대표자였다고 한다.

아지비카교의 성전 자체는 지금 남아 있지 않지만, 한때는 〈마하니밋타〉라고 하는 경전이 있었다는 사실이 자이나교의 자료에서 밝혀졌다. 아지비카교는 교리 면에서도 자이나교에 많은 영향을 주었던 것 같다.

아지비카교는 부처님 시대뿐 아니라 후세에까지도 세력을 가지고 있었다. 불교 신자로 유명한 아쇼카왕(부처님 입적 후 2백 년경)의 비문은 인도의 역사에서 아주 중요한 자료인데, 그 하나(델리 토프라의 석주)에 이와 같이 적혀 있다.

"……바라문 및 아지비카…… 또는 니르그란타……."

니르그란타란 자이나교를 가리키는 것이므로, 그와는 별도로 아지비카교에 대해 말하고 있다.

또 다른 자료를 살펴보면, 마우리아 왕조 시대에 마가다의 수도 파탈리푸트라에 머물던 그리스의 대사가 불교와 자이나교에 대해서는 한마디도 않고, '나체의 수행승'에 대한 기록만 남겨 놓았는데, 이것도 흥미 있는 일이다. 여기에 불교와 자이나교를 포함시킬 수 있느냐 하는 문제는 논란의 여지가 있으나, 아지비카교의 역사적 의의를 살필 수 있는 자료임에는 틀림없다. 또한 인도 동부 데칸 지방에는 아지비카교와 관련된 지명이 매우 많다. 부처님 시대의 역사를 살펴볼 때, 자이나교와 아지비카교를 무시할 수는 없다.

30
사악한 박해

자이나교도가 불타에게 귀의하다

육사외도 속에서

마가다와 코살라의 수도 라자그리하와 슈라바스티는 지리적으로는 멀리 떨어져 있었으나, 혈통은 똑같은 아리아 인종이었다. 또 빔비사라왕과 프라세나지트왕은 인척 관계이며 때로는 무력으로 싸우기도 했지만, 좋든 싫든 간에 밀접한 관계를 가지고 있었다.

이 두 나라는 모두 상업이 번창했으며, 인도의 각 지방과 교역해 부자가 적지 않았으므로 국왕끼리의 교제뿐 아니라 상인들끼리의 조합, 협력, 경쟁도 활발했다.

상업의 교류가 있는 곳에는 종교와 같은 문화의 교류도 따르게 마련이다. 마가다의 빔비사라왕은 여러 종교를 보호했으므로 라자그리하 주변에는 많은 종교가들이 모여들었는데, 슈라바스티도 이와 비슷했다.

앞에서도 말한 바와 같이, 부처님이 벌인 초기의 포교 활동은 라자그리하를 중심으로 한 마가다국에서 이루어졌다. 그런데 우연히 슈라바스티에서 라자그리하의 친척 집에 찾아온 수닷타의 초청으로 슈라바스티까지 교세를 확장하게 되었다.

부처님이 오기 전부터 슈라바스티의 거리 주변에는 여러 교단에 속한 수행자와 종교가들이 있었다. 그들 대부분은 출가해 들이나 숲에 살면서 수행을 했고, 재가신자에게서 의식주를 기부받아 생활했다.

심오한 종교적 경지에 이른 성자도 있었지만, 그중에는 안일한 걸식 생활에 빠져 있는 사람도 적지 않은 듯했다. 홀로 수행하는 사람도 없지 않았으나, 대부분은 교단을 만들어 거기에 소속되어 있었다. 그 같은 교단에 관한 자료는 거의 남아 있지 않으나 불교교단이 생기기 전부터 다른 교단의 활동도 왕성했고, 그 가운데 어느 정도까지 밝혀진 것은 자이나교와 아지비카교 정도다.

자이나교는 현대에도 뭄바이 지방에 널리 퍼져 있어 인도 전체로 보면 소수지만 독실한 신자가 많은 것으로 알려져 있다. 마하트마 간디의 생가도 자이나교 신자와 친교를 맺고 있었다. 그가 '아힘사(비폭력)'를 주장한 것도 그 영향이라고 할 수 있을 것이다. 자이나교의 성전도 현재까지 많이 전해 온다.

아지비카교도 후세에까지 믿었던 자취가 남아 있다. 현재는 신자도 없고 경전도 남아 있지 않지만, 불교나 자이나교의 자료를 통해서 보면 한때는 이들 종교와 겨룰 만큼 번창했던 것 같다. 코살라의 수도 슈라바스티와 그 주변에서도 부처님 시대 이전부터 성행하고 있었다.

불교의 자료에 따르면, 부처님 시대에 '육사외도'라고 하는 여섯 사람의 대표적인 종교가 있었다.

푸라나 캇사파, 막칼리 고살라, 산자야 벨랏티풋타, 아지타 케사캄발라, 파쿠타 캇차야나, 니간타 나타풋타가 그들이다.

이 가운데 여섯 번째인 니간타가 자이나교의 마하비라를 가리킨 것이며, 두 번째인 막칼리 고살라가 아지비카교의 대표자이다. 자이나교의 자료에서는 고살라 막칼리풋타라고 적은 것이 있는데, 같은 인물이다.

자이나교 측 기록에 의하면, 고살라는 마하비라의 제자가 되려고 했으나 쉽사리 이루어지지 않았다. 나중에는 두 사람이 같이 수행을 했는데, 항상 마하비라의 신통력에는 미치지 못했다고 한다. 두 사람이 편력하고 수행한 장소는 불교의 경우와 같이 남쪽은 마가다로부터 북쪽은 코살라에까지 이르렀다.

수행하던 중 마침내 고살라도 신통력을 얻었다고 한다. 그 당시에는 어떤 종교가가 성자의 경지에 이르렀는지 아닌지를 판정할 때, 초자연적인 능력을 갖추어 기적을 행할 수 있느냐 없느냐를 기준으로 삼는 경향이 있었다. 따라서 부처님이나 마하비라, 그리고 고살라도 신통력을 보였다는 기록이 있다.

불교에서도 부처님뿐 아니라 아라한이 된 사람은 모두 신통력이 있었다고 한다. 현대의 우리들로서는 믿기 어려운 일이지만, 어쨌든 가장 오래된 문헌에 그같이 분명히 기록되어 있으므로, 인도에서 성자의 전기를 말할 때 신통력을 무시할 수는 없다.

신통력을 얻은 고살라도 각 지방을 편력했는데, 그 활동의 중심지는 코살라의 수도 슈라바스티였고, 그곳 프라세나지트왕은 그의 열렬한 신자이기도 했다.

이 왕은 뒤에 불교 신자가 된 것으로 유명한데, 그것은 왕비 말리카의 권유에 의한 것으로 처음에는 오히려 아지비카교나 자이나교 쪽에 호감을 가지고 있었다. 따라서 슈라바스티의 거리에는 이들 종교의 신자가 적지 않았다.

이 거리 주변에는 불교 사원인 기원정사가 있어 유명한 제타바나라는 큰 숲이 있고, 그보다 멀리에는 더욱 적적한 안다바나라는 숲이 있었다. 이런 숲은 수행자들이 머물기 좋은 장소이기 때문에 불교가 이 고장에 전해지기 훨씬 전부터 온갖 수행자들이 모여들었다.

아지비카교는 어느 정도까지는 자이나교와 비슷해서 오히려 숙명론적인 사고방식을 가지고 있었다. 아무리 애를 써도 때가 오지 않으면 구제받지 못하는 법이므로 그때까지는 참을성 있게 고행하면서 기다려야 한다고 가르쳤다.

자이나교에서도 고행을 중하게 여겨, 생활은 될 수 있는 대로 간소하게 하고 육체를 괴롭히는 것이 수행 효과가 높다고 했다. 이런 점에서는 아지비카교도 마찬가지였다.

불교 측의 어떤 기록을 보면 제타바나 숲에는 아지비카교의 수행자들이 모여 여러 가지 수행을 하고 있었다. 어떤 사람은 쭈그리고 앉은 채 꼼짝도 하지 않았고, 또 어떤 사람은 박쥐처럼 나뭇가지에 매달려 있거나 가시나 바늘을 가지런히 꽂아 놓은 판자 위에 앉아 있었으며, 또는 불을 피워 몸을 괴롭히는 것과 같은 고행을 하고 있었다. 특히 불을 피워 제물을 바치는 것과 같은 의식을 중요하게 생각했다.

또 간소한 생활을 소중히 여긴다는 점에서 발가벗은 채로 아무데나 돌아다녔다. 나형외도라고 부르는 것도 여기에서 유래했다.

자이나교는 나중에 나형파(공의파空衣派)와 백의파로 나누어지게 된다. 나형파 쪽은 가르침이 엄격해 실오라기 하나 걸치지 않은 전라로 일관하며, 고행도 극단적이고 맹렬하다. 반면에 백의파는 흰 옷을 입고, 그처럼 극단적인 고행은 하지 않는데, 현재는 이쪽이 유리하다.

아지비카교는 자이나교의 나형파에 가까우며, 나체주의를 철저히 지켰다.

슈라바스티 주변에는 갖가지 교단이 있었는데, 그중에서도 고살라가 지도하는 아지비카교가 가장 유력했다. 수행자는 오로지 수행에만 전념해 수입이 없었기 때문에 탁발을 해서 먹을 것을 얻거나 신자의 집에 초대되어 식사 대접을 받기도 했다. 그런 때도 아지비카교의 수행자들은 발가벗은 채 나섰다.

부처님이 수닷타의 초대를 받고 그가 기증한 기원정사에 갔을 때, 슈라바스티에는 그러한 수행자들이 많았다.

부처님은 고살라에 대해 다음과 같이 말했다고 기록돼 있다.

"막칼리 고살라는 많은 사람들을 파멸시킨다. 마치 강어귀에 그물을 쳐서 고기를 잡는 어부와 같은 자다."

이것은 그 가르침이 잘못된 것을 지적함과 동시에, 그 종교 활동이 지나치게 격렬한 것을 비난한 것이라고도 할 수 있다. 어쨌든 슈라바스티는 그 활동의 중심지였다.

붉은 옷을 입은 친차

부처님과 그의 제자들이 기원정사에 머물면서 날마다 슈라바스티 거리에 탁발을 나가자, 날이 갈수록 그 명성이 높아 갔다. 그때까지 시민들이 알고 있던 수행자들에 견주어 한층 더 뛰어남이 누구의 눈에도 똑똑히 보였기 때문이다. 사람들의 마음은 차츰 아지비카교와 자이나교에서 떠나 불교에 기울어지고 있었다. 이것은 그 교단의 수행자들에게 중대한 문제였다. 시민들에게 받는 존경과 원조가 곧 생활 자원이었기 때문이다.

부처님과 그 제자들에 대한 신앙은 일반 시민들에게서 왕실에까지 미쳤고, 마침내는 프라세나지트왕마저 불교 신자가 되었다.

이렇게 되자 아지비카교를 포함한 다른 종교의 수행자들이 모여 그 대책을 논의하게 되었다.

어떤 교단에서 나온 이야기인지는 모르나 그 수행자들 중에서 심보가 나쁜 사람들이 모여 의논한 결과, 고타마(부처님을 가리킴)의 명성을 깎아내릴 계책을 꾸몄다.

그 무렵 슈라바스티 거리에 친차라고 하는 예쁜 여자 수행자가 있었다. 이 여자를 이용해서 고타마를 모함하기로 한 것이다.

때마침 그곳에 친차가 나타나자 다들 일부러 모르는 척하고 있었다. 친차는 이상하게 생각하고 그들에게 물었다.

"제가 무슨 나쁜 짓이라도 했나요?"

수행자들은 말했다.

"당신이 나쁘다는 건 아니오. 다만 우리들은 지금 고타마 때문에 곤경에 처해 있소. 그자 때문에 세상에서 우리들을 받들어 주지 않게 되었소."

이때 친차가 말했다.

"제가 할 수 있는 일이라면 뭐든지 해 드리지요."

수행자들은 기대했던 대답이라 이렇게 부탁했다.

"그럼 고타마의 신망을 떨어뜨릴 수 있도록 각별히 수고해 주시오."

"그런 일이라면 제게 맡기세요."

이러한 까닭으로 친차는 그날부터 기원정사 근처에 모습을 나타내기 시작했다. 천녀처럼 아름답다는 그녀가 몸을 더욱 예쁘게 단장하고 돌아다니니 자연 사람들의 눈길을 끌었다.

해가 질 무렵이면 설법을 들은 사람들이 기원정사에서 나와 마을의 집으로 돌아간다. 친차는 이때를 노리고 맵시 있게 옷을 입고 향과 꽃다발을 들고 기원정사를 향해 걸어간다.

"해도 다 저물었는데 어디로 가시오?"

사람들이 이렇게 물으면 친차는 퉁명스레 대답한다.

"무슨 참견이에요."

그렇게 시치미를 떼며 기원정사로 가는 체하다가, 그 근처에 있는 수행자의 숙소로 들어가서 묵곤 했다.

아침 일찍이 거리의 사람들이 기원정사를 찾아갈 때쯤 되면 친차는 또 거리를 향해 내려온다.

"간밤에는 어디서 주무셨소?"

"참견 말아요."

이와 같이 말하고 달아나 버린다.

이렇게 하기를 반 달이 지나고 한 달쯤 됐을 무렵부터는, 아침에 길에서 만난 사람들이 어디서 오느냐고 물으면 일부러 낮은 소리로 다음과 같이 대답했다.

"사실은 기원정사에 있는 고타마의 방에서 자고 오는 길이에요."

"설마."

사람들은 이렇게 말하면서 믿으려 하지 않았다.

그로부터 석 달이 지나고 넉 달이 지나자, 친차는 천을 말아서 배가 불룩하도록 만든 다음 빨간 옷을 입고 다니면서 누가 물으면 이와 같이 대답했다.

"실은 고타마의 아기를 가졌어요."

여덟 달이 지나고 아홉 달이 되었을 무렵, 둥근 나무 그릇을 배에다 대고 끈으로 맨 다음 산월이 가까워졌다는 표시를 하기 위해 피부를 소의 턱뼈로 문질러 거칠어지게 했다. 이렇게 임신부처럼 꾸미고 기원정사로 찾아갔다.

마침 오후라서 많은 신자들이 뜰에 모여 부처님의 설법을 듣고 있었다. 친차는 부처님 앞으로 나가 자기 배를 가리키면서 말했다.

"훌륭하신 스님, 당신 덕분에 이렇게 만삭이 되었습니다. 출산할 준비나 해 주십시오. 실컷 재미를 보았으니, 아이가 생겼다고 모르는 체할 수야 없겠지요?"

사람들이 어리둥절해하며 보고 있자, 어디선지 네 마리의 쥐가 나와 친차가 입고 있는 옷을 물어뜯는다. 그러자 나무 그릇이 굴러 떨어지면서 가짜 임신부의 정체가 드러나고 말았다.

사람들은 침을 뱉고 몽둥이와 흙덩이를 던져 친차를 쫓아냈다. 밖으로 쫓겨 나오자 땅바닥이 쩍 갈라지더니 불을 뿜으면서 그녀를 무간지옥(끊임없이 고통을 받는 지옥)으로 삼켜 버렸다.

이때의 쥐는 인드라의 화신이었다고 한다.

이 설화는 후세에까지 전해져, 당나라의 현장이 그곳에 갔을 때도 친차를 삼켜 버렸다는 깊이를 알 수 없는 구멍이 실제로 있었다고 한다.

이와 비슷한 이야기가 또 하나 전해지고 있다. 이것도 슈라바스티에서 일어난 일이다.

그 거리에 순다리라는 젊은 여자 수행자가 있었다. 그런데 못된 수행자들이 꾀를 내어 이 여자를 이용해서 부처님의 명성을 헐뜯으려고 했다.

순다리는 그들이 시키는 대로 날마다 기원정사 근처를 기웃거렸다. 그래서 거기에 오는 신자들도 그녀를 볼 수 있었다.

이렇게 해서 며칠이 지난 다음, 못된 수행자들은 순다리를 사람들 눈에 띄지 않는 곳으로 데리고 가서 죽여 버렸다. 그리고 은밀히 기원정사 곁에 있는 도랑 속에 던져 흙으로 덮어 놓았다.

그리고 며칠 뒤 다음과 같이 떠들고 다니며 왕궁에 알렸다.

"순다리가 행방불명되었다."

프라세나지트왕도 이 소리를 듣고 놀라면서 물었다.

"마음에 짚이는 데라도 있는가?"

그러고는 기원정사 근처에서 자주 보았다는 소문을 듣고 그 근처를 살피기로 했다. 못된 수행자들은 한참 찾는 체하다가 순다리의 시체를 파내어 널판지에 올려 메고 슈라바스티의 거리로 내려갔다. 거리거리를 돌아다니면서 큰 소리로 부처님을 비난했다.

처음에는 반신반의하던 시민들도 아름다운 수행자로 알려진 순다리가 무참한 시체로 변해 있는 것을 보고는 놀람과 분노를 감추지 못했다.

그때 못된 수행자들이 말했다.

“불교 승려의 짓이다. 여자를 욕보인 끝에 죽여 버린 것이다.”

이렇게 저마다 떠들어 대는 바람에 갑자기 온 거리에 소문이 쫙 퍼졌다.

이튿날 아침, 여느 때처럼 불교 수행자들이 거리로 탁발을 하러 내려갔다. 하지만 사람들은 “불교 승려가 여자를 죽였다.”고 비난할 뿐, 아무도 상대해 주려고 하지 않았다. 비구들은 할 수 없이 기원정사로 돌아와서 부처님께 이 사실을 알렸다.

하지만 부처님은 평소와 다름없는 말투로 대중들을 타일렀다.

“이레만 지나면 뜬소문은 사라질 것이다.”

이틀째도, 그다음 날도 시민들의 오해는 풀리지 않았고, 불교 승려들을 아주 차갑게 대했다. 제자들은 어쩔 도리가 없어 부처님께 이렇게까지 말씀드렸다.

“슈라바스티에서는 이젠 가망이 없습니다. 여기서 떠나야 합니다.”

그러나 부처님은 조금도 동요하지 않았다.

이렇게 이레가 지나자, 진상이 밝혀져 그토록 요란스럽던 소문도 사라지고 말았다. 오히려 부처님과 그 교단의 명성은 전보다 한층 더 높아졌다.

이 순다리 이야기도 여러 경전에 기록되어 있을 뿐 아니라, 현장도 그곳에서 들었다고 했다. 물론 실제로 있었던 일이겠지만, 이것은 부처님의 포교 생활 40여 년을 통해 가장 귀찮은 사건이었다. 슈라바스티에서 다른 교단의 저항이 얼마나 심했는가를 말해 주는 대표적인 이야기일 것이다.

이 같은 모함을 꾸민 수행자들이 아자비카교의 무리였는지 아닌지를 알 만한 자료는 없다. 그러나 그들이 자기들의 교단을 지키고 생활 수단을 확보하기 위해서는 이런 방법에 호소할 수도 있었을 것이다. 하지만 후세에 큰 교단을 형성한 아지비카교에서 그런 범죄를 저질렀을 거라고는 상상하기 어렵다.

자이나교는 불교보다 더 살생을 엄격히 금하므로 그런 짓을 할 까닭이 없다. 그렇다면 이 두 교단 외에 다른 교단의 수행자들이 저지른 짓이라고 생각하는 것이 훨씬 타당할 듯하다. 그렇지만 지금에 와서 무엇이라고 단언할 수는 없다.

신통력이 쓰이던 시대

불교와 다른 교단과의 경쟁은 특히 신통력의 우열을 가지고 판가름이 났다고 기록되어 있다. 그 당시에 신통력은 종교가의 능력을 평가하는 척도이기도 했다.

앞에서 이야기했듯이, 부처님이 초기에 우루빌바에서 카샤파 삼형제를 굴복시키고 제자로 삼을 때에도 신통력이 결정적인 요인이었다.

슈라바스티에서도 다른 교단의 수행자들과 신통력을 겨룬 이야기는 유명하다. 앞에서 말한 육사외도가 같은 장소에 모였다는 기록은 그대로 받아들일 수 없다. 그러나 다른 교단에 소속된 제자들끼리 경쟁한 일은 사실일 것이다.

19세기 말경 합리주의에 젖은 머리로 기적을 모두 '후세의 첨가물'이라고 단정하는 것과 같은 방법으로는 종교의 진실을 이해할 수 없을 것이다. 그것이 현대인이 말하는 의미의 사실인지 아닌지는 접어 두고라도, '적어도 가장 오래된 기록'에서는 신통력과 같은 초자연적인 사건이 종교 체험으로서 의심할 수 없는 사실이었다.

31
손가락을 자른 청년의 출가

어린이를 제물로 받던 야차 아다밧가를 귀의시키다

방심 못할 시대

마가다국의 빔비사라왕은 종교에 대한 관심이 많았다. 특히 부처님에 대해서는 그 수행 시절에도 친히 만나 매우 존경하게 된 터라, 깨달음을 얻어 포교 활동을 하기 시작하면서부터는 신자가 되어 그 가르침에 귀의했다. 그리고 부처님과 그 교단을 위해 후원하는 바가 많았다. 따라서 마가다는 불교의 발전상 최초의 중요한 기반이었다.

빔비사라왕의 아들로서 후계자가 된 아자타샤트루왕은 아버지에게서 폭력으로 왕권을 빼앗고 권력을 확장한 실력자다. 그는 처음에는 불교를 믿지 않았으나 세속적인 정책에 대해 부처님의 의견을 물었고, 부처님이 입적하신 뒤에는 그 유골을 무력으로써 요구한 왕이기도 했다. 그러나 이것은 훗날의 이야기다.

코살라국 프라세나지트왕의 누이동생 코살라 데비는 빔비사라왕의 비가 되었으나, 다른 후비인 바이데히가 낳은 아자타샤트루가 폭력으로 왕위를 찬탈하자 자결하고 말았다. 이 일이 원인이 되어 두 나라 사이에 전쟁이 일어났다.

뒤에 프라세나지트왕도 자기 아들인 비두다바에게 왕위를 빼앗기자 아자타샤트루에게 의지하려고 마가다의 수도 라자그라하의 성문 밖까지 찾아갔다가 최후를 마쳤다. 이 비두다바왕은 부처님의 조국 카필라바스투를 공격해 석가족을 멸망시켰으나, 얼마 안 가 마가다국에 패배했다. 부처님 시대의 북인도는 정치적으로나 군사적으로나 다사다난한 시기였다.

꽃다발을 만드는 여인

처음 마가다국에서 포교 활동을 시작한 부처님은 코살라국의 수도 슈라바스티에 사는 큰 부자 수닷타의 초청을 받고 그 고장으로 갔다. 그곳 근교에 지은 기원정사는 규모나 설비에서 다른 곳에 비길 데 없이 훌륭한 곳이었다. 현재 사헤트 마헤트 근처에서 발굴된 유적을 보더라도 〈율장 대품〉 등의 기록이 결코 과장이 아님을 알 수 있다.

이 수닷타 외에 바이샤카라는 여성도 부처님의 독실한 신자였다. 이 여성은 프라세나지트왕으로 하여금 빔비사라왕에게 간청해 그 영토 안인 사케타로 옮겨 오도록 한 부자 다난자야의 딸이다. 그녀는 슈라바스티의 부자 미가라의 집에 며느리로 들어가 시댁 집안을 불교로 개종시켰다.

슈라바스티에는 처음에는 불교 신자가 그다지 많지 않았다. 바라문교는 고대의 이란, 그리스, 로마, 게르만 등 여러 민족의 종교와 마찬가지로, 짐승을 잡아 신들에게 제물로 바쳐서 신들의 은총을 구하는 종교였다. 프라세나지트왕도 원래는 그와 같은 바라문교의 신자였다.

이 왕은 어느 날 밤 이상한 꿈을 계속 꾸었고, 날이 새자 학자인 바라문들을 불러 의논했다. 바라문들은 왕의 몸에 위험이 닥칠 것이라고 예언하고, 이 재난을 피하려면 태자 내외를 비롯해 왕이 사랑하는 후비들과 시종, 대신들을 모두 죽여 신들에게 바치고 보물이며 귀중한 도구들을 모두 불태워 버리지 않으면 안 된다고 했다. 그렇지만 왕은 그 일을 난처하게 생각하고 왕비인 말리카에게 상의했다. 그러자 불교 신자였던 말리카는 기원정사에 가서 부처님의 가르침을 받으라고 권했다. 거기에서 이해할 만한 부처님의 가르침을 들은 왕은 비로소 안심할 수 있었다.

프라세나지트왕이 불교를 신앙하게 된 데는 이처럼 말리카 부인의 영향이 컸다.

말리카는 본래 화원 관리인의 딸로 지체가 낮은 여인이었다. 말리카라는 이름은 '꽃다발을 만드는 여인'이라는 뜻이다.

어느 날 아침 말리카는 부처님을 만나 꽃을 바쳤는데, 어쩐지 좋은 일이 생길 것 같은 예감이 들었다. 그날 프라세나지트왕은 성 밖에 나왔다가 몹시 지쳐 홀로 화원에 들어가서 쉬려고 한다. 그때 말리카는 그 사람이 왕인 줄도 모르고 정성껏 시중을 들었다.

왕은 아주 만족해하며 그날로 말리카를 왕비로 삼았다.

말리카는 기회가 있을 때마다 왕의 신앙을 불교로 끌어들이려고 노력했다. 프라세나지트왕이 불교 신자로 귀의한 것은 이렇듯 오로지 말리카의 공이었다.

말리카는 딸 하나를 낳았다. 일설에 의하면, 이 아이가 후에 아요디아국의 왕비가 되었으며 〈승만경〉의 주인공인 승만 부인이라고 하지만, 여기에는 다른 설이 있다.

말리카비는 프라세나지트왕을 정성껏 도와, 부처님의 가르침을 듣고 그 교단을 공양하는 데 힘썼다.

프라세나지트왕은 말리카비 외에도 석가족에서 후비를 맞아들였다. 여기에는 다음과 같은 사연이 있다.

프라세나지트 왕은 슈라바스티를 비롯해 그의 영토 안에 불교 신자가 많아진 것을 보고 석가족에서 후비를 맞았으면 해 그 뜻을 전했다. 석가족은 이 요청을 듣고 난처하게 여겼다. 그들은 예전부터 동족 결혼만을 고수해 다른 종족과 결혼하는 일이 일찍이 없었기 때문이다. 그러나 코살라는 강대국이었으므로 함부로 거절할 수도 없었다. 그래서 할 수 없이 마하나만이 종한테서 낳은 딸 바사바를 프라세나지트왕의 후비로 보냈다. 이 마하나만은 출가한 같은 이름의 비구와는 다른 사람이다.

부처님과 프라세나지트왕

말리카의 영향을 받은 프라세나지트왕은 궁중에 아난다 등 부처님의 제자들을 초청해 왕비와 시녀들에게 설법을 들려주었다. 말리카비는 열심히 들었지만, 석가족 출신의 바사바는 설법 듣는 것을 좋아하지 않았다.

프라세나지트왕은 독실한 불교 신자가 되었으므로 부처님을 자주 방문해 가르침을 청했다. 그 하나하나의 문답은 수많은 경전에 기록되어 있다. 석가족은 코살라국의 권력 아래 있었지만, 국왕인 프라세나지트는 석가족 출신인 부처님에게 예배를 했다. 이것은 그 당시에 매우 주목할 만한 일이었다. 사람들은 그 까닭을 부처님에게 물었다. 부처님은 다음과 같이 설명했다.

"프라세나지트왕은 세속적으로는 석가족보다 권력이 강하지만, 진리의 구현자로서 부처를 예배하는 것이다."

여기에서 '진리의 구현자'라고 풀이한 것은 법신에 해당하는 말이다. 대승에서는 법신에 대해 자세히 말하고 있지만 팔리어 성전에서는 앞에 든 대목(〈장부경전〉 3권 84면)에만 나온다. 이것을 보더라도 프라세나지트왕의 부처님에 대한 믿음이 보통이 아니었다는 것을 알 수 있다.

프라세나지트왕이 사랑하던 말리카비는 왕보다 먼저 세상을 떠났다. 이것은 왕에게 적지 않은 타격이었다. 왕은 이 왕비의 인도로 불교 신앙에 들어갔고, 교단에 많은 보시를 해 마음의 만족을 얻었다. 그렇기 때문에 왕은 말리카비의 죽음을 몹시 슬퍼했다.

말리카비가 죽은 뒤에도 프라세나지트왕은 변함없이 불교를 믿었다. 그러나 여러 가지 문제를 처리할 때는 의논할 상대가 없었으므로 곤란한 경우도 없지 않았다.

이때 프라세나지트왕에게는 늙은 할머니가 있었는데, 왕으로서는 할머니께 효행을 하는 것이 무엇보다도 즐거운 일이었다. 그런데 백 살이 넘었어도 정정하시던 할머니가 어느 날 갑자기 돌아가셨다. 왕은 성 밖에 나가 화장을 끝냈다. 그리고 머리가 흐트러지고 옷이 찢긴 채 기원정사로 가서 부처님께 예배하고 그 앞에 꿇어앉았다.

부처님은 왕에게 물었다.

"대왕이여, 이렇게 아침 일찍 웬일이십니까?"

"부처님, 저의 할머님은 백스무 살이신데 그만 돌아가셨습니다. 저는 할머님을 몹시 좋아했습니다. 만일 할머님의 목숨을 구할 수만 있다면, 제가 가진 어떤 귀중한 것이라도 다 내놓았을 것입니다. 코끼리든 말이든 도시든 국토든 무엇이든지 기꺼이 바쳤을 것입니다."

"대왕이여, 모든 살아 있는 것은 언젠가는 한 번 죽는 법입니다. 죽음에서 벗어날 수는 없습니다."

"부처님, 부처님께서 하신 말씀은 옳습니다. 살아 있는 것은 언젠가는 다 죽게 마련입니다."

"대왕이시여, 비유를 들어 말하자면, 질그릇은 언젠가는 다 깨지고 맙니다. 비록 온 세상을 지배해 저항하는 적이 없는 대왕일지라도 마침내는 죽지 않을 수 없습니다. 또 장수천에 태어나 천궁의 왕이 되어 마음껏 쾌락에 잠긴다 할지라도 마침내는 죽지 않을 수 없습니다. 또 수행해서 아라한이 되어 모든 속박에서 자유로워진다 할지라도 마침내는 입적하지 않을 수 없습니다. 자신을 위해 깨달음을 얻은 연각일지라도, 또 부처일지라도 마침내는 입적하지 않을 수 없습니다. 살아 있는 것은 벌레든 신이든 모두 마침내는 죽는 것입니다."

이때 부처님이 하신 말씀은 다음과 같은 시의 형식으로 전해지고 있다.

> 무릇 살아 있는 것은 죽지 않을 수 없네.
> 생명의 끝은 죽음이어라.
> 업에 따라 선악의 과보를 받을 곳으로 가리.
> 악한 짓을 한 자는 지옥으로.
> 착한 일을 한 이는 천상으로.
> 그러니 착한 일을 행하라.
> 그것은 내세의 자산이 된다.
> 살아 있는 자에게 선은 후세의 기댈 곳이니라.

손가락을 베어 가는 청년

부처님과 프라세나지트왕의 관계는 단지 개인적인 신앙에만 그치지 않았다. 치안을 유지하는 데도 부처님의 감화력이 위대하다는 것을 왕은 잘 알고 있었다.

그것을 예증하는 사건으로 앙굴리말라에 대한 이야기가 널리 알려져 있다.

슈라바스티 거리에 어떤 바라문 학자가 있었는데, 그에게는 5백명의 제자가 따랐다. 그 가운데 아힘사라고 하는 청년은 체력도 강하고 지혜도 뛰어났으며, 그 모습도 훤칠했다. 어느 날 바라문이 집을 비운 사이 바라문 학자의 부인이 아힘사에게 다가와 유혹하려고 했다.

아힘사는 이렇게 말하며 거절했다.

"스승의 아내는 어머니와 같습니다. 그런 일은 생각할 수조차 없습니다."

부인은 창피를 당한 것이 분해 자기 손으로 입고 있던 옷을 찢고 얼굴빛을 바꿔 가지고 자리에 누웠다. 남편이 돌아와 이상스럽게 생각하고 그 까닭을 묻자 여인은 거짓말을 했다.

"당신이 가장 신망하는 제자한테 욕을 당했어요."

바라문은 마음속으로 분노가 치밀어 아힘사를 파멸시킬 방법을 생각했다. 이윽고 아힘사를 불러 이렇게 말했다.

"너의 학문은 이제 거의 완성 단계에 이르렀으나, 다만 한 가지 더 해야 할 일이 남았다."

"선생님, 그 한 가지란 무엇입니까?"

"아침 일찍 일어나 네거리에 나가서 백 사람을 죽이되, 한 사람한테서 손가락 하나씩을 잘라 내어 그것으로 목걸이를 만드는 일이다. 하루에 백 개의 손가락을 모으면 그것으로써 수행은 완성된다."

이와 같이 말하고 칼을 내주었다.

아힘사는 칼을 받아 들고 몹시 고뇌했다. 그러나 스승의 명령을 절대적인 것으로 믿었던 그는 마음을 단단히 다지고 거리로 나갔다. 그리고 상대를 가리지 않고 닥치는 대로 죽여 손가락을 잘라 모았다. 사람들은 두려워 떨면서 궁전으로 달려가 왕에게 호소했다. 손가락을 잘라 내어 목걸이를 만든다는 뜻에서 사람들은 그 살인마를 앙굴리말라라고 불렀다. '앙굴리'는 손가락, '말라'는 목걸이라는 뜻이다.

거리에 탁발을 나갔던 비구들은 기원정사로 돌아와서 부처님께 그 일을 알렸다. 부처님은 탁발할 준비를 갖추고 거리로 나갔다. 사람들은 부처님을 말렸다.

"그 길에는 악마가 있으니 가지 마십시오."

하지만 부처님은 조금도 두려워하지 않고 그대로 걸어갔다.

그때 아힘사의 어머니는 아들이 먹을 음식을 가지고 아힘사를 찾으러 갔다.

'이제 손가락 하나만 더 있으면 되는데…….'

아힘사는 이렇게 생각하던 참이라 조급한 나머지 어머니를 죽이려고 했다.

그때 부처님이 아힘사 앞으로 불쑥 나섰다. 아힘사는 어머니를 제쳐 두고 부처님을 치려고 했다. 그런데 몸이 오그라들면서 꼼짝할 수가 없었다.

아힘사는 고함을 질렀다.

"거기 섰거라!"

그러자 부처님은 이렇게 대답했다.

"나는 아까부터 가만히 서 있다. 움직이는 건 네가 아니냐?"

아힘사는 마침내 칼을 내던지고 땅에 엎드려 말했다.

"제가 나빴습니다. 제발 용서해 주십시오. 출가하겠으니 저를 제자로 받아 주십시오."

부처님은 앙굴리말라를 데리고 기원정사로 돌아왔다.

앙굴리말라는 삭발을 하고 가사를 걸쳐 수행자가 되었는데, 곧 성자의 경지에 이르렀다.

시민들의 호소를 들은 프라세나지트왕은 군대를 거느리고 앙굴리말라를 쫓아갔다. 그러다가 기원정사를 지나갈 때 부처님께 예배했다. 부처님은 왕에게 물었다.

"대왕이여, 먼지투성이가 되어 어디로 가는 길입니까?"

"부처님, 앙굴리말라라는 살인마를 붙잡기 위해 군대를 출동시켰습니다."

"그 앙굴리말라라면 여기 있습니다."

왕은 이 말을 듣자 몸이 떨릴 만큼 무서운 생각이 들었다. 그리고 비구의 모습으로 부처님 곁에 웅크리고 있는 앙굴리말라를 보고는 다시 한 번 깜짝 놀랐다. 왕은 부처님을 찬탄하며 이렇게 말했다.

"부처님은 무슨 일이든지 다 이루십니다. 끝없는 자비를 베풀어 백성들을 편하게 지켜 주십시오."

왕은 이와 같이 말하고 돌아갔다.

살인마가 출가했다는 소문을 듣고 시민들은 큰 충격을 받았다. 임산부는 아이를 낳지 못했다. 소년들은 앙굴리말라에게 폭행을 가해 상처를 입혔다. 그러나 마음속으로부터 거듭 태어난 앙굴리말라는 온갖 박해를 달게 받았다.

그래서 "구름에서 모습을 나타낸 달처럼 이 세상을 비출 수 있게 되었다."고 말할 만큼 수행을 쌓았다.

어떤 경전에 의하면, 앙굴리말라는 바라문 학자의 제자가 아니라 단순한 흉악범이었다고도 한다. 손가락을 꿰어서 목걸이를 만든다는 생각은 기발한 것 같지만, 그것은 일종의 부적일 것이다. 이것이 단순한 상상이 아니라는 증거로는, 아메리카 원주민인 아파치족이 사람의 손가락으로 목걸이를 만든 일을 떠올리면 될 것이다.

승리자의 죽음

프라세나지트왕이 석가족에서 맞아들인 바사바비는 왕자 비두다바를 낳았다. 비두다바 왕자는 외가인 석가족의 나라를 방문했을 때, 비로소 어머니가 천한 신분으로 태어났다는 사실을 알았다. 그 순간 심한 모욕감을 느낀 왕자는 언젠가는 석가족에게 복수를 하겠다고 맹세했다.

훗날 부처님 만년의 일인데, 비두다바 왕자는 아버지 프라세나지트왕이 밖에 나가고 없는 사이에 정변을 일으켜 왕위에 올랐다. 프라세나지트왕은 마가다국에 망명하기 위해 라자그리하 성문 밖에까지 이르렀으나 그만 거기서 죽고 말았다. 새로 왕이 된 비두다바는 일찍부터 계획한 대로 카필라를 공격했다.

이때 부처님은 길가의 한 그루 마른나무 아래 앉아 있었다. 비두다바왕은 진군하던 마차에서 내려 부처님께 예배하고 물었다.

"이 근처에는 가지와 잎이 무성한 나무도 많은데 하필이면 이런 마른나무 아래 앉아 계십니까?"

"대왕이여, 친척의 그늘은 서늘합니다."

도리에 어긋난 일을 한 왕도 부처님의 뜻을 알아차리고 군대를 돌이켰다. 이렇게 세 차례나 똑같은 일이 되풀이되었다. 네 번째에는 사태를 피할 수 없다는 것을 알고 부처님이 모습을 나타내지 않았다.

비두다바의 군대는 카필라바스투를 공격했다.

석가족 사람들은 살생을 좋아하지 않았으므로 그들을 멸망시키는 것은 쉬운 일이었다. 비두다바의 외할아버지인 마하나만은 직접 왕을 만나 이렇게 요청했다.

"내가 물속에 들어가서 다시 떠오를 동안만이라도 사람들이 피난 가는 것을 막지 말아 달라."

그리고는 물속에 들어가 머리카락을 풀어 나무뿌리에 매어 놓고 죽어 버렸다. 그러나 석가족 사람들은 자기만 살아남겠다고 생각하지 않았기 때문에 그 희생자 수는 끝이 없었다.

비두다바 왕은 일방적인 승리를 거두고 돌아와서는 배다른 형인 제타를 살해해 버렸다. 이제는 그 누구도 거리낄 것이 없었지만, 그도 이레 만에 천재지변으로 죽고 말았다. 아치라바티 강에 떠내려갔다고도 하고, 연못 가운데 만들어 놓은 전각에 불이 나서 타 죽었다고도 한다.

32
분쟁을 수습하는 부처님

대좌 위의 원형이 완성에 이른 불타를 상징하고 있다

싸우지 말라, 다투지 말라

부처님에게는 훌륭한 제자도 많았지만, 언제 어디서나 그렇듯이 여러 사람 중에는 반드시 성격이 좋지 못한 사람도 끼어 있어 교단에도 불화가 생겼다. 특히 군중 심리에 휩쓸려 교단 안에 불순한 무리들이 생기는 일도 있었다. '파승' 또는 '파화합승'이라 해, 교단의 분열은 최대의 죄악인 오역죄의 하나로 들고 있다.

부처님이 카우샴비(코삼비)에 머물고 있을 때의 일이다. 어떤 비구가 계를 위반했는데, 그것이 과연 파계에 해당하는지 아닌지에 대해 비구들 사이에 의견이 엇갈렸다. 당사자인 비구는 자신의 무죄를 주장했다. 이렇게 비구들은 두 파로 갈라져 다투면서 어느 쪽도 양보하려고 하지 않았다.

한 비구가 이 일을 부처님께 알렸다.

부처님은 이렇게 말했다.

"교단이 분열됐구나."

그러면서 그 길로 유죄를 주장하는 비구들이 있는 곳에 가서 다음과 같이 타일렀다.

"비구들이여, 오직 자기들이 그렇게 생각한다는 이유만으로 교단이 분열될 염려가 있을 때는 죄의 유무를 결정하는 데 신중을 기하지 않으면 안 된다."

그러고 나서 부처님은 죄를 범했다고 지목된 비구를 옹호하는 비구들이 있는 곳을 찾아가 다음과 같이 타일렀다.

"비구들이여, 자기가 죄를 범했으면서도 범하지 않았다고 버티면서 그것으로 참회하지 않고도 일이 다 됐다고 생각해서는 안 된다. 만일 한 비구가 죄를 범했으나 그것을 시인하지 않더라도, 믿을 만한 비구들이 유죄라고 할 경우 무리를 지어 교단을 분열시켜서는 안 된다."

부처님이 양쪽에 다 이와 같이 타일렀는데도 비구들은 순순히 따르지 않고 교단의 행사까지 따로따로 했다.

원래 교단에서는 같은 지역에 사는 모든 비구가 매달 일정한 날에 모여서 모임을 갖고 계율을 반성하며, 법에 어긋난 일을 했던 비구는 참회하고 처벌을 받도록 되어 있다. 이 모임을 포살이라 하는데, 병에 걸려 아픈 사람 등 부득이한 경우를 제외하고는 반드시 참석하는 것이 비구의 의무였다.

이 모임은 교단이 일치 화합되고 있다는 표시로서 매우 중요시되었다. 그런데 지금 카우샴비에서는 한 사람의 비구가 유죄냐 무죄냐 하는 논쟁을 발단으로 비구들이 두 파로 분열해 포살을 비롯한 기타 승단의 행사를 따로따로 행하는 것이다.

사태는 더욱 악화되어 양쪽 비구들이 식당 같은 데서 마주치기만 하면 시끄럽게 말다툼을 하더니, 드디어는 폭력 사태에까지 이르렀다. 그들끼리 사태를 수습할 수 없게 되자 한 비구가 부처님께 가서 중재해 주기를 간청했다.

부처님은 곧 비구들이 있는 데로 가서 거듭 타일렀다.

"비구들이여, 싸움을 그만두라. 다투지 말라. 논쟁하지 말라."

그러나 유죄를 주장하던 쪽의 한 비구는 부처님에게 이와 같이 말씀드렸다.

"세존이시여, 법주시여, 잠시만 더 기다려 주십시오. 세존께서는 걱정하실 것 없이 물러가 계십시오. 이 다툼은 저희들끼리 처리하겠습니다."

부처님은 전과 같은 말씀을 되풀이했지만, 그 비구도 같은 말로 대꾸하면서 양보하지 않았다.

원한은 원한으로 그치지 않고

그때 부처님이 비구들을 위해 말씀하신 것이 바로 카시의 브라흐마닷타왕과 코살라의 디가브 왕자에 관한 유명한 이야기이다.

그 옛날 바라나시의 카시에 브라흐마닷타라고 하는 왕이 있었다. 그가 코살라국을 공격하자 그곳의 국왕인 디기티는 싸우지 않고 왕비를 데리고 도망해, 바라나시 근처에서 질그릇을 굽는 사람의 집에 숨어 있었다. 왕비는 거기서 디가브 왕자를 낳았는데, 만일 브라흐마닷타에게 발각되면 세 사람 다 살해될 것이므로 왕자를 다른 곳에 옮겨 놓았다. 그 후 왕자는 교육을 받아 훌륭하게 자랐다.

그 무렵, 이러한 사실을 고자질한 자가 있어 코살라의 국왕과 왕비는 마침내 붙잡혀 거리를 끌려 다닌 끝에 처형당하게 되었다. 때마침 거리에 돌아와 있던 디가브 왕자는 부모가 결박당해 있는 모습을 보고 자신도 모르게 다가서려고 했다. 그때 아들의 모습을 본 아버지는 누구한테 말하는 것 같지도 않게 다음과 같이 외쳤다.

"디가브야, 원한은 원한에 의해서는 풀어지지 않는다. 원한은 그것을 버림으로써만 풀어지는 법이다."

이 말을 들은 관리들은 죄수가 미쳐서 헛소리를 한다고 생각했지만, 디가브 왕자는 그 말뜻을 곧바로 이해할 수 있었다.

거리를 끌려 다니던 코살라의 국왕과 왕비의 몸은 네 토막으로 잘리고, 시체는 산산조각으로 흩어졌다. 디가브 왕자는 파수병에게 술을 먹여 취하게 한 다음 부모의 유골을 거두어 화장을 했다.

사람이 없는 곳에서 대성통곡을 하고 난 디가브 왕자는 바라나시의 성안으로 들어가, 거문고와 노래 솜씨를 앞세워 브라흐마닷타왕에게 접근했다. 정성껏 시중을 들었기 때문에 왕은 디가브 왕자를 신뢰하게 되었다.

어느 날 브라흐마닷타왕은 디가브에게 마차를 몰게 해 사냥을 나갔다. 함께 간 병사들과는 따로 떨어져 두 사람이 탄 마차만이 멀리 달려갔다. 왕은 몹시 피곤해 디가브의 무릎을 베게 삼아 깊은 잠에 빠지고 말았다.

'이제야말로 복수할 때다.'

디가브는 이와 같이 생각하고 칼을 뽑았다. 그런데 이때 아버지의 마지막 말씀이 떠올랐다.

'원한은 원한에 의해 풀어지지 않느니라.'

디가브는 그 말씀을 생각하고는 칼을 다시 칼집에 꽂았다. 그러나 부모의 죽음을 생각하니 원통해서 견딜 수가 없었으므로 다시 칼을 뽑아 들었다.

이렇게 세 차례나 칼을 뽑았다가 다시 넣고 하는 사이에 브라흐마닷타왕은 가위에라도 눌린 듯 벌떡 일어나더니 디가브가 죽은 코살라 국왕의 아들이라는 사실을 알고 살려 달라고 애걸했다. 결국 자초지종을 이야기한 끝에 서로 원한을 버리고 화해한 뒤 성으로 돌아갔다.

디가브 왕자는 아버지의 마지막 유언을 들어 이렇게 말했다.

"서로 원한을 품고 죽이면 뒤에 남은 사람이 또 상대를 죽이고 해 원한이 그칠 새가 없을 것입니다."

브라흐마닷왕은 디가브 왕자의 인품을 사랑해 그에게 코살라국을 되돌려 주었고, 한 걸음 나아가 자신의 사위로 삼았다.

이 이야기는 경전에 자주 인용된다.

"원한은 원한에 의해 풀리지 않는다. 원한은 그것을 버림으로써만 풀어진다."

이러한 뛰어난 글귀는 〈법구경〉에도 나와 특히 유명하다. 이는 불교의 근본정신이다. 태평양전쟁이 끝나고 패전국 일본의 전쟁 범죄자에 대한 국제 재판이 열렸을 때, 스리랑카의 대표가 이 구절을 인용하면서 무죄임을 주장한 일이 아직도 기억에 생생하다.

부처님을 시중드는 코끼리

두 파로 나뉘어 각자의 편견에 사로잡힌 카우샴비 비구들은 부처님의 타이름조차 들으려고 하지 않았다.

부처님은 이와 같이 말하고 그 자리를 떠나갔다.

"이처럼 어리석은 자들은 고집불통이라 쉽게 깨우칠 수도 없구나."

카우샴비는 마가다국의 서쪽, 슈라바스티의 남쪽에 있어 남인도로 가는 통로였다. 부처님 시대에 대표적인 도시의 하나로 손꼽혔으나 문명의 중심에서는 얼마쯤 뒤져 있었다.

카우샴비의 비구들이 두 파로 갈라져 싸움을 계속하면서 부처님의 타이름조차 듣지 않자, 부처님은 아무도 거느리지 않고 혼자서 북쪽에 있는 슈라바스티로 향해 길을 떠났다.

도중에 홀로 수행하고 있는 브리구를 만났고, 또 아니룻다, 난디카, 킹비라 세 사람이 서로 돕고 격려하면서 열심히 수행하는 것을 보고 부처님은 진리를 설해 가르쳤다.

부처님은 거기에서 다시 홀로 팔리레이야카라는 고장으로 갔다. 한 나무 그늘에 앉아 카우샴비 비구들이 서로 싸우는 소란스러움과 홀로 있는 고요를 견주면서 생각에 잠겨 있었다.

바로 그때 커다란 코끼리의 모습이 보였다. 그 코끼리는 코끼리 떼와 같이 살면서 먹을 것도 제대로 먹지 못했으며, 물을 마시려고 하면 물이 더러워지고 강을 건너려고 하면 많은 코끼리들이 비집고 들어오는 바람에 귀찮아 못 견딜 지경이었다. 마침내 그 큰 코끼리는 무리에서 벗어나 홀로 팔리레이야카 숲 속에 앉아 있는 부처님 곁으로 왔다. 그리고 부처님을 위해 긴 코로 먹을 것을 날라다 주며, 근처의 풀을 뜯어 치우기도 했다. 그 큰 코끼리는 귀찮은 코끼리의 무리에서 벗어나 고독을 즐기고 있는 것 같았다.

그때 부처님이 읊은 시가 다음과 같이 기록되어 있다.

사람 가운데 용과
코가 긴 코끼리의 용은
같은 생각으로
숲 속에서 고독을 즐기네.

용龍이란 '뛰어난 자'라는 뜻으로 사람에게나 동물, 특히 코끼리에게도 그렇게 부른다. 부처님은 팔리레이야카 숲에서 석 달쯤 머물렀다. 그동안 그 코끼리가 부처님의 시중을 들었다고 전해진다. 부처님은 여기서 슈라바스티의 교외에 있는 기원정사로 갔다.

팔리어 본 주석서에 의하면, 여러 사람들이 간청하자 부처님의 애제자 아난다가 5백 명의 제자를 데리고 부처님을 마중하러 갔다고도 한다.

카우샴비 사건의 종말

카우샴비의 신자들은 서로 다투는 비구들의 태도에 불만을 품고, 존경하는 것도 공양과 보시도 모두 그만두어 버렸다. 탁발을 나가도 아무도 상대해 주지 않았다. 이처럼 상황이 어려워지자 고집스런 비구들도 결국에는 슈라바스티에 가서 부처님의 결정을 따르기로 했다.

슈라바스티에서는 카우샴비 비구들이 온다는 말을 듣고 모두들 불안해하면서, 부처님께 자기들은 어떻게 해야 하느냐고 물었다.

사리불과 목련 등 장로들에게 부처님은 다음과 같이 가르쳐 주었다.

"법과 법 아닌 것에 따라 판단을 내리라."

마하프라자파티를 비롯한 비구니들에게는 이렇게 타일렀다.

"양쪽 말을 잘 듣고 바른 의견을 채택하라."

수닷타나 바이샤카 등의 신자들에게는 이렇게 지시했다.

"양쪽에 보시를 하고, 양쪽에서 설법을 듣되 바른 가르침을 명심하라."

이때 카우샴비의 비구들이 슈라바스티에 도착했다. 사리불은 부처님의 뜻을 받들어 모든 비구들에게 옷과 음식을 똑같이 나누어 주며 거처는 일단 양쪽을 따로 갈라놓은 뒤 윗자리부터 차례로 자리를 정해 주었다.

이와 같은 소동이 한참 벌어지고 있는 동안에 이 일의 원인을 제공한 비구는 혼자서 반성하고 있었다. 그리고 자기가 계를 범한 사실을 깨달았다. 그러자 그는 곧 지금까지 자기를 지지해 준 동료들에게 가서 자기가 나빴다고 사과했다. 동료들은 문제의 비구를 데리고 부처님에게 가서 그 뜻을 말씀드리고 처분을 바랐다. 그래서 부처님의 지시에 따라 규정대로 회의를 열고 유죄 선고를 내렸다.

이 일이 끝나자 그 비구의 동료들은 반대파가 있는 곳으로 가서 경과를 이야기하고 화해를 청했다.

이렇게 해서 문제가 마무리되었기 때문에 부처님의 지시에 따라 모두가 모여 임시 회의를 열고 경위를 알렸다. 이제 교단의 불화는 말끔히 없어지고 온전한 화합이 이루어진 것을 서로 확인했다.

어떤 주석서에 의하면, 이 카우샴비 사건은 부처님이 도를 이룬 후 10년, 즉 부처님이 마흔다섯 살 때의 일이었다고 한다. 여러 가지 충격을 준 사건으로 특히 주목되지만, 이와 비슷한 사건은 이 밖에도 있었다. 마가다의 동쪽에 있는 찬파에서도 불화가 생긴 일이 있었지만, 이 사건은 부처님의 말씀 한마디로 별 어려움 없이 수습되었다.

그러나 사소한 사건은 이 밖에도 자주 있었다. 그것은 교리의 문제가 아니라, 대부분 계율의 적용이 옳으냐 그르냐에 관계된 일이었다. 부처님이 살아 계실 때 이런 문제가 일어난 것처럼, 부처님이 세상을 떠나신 뒤에도 계율을 둘러싸고 의견 대립이 생겼다.

유제품을 거부한 무리들

데바닷타는 교단의 분열을 꾀한 대악인으로서 너무도 유명하다. 많은 성전의 기록에 의하면, 그는 부처님의 사촌으로 태자 시절부터 경쟁 상대로 등장해 야쇼다라비를 얻는 경쟁에서 졌으며, 부처님이 도를 이룬 뒤 카필라에 돌아갈 때 출가해 제자가 되었다. 반역할 기회를 노리다가 마가다국의 태자 아자타샤트루와 짜고 부처님을 살해하려고 했다. 갖은 수단을 써서 부처님의 제자를 빼앗고 분열을 꾀했지만 모두 실패하고, 마침내 산 채로 지옥의 구렁으로 떨어졌다고 한다.

기록에 의하면 그는 철저한 악인의 본보기처럼 여겨진다. 물론 팔리어 본, 산스크리트어 본, 한역, 티베트어역 등 지극히 광범위한 자료에 분명하게 기록되어 있으므로 의심할 여지가 없다고 해버리면 그만이지만, 데바닷타에 대한 기록이 과연 역사적 진실을 전하고 있는지 아닌지는 문제가 된다.

먼저, 현장의 〈대당서역기〉를 보면, 슈라바스티 남쪽에 있던 기원정사 가까이에 "데바닷타가 독약을 가지고 부처님을 해치려다가 산 채로 지옥에 떨어졌다."고 하는 깊은 구렁이 있고, 그 근처에는 데바닷타의 제자인 코칼리카가 "여래를 비방해 산 채로 지옥에 떨어졌다."는 깊은 구렁과, "친차라는 바라문 여인이 여래를 비방하다가 산 채로 지옥에 떨어졌다."고 하는 깊은 구렁이 있는데, 이 세 구렁은 모두 깊이를 알 수 없고, 아무리 비가 많이 와도 물이 괴는 일이 없다고 한다.

또 현장은 마가다의 옛 수도인 라자그리하 근처의 비푸라 산 북문 왼쪽 벼랑 뒤로 해서 동으로 20, 30리쯤 가면, 거기 데바닷타가 참선해 삼매경에 이른 석실이 있다고도 적어 놓았다. 이 기록을 보면 데바닷타는 평온한 최후를 마친 것 같다.

그러나 가장 중요한 것은, 갠지스 강이 삼각주를 이루고 있는 바로 그 근처에 카루나수바르나의 수도가 있는데, 여기서 현장이 "가람은 10여 개소, 수행자는 2천여 명, 소승정량부의 법을 학습……." 이라고 적은 다음 "따로 세 개의 가람이 있는데, 유제품을 먹지 않고 데바닷타가 남긴 가르침을 받들고 있다."고 기록한 점이다. 이 지방은 지금 벵골 주에 속하며, 인도 본토 중에서는 최후까지 불교가 번창한 고장이다.

현장보다 앞서 불교 유적을 답사한 법현은 그 여행기에서 기원정사에 대해, "조달(데바닷타)이 독 묻은 손톱으로 부처님을 해치려다가 산 채로 지옥에 떨어진 곳"이라고 설명한 다음, 계속해서 "조달에게도 따르는 무리가 있어 항상 과거 삼불(극락세계에 있다는 아미타불과 그 좌우에서 모시는 관세음보살 및 대세지보살)을 공양하면서도 다만 석가모니불만은 공양하지 않는다."라고 기록하고 있다.

이 두 기록의 배경은 한쪽은 벵골 지방, 다른 한쪽은 슈라바스티이며, 아주 간결하기는 하지만 주목할 만한 것으로 여겨진다.

유제품을 먹지 않는다고 기록한 것에 대해서는, 한역 〈오분율〉에 따르면 데바닷타가 부처님에게 교단의 규율로 제의한 5개조 가운데 '수유酥油를 먹지 않는다.'는 항목이 들어 있는 것에 주목해야 한다. 그리고 "과거 삼불을 공양하면서도 다만 석가모니불만은 공양하지 않는다."고 한 법현의 기록도 종교사학의 입장에서 볼 때 결코 무시할 수 없다.

이와 비슷한 예로 예수 그리스도를 들 수 있다. 예수를 기다리던 구세주(메시아)로 믿은 제자나 신자들은 이른바 기독교를 이루어 놓았지만, 유태인의 대부분은 예수를 메시아로 인정하지 않고 진정한 메시아는 아직 출현하지 않았다고 생각해 유대교를 그대로 지켜 나갔다.

만일 이것이 데바닷타에게도 적용된다면, 다음과 같이 추정할 수도 있다.

즉, 석가족을 포함해서 히말라야의 남쪽에 살던 민족 사이에는 오래전부터 부처님을 받드는 종교의 전통이 있었다. 과거에 이미 몇 사람의 부처님이 출현했다고 믿고 미래에도 부처님이 오시기를 기대하고 있었다. 싯다르타 태자는 출가수행해 자기가 그 부처님의 경지에 이른 것을 확신하고, 불교를 전하기 시작해 널리 제자와 신자를 모았다.

그러나 같은 석가족 중에는 과거 부처님의 신앙을 지키면서 유제품 같은 것을 먹지 않는다는 낡은 형식적인 전통을 굳게 믿는 사람들도 있었다. 그 대표적인 존재가 데바닷타였다.

이상은 내가 추리한 것에 지나지 않지만, 이와 비슷한 의견을 발표한 외국의 학자도 있다. 물론 아직은 딱 잘라 이렇다고 단정하는 데까지는 이르지 못했지만, 그럴 가능성은 매우 짙다고 여겨진다.

불교와 거의 같은 시대, 같은 지역에서 번창해 현재도 서부 인도에 널리 퍼져 있어 마하트마 간디에게 강한 영향을 끼친 자이나교는 과거의 자이나(부처님에 해당됨)가 실제로 존재했다고 믿고 있으며, 형식적인 계율은 불교보다 더욱 엄격하다. 데바닷타의 불교는 오히려 자이나교에 가까웠을 것 같다.

이와 반대로 석가모니의 불교는 더 넓은 입장에서 지혜와 자비를 강조하고, 종족이나 민족 또는 국민의 제한을 초월해 세계적이요 인류적인 종교로까지 승화되었다.

잘 알려져 있는 악인 데바닷타의 전설을 음미해 보면 모순도 많은 것 같다.

33
부처님과 데바닷타

불타에게 반역을 꾀하고 돌을 던지는 데바닷타

데바닷타는 어떤 사람인가

데바닷타는 세속적인 인연으로 보면 부처님과 사촌 간이다. 그리고 부처님의 부인이었던 야쇼다라의 동생이며, 또 부처님의 애제자인 아난다의 형이기도 하다.

따라서 데바닷타의 반역 사건이 불교 교단에 던진 파문은 아주 컸다. 그 결과 데바닷타에 얽힌 수많은 설화가 전해지고 있다. 교단의 입장에서 보면 그럴 법도 하지만 냉정히 생각해 보면 그런 설화 중에는 역사적 사실로 인정하기 어려운 것도 몇 가지 있다. 후기에 올수록 데바닷타를 극악한 사람으로 보고 온갖 악명을 뒤집

어씌웠다는 느낌이 없지 않다.

법현이나 현장은 북인도나 벵골에서 데바닷타의 교단이 그때까지 존재하고 있다는 사실을 보고 들었다. 만일 여러 경전에 기록된 바와 같이 데바닷타가 온전한 악인으로서 파렴치한 죄를 범했다면, 그 이름을 전하는 교단이 1천 년도 넘게 유지되었으리라고는 생각할 수 없다.

또 〈법화경〉 제바달다품에서는 과거세에서 데바닷타는 〈법화경〉을 항상 새기던 선인이었고, 석가모니의 전생인 그 당시의 국왕은 그의 제자였다고 한다. 따라서 다음과 같이 말하고 있다.

"깨달음을 얻어 수많은 사람들을 극락세계로 인도한 것도 오로지 데바닷타의 가르침 덕이다."

주석자들은 이 경우 이렇게 설명한다.

"이것은 데바닷타와 같은 악인조차도……."

하지만 〈법화경〉의 본문 어디에도 데바닷타가 악인이라고는 씌어 있지 않다. 솔직하게 그대로 읽으면, 여기서는 석가모니가 데바닷타를 전생의 스승으로 존경하고 있었다고밖에 할 수 없다.

이 〈법화경〉의 글과 앞에서 인용한 법현이나 현장의 여행기를 놓고 보면, 인도에는 확실히 데바닷타를 훌륭한 종교가로 보던 불교의 한 파가 있었다는 것을 알 수 있다. 그리고 그것은 석가모니를 개조로 하는 일반 불교와는 달리 특수한 신앙과 계율을 가지고 있었던 것으로 여겨진다.

그 가장 큰 특색은 석가모니를 부처님으로 인정하지 않고 과거의 부처님만을 예배하는 일, 유제품을 먹지 않는 일 등의 계율이었다고 짐작된다. 데바닷타에 대한 많은 기록 중에서 먼저 교단의 분열(이른바 파승)을 중심으로 살펴보는 것이 순서일 것 같다.

군침을 삼키던 제자

부처님이 마가다국의 수도 라자그리하의 교외에 있는 죽림정사에 계실 때였다.

그 당시 마가다국은 빔비사라왕이 다스리고 있었는데, 그는 독실한 불교 신자였다. 그의 아들 아자타샤트루는 다 자란 뒤라 아버지를 밀어내고 왕위에 오를 기회만 노리고 있었다.

어느 날 부처님은 죽림정사에서 빔비사라왕을 비롯해 많은 사람들에게 설법을 하고 있었는데, 데바닷타가 부처님 앞에 나와 절하고 합장하며 다음과 같이 말씀드렸다.

"세존께서는 이제 늙으셨으니 아무쪼록 마음 편히 쉬시고 교단의 통솔은 저에게 맡겨 주십시오."

부처님은 이 요구를 받아들이지 않았다. 데바닷타는 세 번이나 되풀이해 같은 일을 간청했다. 세 번째에 이르자 부처님은 다음과 같이 말씀하셨다.

"데바닷타여, 나는 사리불이나 목련에게조차 교단의 통솔을 맡기지 않고 있다. 하물며 너와 같이 6년 동안이나 군침을 삼키고 있는 사람에게 어떻게 맡길 수 있겠느냐."

이렇게 많은 사람들 앞에서 모욕을 당한 데바닷타는 총총히 물러나 왔다.

"6년 동안 군침을 삼킨다."는 말은 아마 그 당시의 욕설이었을 것이다. 남의 찌꺼기를 핥는다, 또는 겉으로 알랑거린다는 뜻이었을지도 모른다. 데바닷타가 신통력으로 어린이의 모습을 하고, 아자타샤트루 태자와 장난하면서 그 침을 입에 넣었다는 설화도 있지만, 이것은 억지로 꾸민 것처럼 보인다.

많은 경전에 의하면 이와 같이 부처님이 거절하자 데바닷타는 반역을 결심하고, 폭력으로 부처님을 해치려 했다는 설화가 계속된다. 더구나 그 뒤 데바닷타는 다시 한 번 새로운 제안을 가지고 부처님을 만나러 간다. 그러나 살해를 꾀했다가 실패한 자가 다시 만나러 간다는 것은 설화로서도 무리라고 여겨진다. 그래서 나는 앞에서 말한 "통솔권을 물려주고 편히 쉬라."고 한 데 이어 다음에 말하는 두 번째 제안을 한 것으로 보고 싶다.

"세존께서는 항상 수행자는 작은 바람으로 만족하고 조심스럽고 검소한 생활을 해야 하며 신심과 노력이 중요하다고 가르치십니다. 그러므로 다음 다섯 가지는 이 뜻에 꼭 맞는다고 생각합니다.

첫째, 출가수행자는 한평생 숲 속에서 생활할 것. 사람 사는 마을에서 살면 죄가 된다.

둘째, 걸식 탁발에 의해서만 음식을 먹을 것. 식사 초대를 받으면 죄가 된다.

셋째, 분소의만 입을 것. 재가신자들에게 옷을 받아 입으면 죄가 된다.

넷째, 항상 나무 아래 앉을 것. 지붕 밑에 들어가면 죄가 된다.

다섯째, 절대로 생선이나 고기를 먹지 말 것. 먹으면 죄가 된다."

이와 같은 데바닷타의 제의에 대해 부처님은 어느 것도 강제할 필요가 없다고 대답했다. 물론 최고의 제자로서 부처님이 입적한 뒤 사실상 교단의 통솔자가 된 마하가섭은 대체로 이와 같은 생활을 한평생 지켰다.

부처님은 이것을 계율로 정해 모든 출가수행자에게 지키도록 강요하는 것은 결코 바람직한 일이 아니라고 생각했던 것 같다. 생선이나 고기만 하더라도, 특히 스스로를 위해 잡은 것이 아닌 이상은 대접을 받으면 먹어도 좋다고 했다.

여기에 데바닷타가 제의한 다섯 조항은 팔리어 본 〈율소품〉에 의한 것인데, 경전에 따라서 다른 점도 있다. 숲에서 살고 나무 아래 앉을 것, 수酥(우유에서 정제된 것)를 먹지 말 것, 소금을 먹지 말 것, 또는 우유를 마시지 말 것이라고 기록한 경전도 있다. 수가 낙酪으로 되어 있는 곳도 있지만, 유제품을 가리킨 것이다.

현장이 벵골 지방에서 보았다는 교단은 "유제품을 먹지 않고 데바닷타가 남긴 교훈을 받는다."고 했는데, 데바닷타의 주장에 찬성한 한 분파가 후세에까지 남아 있었다는 것을 알 수 있다.

분파주의자인가 보수파인가

불교 교단 안에서 데바닷타파가 특수한 입장을 취했다는 사실은 최근 국내외 학자들의 주목을 끈다. 결국 절의 구역 안에서 생활하고 일반 시민과 어느 정도까지 접촉을 가지면서 출가수행한다는 불교 교단의 주류파에 대해, 어디까지나 속세와 인연을 끊고 산과 숲에 살면서 엄격한 고행주의를 지켜 나가려는 비주류파가 데바닷타에 의해 대표되는 은둔주의파가 된 셈이다.

여기에 하나 더 덧붙이고 싶은 것은, 법현의 여행기에 있듯이

"과거 삼불을 공양하면서도 다만 석가모니불만은 공양하지 않는다."는 데바닷타파의 태도다. 주류파 교단의 입장에서 보면 분파주의자라고 할 수 있겠지만, 사실은 데바닷타 편이 보수파가 아니었을까 여겨진다.

부처님과 과거불

불교는 석가모니가 깨달음을 얻음으로써 비로소 이 세상에 성립되었다는 견해가 일반적이지만, 석가모니의 전기를 보더라도 '부처님'이라는 개념은 분명히 그전부터 있었다.

기원정사를 기증한 것으로 유명한 수닷타는 처음 '부처님'이 오신다는 말을 듣고 "부처님이라는 이름조차 듣기 어려운데 정말로 오시다니!"하면서 감탄하고 잠도 이루지 못한 채 날이 새기를 기다려 예배하러 갔다. 그러므로 '부처님'이란 말이 무엇을 뜻하는지, 그 당시 사람들은 이미 알고 있었음에 틀림없다.

석가모니 전에도 부처님이 출현했다는, 이른바 과거불에 대한 신앙은 가장 오랜 성전에도 뚜렷이 기록되어 있다. 석가모니가 입적한 뒤 2백 년경에 왕위에 올라 불교를 처음으로 전국에 퍼뜨린 아쇼카왕도 과거불을 예배하고 있었다.

이와 같은 기록을 보더라도 과거불에 대한 신앙은 원래 불교와 함께 있어 온 것이라고 여겨진다. 그리고 과거불 가운데서 어떤 이는 역사상 실재하는 인물인지도 모른다.

이것은 불교와 같은 터전에서 같은 시대에 성립한 자이나교와 견주어 보면 한층 더 분명해질 것이다. 자이나교에서도 최고의 진리를 밝힌 사람을 부처님이라고 부르지만, 대부분은 자이나라고 한다. 자이나, 즉 승자는 불교에서도 부처님의 칭호 가운데 하나로 경전에 기록되어 있다.

자이나교에서는 과거세에 자이나가 차례대로 이 세상에 출현했다고 하는데, 근대의 전문 학자들도 그 가운데 몇은 실제로 있었던 인물이라는 사실을 인정한다.

즉, 석가모니와 거의 같은 시대에 바이살리 근처에서 태어나 자이나가 된 마하비라는 자이나교의 창시자가 아니고, 그전부터 있던 자이나교를 다시 일으켜 개혁한 인물이라고 보는 것이 전문학자들의 대체로 일치된 의견이다.

불교와 자이나교는 많은 공통점을 가지고 있다. 두 종교가 다 갠지스 강 북쪽 기슭에서 히말라야 산맥에 걸친 지방에서 태어난 사람에 의해 세워졌다. 이 지방은 그 당시(기원전 5백 년 전후) 이미 바라문 문화의 영향을 받고 있었다. 하지만 주민들은 주로 비아리아인으로서 아리아인과는 다른 문화적 기반을 가지고 있었다. 부처님의 고향인 카필라의 석가족도 그렇고 마하비라가 태어난 릿차비족도 넓은 의미에서 몽골족, 특히 티베트족에 가까운 종족으로 추측된다.

갠지스 강의 남쪽인 마가다와 카필라의 서쪽인 코살라는 분명히 아리아 인종이 세운 나라였다. 이 두 큰 나라 중간에 낀 많은 도시국가는 몽골족에 속했다.

유럽 사람들이 개척해 온 근대 인도학에서는 자칫 아리아 인종이 항상 우수한 민족이었던 것처럼 기록하는 경우가 있지만, 사실은 반드시 그렇지만은 않다.

인더스 문명을 발견함으로써 20세기에 분명하게 밝혀진 것처럼, 기원전 10세기경 서북 국경에서 인도에 침입해 온 아리아 인종은 숲이나 들에서 방목 생활을 했다. 그들이 약탈에 의해 세력을 확장하고 있을 때, 인더스 강 유역에는 근대 도시에 견줄 만한 계획적인 도시국가가 성립되어 고도의 문명을 가지고 있었다.

성스러운 나무, 성스러운 짐승, 성스러운 뱀 등에 대한 예배, 또는 다리를 틀고 앉는 요가를 실천한 일은 이 인더스 문명의 유적에서 발굴된 출토품에 의해 밝혀진 바와 같이 비아리아계에서 비롯된다. 거기에 적힌 문자가 아직 판독되지 않아 자세한 것은 알 수 없으나, 적어도 후세 인도의 종교 생활(불교와 자이나교를 포함해서)에서 아주 중요한 요소는 비아리아계에서 비롯되었다는 사실이 이 발굴에 의해 증명되었다.

그러므로 아리아 인종만이 인도 문명을 일으켰다는 말은 이제 설득력이 없다.

물론 기원전 10세기 인더스 문명을 이루어 냈던 민족과, 기원전 5세기 갠지스 강 북쪽에 살던 민족이 동일하다고는 할 수 없다. 다만 여기에서 주목해야 할 것은, 요가의 수행이나 보리수의 신성함, 용의 신앙 등은 인더스 문명에도 불교나 자이나교에도 공통된다는 사실이다.

불교 교단의 조직이나 운영에도, 창시자의 출신지 풍습이 반영되고 있다는 점이 이미 전문가에 의해 지적되었다. 이를테면 회의나 투표 방법, 만장일치에 의한 결의, 처벌의 형식 등이 모두 비아리아적이었으리라고 추정된다. 석가족의 협의에 의한 정치제도, 릿차비족의 회의제, 쿠시나가르 말라족의 회의제 등 민주적인 양식을 구체적인 예로 들 수 있다.

이에 대해 아리아족이 세운 마가다국이나 코살라국에서는 국왕의 독재가 두드러지며, 바라문 학자가 정치 고문으로서 지도적 지위를 가지고 동물을 제물로 바치는 의식도 행하고 있었다.

이러한 여러 가지 사정으로 미루어, 나는 자이나교와 마찬가지로 불교 역시 석가모니 이전부터 있던 민족 종교가 개혁된 형태라고 보고 싶다. 즉 과거에 몇 사람인가 과거불이 출현했다는 신앙이 전부터 이루어져, 이른바 대인상(32상) 같은 것도 알려져 있었고, 싯다르타 태자가 출가한 것도 과거불의 신앙과 맺어져 있었기 때문이다.

그러나 싯다르타 태자는 오래전부터 있던 민족 종교를 보편적 종교로까지 발전시키는 일을 사명으로 삼고 있었다. 따라서 수행할 땅을 남쪽에서 찾아, 그 당시 많은 종교의 집결지이던 마가다에 가서 깨달음을 얻었다. 그리고 예전부터 온갖 종교의 성지로 알려진 바라나시에서 제1성을 올렸던 것이다.

싯다르타 태자는 왜 남쪽으로 내려갔는가. 이것에 대한 답도 물론 추측해 볼 수밖에 없지만, 첫째로는 무엇보다 친근한 갠지스 강 북쪽에서 수행자의 모습을 견학하기 위해서였을 것이다. 이 시기에 스승으로 섬겼다고 한 아라다 카라마는 그 이름을 보아도 알 수 있듯이 비아리아계다. 둘째로는 아리아계 종교의 중심지인 마가다에 들어가 우드라카 라마푸트라라는 스승에게 배운다. 이 사람은 그 이름으로 미루어 분명히 아리아계이다.

이리하여 6년 동안 수행한 결과 본래의 입장을 가장 잘 발휘한 부처로서 최고의 깨달음에 이르렀다. 따라서 석가모니가 주창한 불교가 민족 종교의 입장을 초월해 보편적인 종교로 승화했다는 것은 당연한 일이다.

그렇기 때문에 말해 두거니와 "싯다르타 태자가 처음에 코살라의 슈라바스티에 가지 않은 것은 고향과 너무 가까워 카필라로 돌려보내질 염려가 있었기 때문이다."라고 말하는 사람도 있으나, 이것은 그냥 웃어넘길 만한 진기한 이야기이다.

어쨌든 이렇게 성립된 불교는 많은 사람들의 마음에 파고들어 드디어는 국경을 넘어 아시아의 대종교로 발전하기에 이르렀다.

그런데 과거불을 믿는 오랜 민족 종교의 입장을 지키던 석가족 가운데 어떤 부류의 사람들은 이해할 수 없었을 것이다.

그들은 불교가 어떤 것인가를 대체로 알고 있었으며, 그때도 스투파(탑) 같은 것을 세워 과거불을 예배하고 있었을 것이다. 예수가 "예언자는 고향에서 환영받지 못한다."고 말했듯이 카필라바스투의 어떤 사람들은 과거불을 믿고 앞으로 부처님이 출현하리라는 것을 믿으면서도, 그들이 잘 알고 있는 싯다르타 태자가 부처님이 되었다고는 믿을 수 없었던 모양이다.

이것은 내 추측이지만, 그런 사람들은 석가모니의 불교와는 별도로 예전부터 내려온 민족 종교로서 불교의 입장을 지켜 나가려고 했던 것 같다. 유제품이나 소금이나 물고기를 먹지 않는다는 계율은 데바닷타가 생각해 낸 것이 아니고, 틀림없이 과거불의 예배와 결부된 낡은 신앙일 것이다.

자이나교는 불교에 비해 계율이 더욱 엄격해, 극단적인 경우에는 자살을 종교의 최고 이상이라고 생각하는 사람조차 있다. 데바닷타가 주장한 계율은 오히려 자이나교의 생각에 가까웠다. 즉, 낡은 전통을 지닌 민족 종교의 성격을 띠고 있었다.

부처님에게, 물러앉아 편히 쉬라고 주장한 데바닷타는 적어도 부처님보다 열 살 이상이나 손아래였을 것이다. 그렇다면, 싯다르타 태자가 열아홉 살에 야쇼다라와 결혼했을 때 데바닷타는 열 살도 채 안 된 어린애였을 것이다. 태자의 경쟁 상대로 등장할 까닭이 없다.

데바닷타에 관한 수많은 악행 설화는 이런 입장에서 마땅히 재검토되어야 할 것이다. 어쨌든 분파 활동을 했다는 점에서 틀림없이 최대의 악인으로서 온갖 누명을 뒤집어썼을 것이다.

34
영취산의 설법

불타의 설법 장면을 묘사한 보로부두르의 조각

교화 45년

석가세존의 전 생애를 편년체(연대순으로 기록하는 것)로 쓴 자료는 없다. 그 생애 가운데 탄생, 성도, 초전법륜, 입적의 4대 중요 사건에 대한 각각의 자세한 기록이 있고, 탄생에서 초전법륜(최초의 설법)에 이르기까지, 다시 이로부터 초기 교단을 형성한 것까지는 한결같이 기록하고 있다. 그러나 그 후 입적에 이르기까지 40여 년의 기간에 대해서는 많은 사건이 저마다 따로따로 기록되어 있어서 사건의 앞뒤를 결정할 증거가 부족하다.

어떤 의미에서 보면 그것은 당연한 일일지도 모른다. 부처님이 된 세존은 이미 세속적인 시간의 제약을 초월했을 것이기 때문이다. 초기의 불교미술에서는 부처님의 모습을 표현하는 일이 없었고, 부처님을 중심으로 많은 사람들을 그릴 경우에도 부처님이 있는 공간은 비워 두거나 법륜과 같은 상징에 의해 암시하는 데 그쳤다. 이같이 한 것은, 부처님은 공간적인 제약에서 이미 초월해 있기 때문이다. 그와 마찬가지로 부처님의 행동을 편년체로 기록하는 일을 피했다고 보아야 할 것이다.

그러나 우리들로서는 순서를 따라 설명하지 않을 수 없으므로, 여기에서도 될 수 있는 한 앞뒤의 차례를 헤아리면서 써 왔다. 우리들의 기억을 정리하기 위해, 이제까지 써 온 것을 다시 한 번 더 들어 보기로 하자.

마가다국 보드가야의 보리수 아래서 부처님이 된 세존은 바라나시 교외에 있는 녹야원에서 최초의 설법을 해 그전에 같이 수행하던 동료 다섯 사람을 깨닫게 한 뒤 제자로 삼았다. 이어서 그곳 부자의 아들 야샤스, 또 카샤파 삼 형제, 사리불과 목련 등을 가르쳤으며, 라자그리하 교외에 죽림정사를 지어 최초의 승원으로 삼았다. 이곳은 마가다의 빔비사라왕이 기증한 것이다. 마하가섭이 제자가 된 것도 이 무렵의 일이다.

마가다와 함께 그 당시 북쪽에 있던 큰 나라 코살라의 수도 슈라바스티에 살던 부자 수닷타가 기원정사를 세워 부처님과 그 승단에 기증하자, 이곳이 불교 포교 활동의 최대 근거지가 되었다. 그 후 고향인 카필라바스투를 찾아가니 그곳에서도 많은 출가자와 재가신자가 생겼다.

이윽고 석가모니를 길러 준 양어머니 마하프라자파티가 미망인이 되자 여승으로서 출가하기를 원해 비구니 교단이 성립된다. 이 때부터 여성도 불교에서 출가수행할 수 있게 되었다. 또 갠지스 강 북쪽 기슭의 자유도시 국가 바이살리에서도 그보다 더 북쪽에 있는 쿠시나가르 등 다른 지역에서도 부처님의 감화로 수많은 사람들이 신자가 되었다.

이와 같이 해서 갠지스 강 남쪽과 북쪽 기슭에서 북으로는 히말라야 산맥에 이르는 넓은 지역에 불교의 가르침이 미칠 수 있었다. 그것은 부처님이 서른다섯에 도를 이루어 여든 살에 입적하기까지 45년 동안에 일어난 일이었다.

불교의 흥성은 인도 문화사에 한 획을 긋는데, 바로 그 시대(기원전 5백 년 전후)는 정치적으로도 큰 전환기였다. 여러 작은 나라들이 점차 북쪽에서는 코살라에, 남쪽은 마가다의 지배 아래 들어가고, 마침내는 마가다에 의해 통일되는 과정이었다. 그것은 바로 부처님의 만년에 해당한다.

마른나무 밑의 석가모니

마가다의 빔비사라왕은 처음부터 부처님을 깊이 믿고 의지했다. 코살라의 프라세나지트왕은 시민과 왕비의 영향으로 부처님을 깊이 믿게 되었다. 두 사람 모두 고전적인 군주로서 다 같이 불교 신자가 되어, 덕으로써 나라를 다스리려고 했다. 또 두 사람에게는 각각 불교에 귀의한 왕자 아바야바 태자와 제타 태자가 있었는데, 왜 그랬는지 두 태자 모두 왕위를 계승하지 못했다. 그 대신 국왕이 된 사람은 마가다의 아자타샤트루와 코살라의 비두다바인데,

이들은 둘 다 폭력으로 부왕을 몰아내고 왕권을 차지했다.

마가다국과 코살라국은 다 같이 아리아인의 왕국으로, 공통점이 많아 서로 협력도 했지만 동시에 적수이기도 했다. 빔비사라왕과 프라세나지트왕은 평화로울 때는 서로 좋은 친구였지만 이따금 전쟁터에서 맞서기도 했는데, 승패는 가릴 수 없었다.

아자타샤트루 태자는 아버지 빔비사라왕을 방 안에 가둬 놓고 스스로 왕위에 올라, 군사 시설을 더 늘려 강화하면서 사방을 침략할 체제를 정비했다. 이 정변에는 데바닷타가 참여했다고도 하나 그것은 확실치 않다. 그러나 마가다에서는 불교뿐 아니라 자이나교나 아지비카교도 똑같이 보호를 받고 있었으므로, 이 나라에서 불교의 비주류파인 데바닷타가 같은 대우를 받았다고 해도 이상할 것은 없다.

아자타샤트루에 의한 정변은 마침내 북쪽에 있는 코살라를 자극했다. 프라세나지트왕과 아자타샤트루왕의 전투가 벌어져 일승일패 끝에 화해를 맺었다.

한편, 코살라에서는 프라세나지트왕의 빈틈을 노리던 비두다바 태자가 정변을 일으켜 왕위에 올랐다. 늙은 왕은 친척인 아자타샤트루왕에게 의지하려고 망명길에 올랐지만, 마가다의 수도 라자그리하 성문 밖에 이르러 그만 병으로 세상을 떠나고 말았다.

비두다바왕은 침략 정책을 취해 코살라의 많은 군사로 카필라를 공격하여 마침내 석가족을 멸망시켰다. 싸움에서 이기고 돌아온 국왕은 비협조적이던 배다른 형 제타 태자를 살해했는데, 자신도 곧 재난을 만나 비명횡사했다.

국내전

이렇게 해서 강대해지려던 코살라도 얼마 뒤 마가다의 세력 안에 흡수되고 만다.

마가다의 아자타샤트루왕은 먼저 갠지스 강의 북쪽 기슭에 눈독을 들였다. 거기에서는 밧지족(브리지족)이 번창하고 있었다. 앞에서도 말한 바와 같이 그들은 몽골 인종에 속했는데, 도시국가를 이루어 말 다루는 솜씨가 뛰어났고 상공업에 종사하며 화려한 옷을 좋아했다. 밧지족은 동쪽의 미티라를 도읍으로 한 비데하족과 바이살리를 도읍으로 한 릿차비족으로 갈라져 있었는데, 둘 다 민주적인 공화제를 실시했다.

아자타샤트루왕이 눈앞의 적으로 삼은 것은 바이살리의 릿차비족이었다. 그에 대비하고 또 공격의 근거지로 삼기 위해 그때의 수도보다 훨씬 북쪽에 있는 갠지스 강 남쪽 기슭의 파탈리그라마를 쌓아 올리는 중이었다. 이것이 뒷날의 파탈리푸트라이며, 마가다의 수도로서 번창하다가 후세에는 굽타 왕조의 수도가 되었다.

석가모니 부처님 만년 때의 정세는 대략 이상과 같았다.

부처님의 생애를 편년체로 기록한 역사 자료는 없다고 했는데, 부처님 생애 마지막 해의 몇 달 동안에 일어난 사건은 〈마하 팔리닙바나숫타〉라는 팔리어 경전에 차례대로 자세하게 기록되어 있다. 이 경전은 〈장부경전〉에 속하며, 여기에 해당하는 한역 경전은 〈유행경〉(〈장아함경〉 속에 포함되어 있음), 〈불반니원경〉 2권, 〈반니원경〉 2권, 〈대반열반경〉 3권 등 네 가지가 있다.

이 가운데 마지막에 든 경전만은 다른 여러 경전의 첫머리에 해당하는 부분이 빠져 있는데, 내용은 대체로 비슷하다. 팔리어 본과 한역에는 얼마간 차이가 있지만, 전체적으로 볼 때 한역 쪽이 더 오랜 형태를 보존하고 있다는 것이 현재 학계의 정설이다.

이제부터 이런 자료에 의해 석가모니의 생애 중에서 마지막 몇 달 동안 있었던 일들을 정리해 볼까 한다. 이 경전의 팔리어 본이 서양 학계에서는 일찍부터 주목을 끌어, 번역본과 연구 자료도 여러 가지가 있다.

여기에서 일러두고 싶은 것은, 이 경전은 부처님의 인품을 있는 그대로 생생하게 묘사했다는 점에서 세계의 종교문학 중에서도 최대 걸작의 하나라고까지 이야기된다는 점이다. 인간미가 넘쳐 있다는 점에서도 경전 가운데 이색적이다. 그러나 그렇다고 해서 이른바 '역사적인 사실'만 기록한 것은 아니다. 부처님이 복통으로 괴로워하는 장면이 있는가 하면, 위대한 힘을 발휘해서 기적을 행하는 경우도 있다. 요는 어디까지나 종교서로 음미하고, 그 전체로서 참된 의미를 파악하지 않으면 안 된다.

한편, 대승경전에도 〈대열반경〉이 있는데, 그것은 부처님이 입적할 때의 설법을 주제로 한 것으로 아주 다른 경전이다. 이후 〈열반경〉이라고 할 때는 앞에 말한 팔리어 경전과 그에 해당하는 한역본을 가리킨 것으로 알아 주기 바란다.

불교는 타종교를 배척하지 않는다

이 〈열반경〉의 첫머리는 다음과 같이 시작한다.

나는 이와 같이 듣고 전했다.

어느 때 부처님은 라자그리하에서 그리 멀지 않은 독수리봉(영취산)에 머물러 계셨다.

독수리봉 그리드라쿠타는 수도 주변에 있는 산의 하나로 그 모양을 따라 이같이 부르는데, 부처님이 즐겨 머물던 곳이다. 대승과 소승의 많은 경전도 이곳에서 설해진 것이라고 한다.

그때 마가다의 아자타샤트루왕은 밧지족이 강대해지는 것을 두려워해 이를 미리 정복하려 했다. 왕은 한 대신을 불러 영취산에 가서 부처님의 의견을 듣고 오라고 명령했다. 왕은 결코 독실한 신자는 아니었으나, 이 무렵에는 이미 자신의 지위가 안정되어 세상에 평판이 자자한 대종교가의 말씀에 귀를 기울일 만한 여유도 있었다.

왕명을 받은 바루샤카라 대신은 얼른 채비를 차리고 영취산으로 갔다. 부처님께 인사를 드린 뒤 국왕의 말을 전했다.

마침 그때 제자 아난다가 부처님의 등 뒤에 서서 부채를 손에 들고 있었다. 부처님은 대신에게 대답하지 않고 아난다를 보고 다음과 같이 물었다.

"아난다야, 밧지 사람들이 자주 모임을 갖는다는 말을 너는 들은 일이 있느냐?"

"네, 그렇게 들었습니다."

아난다가 대답하자 부처님은 다음과 같이 말씀했다.

"아난다야, 밧지 사람들이 자주 모임을 갖는 동안 그들은 번영할지언정 결코 쇠퇴하지는 않을 것이다."

그리고 다시 부처님은 다음과 같이 둘째부터 일곱째까지 물었고, 그때마다 아난다는 한결같이 대답했다.

"네, 그대롭니다."

그것을 조목별로 쓰면 다음과 같다.

둘째, 밧지 사람들은 한결같이 화합해 모임을 갖고 결의하고 일을 처리하고 있는가.

셋째, 그들은 새로운 제도를 마련하거나 그전의 제도를 버리거나 하지 않고 예로부터 내려온 풍습을 그대로 지키고 있는가.

넷째, 그들은 연장자를 존경하고 그 말을 잘 듣는가.

다섯째, 그들은 부녀자나 소녀에게 강제로 말을 듣게 하지는 않는가.

여섯째, 그들은 안팎의 종묘를 공경하고 예전부터 내려오는 제사를 게을리하지 않는가.

일곱째, 그들은 종교가들을 존경하고 이웃 나라에서 기꺼이 종교가들이 그곳을 찾아오며, 그곳에 있는 종교가들은 기꺼이 거기 머물러 있는가.

아난다가 이런 일들을 밧지 사람들이 잘 지키고 있다고 대답하자, 부처님은 이와 같이 말씀하셨다.

"이러한 일들을 지키고 있는 한 밧지 사람들은 번영할지언정 결코 쇠퇴하지는 않으리라."

아난다와의 문답이 끝나자, 부처님은 다시 대신을 보고 다음과 같이 말씀했다.

"바라문이여, 일찍이 나는 바이살리 곁에 있는 사란다다 사당에 머물면서 밧지 사람들에게 이와 같은 일곱 가지 쇠퇴하지 않는 법을 가르친 일이 있소. 그들이 이 법을 지키고 있는 동안에는 번영할지언정 결코 쇠퇴하지는 않을 것이오."

이 말을 들은 대신은 부처님께 이렇게 말씀드렸다.

"이 같은 일곱 가지 쇠퇴하지 않는 법 중에서 단 한 가지만이라도 지키고 있는 동안은 번영할지언정 결코 쇠퇴하는 일은 없을 것입니다. 일곱 가지 법이 다 갖추어져 있다면 더 말할 것도 없습니다. 마가다의 아자타샤트루왕이 무력으로 그들을 물리칠 수는 없습니다. 혹시 음모나 내부 분열이라도 일어난다면 모르겠습니다만."

대신은 공손히 인사하고 왕에게로 돌아갔다.

부처님은 바이살리 사람들을 사랑하고 있었다. 무서운 전염병이 유행해 어떻게 손댈 수도 없어지자, 부처님은 사람들의 간청에 따라 그곳에 가서 건강을 지킬 대책을 세우고 마음을 위로해 그들을 궁지에서 구해 주었다. 그런 일이 있은 뒤부터 더욱 친밀해졌다.

여기에 든 일부 조목은 바이살리와 같은 도시국가에서는 특히 필요했다. 물론 다른 곳에도 널리 적용할 수 있겠지만, 이것을 가지고 불교의 정치관 운운하는 것은 엉뚱한 견해이다. 위기에 처한 작은 도시국가를 염두에 두고 말한 교훈으로 보아야 할 것이다.

여기서 안팎의 종묘와 온갖 종교가들을 존경해야 한다는 가르침은 주목할 만하다. '안팎의 종묘'란 안은 조상신을, 밖은 조상신 이외의 종묘(왕실의 사당)를 가리킨 것이라고 여겨진다.

부처님이 이미 있던 민족 종교의 신앙을 없애기는커녕 도리어 그 신앙을 장려한 증거가 여기에 있다. 훗날 불교는 중국이나 한국, 또는 일본에서도 그 지방 고유의 신앙을 받아들였다. 신령과 부처의 융화를 불교의 타락이라고 생각하는 학자도 있지만, 그런 사람들은 인도 불교를 모르기 때문에 그렇게밖에 보지 못한다. 모든 종교에 대한 관용도 이 일곱 조목 안에 들어 있다.

이와 같이 〈열반경〉은 아자타샤트루왕의 야망을 억제하는 데서부터 시작된다. 그것은 곧 첩자에 의해 내부가 무너질 위험을 안고 있는 바이살리의 위기에 대한 예감이고, 또한 여든 살이 된 부처님의 입적을 알리는 나직한 전주곡이기도 하다.

35
파탈리 마을의 최후 설법

인류 역사에 불멸의 가르침을 남기다

법은 멸하지 않는다

마가다국의 대신이 돌아간 뒤 부처님은 아난다에게 일렀다.

"라자그리하 주변에 있는 모든 비구들을 강당에 모이게 하라."

불교 교단은 각각 지방 단위로 운영되고 있었기 때문에, 회의 같은 것도 그 단위별로 했다.

부처님은 비구들이 모였다는 말을 듣고 강당으로 가서 마련된 자리에 앉았다. 그리고 모든 비구들을 위해 설법을 하셨다. 그 내용은, 어떻게 하면 비구들의 승단이 번영하고 멸하지 않을까 하는 가르침이었다. 그 자세한 내용은 여러 경전에 따라 약간의 차이는 있으나, 팔리어 본에 의하면 먼저 다음 일곱 조목으로 설해졌다.

1. 비구들이 자주 성의껏 모이고, 많은 사람이 출석한다.

2. 일치 화합해 모이고 일치 화합해 결정하며 일치 화합해 실행한다.

3. 새로운 규정을 마련하지 않고 이미 정한 것을 깨뜨리지 않으며, 정해진 대로 계율을 지킨다.

4. 장로, 선배, 경험자, 승단의 아버지, 승단의 지도자들을 존경하고 받들며, 그들의 말을 잘 듣는다.

5. 윤회의 원인이 되는 애욕을 일으키거나 그것에 굴복하는 일이 없도록 한다.

6. 인가에서 떨어진 곳에 살기를 좋아한다.

7. 자기 마음에서 뜻을 세우고 훌륭한 수행자 동료들이 일부러 찾아오게 하며, 또한 이미 찾아온 사람들은 기꺼이 거기에 머물도록 한다.

이러한 일곱 조목은 앞에서 말한 밧지족 사람들에 대한 교훈과 어떤 점에서는 비슷하다. 그러나 같은 일곱 조목이라 할지라도 불교의 여러 부파에 따라 그 전해 온 기록에 차이가 있다. 한역 〈유행경〉에 의하면 다음과 같다.

1. 자주 모여 올바른 도리를 서로 말한다.

2. 선배와 후배가 사이좋게 지내고 존경하며 다투지 않는다.

3. 법을 우러르고 계율을 분별하며, 제정된 계율을 지킨다.

4. 비구들은 많은 경험과 지식이 있는 이를 소중히 지키고 존경하며 섬긴다.

5. 자기 마음을 소중히 하고 정중한 태도를 지킨다.

6. 언제나 청정한 수행 생활을 지키고 욕망에 빠지지 않는다.

7. 남을 앞세우고 자기는 뒤로 처져 명성이나 이익을 탐내지 않는다.

또한 어떤 경전에서는 여기에 잇따라 몇 가지 '불멸의 일곱 가지 법' 또는 '여섯 가지 법'의 계열을 들고 있다. 대체로 같은데, 표현이나 내용에는 약간 다른 점도 있다.

어쨌든 이것이 영취산(독수리봉)에서 부처님이 마지막으로 하신 공식적인 설법이다. 그래서 불교의 여러 부파에서 특히 중요시해 각각 기록해 놓았을 것이다.

이미 마가다 왕국이 북인도를 통일하기 위해 침략 전쟁을 시작하리라고 예상했다. 그렇기 때문에 이 같은 정치적인 움직임을 배경으로, 부처님이 교단의 장래를 말한 '불멸법'의 가르침은 그 의미가 크다.

계율은 지켜야 한다

이 설법을 한 다음에도 부처님은 영취산에 잠시 더 머물면서 비구들에게 다음과 같은 설법을 되풀이했다.

"이것이 계율이고, 이것이 명상이며, 이것이 지혜다. 계율의 뒷받침이 있는 명상은 그 과보와 공덕도 크다. 명상의 뒷받침이 있는 지혜는 그 과보와 공덕도 크다. 지혜의 뒷받침이 있는 마음은 온갖 더러움에서 온전히 해방된다. 그 더러움이란 욕망과 생존욕과 그릇된 생각과 무지라는 네 가지 더러움을 말한다."

계율과 명상과 지혜, 이 셋은 불교 전체를 통틀어 가장 기본적인 실천 형태이며, 흔히 '삼학'으로 알려져 있다. 이 경우 '학'은 배운다는 의미가 아니고 '실천'이라는 뜻이다.

불교에 뜻을 둔 사람이 제일 먼저 갖추지 않으면 안 될 것이 계율이다. 출가와 재가, 기타 환경과 사정에 따라 자세한 조목이 반드시 같지는 않지만, 계율이 없으면 불교는 성립될 수 없다. 계율이란 생활을 해 나가는 데 필요한 하나의 규범이다.

명상은 정定이라는 한자로 표현되는데, 선정 또는 삼매라고 해도 같은 뜻이다. 보통 상태에서는 끊임없이 흔들리는 정신을 한곳에 집중하고 다시 내면적으로 침잠해 깊은 종교의 경지를 체험하는 것이 정이다. 흔히 선으로 알려졌는데, 그것은 선종에만 국한되지 않고, 적어도 불교에 속하는 이상 절대로 이를 빼놓을 수는 없다.

그러나 선정이나 명상 중에는 바른 것도 있지만 그릇된 것도 있다. 불교에서 말하는 올바른 명상 즉 정정正定은 올바른 생활 태도와 규율을 바탕으로 비로소 성립된다. 앞에서 인용한 부처님의 설법 가운데, "계율의 뒷받침이 있는 명상은 그 과보와 공덕도 크다."고 한 것은 바로 그런 뜻이다.

그리고 다시 "명상의 뒷받침이 있는 지혜는 그 과보와 공덕도 크다."고 말했다. 지혜란 단지 세속적이거나 상대적인 지식이 아니고, 인생 문제의 근본을 깨달아 문제를 해결하는 예지를 말한다. 이와 같은 지혜에는 반드시 계율과 명상의 뒷받침이 있어야 한다.

계, 정, 혜의 삼학은 모든 불교의 근본이다. 여기에 다시 세 항목을 더해 보시, 지계, 인욕, 정진, 선정, 지혜라고 한 것은 여섯 개의 파라미타(육바라밀)로 알려져 있다.

유형, 무형의 선물을 주어 사람들을 행복하게 하는 것(보시), 곤란이나 욕됨을 참고 견디는 것(인욕), 올바른 목적을 위해 노력하는 것(정진)도 물론 매우 중요하지만 삼학이 그 핵심이다.

이와 같이 삼학의 지혜에 의해 더러움에서 해방되어 해탈하는 것이 불교 수행의 목표다. 더러움(이른바 번뇌)에도 여러 가지가 있는데, 여기에서는 욕망, 생존욕, 그릇된 생각, 무지의 네 가지로 말하고 있다.

〈열반경〉에서는 그 뒤로도 이 삼학에 대한 설법을 계속 되풀이해 비구들에게 설하고 있으므로, 이 경전의 중요한 주제 가운데 하나를 이루고 있는 것같이 보인다.

파탈리의 설법

부처님은 마가다의 수도 라자그리하를 떠나 북쪽으로 길을 잡고, 먼저 암바랏티카 마을에 이르러 그곳 왕실의 동산(라자가라카)에서 많은 비구들과 함께 얼마 동안 머물렀다. 한자로 위라치爲羅致라고 기록한 것이 이곳이다.

다음에 머물렀던 곳은 다시 그 북쪽으로, 날란다 마을 교외에 있는 동산이다.

현장이 〈대당서역기〉에 기록한 것에 따르면, 라자그리하에서 북쪽으로 30여 리쯤 가면 날란다에 이른다고 했다. 날란다는 라자그리하와 파탈리푸트라의 중간에 있는 곳으로 부처님도 이 고장에 들른 적이 있었다. 뒷날 5세기 굽타 왕조 시대에 부처님과 인연이 있는 이곳에 승원을 세워 그때그때 증축하고 개축했다. 인도 전역에서 우수한 학승들이 이곳에 모여들고 불교문화의 중심지 같은 느낌을 주었다. 현장 자신도 인도에 오래 머무는 동안 이곳에서 배운 일이 많았다. 뒷날의 일이지만, 부처님이 날란다에 머물고 있는 동안 제자 중에서도 윗자리에 있던 사리불이 부처님 곁에 와서 다음과 같이 말씀드렸다.

"저는 세존께 이와 같은 믿음을 가지고 있습니다. 즉 깨달음에 대해, 사문이든 바라문이든 세존보다 나은 사람은 과거, 현재, 미래를 통해 한 사람도 없다고 확신하고 있습니다."

그리고 부처님의 질문에 답해, 자신은 과거, 현재, 미래의 여러 불세존에 대해 샅샅이 알고 있는 것은 아니지만, 무릇 불세존이라는 분은 반드시 이와 같아야 함을 믿는다고 말했다.

이 구절은 팔리어 본 〈열반경〉에는 있지만, 한역의 해당 부분에는 보이지 않는다. 그러나 같은 내용이 팔리어 본과 한역 〈아함〉의 다른 곳에 기록되어 있다. 이런 점으로 보아 사리불의 신앙 고백은 다른 기회, 즉 부처님이 입적하기 바로 전보다 훨씬 앞서 있었던 일로 여겨진다. 그런데 팔리어 본 〈열반경〉 편집자는 날란다 마을이라는 지명이 나오니까 이 고장과 관련되어 알려진 사리불의 고백을 여기에 넣었을지도 모른다.

여기에만 그치지 않고, 이 같은 방법으로 지명이나 인명에 관계된 사건이 실제로는 관계가 없는 부문에 거듭 나오는 것은 성전, 특히 팔리어 본 성전의 특색이므로 주의할 필요가 있다. 이런 특색은 성전에서 사실을 알아내기 위한 예비지식의 하나로써 매우 중요하다.

이제 부처님은 날란다를 떠나 길을 서북쪽으로 잡고 갠지스 강 남쪽 기슭에 있는 파탈리촌에 이르렀다. 이곳은 나중에 파탈리푸트라로 마가다의 수도가 되었으며, 후세에까지도 중요한 문화의 중심지로 알려졌다. 오늘날의 파트나 시 가까이에서 그 유적이 발굴되었다.

부처님이 파탈리촌에 도착하자 그 고장의 신자들은 곧 부처님을 환영해 공손히 인사를 드렸다. 그리고 자기네 숙소에 와 달라고 간곡히 청했다. 부처님은 항상 그랬듯이 침묵으로 승낙의 뜻을 표시하였다.

신자들은 부처님의 둘레를 오른쪽으로 세 번 돌고(항상 부처님을 오른쪽으로 보는 최고의 예의) 숙소에 돌아가 한쪽에 자리를 깐 다음, 물병과 등불을 마련해 두었다. 그리고 준비가 다 끝나자 다시 부처님에게 가서 알렸다.

그때 부처님은 비구들을 거느리고 그 숙소로 갔다. 발을 씻고 들어가 한가운데 기둥 앞에 자리를 잡았다. 비구들과 신자들은 부처님을 가운데 모시고 마주 보고 앉았다. 부처님은 신자들을 위해 다음과 같이 말씀했다.

"행실이 나쁜 사람이 계율에 어긋나기 때문에 입는 손실이 다섯 가지가 있다.

첫째는 커다란 재산의 손실을 가져온다. 둘째는 평판이 나빠진다. 셋째는 어떤 사람들의 모임에 나가더라도 겁에 질려 떨어야 한다. 넷째는 죽을 때 허둥대며 괴로워한다. 다섯째는 죽은 다음 지옥에 떨어져 고통을 받아야 한다.

이와는 반대로, 행실이 바른 사람이 계율을 지키기 때문에 받는 공덕에 다섯 가지가 있다.

첫째는 재산이 크게 늘어난다. 둘째는 평판이 좋아진다. 셋째는 어떤 사람들의 모임에 나가더라도 자신을 가지고 처신할 수 있다. 넷째는 죽을 때 허둥대지 않는다. 다섯째 죽은 다음에 천상에 태어난다."

이와 같이 부처님은 파탈리촌의 신자들을 위해 밤늦게까지 설법해 격려하여 주었다. 이윽고 밤이 깊어지자 부처님의 분부로 신자들은 물러갔다. 부처님은 잠시 후 조용한 곳에 가서 쉬었다.

고타마와 두 대신

한편, 마가다의 아자타샤트루왕은 갠지스 강 북쪽의 밧지족을 막아 지키고, 또 공격할 기지로서 파탈리촌에 도시를 세우는 중이였다. 그런 왕명을 받은 두 대신 수니다와 바루샤카라가 이곳에 와서 도시 건설을 지휘하고 있었다. 그날 밤 부처님이 초자연적인 눈으로 관찰하려니까 다음과 같은 일이 분명하게 보였다.

마가다 국왕의 직속 관리들이 각각 장소를 골라 건축을 하고 있었는데, 위대한 신들이 살고 있는 땅에는 세력 있는 사람들이 살게 되고, 보통 정도의 신들이 사는 땅에는 보통 사람들이 살게 되며, 열등한 신들이 사는 땅에는 열등한 사람들이 살게 되어 있었다.

이 기록은 팔리어 본 외에도 한역의 세 경전에 거의 비슷하게 실려 있으므로 〈열반경〉 가운데서도 가장 오래된 전승을 전한 것 같다. 옛날부터 불교에 인간의 상중하가 사는 곳에 상중하의 수호신이 산다는 생각이 있었던 모양이다. 주목할 만한 점이다.

또 이와 관련해 부처님은 수도 파탈리푸트라의 미래에 대해 다음과 같이 예언했다.

"이 파탈리푸트라에는 훌륭한 사람들이 살며 상업이 번창할 것이다. 그러나 화재와 수재, 또는 내란 때문에 멸망할 날이 있을 것이다."

마다가의 대신 수니다와 바루샤카라는 둘 다 불교 신자였으므로 부처님을 뵈러 갔다가 다음 날의 식사에 초대했다. 이튿날 아침 부처님은 비구들을 거느리고 대신들의 숙소로 찾아가 대접을 받은 다음 설법을 했다.

부처님이 나가자 두 대신은 그 뒤를 따라갔다. 그들은 부처님이 그 고장의 문을 나가는 것을 보고 기념으로 그 문을 '고타마의 문'이라고 부르기로 했다. 고타마는 부처님의 호칭이다.

부처님이 갠지스 강 기슭으로 가니, 때마침 강물이 불어나고 있었다. 배를 타거나 또는 뗏목을 엮어 강을 건너려는 사람들로 붐비는 중이었다.

그때 부처님은 한순간에 훌쩍 강을 건너 비구들과 함께 맞은편 기슭에 이르렀다.

이 기록도 〈열반경〉의 오래된 부분에 속하는데, 주목할 만한 기록이다. 이 기록에는 두 가지 의미가 있을 것 같다.

첫째, 이쪽 기슭(차안)에서 저쪽 기슭(피안)으로 건넜다는 표현은 어리석음의 세계에서 깨달음의 세계에 이른 상징적 표현으로 성전에 자주 보인다. 부처님이 배나 뗏목의 도움을 빌리지 않고 자유롭게 피안으로 건너간다는 것은 시간과 공간을 초월한 종교적 사실이다. 부처님이 마가다를 떠나 북쪽으로 건너간 최후의 역사적 사실을 기록하면서, 성전을 쓴 작가가 이 상징을 기억해 냈다는 것은 당연한 일이다.

이와 같은 일은 이보다 45년 전, 처음으로 부처님으로서 깨달음을 얻고 바라나시로 가서 최초의 설법을 하려고 했을 때도 있었다. 갠지스 강을 건너려는데 뱃삯이 없어 사공이 태우는 것을 거절하자, 부처님은 신통력으로 한순간에 강을 뛰어 건너갔다. 사공은 성자에게 무례했음을 뉘우치고 그런 다음부터 수행자들한테는 뱃삯을 받지 않게 되었다.

둘째, 성자는 일반적으로 자유롭게 비약할 수 있다는 믿음이 세계 각지에 널리 알려져 있다. 특히 인도에서는 아라한의 특징 가운데 하나로 꼽히고 있어, 불교 설화에도 그와 같은 예가 많다.

이 두 가지 의미 중에서 어떤 점으로 보든 모든 불타 전기를 쓰는 작가가 이같이 기록하는 것은 당연하다고 여겨진다.

이와 같은 기록을 한마디로 부정해 버린다면 불타 전기의 의미를 알 수 없다. 그것이 역사적인 사실인가 아닌가를 가리기 전에 그 종교사적인 의미를 생각해 보아야 할 것이다. 어째서 이러한 기록이 필요했는가 하는 문제를 생각해 보지 않으면 안 될 것이다.

앞에서도 이야기한 것과 같이, 기록하는 도중에 연상되는 것은 때와 장소에 관계없이 함께 적는 것이 전기 작가의 수법이다.

이것을 뒤집어 말하면, 앞서 날란다에서 사리불이 한 말에 대해 지적한 바와 같이, 역사적이고 자연적인 것처럼 보이는 기록에 대해서도 똑같이 경계하지 않으면 안 된다.

36
입적 전의 일들

기생 암라팔리가 불타에게 공양하고 출가하다

벨루바나에서의 설법

파탈리촌에서 갠지스 강을 건너 부처님은 북쪽을 향해 길을 떠났다. 그 근처는 밧지족이 사는 고장으로, 여러 마을을 차례로 지나가면서 설법을 계속했다. 그중에서도 주목되는 것은 나디카촌에 있을 때 제자 아난다의 물음에 대답한, 인간이 죽은 뒤의 운명에 대한 설법이었다. 이를 〈법의 거울〉이라고 한다.

일반적으로 보통 사람은 끝없이 생사를 되풀이하면서 윤회를 계속하지 않으면 안 되는데, 부처님의 가르침을 듣고 불, 법, 승 삼보에 굳은 믿음을 지닌 사람은 일곱 번 생사를 되풀이하는 동안에 반드시 해탈할 수 있다. 다시 마음의 상태가 한 걸음 나아가면 단 한 번의 생사로 해탈할 수 있으며, 그다음에는 이 세상에서 죽으면 해탈하여 다시는 돌아오지 않는 경지에 이른다. 최고 성자의 자리인데, 거기는 이미 해탈한 상태이다. 불교에서는 이 네 단계를 각각 준비와 완성으로 둘씩 구별해 사쌍팔배라고 부른다. 이것이 〈법의 거울〉이며, 나디카촌에서 설한 것이다.

다음에는 나디카촌에서 밧지족의 수도인 바이살리로 가다가 그곳 교외에 머물렀다. 그 수도에는 암라팔리(암바팔리)라는 유명한 기생이 있었는데, 그 여자는 바이살리의 대표적인 미인이었다. 그녀는 부처님이 도착했다는 말을 듣고 맨 먼저 뛰어나와 자신의 동산으로 초대했다. 그 이튿날 식사를 대접한 뒤 설법을 듣고 기뻐서 그 동산을 부처님과 교단에 기증했다.

그리고 거리의 귀족인 릿차비인의 젊은이들도 부처님이 오셨다는 소식을 듣고 초대하려고 나섰으나, 그때는 이미 암라팔리의 초대를 받은 뒤였다. 청년 귀족들은 암라팔리에게 이렇게 말했다.

"돈은 얼마든지 낼 테니 그 초대를 우리에게 양보해 주시오."

이와 같이 말했으나 암라팔리는 딱 잘라 거절했다.

"비록 바이살리의 거리를 송두리째 준다 해도 이것만은 양보할 수 없습니다."

암라팔리는 재가신자로서 5계를 지킬 것을 맹세하고, 나중에 출가해 여승이 되었다.

부처님은 잠시 암라팔리 동산에 머문 다음 벨루바나(죽림)로 가셨다.

그 무렵, 바이살리는 식량이 부족해 많은 사람들이 한곳에 모여 살아서 탁발하기가 어려워졌다. 그래서 부처님은 수행승들을 바이살리 주변으로 흩어지게 한 다음, 아난다만을 데리고 벨루바나촌에서 우안거를 지내고 있었다.

그때 부처님의 몸에는 심한 통증이 찾아와 당장 세상을 떠날 것만 같았다. 부처님은 고통을 참으면서 이렇게 생각했다.

'제자들에게 알리지도 않고 교단을 돌아보지 않은 채 입적하는 것은 옳지 않다. 이 고통을 견뎌 생명력을 유지하면서 기다리자.'

그리고 부처님은 정진을 하여 고통을 가라앉혔다.

부처님이 병에서 회복된 지 얼마 안되어 정사에서 나와 그늘진 곳에 앉아 있으니, 제자인 아난다가 허둥지둥 뛰어와 말했다.

"부처님이 무사하시니 마음이 놓입니다. 아프시다는 소식을 듣고 저는 온몸에서 맥이 빠지고 앞이 캄캄해지며 분별조차 할 수 없었습니다. 부처님께서 교단에 아무 말씀도 없이 입적하실 리는 없다, 이렇게 믿고 있었으므로 그것만이 위로가 되었습니다."

그때 부처님은 아난다에게 다음과 같이 말씀하셨다.

"아난다야, 교단이 내게 아직도 무엇을 기대한단 말이냐. 나는 지금까지 안팎을 가리지 않고 진리를 설해 왔다. 법을 가르치는 데 힘을 아껴 본 일이 없다. 만일 내가 교단을 통솔한다든지 교단이 내게 의지한다고 생각했다면, 교단에 대해 지시를 내렸을 것이지만 그런 일은 없었다.

아난다야, 나는 이제 노쇠했다. 벌써 여든 살이다. 비유하자면, 낡아 빠진 수레가 간신히 움직이고 있는 것처럼 내 몸도 겨우겨우 움직이고 있다. 내가 모든 형체 있는 것을 생각하는 일 없이, 어떤 종류의 감각을 멈추고 형체가 없는 정신 통일의 명상에 들어갈 때

내 몸은 비로소 평안할 것이다. 아난다야, 그러므로 자기 자신을 등불 삼고 또 의지할 곳으로 삼으라. 다른 사람에게 의지해서는 안 된다. 법(진리)을 등불 삼고 법을 의지할 곳으로 삼으라. 다른 것에 의지해서는 안 된다."

여기에서 등불이라고 번역한 말의 원어는 '섬'이라고도 해석되는데, 갠지스 강과 같은 큰 강이나 바다에서 표류할 때 의지할 수 있는 섬을 가리킨 것이다. 팔리어 성전의 주석은 '의지할 곳'이라는 설을 채택하고 있지만, 이런 경우 '등불'이라고 생각하는 것도 인도의 옛 전통에 있다.

자신을 의지처로 삼고 법을 의지처로 삼아 그 밖의 것에는 의지하지 않겠다는 것을 다시 설명해, 몸과 감각과 마음과 여러 존재에 대해 바르게 관찰하고 열심히 수행하면서 정신을 통일하여 집착과 증오를 누르는 것이라고 했다.

이 중요한 설법은 다음과 같은 말로 끝맺는다.

"아난다야, 현재도 내가 입적한 뒤에도 자신을 등불 삼고 의지처로 삼아 남에게 의지하지 말라. 진리를 등불 삼고 의지처로 삼아 다른 것에 의지하지 않고 살아가는 그런 사람만이 수행에 열정을 가진 수행승으로서 내 뜻에 가장 맞는 사람이다."

아난다의 탄식

바이살리 교외에 있는 차팔라의 사당에 머무는 동안 부처님은 아난다에게 다음과 같이 말씀했다.

"여래와 같이 모든 신통력에 통달한 사람은 만일 자신이 희망한다면 얼마든지 이 세상에 머물 수가 있다."

그러나 아난다는 마음이 악마에게 사로잡혀 있었기 때문에 이 기회를 붙잡아 부처님에게 언제까지든지 세상을 위해서, 사람들을 위해서 머물러 달라고 청하지 못했다.

부처님은 세 차례나 같은 말을 했는데 아난다는 세 차례 다 잠자코 있었다(이 중대한 순간에 대해서는 예수의 겟세마네에서의 기도를 참조하면 좋을 것이다. 마태복음 26장 36절 이하, 마가복음 14장 32절 이하, 누가복음 22장 39절 이하).

부처님은 아난다를 물러가게 한 뒤 홀로 앉아 있었는데, 마왕 파피만이 부처님에게 입적을 권했다. 부처님은 이미 때가 된 것을 알고, 지금부터 석 달 뒤에 입적할 것을 마왕 파피만에게 약속했다.

이래서 부처님은 차팔라 사당에 머무는 동안 정신을 통일한 삼매 중에 생명력을 포기했다. 그와 동시에 큰 지진이 일어난다.

그때 비로소 아난다는 부처님에게 가서 왜 지진이 일어났는지 그 까닭을 물었다.

이 물음에 대해 부처님은 자연현상으로서 지진이 일어난 것을 설명한 다음, 여래의 생애에서 중요한 시기가 있을 때마다 지진이 일어난다고 말했다. 즉, 처음 보살이 도솔천에서 내려와 어머니의 뱃속에 들어갈 때, 또 뱃속에서 태어날 때, 그리고 도를 이루어 부처님이 될 때, 처음으로 법륜을 굴려 설법할 때, 생명력을 포기할 때, 그리고 마지막으로 입적할 때 언제나 커다란 지진이 일어난다고 했다.

이와 같이 지진의 원인을 설명한 부처님은 오늘 이 차팔라 사당에서 마왕 파피만에게 입적을 약속하고, 벌써 생명력을 포기해 버렸다고 말했다.

이 말을 듣고 아난다는 깜짝 놀랐다.

"오래 이 세상에 머물러 주십시오."

아난다는 이렇게 부처님에게 청하지만 때는 이미 늦어 어쩔 도리가 없었다.

차팔라 사당에서 일어난 이 일은 〈열반경〉 가운데서도 하나의 절정을 이룬다. 부처님의 죽음은 신자들에게는 있을 수 없고 생각조차 할 수 없는 그런 일이었다. 그 밑바닥에는 인간의 자연사를 믿기 어려워하는 원시적 심리가 깔려 있었다. 고대인이나 현대의 미개인들도 죽음을 당연한 자연현상이라고는 생각하지 않는다. 죽음이 일어나는 데는 무엇인가 '부자연스러운' 원인이 있을 것이라는 견해가 매우 널리 퍼져 있다. 하물며 부처님과 같은 비범한 존재의 입적이라고 생각할 때, 특별한 원인이 없어서는 안 된다.

차팔라 사당에서 있었던 '생명력의 포기'는 부처님이 입적하는 데 필요한 앞선 조건이다. 여기에 시자 아난다의 허물과 악마의 유혹이 곁들여진다. 부처님이 입적한 뒤 아난다는 다른 제자들에게 몇 가지 허물을 문책당하는데, 차팔라 사당의 사건이 가장 큰 것이었다. 그러니까 아난다는 죄를 뒤집어쓰는 사람이며, 이것도 민속학에 많은 사례가 있는 일반 현상의 하나다.

예수 그리스도의 겟세마네(예루살렘 가까이에 있는 동산으로, 예수가 붙잡히기 바로 전에 마지막 기도를 드린 곳)에서의 기도를 비롯해 베드로의 부인不認도 죽지 않는 사람을 죽게 하는 데 필요한 준비이다. 어떤 사람들(이를테면 아나톨 프랑스의 〈에피쿠로스의 정원〉 참조)의 말에 따르면, 유다의 배신마저 예수가 사명을 이룩하는 데 없어서는 안 될 요소라고 한다. 그건 그렇고, 불타 전기에서도 차팔라 사당에서 있었던 '생명력의 포기'에 의해서 부처님의 입적이 확정되었다. 그다음은 지극히 자연스럽게 석 달이 지난 뒤 실현될 뿐이다.

마지막 공양

부처님은 아난다를 시켜 바이살리에 있는 수행승들을 모두 모이게 한 다음 이렇게 선언했다.

"지금부터 석 달 뒤에 여래는 입적할 것이다."

이윽고 바이살리 거리에 탁발을 나갔다가 돌아올 때, 걸음을 멈추고 거리의 이곳저곳을 바라보면서 아난다를 향해 말했다.

"이것이 바이살리를 보는 마지막이로구나."

그리고 반다 마을로 가셨다. 거기에서 다시 핫티, 암바, 잠부 등의 마을을 거쳐 보가 거리로 길을 떠났다. 여기에서 '4대 교법'에 대해 설했다.

그것은 만일 수행승 중에서 누가 "이것은 부처님 자신에게서 친히 들었다.", "이것은 규정에 맞는 교단에서 들었다.", "이것은 많은 장로들에게서 들었다.", "이것은 한 사람의 유능한 장로에게서 들었다."고 하는 네 경우에, 그 자리에서 바로 찬성하거나 반대하지 말고 하나하나의 말을 잘 생각해서 성전의 문구에 비추어 본 다음 태도를 결정해야 한다는 것이다.

부처님은 보가 거리에 머물면서도 수행승들을 위해 여러 가지 설법을 했다. 다시 아난다 등의 제자들과 함께 파바의 수도로 가서 그곳 교외의 과수원에 머물렀다. 그곳은 금속 세공인 춘다의 소유지였다. 부처님이 오셨다는 소식을 들은 춘다는 나와서 맞으며 부처님에게 인사를 드렸다. 그러고는 설법을 듣고 기뻐서 이튿날 식사에 초대했다.

이 식사는 부처님의 마지막 공양이 되었는데, 한역 〈열반경〉 네 책 중에서 세 책까지는 다른 때의 공양과 같이 묘사해 특별히 음식에 대한 기록은 없다. 다만 한역의 한 책에 따르면, 이때 보통 음식 외에 '전단나무버섯'이라는 세상에 드문 음식을 세존에게만 올렸다고 한다.

그리고 부처님이 "이 버섯을 수행승들에게 먹여서는 안 된다."고 말하자 춘다는 그 말씀대로 따랐다고 한다. 부처님은 그곳에서 돌아오는 도중 다시 등에 아픔을 느껴 자리를 깔게 하고 앉았다. 이때 부처님은 아난다에게 다음과 같이 말했다.

"춘다가 바친 공양이 마지막이 되었는데, 그것 때문에 춘다가 후회할 필요는 없다. 여래가 처음 도를 이루었을 때 바친 공양과 입적하기 전에 바친 공양은 다 같이 공덕의 결과가 커서 그 가치도 비슷하다."

이 경전은 이 구절을 다시 다음의 시로 맺고 있다.

춘다의 집에서 공양을 하시니
여래의 병이 무거워지고
목숨의 끝에 가까워졌다네.
전단나무버섯을 드시고
병이 더욱 도졌지만
병을 안고 길을 걸어

쿠시나가르로 가셨네.

팔리어 〈열반경〉의 기록도 앞에 말한 경전의 기록과 거의 같은데, 다만 '전단나무버섯'이 '수카라맛다바'로 되어 있고, 부처님은 춘다에게 한층 뚜렷하게 다음과 같이 지시하고 있다.

"춘다야, 남은 수카라맛다바는 땅을 파서 묻어 버리는 것이 좋겠다. 천天, 마魔, 브라흐만梵天, 그 밖에 온갖 생물 중에서 이것을 먹고 바로 소화시킬 수 있는 자는 여래 외에는 아무도 없다."

팔리어 성전에도 대체로 앞의 경전에 기록된 것과 같은 시가 실려 있고, 다만 '병을 안고'가 '설사를 하면서'로 적혀 있는 점이 다를 뿐이다.

또 춘다가 그 공양을 바치고 후회할지 모른다는 배려도 역시 팔리어 성전에는 조금 앞에 나오지만 비슷하게 기록되어 있다.

수카라맛다바란 무엇인가

가령 이 기록을 역사적 사실이라고 한다면, 부처님은 여든 살의 고령이었을 때 파바의 수도에서 금속 세공인이 올린 어떤 특수한 음식을 드셨기 때문에 병에 걸렸고, 그로 인해(아마 설사를 일으켜) 얼마 뒤에 돌아가셨다는 이야기가 된다.

이와 같은 합리적인 해석은 19세기 말 이래 유럽의 대부분의 전문 학자들이 믿어 온 것인데, 문제의 초점은 다만 그것이 어떤 음식이었나 하는 점에만 돌려졌다.

이 부분에 대한 팔리어 주석은 다음과 같다.

> 너무 어리지도 늙지도 않은 상품上品 멧돼지의 날고기를 말하며, 이것은 연하고 부드럽다. 그것을 마련해 잘 졸여서…….

'수카라'는 '돼지'라는 뜻이므로 그렇게 해석하는 것도 당연한 일이다.

그런데 〈우다나〉라는 경전에 이 글과 내용이 똑같은 춘다의 공양 이야기가 기록되어 있는데, 거기에서는 주석에서 다음과 같이 말하고 있다.

> 수카라맛다바란 멧돼지의 연하고 부드러운 날고기라고 〈대주석〉에 말하고 있다. 그러나 어떤 사람들은 멧돼지 고기를 가리키는 것이 아니라 멧돼지가 즐기는 버섯이라 하고, 또 다른 사람들은 멧돼지가 밟고 지나간 땅에서 나오는 버섯이라고 한다. 또 그 밖의 사람들은 수카라맛다바란 일종의 약초라고 생각하고 있다.

이러한 팔리어 주석과 한역 가운데, '전단나무버섯'이라고 기록한 것이 자료의 전부인데, 유럽의 학자들은 이것에 따라 여러 가지로 말하고 있다. 대표적인 팔리어 전문학자 중 덴마크의 안데르센(동화작가인 안데르센이 아님)은 버섯설을 지지하고, 독일의 프랑케는 강력하게 돼지설을 주장한다. 영국의 리스 데이비스는 처음에는 돼지설을 택했다가 나중에 버섯설을 지지하는 쪽으로 바뀌었다.

나는 앞에서 말한 바와 같이 주석자의 설에만 따른다면 두 설이 똑같이 가능하다는 입장이다. 원시불교 교단에서 육식을 금한 구절이 없었던 것도 사실이지만, '수카라'를 앞에 붙인 식물의 이름도 몇 가지 알려져 있다.

특히 주목할 것은, 현재 프랑스의 고급 요리로 알려져 있는 트뤼프(송로버섯의 일종)는 땅바닥에 가려 있기 때문에 후각이 예민한 돼지에게 찾게 한다는 사실이다. 이것은 예전부터 서양에서 고급 음식물로 알려져 있으므로 인도의 수카라맛다바도 어쩌면 그런 것의 일종인지도 모른다.

그러나 그것은 대수롭지 않은 사항이며, 본래의 종교적 사실에서 보면 그토록 중요한 일은 아닐 것이다.

먼저, 앞에서 말한 것처럼 한역 네 경전 중 세 경전은 춘다가 공양한 것 가운데 특별한 음식이 있었다고 기록하지 않았다. 아마도 기록하지 않은 것이 가장 오래된 기록일 것이다. 그런데 이 마지막 공양 가운데 종교적 의미를 넣은 기록에서는 거기 특별한 음식이 없어서는 안 된다고 생각했다. 그것은 당시에는 비의적인 의미를 지니고 있던 어떤 음식(아마도 식물)의 이름이었을 것이고, 세월이 흐름에 따라 그 음식과 이름도 희미해졌다. 그래서 후기의 어휘 가운데 원이름에 가까운 수카라맛다바, 또는 전단나무버섯이 새로 기록되었을 것이다.

만일 이 추측이 맞는다면, 불타 전기의 몇 가지 계통 중 가장 오래된 것에는 생각지도 않았던 음식이 차츰 문제가 되어 끝내는 그 음식이 죽음의 원인, 즉 독극물을 포함하고 있었다는 식으로 합리적인 설명을 하기에 이르렀을 것 같다. 다시 말해 얼핏 보아 자연스런 일에 종교적이고 신비적인 요소가 더해지고, 다시 변천해 이것을 합리적으로 해석하려는 데서 여러 가지 혼란이 일어난 것이다. 수카라맛다바도 그런 예 가운데 하나에 지나지 않을 것이다.

이렇게 생각할 때, 멧돼지 고기인가 버섯인가 하는 논쟁은 정말 무의미하다. 그런데도 "독인 줄 알면서 부처님 혼자 먹고 병에 걸렸다."고 하는 견해는 우습기 짝이 없다.

"이것을 수행승들에게 먹이지 말라."

이와 같이 부처님이 제자들을 배려했다는 구절도 민속학에서 잘 알려진 사례 가운데 하나다. 즉 추장과 같은 위력 있는 사람이 먹다가 남긴 것은 터부이며, 이를 어기면 죽는다고 믿었던 것이다. 이와 비슷한 예는 불교의 〈숫타니파타〉에도 기록되어 있고, 자이나교의 〈반바닷타〉 이야기에도 나온다. 이러한 터부의 관념이 지금 부처님이 입적하기 바로 전의 이야기 속에 인용된 것을 이상하게 생각할 것은 없다.

37
조용한 입적을 앞두고

오른쪽으로 누워 평화롭게 입적을 맞이하다

부처님과 풋쿠사의 문답

금속 세공인 춘다의 공양을 받은 날 부처님은 제자 아난다를 데리고 쿠시나가르로 길을 떠났다. 도중에 길가의 어떤 나무 아래에서 웃옷(가사)을 네 겹으로 접어 그 위에 앉아 지친 몸을 쉬었다. 그리고 아난다에게 마실 물을 좀 떠 오라고 말씀하셨다.

"방금 5백 대의 마차가 건너면서 강바닥을 휘저어 놓았기 때문에 물이 아주 흐려 있습니다. 조금만 더 가면 물 맑은 카쿳타 강이 있습니다. 마실 물은 거기 가서 떠다 드리겠습니다."

아난다는 이렇게 말하고 흐린 물을 떠다가 얼굴과 발을 씻겨 드렸다.

이 한 구절이 팔리어 본과 한역의 어떤 경전에는 다음과 같이 기록되어 있다.

강물이 흐려 있다고 세 번이나 말씀드렸지만 부처님은 같은 분부를 되풀이하므로 아난다가 물을 뜨러 가 보니, 바로 조금 전까지도 흐려 있던 강물이 맑게 가라앉아 있어 부처님의 신통력에 놀라며 물을 떠다 드렸다.

이런 경전은 모두 오래된 전승에서 그같이 기록되었던 것 같다. 이 경우에는 아마도 첫 번째 이야기가 본래의 형태일 것이다. 그리고 부처님의 신통력을 말하는 데 어울리는 장면이므로 두 번째 이야기가 전해졌을 것이다.

그 무렵 풋쿠사라는 말라족의 귀족 한 사람이 쿠시나가르에서 파바로 가는 도중에 부처님과 마주쳤다. 그는 아라다 카라마의 제자였다고 한다.

아라다 카라마는 처음 부처님이 수행하던 시절에 스승으로 삼았던 종교가의 이름이다. 생각건대, 그는 아리아 인종인 바라문교의 승려가 아니고 비아리아계 수행자의 한 사람이었을 것 같다. 갠지스 강 북쪽 기슭에 있었고, 그 이름부터가 아리아계답지 않으므로 어쩌면 자이나교나 아지비카교도였을지도 모른다. 이런 추측을 보다 굳게 하는 사실은 이 풋쿠사를 제자(사바카)라고 부르고 있는 점이다.

사바카는 '가르침을 듣는 자'라는 뜻이므로, 넓은 의미에서 '제자'라고 해도 괜찮다. 불교에서는 반드시 출가수행하는 제자를 말하며, 나중의 대승과 구별해 '성문聲聞'이라고 번역했다.

그런데 자이나교나 아지비카교에서는 사바카라고 하면 재가신자를 가리키는 것이다. 불교에서는 재가신자를 우파사카라고 하지 결코 사바카라고는 하지 않는다. 그런데 이 풋쿠사는 말라족의 귀족이고 큰 상인이므로 출가수행자는 아니다. 그를 사바카라고 부르는 점으로 미루어 보아, 자이나교나 아지바카교의 신자였을 것 같다. 다만 부처님의 스승이었던 아라다 카라마의 신자인지 아닌지는 의문이지만, 적어도 그 계통의 신자임에는 틀림없다.

또 팔리어 본 주석자가 암시한 바와 같이 앞서 5백 대의 마차에 상품을 싣고 간 사람이 이 큰 상인 풋쿠사였는지도 모른다. 어쨌든 여기에 등장하는 풋쿠사는 대단한 부자이며, 또한 열렬한 신자다.

풋쿠사는 부처님에게 다가와서 인사를 드리고 말을 걸었다. 그리고 일찍이 아라다 카라마가 깊은 참선의 경지에 들어 5백 대의 마차 대열이 바로 곁을 지나가는데도 모르더라는 이야기를 하면서 종교가의 수행의 깊이를 칭찬해 마지않았다.

풋쿠사의 말을 듣고 부처님은 다음과 같이 자신의 경험을 말해 주었다.

"언젠가 나는 아투마촌의 암자에 머물고 있었는데, 때마침 커다란 벼락이 떨어져 두 형제와 네 마리의 소가 죽는 큰 사건이 생겼소. 나는 그때 좌선을 하고 있어 전혀 몰랐는데, 나중에 사람들한테서 그 이야기를 듣고 알았소."

이 말을 들은 풋쿠사는 아라다 카라마보다도 부처님 쪽이 훨씬 뛰어나다는 것을 알고 부처님의 재가신자(우파사카)가 될 것을 맹세했다.

현대의 우리는 이 이야기의 의미를 이해하기 곤란할지 모르지만, 선정의 깊이에 따라 종교가의 우열을 측정한 것이다. 잠들지 않고 눈을 뜬 채 정신을 통일해 바깥 세계를 전혀 느끼지 않는 것이 선정이다. 〈중아함경〉 권8 〈미증유법경〉에서는 부처님의 기적을 찬탄하고 있다. 그 후반(팔리어 본에는 없는 부분)에는 부처님이 이른 선정의 위력에 대한 몇 가지 이야기가 기록되어 있다.

부처님이 어린 시절 농경제에 갔을 때 사람들과 떨어져 나무 아래서 좌선을 하고 있었는데, 다른 나무의 그늘은 움직여도 태자를 가리고 있던 나무 그늘만은 움직이지 않았다는 이야기가 있다. 이것은 대부분의 불타 전기에 나오는 유명한 이야기다. 후에 비슷한 이야기를 기록한 다음, 부처님이 아부촌에 있을 때 벼락이 치고 큰 비와 우박이 내려 네 마리의 소와 두 사람의 농부가 죽어, 사람들이 모여 소란을 피우며 장례를 치르는데도 부처님은 좌선을 하고 있어 전혀 시끄러운 것을 몰랐다는 이야기를 적어 넣었다. 이 아부촌이란 〈열반경〉에 나오는 아투마촌과 같은 것인지도 모른다. 이 같은 이야기는 모두 좌선의 위대한 덕을 표현한 것이다.

풋쿠사는 부처님의 신자가 되겠다고 말씀드리고 나서, 하인 한 사람을 시켜 금실로 짠 천을 두 장 가져오게 해 부처님에게 바쳤다. 부처님은 아난다에게 그중 한 장을 입혀 달라고 해서, 아난다가 그대로 했다.

풋쿠사가 부처님의 가르침에 감격하고 그 자리를 떠나자, 아난다는 곧 자기 몫의 천도 부처님에게 입혀 드렸다.

그러자 부처님 몸의 위광에 가려 금실로 짠 천도 제 빛을 잃은 것 같았다.

이것을 본 아난다가 놀라서 그 까닭을 물으니 부처님은 다음과 같이 말했다.

아난다야, 과연 그렇다. 여래의 피부 빛깔이 유난히 맑게 빛나는 일이 두 번 있다. 여래가 최고의 깨달음을 얻어 부처가 된 밤과 또 입적하는 밤이다.

아난다야, 오늘 밤중에 여래는 쿠시나가르 말라족의 사라나무 숲에서 입적할 것이다. 그럼 카쿳타 강으로 가자.

이와 관련해서 '그리스도의 변용'에 대한 일이 떠오른다. 〈누가복음〉 9장 28-29절에는 이렇게 적혀 있다.

예수께서 베드로와 요한과 야곱을 데리고 기도하러 산으로 올라가셨다. 그가 기도하고 있는데, 그의 모습이 변하고 옷은 눈이 부시게 희고 빛났다.

이것은 십자가와 미래의 영광에 대해 설교한 직후의 일이다.

부처님과 그리스도의 경우를 견주어 볼 때, 이는 단순히 외면적인 사건이라기보다는 차라리 종교적인 의미를 지닌다. 이상한 광명이라고 함으로써 육체 이상의 것, 즉 온갖 존재 위에 있는 절대자를 암시하고 있다. 대승경전에서는 이 일을 '백호상의 빛'이라고 해서 의미 깊게 표현하고 있다. 이를테면 〈법화경〉 서품에서 백호의 빛은 '묘법연화'를 설할 조짐이라고 설명한다. 지금 〈열반경〉에서도 그것은 단순한 죽음의 조짐이 아니라 오히려 육체를 초월한 절대자, 말하자면 법신이 출현하신 것이라고 보아야 한다.

따라서 푹쿠사가 바친 천(옷)은 주제를 끌어내는 데 불과하다. 요는 이 대목에서 '부처님의 변신'을 말하지 않으면 안 된다. 그 준비로서 특별한 의장을 마련해야 했다. 그것이 때마침 푹쿠사가 바친 옷이었다는 데 불과하다. 이른바 소승에 속한다고 여겨지는 이 〈열반경〉(팔리어 본과 네 개의 한역본)도 원래는 보통 경험 이상의 깊은 종교적 사실을 전하고 있다.

그것을 우리들의 일상적인 경험의 범위 안에서 처리한다면 본래의 뜻을 벗어나 도리어 이해할 수 없는 것이 되고 만다.

네 겹으로 접은 가사 위에 누워

부처님은 이번에는 많은 제자를 거느리고 카쿳타 강에 이르러 몸소 강물에 목욕하면서 물을 마시기도 했다. 강에서 올라오자 제자인 춘다카를 시켜 근처 암바 숲 속에다 가사를 네 겹으로 접어 펴게 하고 그 위에 누웠다.

팔리어 본에서는 전반 휴식 때는 '앉다'로, 다음 카쿳타 강변에서는 '눕다'라고 해서 이 부분을 구별하고 있다. 부처님의 몸이 점점 쇠약해지는 모양을 전하는 것이다. 부처님을 가능한 한 인간으로 묘사하려는 팔리어 본의 특색이 이 경우에도 분명히 나타나 있다. 그러나 한역본에서는 그렇지 않다.

이 기회에 부처님은 아난다에게 "오늘 아침 금세공인 춘다 집에서 공양한 것이 마지막이 되었으니, 오늘 밤 입적하는 것에 대해 춘다가 슬퍼하는 일이 없도록 하라."고 주의를 주었다. 부처님에게 마지막 공양을 올린 것은 커다란 공덕이지, 결코 후회할 일이 아니라는 것이다. 이것은 팔리어 본과 한역본에 모두 기록되어 있다.

마침내 부처님은 히란냐바티 강을 건너 저쪽에 있는 쿠시나가르 말라족의 사라나무 숲 속으로 향했다. 많은 비구들이 그 뒤를 따라갔다. 그곳에 이르자 아난다를 시켜, 두 그루의 사라나무 사이에 북쪽으로 베개를 놓고 자리를 마련하도록 했다. 부처님은 오른쪽 옆구리를 바닥에 대고 발을 포개어 모로 누웠다.

그때 사라나무는 제철도 아닌데 모두 꽃이 피고 부처님 몸 위에 흩날리며 부처님께 공양했다. 또 천상의 꽃도 공중에서 흩어져 내렸다. 천상의 전단 향도 뿌려지고, 천상의 가락과 노랫소리도 은은히 울려 퍼졌다. 부처님은 아난다를 향해 말했다.

"아난다야, 이처럼 여래를 공양하는 모양이 보이는데, 여래를 참으로 공양하는 것은 남녀의 출가수행승과 재가신자가 법에 따라 올바르게 행하는 것이어야 한다."

이 경우에는 꽃이나 향이나 음악에 의지해서 부처님을 섬기는 이의 길을 설명하고 있다.

우파바나라는 비구가 있었다. 그는 오랫동안 부처님을 가까이에서 모셨는데, 이때 부처님은 그를 멀리했다. 아난다가 이상하게 생각하고 그 까닭을 물으니 다음과 같이 설명했다.

"아난다야, 지금 쿠시나가르의 사라나무 숲 둘레에는 터럭 하나 꽂을 틈도 없이 많은 신들이 모여들어 여래에게 마지막 작별을 고하고자 기다리고 있다. 그런데 여래 앞에 위력이 있는 비구가 서 있으니 접근할 수가 없다고들 하면서 한탄하고 있다. 그래서 우파바나를 멀리한 것이다."

이 대목에도 경전 편집자의 깊은 의도가 숨어 있는 것 같은데,

우리들로서는 잘 알 수 없다.

또 이때 부처님은 아난다를 향해, 미래에 선남선녀들이 찾아가 감동할 장소를 여래가 태어난 곳, 최고의 깨달음을 얻은 곳, 최고의 법륜을 굴린(최초로 설법한) 곳, 마지막으로 입적한 곳의 네 군데를 들었다. 각각 룸비니와 보드가야와 바라나시 교외의 녹야원과 쿠시나가르이다. 그리고 이들 차이티아(탑. 팔리어로는 체티아)를 순례하다가 믿음을 품고 죽는 사람은 모두 천상계에 환생한다고도 말씀했다.

차이티아 신앙은 부처님 이전부터 민간에서 행해졌고, 부처님이 입적하신 뒤 부처님의 사리(유골)를 나누어 여덟 곳에 탑을 세웠다. 부처님의 한평생 중 4대 사건이 일어난 장소를 순례하는 습관은 부처님이 입적한 뒤 재가신자들 사이에서 일어난 것인데, 〈열반경〉에서는 이 신앙을 부처님 자신이 말하도록 하고 있다. 순례의 공덕도 마찬가지다.

팔리어 본 〈열반경〉은 여기에서 비구들이 여성을 대하는 마음가짐으로서 만나지 말 것, 만나더라도 입을 열지 말 것, 입을 열 때는 마음을 단단히 가질 것이라는 세 조목을 부처님의 입을 통해 아난다에게 말씀하도록 하고 있다. 그러나 이것은 나중에 출가 교단의 필요에 따라 덧붙여진 것이라고 여겨진다.

장례에 상관하지 말라

다음 한 대목은 팔리어 본과 한역 네 경전에 뚜렷하게 기록되어 있다.

아난다는 부처님이 돌아가신 뒤 그 시신을 어떻게 처리할 것인가를 부처님에게 물었다.

그에 대한 부처님의 대답은 다음과 같았다.

"아난다야, 너희들 출가수행승은 여래의 장례 같은 일에 상관하지 말라. 너희들은 진리를 위해 게으름 없이 정진하라. 아난다야, 여래의 장례는 독실한 재가신자들이 치러 줄 것이다."

부처님의 팔십 평생, 특히 45년의 포교 활동에서 볼 때 이 마지막 교훈은 너무도 당연하다. 최고의 진리를 추구해 밤낮으로 수행에 힘쓰는 출가수행자는 비록 부처님의 경우라 할지라도 장례 같은 일에 관여할 겨를이 없을 것이다. 장례는 출가수행자가 할 일이 아니라 재가속인이 할 일이다. 부처님은 아난다에게 이와 같이 분명히 말했다. 예수에 대해서도 다음과 같은 말이 전해지고 있다.

> 또 제자 한 사람이 말하기를 "주여, 먼저 아버지의 장사를 치르러 가게 해 주십시오." 하니 예수는 그들 보고 "나를 따라오라. 그리고 그 죽은 자를 장사 지내는 것은 죽은 자에게 맡겨 두면 된다."고 하셨다.

부처님과 그리스도가 같은 뜻에서 말한 것이다. 그러나 이 두 분을 개조로 삼은 세계의 2대 종교는 현재 무엇을 하고 있는가. 그것을 새삼스럽게 여기서 말할 필요는 없을 것이다.

아난다는 그런 말씀을 듣고 나서도 뒷일이 마음에 걸려 이와 같이 물었다.

"재가신자들에게 맡겨 두더라도 여래의 장례는 어떤 식으로 해야 합니까?"

부처님은 이렇게 대답했다.

"그것은 전륜성왕의 경우와 같다."

그리고 아난다가 거듭 묻는 것에 대해 다음과 같이 설명했다.

전륜성왕의 몸을 새 천으로 싼다. 다음에는 잘 만진 솜으로 싼다. 다시 천과 솜의 순으로 5백 번을 싼 몸을 금속의 관에 넣어 기름을 붓고 제2의 금속관에 넣는다. 그 관을 갖가지 향나무를 쌓은 것 위에 올려놓고 화장한다. 화장이 끝나면 사방으로 통하는 네거리에 탑을 세우는 것이다.

팔리어 본에는 내관內棺이나 외관外棺이 모두 철제(아야사)라고 했는데, 한역에는 내관이 금이고 외관은 철이라고 한 경전도 있고, 또는 금, 은, 금, 동, 은, 철, 동의 순서로 차례차례 싼다고 한 경전도 있다. 한역의 한 경전에만 "먼저 향내 나는 물로 씻고"라고 했는데, 이는 어쩌면 동아시아의 풍습일지도 모른다.

전륜성왕은 고대 인도의 이상적인 제왕의 모습인데, 무력을 사용하지 않고 전 세계를 평정해 정의에 의해서만 인류를 다스린다고 한다. 역사상 실제로 출현했는지 어쨌는지는 몰라도, 전륜성왕의 이름은 적으나마 문헌에 몇 사람 실려 있다. 바라문교의 문헌에도 있으나 특히 불교와 자이나교에서는 부처님(또는 자이나)과 똑같은 위치에, 또는 그에 가까운 지위를 주고 있다. 싯다르타 태자가 태어났을 때 많은 예언자들은 그의 장래를 점쳐 '부처님이거나 전륜성왕'이 될 것이라고 했다지만, 자이나교에서도 이와 비슷한 이야기가 전해지고 있다. 태어날 때 전륜성왕과 같은 계열에 있던 부처님은 입적할 때도 같은 대우를 해 주는 것이 마땅하다는 기록은 이런 데 의미가 있다.

그런데 이 장례의 법식을 잘 읽어 보면 사실과는 거리가 멀다. 즉, 천과 솜으로 5백 번이나 감아 놓고, 또 이중의 금속관에 넣어 태운다는 것은 실제로 있을 수 없다. 이 경우도 우리들 일상 경험의 수준으로는 헤아릴 수 없는 특수한 사정을 이야기하고 있는 점에 주의해야 할 것이다.

마하트마 간디를 화장한 일이 세상에 널리 보도되었는데, 화장 습관에는 예나 지금이나 근본적인 차이가 없다.

그것은 불교 성전(팔리어 본, 한역, 기타) 중에 나와 있는 화장에 대한 기록을 보더라도 분명하다. 그리고 〈열반경〉 뒷부분을 읽어 보면, 부처님의 유훈 그대로 화장을 했다고 한다.

여기에도 느껴지는 것은, 불교 성전은 이른바 현실적인 사실을 그대로 보도하지 않는다는 점이다. 그것은 또한 모든 종교 문헌의 공통된 특징이기도 하다.

장례에 대해 결정한 다음 부처님은 아난다에게, 여래와 벽지불과 불제자와 전륜성왕은 모두 탑(스투파)을 세워 공양하는 것이 마땅하다고 말씀하셨다.

벽지불(프라티에카 붓다)은 깨달음을 얻었다는 점에서는 부처님과 다름없지만, 부처님과는 달리 남들을 위해 진리를 설하지는 않았다. 실제로 벽지불이 있었다는 사실은 의심할 여지가 없다. 다만 그 성격상 세상에 알려질 기회가 적은 것은 당연하다. 산스크리트어 기록인 〈마하바스투〉에도 벽지불을 위해 탑을 세우고 공양했다는 설화가 나온다. 뒤에 대승경전에서는 벽지불은 성문(사바카)과 함께 소승이라고 해서 흔히 경시된다.

38
생애를 마치다

불타가 열반에 든 후 시신은 당시의 풍습에 따라 화장되었다

아난다여!

사라나무 숲에 모로 누운 부처님 곁에 있던 아난다는 슬픔을 이기지 못해 그 자리를 떠나 나뭇가지를 붙들고 울고 있었다.

"나는 아직 수행 중에 있는데 나를 가엾이 여기시는 부처님은 입적하시려고 한다."

아난다가 곁에 없는 것을 안 부처님은 한 비구를 시켜 그를 불러오도록 했다. 아난다가 돌아오자 부처님은 다음과 같이 말씀했다.

"아난다야, 한탄하거나 슬퍼하지 말라. 일찍부터 가르쳐 준 바와 같이 사랑하는 사람, 친한 사람과는 헤어지지 않을 수 없다. 태어난 모든 것은 반드시 죽지 않을 수 없다. 죽지 말았으면 좋겠다고 생각하는 것은 부질없다.

아난다야, 너는 오랫동안 정성을 다해 여래를 섬겨 왔다. 몸으로써 말로써 마음으로써 여래를 위해 힘써 왔다. 너는 아주 큰 공덕을 쌓았다. 더한층 정진해 미혹을 없애고 성자의 경지에 이르도록 하라."

아난다는 부처님의 사촌 동생으로 수많은 제자 가운데서도 특히 부처님을 성실히 섬겼으며, 부처님의 만년에는 시자로서 항상 부처님 곁에 있었다. 다만 많은 제자들이 성자의 경지에 이르렀는데도 아난다만은 어찌된 일인지 아직 깨달음을 얻지 못했다. 성자가 되면 기쁨이나 슬픔을 다 초월해 버리지만, 아난다는 그러지 못해 부처님과의 작별을 한탄하면서 슬퍼하고 있었다(부처님 입적 후 우안거에 라자그리하의 교외에서 마하가섭 등 5백 명의 아라한이 처음으로 성전 편찬 모임을 가졌을 때, 아난다는 그날 아침에야 비로소 아라한이 될 수 있었다).

부처님은 잇따라 비구들에게, 아난다는 유능한 시자이고 수행자라는 것을 몇 번이고 말했다.

아난다는 그래도 아직 마음에 걸리는 일이 있었다. 그래서 다음과 같이 말씀드렸다.

"세존이시여, 이 보잘것없는 작은 고장에서 입적하지 마시고 찬파, 라자그리하, 슈라바스티, 사케타, 카우샴비, 바라나시와 같은 큰 도시도 있으니 그런 곳에 가셔서 입적하기 바랍니다. 훌륭한 신자들이 많이 있으므로 여래의 장례도 제대로 치러 줄 것입니다."

이렇게 말하지 부처님은 아난다의 말을 막았다.

"그렇게 말해서는 안 된다."

그리고 이 쿠시나가르야말로 옛날 대선견왕 시대에 쿠사바티라고 하던 큰 도시로, 왕성이 있던 곳이라고 설명한다. 이 옛 도시에 대한 기록은 팔리어 본에는 간단하지만 한역본에는 자세하게 설명되어 있다. 성문과 성벽은 금은칠보로 되어 있고, 누각과 그 처마에 매단 방울도 마찬가지였다. 연꽃을 비롯해 온갖 꽃이 피며, 연못 바닥에는 금모래가 깔리고 연못에는 팔공덕수가 가득 차 있다. 수목과 진귀한 새들에 대해 낱낱이 그 이름을 들면서 설명하고 있다. 이것은 한역본의 성립 연대로 보아 꽤 오랜 기록을 전한 것인 듯하다.

이런 기록은 불교의 이상경에 대한 묘사에는 반드시 따르는데 이와 비슷한 것이 미륵정토에 대해서도 쓰이고, 또 〈아미타경〉이나 〈무량수경〉 등을 제작하는 자료가 되기도 하다.

이와 같이 쿠시나가르는 현재는 보잘것없는 곳이지만 당시는 이상적인 군주 전륜성왕이었던 대선견왕도 이 땅에 뼈를 묻었으므로 여래의 입적 장소로도 알맞다고 말씀한 것이다.

물론 이것은 부처님이 실제로 입적한 장소를 찬미하기 위해 불타 전기 작가가 뒤에 첨가했을 것이다. 부처님으로 보아서는 늘 다니던 길이므로 어디서 입적하더라도 마찬가지였을 것이다.

그때 부처님은 아난다를 쿠시나가르의 시중에 보내어, 거기 있는 말라족 사람들에게 오늘 밤중에 여래가 입적한다는 사실을 알리도록 했다. 모처럼 가까이 있으면서 마지막 작별 인사를 하지 않는다면 나중에 그들이 서운해할 것이기 때문이다.

부처님의 분부를 받은 아난다가 다른 한 비구와 함께 거리에 나가니, 때마침 말라족 사람들은 의논할 일이 있어 회의장에 모이고 있었다. 석가족이나 밧지족과 마찬가지로 말라족도 회의를 열어 운영하고 처리하는 습관이 있었다.

아난다가 오늘 밤중에 여래께서 입적한다는 소식을 전하자 말라족 사람들은 처자 일족까지 슬퍼하면서 다들 함께 어울려 사라나무 숲으로 갔다.

'만일 한 사람씩 부처님께 예배시킨다면 밤이 새더라도 다 끝나지 못할 것이다.'

아난다는 이렇게 생각하고, 5백 가족을 단위로 예배시켰으므로 초저녁 안에 끝낼 수 있었다.

수바드라를 막지 말라

그 무렵, 쿠시나가르 거리에 수바드라라고 하는 늙은 수행자가 있었다. 그는 여래께서 한밤중을 지나 입적한다는 소식을 전해 듣자, 부처님이 이 세상에 출현하는 일은 아주 드물며 이 기회를 잃어버리면 평생 의문을 풀 수 없다고 생각하고 사라나무 숲으로 가서 아난다에게 청했다.

"친구 수바드라여, 여래를 번거롭게 해서는 안 됩니다. 세존께서는 지쳐 계십니다."

이와 같이 말하며 아난다는 안내를 거절했다. 수바드라는 그대로 돌아서지 않고 두 번 세 번 아난다에게 간청했다. 그러나 아난다는 세 번 다 거절했다. 두 사람의 문답을 들은 부처님은 아난다에게 다음과 같이 말씀했다.

"아난다야, 수바드라를 막지 말라. 수바드라는 나를 귀찮게 하는 것이 아니고 알고 싶어 하니, 질문을 듣고 대답해 주겠다. 그는 반드시 곧 알아차릴 것이다."

아난다는 부처님이 허락했다고 전하고 수바드라를 안내했다.

수바드라는 부처님께 절하고 다음과 같이 물었다.

"고타마여, 세상에는 이름 있는 종교가들이 몇 사람 있습니다. 다들 자신은 깨달음을 얻었다고 하는데, 그들이 정말로 깨달음을 얻었을까요, 아니면 모두 깨달음을 얻지 못했을까요? 또는 깨달음을 얻은 사람도 있고 얻지 못한 사람도 있는 것일까요?"

"수바드라여, 그런 의심은 그만두는 게 좋을 것이오. 그것보다도 당신에게 진리를 말하겠소. 그러니 주의해서 잘 들으시오."

"세존이시여, 어서 말씀해 주십시오."

"수바드라여, 만일 어떤 종교에 여덟 가지 성스러운 길(팔정도)이 없다면 거기에는 사문도 있을 수 없소. 둘째 사문, 셋째 사문, 넷째 사문도 있을 수 없소. 불교에는 여덟 가지 성스러운 길이 있고 사문도 있으므로 둘째 사문, 셋째 사문, 넷째 사문이 있소. 다른 데서는 사문이라 해도 공허하지만, 여기 있는 비구들이 올바른 길을 걷고 있는 한 이 세상에 아라한은 끊이지 않을 것이오."

여덟 가지 성스러운 길, 즉 팔정도는 올바른 견해, 올바른 결의, 올바른 말, 올바른 행위, 올바른 생활, 올바른 노력, 올바른 생각, 올바른 명상이다. 첫째에서 넷째까지의 사문이라 함은 수행의 단계를 나타낸다. 첫째는 흔들리지 않는 신념에 이른다. 둘째는 생사를 한 번 더 되풀이한 다음 깨닫는다. 셋째는 이 세상에서 죽은 뒤 다시 태어나지 않고도 깨달음을 얻는다. 넷째는 이 세상에서 이미 아라한이 된다.

수바드라는 처음 온갖 종교가들이 "깨달음을 얻었다."고 스스로 말하는 것을 듣고 그것이 어느 정도 진실인가에 의문을 갖고 있었으므로 부처님에게 그같이 질문했다. 그러자 부처님은 그 물음에는 직접 답하지 않고 팔정도와 수행자의 성과를 설명한 것이다.

수바드라는 처음에는 "고타마여." 하고 불렀다가 이윽고 "세존이시여, 어서 말씀해 주십시오."라고 할 만큼 마음이 바뀌었다. 이제는 부처님의 설법을 기다릴 뿐이었다.

이 설법 끝에 시가 있다.

수바드라여, 스물아홉 살 때
착한 길을 찾아 나는 출가했노라.
수바드라여, 내가 출가한 지
이제 50년이 넘었네.
바른 법의 일부분을 말했을 뿐
이 밖에 사문은 없으리.

이것은 아마 부처님 자신의 입으로 그 생애의 대강을 말한 짧은 시로서 중요한데, 역자에 따라 해석이 다르다. 여기에서는 팔리어본과 한역본의 양쪽을 비교해 본래의 형태라고 여겨지는 입장에서 번역했다.

마지막 제자

부처님의 설법을 듣고 갑자기 눈이 뜨인 것 같은 수바드라는 곧 그 자리에서 불, 법, 승 삼보에 귀의하고, 세존 곁에서 출가해 구족계를 받고 싶다고 청했다. 이에 대해 부처님은 다음과 같이 말씀하셨다.

"수바드라여, 다른 교단에 속해 있던 사람이 불교에 들어와 출가하고 구족계를 받고자 할 때는 4개월의 시련 기간을 두고 있소. 그 시기가 지나 만일 비구들이 승인한다면 출가해 구족계를 받고 비구가 될 수 있소. 다만 그 기간 중 내가 개인의 정도를 고려하는 일도 있소."

"세존이시여, 만일 4개월이란 규정이 있다면 제게는 4년 동안의 시련 기간을 두어 주십시오. 그런 다음 비구들이 승인해 주기를 기다리겠습니다."

그러나 부처님은 아난다를 불러 곧 출가시킬 것을 분부했다. 그때 수바드라는 아난다에게 다음과 같이 외쳤다.

"친구 아난다여, 이 얼마나 행복스러운 일입니까! 스승께서 몸소 제자의 관정을 주시다니……."

여기서 말하는 '제자의 관정'이라는 표현은 팔리어 성전에는 따로 기록되어 있지 않은데, 부처님과 전륜성왕은 여러 점에서 비교되므로 제왕 즉위식의 관정을 불제자에게 행할지라도 결코 어색하지는 않다. 밀교에서는 관정에 의해 법을 전하는 의식을 행한다.

수바드라는 세존 앞에서 출가해 구족계를 받고 열심히 수행했다. 얼마 안 가서 아라한의 경지에 이르렀는데, 그야말로 세존의 직계 제자로는 마지막 사람이었다.

다른 교단에 속해 있던 사람이 불교에 들어와 출가할 경우에는 4개월의 시련 기간을 둔다는 규정은 부처님의 유언에 따라 그가 입적한 뒤에 실시하게 되었다고 기록한 경전도 있다. 여기에 따르면, 수바드라가 그 자리에서 출가를 허락받은 때는 아직 이 규정은 마련되지 않은 것 같다. 어쨌든 교단 운영상 중요한 문제의 하나였다. 또 어떤 경전에 의하면, 아라한이 된 수바드라는 부처님의 멸도에 앞서 입적했다고도 한다.

거만의 죄는 무겁다

부처님은 잇따라 아난다에게 지시를 내렸다.

"내가 떠난 뒤, 가르침을 말할 스승이 이미 없으니 우리들의 스승은 없다고 생각해서는 안 된다. 내가 입적한 뒤에는 내가 설하고 제정한 법과 율이 너희들의 스승이다.

이제까지 비구들은 서로 '벗이여' 하고 불렀지만, 내가 입적한 뒤에는 이를 고쳐야 한다. 선배 비구가 후배 비구를 대할 때는 이름을 부르거나 '벗이여'라고 불러도 좋지만, 후배가 선배에 대해서는 '대덕이여'라거나 '존자여' 하고 불러야 한다.

교단의 희망에 따라서는 내가 입적한 뒤에 너무 세세한 계의 항목은 없애도 좋다."

(이 점은 부처님 입적 후 문제가 일어나 장로들은 "왜 그때 좀 더 분명히 여래의 의향을 물어 두지 않았던가." 하고 아난다를 힐책했다. 그리고 의논한 끝에 계의 항목은 하나도 없애지 않기로 결정했다.)

부처님은 또 아난다에게 다음과 같은 지시도 내렸다.

"찬나라고 하는 비구한테는 내가 입적한 뒤 중벌을 주어라."

"세존이시여, 중벌이란 어떤 것입니까?"

"아난다야, 찬나 비구가 무어라고 하든, 다른 비구들은 그에게 어떤 말대꾸나 권고나 교시를 해서는 안 된다."

이 찬나라고 하는 비구는 거만하고 고집이 셌기 때문에 이따금 문제를 일으켰으므로 부처님이 이같이 지시한 것이다.

나중에 아난다는 교단에서 명령을 받고 이 중벌을 선고하기 위해 5백 명의 비구들을 데리고 카우샴비에 갔었다. 그 통고를 듣자 찬나는 예상과는 달리 기절해 그 자리에 쓰러졌다.

이윽고 정신이 들자 딴사람이 된 듯 착실히 수행해 얼마 안 가 아라한의 경지에 이르렀고 벌은 없어졌다.

입적하기 바로 전, 부처님의 비상한 명령이 가져온 성과이다.

모든 것은 변천한다

부처님은 비구들을 둘레에 모이게 한 다음 말씀하셨다.

"비구들이여, 누구든지 부처건 법이건 교단이건 도건 수행 방법이건, 의문이 있는 사람은 서슴지 말고 물어라. 뒷날에 가서, '여래가 세상에 있을 때 물어보았더라면 좋았을 것을.' 하고 후회하지 않도록 지금 물어라."

부처님은 몇 번이고 말씀했지만 누구 하나 질문하는 이가 없어 거기 있는 5백 명의 비구들은 적어도 흔들리지 않는 확신에까지 이르고 있었다는 것이 밝혀졌다.

그때 부처님은 다음과 같이 말했다.

"그럼 비구들이여, 너희들에게 할 말은 이렇다. 모든 현상은 변천한다. 게으름 없이 정진하라."

이것이 여래의 마지막 말씀이었다고 경전은 기록하고 있다.

무상이요, 무아요, 고요, 하는 것은 단순한 이론이 아니다. 오히려 불교의 근본은 '게으름이 없는 정진'이라는 한마디에 요약된다. 부처님이 이 세상에 남겨 놓은 이 짤막한 말 속에는 무한한 교훈이 담겨 있다.

슬픔은 대지에도

이렇게 하고 나서 부처님은 선정에 들었다. 처음에 초선정, 다음에 초선정에서 나와 제2선정, 이어 제3선정, 제4선정, 공무변처정, 식무변처정, 무소유처정, 비상비비상처정, 거기에서 마침내 상수멸정에 들었다.

그때 아난다는 아니룻다에게 물었다.

"대덕 아니룻다여, 세존께서는 벌써 입적하셨습니까?"

"벗 아난다여, 아직 입적하시지는 않았습니다. 상수멸정에 드신 것입니다."

다음에 세존은 상수멸정에서 나와 비상비비상처정에 들고 거기에서 무소유처정, 식무변처정, 공무변처정, 제4선정, 제3선정, 제2선정, 초선정에 들어갔다. 그러고는 다시 초선정에서 나와 제2선정, 제3선정, 제4선정에 들고 제4선정에서 나오자 곧 입적하셨다.

세존이 입적하자, 대지는 크게 진동하고 천둥이 울렸다.

세존이 입적했을 때 먼저 브라흐만이 감동해서 시를 읊었고, 인드라도 이를 본받았다.

아니룻다와 아난다의 시도 경전에 실려 있다.

그때 아직 욕망(번뇌)에서 벗어나지 못한 비구들은 팔로 땅을 치고 비통해하면서 이같이 한탄했다.

"세존께서는 너무도 일찍 입적하셨습니다. 세상의 눈은 너무도 속히 꺼졌습니다."

그러나 욕망을 초월한 비구들은 꾹 참으면서 이렇게 말했다.

"모든 현상은 덧없다. 어쩔 도리가 없다."

그때 아니룻다는 비구들에게 다음과 같이 말했다.

"벗들이여, 슬퍼하지 마시오. 한탄하지 마시오. 무릇 사랑하는 사람과는 헤어지지 않으면 안 된다고 세존께서는 진작부터 말씀하시지 않았소. 어쩔 도리가 없는 것이오. 모든 태어난 것, 이루어진 것, 만들어진 것, 그것은 멸하는 법이오. 멸하지 말라고 해도 어쩔 도리가 없소."

그날 밤 아니룻다와 아난다는 법담을 하면서 지냈다. 경전을 보더라도 분명하듯이, 부처님은 이들 5백 명의 비구들이 지켜보는 가운데 입적했다. 다른 많은 비구들은 각 지방에서 저마다 종교 활동을 하고 있었고, 비구니들이나 그 밖의 재가신자들도 그 자리에는 없었다. 부처님은 45년 동안의 포교 활동을 하던 그 상태로 조용히 세상을 떠나신 것이다.

날이 밝자 아난다는 아니룻다의 뜻을 받아들여 쿠시나가르의 말라족 사람들에게 부처님의 입적 소식을 알려 주었다. 그때도 그들은 집회 장소에 모여 한창 의논하고 있던 중인데, 이 소식을 듣자 세존의 입적이 너무도 빠른 것을 한탄했다.

이윽고 사람들은 쿠시나가르에 있는 여러 가지 향나무와 꽃과 모든 음악의 채비를 갖추어 놓았다. 장례할 채비를 하고 사라나무 숲에 모여 부처님의 유해를 공양하고 무용과 노래와 음악을 연주하며 꽃과 향을 바치고 그날을 지냈다. 이튿날도 또 그다음 날도 이와 같이 지냈다. 그리하여 이레가 되자 화장하기로 했다.

말라족 가운데서 가장 존경을 받는 여덟 사람이 선발되어 머리를 깨끗이 감고 새 옷을 입고 세존의 관을 들어 올리려 했으나 움쩍도 하지 않았다. 사람들은 이상하게 여겨 그 까닭을 아니룻다에게 물으니, 사람들의 생각과 신들의 생각이 엇갈리고 있기 때문이라고 했다. 그들의 생각으로는 쿠시나가르의 거리 바깥쪽을 돌아 남문 밖에서 화장할 참이었다. 그런데 신들의 뜻은 북문에서 거리로 들어가 거리의 중앙부에 이른 뒤 거기서 신들의 공양을 마치고 나서 동문으로 나와 보관寶冠(막타반다나)이라고 불리는 종묘에 가서 화장을 했으면 싶었다.

아니룻다의 가르침에 따라 신들의 뜻대로 관을 날라 보관이라는 종묘에 안치했다. 거기에서 말라족 사람들은 아난다에게 화장 방법을 물었다. 아난다의 설명에 따라 전륜성왕에 대한 예로써 부처님의 유해를 천으로 싸고 금관 속에 넣었다. 그리고 향나무를 쌓아 점화하려고 했으나 어찌된 일인지 불이 붙지 않았다.

이레 동안의 공양

그 무렵, 제자 중에서도 맨 윗자리인 마하가섭은 5백 명의 비구들과 같이 파바에서 쿠시나가르를 향해 걸어가고 있었다. 한 사람의 아지비카교 수행자가 쿠시나가르에서 파바로 가는 길이었다. 마하가섭은 이 사람에게 부처님의 소식을 물었다. 부처님은 오늘로 벌써 입적하신 지 이레째가 된다고 하면서, 손에 들고 있는 만다라화는 거기에서 가져온 것이라고 대답했다.

마하가섭 일행은 쿠시나가르의 보관이라는 종묘에 가서 예배를 마치고 손수 화장의 점화를 했다. 유해가 다 타고 나자 마침 비가 쏟아져 거기에는 백골만 남아 있었다. 말라족 사람들은 백골(샤리라, 사리)을 거두어 집회당에 모시고 무장한 병사들에게 엄중히 지키도록 했다. 그리고 이레 동안 가무와 향화로써 공양을 올렸다.

부처님이 쿠시나가르에서 입적했다는 소식이 퍼지자, 일곱 나라에서 각각 "사리를 받아서 큰 탑을 세우고 싶다."는 요청이 있었다. 마가다의 아자타샤트루왕이 무력으로 사리를 차지하겠다고 하자 쿠시나가르의 말라족도 무력에 호소해서라도 넘겨주지 않겠다고 하고, 다른 나라들도 서로 나서니 자칫하면 전쟁이라도 일어날 것 같았다.

그때 드로나라는 한 바라문이 이를 중재해 사리를 여덟 몫으로 나누었다. 분배가 끝난 뒤 핍팔리촌의 몰리야족에게서도 요청이 있었는데, 그들에게는 숯을 주었다. 드로나 자신은 그 공덕으로 분배에 사용한 병을 얻었다. 이리하여 마가다국, 바이살리, 카필라바스투, 알라캇파, 라마촌, 베다디파, 파바, 쿠시나가르, 핍팔리촌, 그리고 드로나 자신의 몫까지 합해 열 군데에 사리탑이 세워졌다.

1898년 프랑스의 고고학자 펩페가 카필라바스투의 옛터 가까운 피프라바에서 납석蠟石으로 된 한 개의 온전한 항아리를 발견했다. 그 항아리의 표면에는 석존의 유골을 모셨다는 사연을 새겨 놓았는데, 그 글씨체가 최소한 기원전 3세기까지는 확실히 거슬러 올라가기 때문에 〈열반경〉에 기록된 뼈항아리의 하나일 것이라고 추정되고 있다.

예전의 인도에서는 연대를 기록하는 습관이 없었으므로 부처님이 입적한 해도 추정할 수밖에 없는데, 세계 학자들의 정설로는 기원전 480년경(어떤 설에는 478년)으로 낙착되었다. 여기에서 거꾸로 계산하면 탄생은 기원전 560년경(또는 558년)이 된다.

찾아보기

ㅅ

ㅇ

ㅈ

ㅊ

ㅋ

ㅌ

ㅍ

ㅎ

와타나베 쇼코

1907년 일본 치바현 나리타산에서 태어났다. 1930년 도쿄 대학교 문학부 인도철학과를 졸업했으며, 독일에서 인도철학과 불교를 공부했다. 1933년 귀국 후 동양대학 문학부 교수와 불교연구소의 연구원으로 일했다. 힌두어와 팔리어에 능통했으며 불교와 인도사상 전반에 걸친 불후의 업적을 남겼다. 또한 일반 대중들에게 불교에 대한 정확한 지식과 이해를 보급하는 데 힘썼다. 깊은 학식과 넓은 시야를 견지한 엄정한 집필로 많은 저서와 논문을 남겼다. 〈불교를 이해하기 위해〉〈불교의 자취〉〈불교〉〈불전 이야기〉〈법화경 강화〉〈유마경 강화〉〈사후의 세계〉〈석존을 따르는 여성들〉 외에 많은 저서가 있다. 1977년 세상을 떠났다.

법정

1932년 10월 8일 전라남도 해남에서 태어났다. 대학 재학 중이던 1955년 서울 선학원에서 효봉 스님을 만나 출가했으며, 통영 미래사로 내려가 행자 생활을 했다. 여름안거가 끝난 이듬해 7월 보름 사미계를 받은 후 지리산 쌍계사 탑전으로 가서 스승을 모시고 정진했다. 그 후 해인사 선원에서 좌선을 익히고 강원에서 불교 경전을 익히면서 수행자의 기초를 다졌다. 1959년 3월 통도사에서 자운 스님을 계사로 비구계를 받았고, 1959년 4월 해인사 전문강원에서 명봉 스님을 강주로 대교과를 졸업했다. 1960년 봄부터 이듬해 여름까지 통도사에서 운허 스님과 더불어 불교사전을 편찬했다. 경전 편찬 일을 계속하던 중 함석헌, 장준하 등과 함께 민주수호국민협의회를 결성하고 민주화 운동에 참여했다. 1975년 인혁당 사건 이후 본래의 수행승의 자리로 돌아가기 위해 송광사 뒷산에 불일암을 짓고 홀로 살았다. 하지만 세상에 명성이 알려지자 1992년 아무도 거처를 모르는 강원도 산골 오두막으로 다시 떠났다. 불교신문 편집국장, 송광사 수련원장, 보조사상연구원장 등을 역임했고, 1994년 시민운동 단체 '맑고 향기롭게'를 만들어 이끌었다. 1996년 서울 성북동의 대원각을 시주받아 이듬해 12월 14일 길상사로 고치고 회주로 있다가 2003년 12월 회주직에서 물러났다. 2010년 3월 11일 법랍 55세, 세수 78세로 길상사에서 입적하였다. 저서로 〈무소유〉〈영혼의 모음〉〈서 있는 사람들〉〈말과 침묵〉〈산방한담〉〈텅빈 충만〉〈물소리 바람소리〉〈버리고 떠나기〉〈인도 기행〉〈새들이 떠나간 숲은 적막하다〉〈그물에 걸리지 않는 바람처럼〉〈산에는 꽃이 피네〉〈오두막 편지〉〈아름다운 마무리〉 등이 있으며, 법문집 〈일기일회〉〈한 사람은 모두를, 모두는 한 사람을〉을 출판했다. 역서로 〈불타 석가모니〉〈인연 이야기〉〈깨달음의 거울禪家龜鑑〉〈진리의 말씀法句經〉〈숫타니파타〉〈신역 화엄경〉 등이 있다.

불타 석가모니

개정판 1쇄 발행 2010년 5월 20일
개정판 12쇄 발행 2010년 5월 31일

지은이 와타나베 쇼코
옮긴이 법 정

발행처 문학의숲
발행인 고세규

신고번호 제300-2005-176호
신고일자 2005년 10월 14일

주소 서울시 마포구 동교동 200-19번지 202호(121-819)
전화 02-325-5676
팩스 02-333-5980

값은 표지에 있습니다.
ISBN 978-89-93838-09-1 03830